Orlando Syrg Taschenbuch 92019

OR
SY
TA

AF206183

RAT ACBO

Reihe

Alte Tradition

Azurcelesteblueoscuro

herausgegeben

von

Joerg K. Sommermeyer & Orlando Syrg

Exemplarische Werke der Weltliteratur

herausgegeben von

Joerg K. Sommermeyer

Über dieses Buch und den Autor

Er persifliert Faust (*Kakerlak*), greift fast jeden und alles an: die Obrigkeit, akademische Weisheit, intellektuelle Borniertheit, Welterklärungen, Systembildungen, Lehrgebäude, ihre Exponenten, Lebenshaltungen, pädagogische Modelle, Erziehungspraxis, naiven Optimismus, zweifelhafte Empfindsamkeit (*»Nationalkrankheit«*), zwanghafte Kategorisierung. Er kämpft gegen Vorurteile, übertreibt Zustände, Gründe und Konsequenzen ins Groteske, nimmt aufs haargenaue satirische Korn, setzt sich dabei immer bei aller Kritik und Skepsis leidenschaftlich, witzig, pointiert und kompromisslos für Wahrheit und Freiheit ein. Der Falschheit, Lüge, Attitüde und Opportunismus karikierende und geißelnde pessimistische *»Wahrheitssager«* kommt freilich nicht gut an. Was Wunder, dass der *»Sonderling von Sondershausen«* (Hermann Marggraff, 1837) sich bald zwischen allen Stühlen sitzend wiederfindet, von nahezu allen Seiten angefeindet; ausgeschlossen, verboten, isoliert. Erst nach über 150 Jahren Vergessenheit bricht Arno Schmidt 1959 mit seinem Funkessay *»Belphegor oder Wie ich euch hasse«* eine Lanze für ihn.

Vieles vom Leben *»eines der vorzüglichsten Schriftsteller Deutschlands«* (Kirchensterberegister) scheint umschattet, zweifelhaft, mutmaßlich. Johann Karl Wezel erblickt, (nach kirchlichen Aufzeichnungen) als Sohn des fürstlichen Reisemundkochs Johann Christoph Wezel und seiner Frau Juliane, geb. Blättermann, am 31. Oktober 1747 im thüringischen Sondershausen das Licht der Welt. Er meint, ein illegitimer Spross des Fürsten Heinrich I. von Schwarzburg-Sondershausen zu sein. Sein Elternhaus ist ärmlich, er lebt bei seinen Großeltern. 1758 stirbt sein Vater, und Wezel kommt aufs Gymnasium. Er geigt virtuos. 1765-1769 Studium der Theologie, Rechtswissenschaft, Philosophie und Philologie (ohne Abschluss) in Leipzig, wo er auf Vermittlung seines Lehrers Nikolaus Dietrich Giseke (1724-1765; Schriftsteller, seit 1760 Superintendent und Konsistorialassessor in Sondershausen) bei Christian Fürchtegott Gellert (1715-1769; Moralphilosoph der Aufklärung, zu Lebzeiten neben Christian Felix Weiße meistgelesener deutscher Schriftsteller) wohnt. Wezel beschäftigt sich mit französischem Materialismus (Holbach, Helvétius) und englischem Empirismus (Locke), wird beeinflusst von Julien Offray de La Mettrie (*L'Homme Machine*, 1748), Voltaire, Rousseau und Pierre Carlet de Marivaux (1688-1763). Die Werke von Henry Fielding (1707-1754), Tobias Smollett (1721-1771), Laurence Sterne (1713-1768; *Tristram Shandy*, 1759 ff.), Jonathan Swift (1667-1745; *Gulliver's Travels*, 1726; *A Modest Proposal for Preventing the Children of Poor People from Being a Burthen*, 1729) wirken stark auf ihn. Die *»Schulgelehrsamkeit«* beurteilt er zunehmend negativ. Hauslehrer in Bautzen und Berlin. 1775 Reise nach Wiemar (Kontakt zu Wieland; Zerwürfnis nach Veröffentlichung des *Belphegor*). Seit 1777 freier Schriftsteller in Leipzig. Von 1772-1787 verfasst Wezel den Hauptteil seines Werks; neben den im vorliegenden Band versammelten Satiren sind zu erwähnen: *Lebensgeschichte Tobias Knauts des Weisen*, 1773 ff.; *Belphegor*, 1776; *Hermann und Ulrike*, 1780; *Wilhelmine Arend oder die Gefahren der Empfindsamkeit*, 1782; *Versuch über die Kenntnis des Menschen*, 1784 ff. (5 Bände geplant). Reisen nach Sankt Petersburg, Paris, London. 1781 Wellen schlagender polemischer Streit mit dem Leipziger Universitätsprofessor Ernst Platner (1744-1818), der Wezel überaus schadet. 1782 Reise nach Wien; mit seinem die Theaterverhältnisse karikierenden Lustspiel *Die Komödianten* stößt er die Spitzen des Nationaltheaters vor den Kopf. 1783 wieder in Leipzig, und 1788 (wegen seiner Isolierung, Armut, Zensur?) erkrankt er physisch und psychisch (Depression), kehrt in der Folgezeit nach Sondershausen zurück, stirbt am 28. Januar 1819. August Blumröder (1776-1860), unter dessen Kuratel er gestellt, verunglimpft ihn postum, webt maßgeblich an der Legende seines *»Wahnsinns«* (*Johann Karl Wezel, Fragmente über sein Leben und seinen Wahnsinn*, 1833).

Der Herausgeber

Joerg K. Sommermeyer (JS), * 14.10.1947 in Brackenheim, Sohn des Physikers Prof. Dr. Kurt Hans Sommermeyer. Kindheit in Freiburg. Studierte Jura, Philosophie, Germanistik, Geschichte und Musikwissenschaft. Klassische Gitarre bei Viktor v. Hasselmann und Anton Stingl. Unterrichtete in den späten Sechzigern Gitarre am Kindergärtnerinnen-/Jugendleiterinnenseminar und in den Achtzigern Rechtsanwaltsgehilfinnen in spe an der Max-Weber-Schule in Freiburg. 1976 bis 2004 Rechtsanwalt in Freiburg. Zahlreiche Veröffentlichungen.

Orlando Syrg, Berlin, 22. April 2019

Joerg K. Sommermeyer (Hg.)

Johann Karl Wezels

Satiren

Kakerlak oder die Geschichte eines Rosenkreuzers
Satirische Erzählungen

Durchgesehen, revidiert und herausgegeben

von

Joerg K. Sommermeyer

Orlando Syrg

MMXIX

1. Auflage 2019

Orlando Syrg, Berlin (vormals Freiburg i. Brsg.)

Orlando Syrg Taschenbuch

ORSYTA 92019

Reihe Alte Tradition Azurcelesteblueoscuro

RAT ACBO 21

Durchsicht, Revision und Herausgabe:
Joerg K. Sommermeyer

Umschlaggestaltung (unter Verwendung eines Gemäldes von Liliane Doms, *Schalk*, 2015, auf der Vorderseite): JS

Lektorat, Satz und Layout: Roland König, JS, Ton Unbe, Waltraut Schmidt, Arno Schwabe, Paul Deros, Marga Sadau, Lars Penath

Herstellung, Vertrieb, Verlag BoD - Books on Demand, Norderstedt

Made in Germany

ISBN 9783749464883

Inhalt

Kakerlak
oder
die Geschichte eines Rosenkreuzers

[Johann Gottfried Dyck, Frankfurt / Leipzig 1784]

Die *Rosenkreuzer* waren eine Gesellschaft, von welcher man seit dem Jahre 1610 sehr viel sprach, ohne dass man jemals die mindeste Spur von ihrem Dasein entdecken konnte. Das Lustigste war, dass damals alle Paracelsisten, Alchimisten und andere Weisen von dieser Art dazugehören wollten, und jeder von ihnen schrieb seine eigenen Meinungen den Brüdern des Rosenkreuzes zu. Die Lobsprüche, womit die Bruderschaft öffentlich überhäuft wurde, brachten einige fromme Leute auf, die nicht ermangelten, ihr an allem möglichen Bösen Schuld zu geben, und keinem fiel die Frage ein, ob es wirklich Rosenkreuzer gäbe.

Unterdessen sagte man sich öffentlich, dass jetzt eine sehr merkwürdige, bisher verborgene Gesellschaft zum Vorschein käme, die ihren Ursprung Christian Rosenkreuzen verdankte. Man setzte hinzu, dass dieser Mann, der 1387 geboren wäre, eine Reise ins Gelobte Land zum Heiligen Grabe getan und zu Damasco Unterredungen mit chaldäischen Weisen gehabt hätte. Von diesen sollte er geheime Wissenschaften, besonders die Magie und Kabbala, erlernt und sie auf seinen Reisen in Ägypten und Libyen bis zur Vollkommenheit studiert haben. Nach seiner Zurückkunft in sein Vaterland, erzählte man weiter, fasste er den edelmütigen Entschluss, die Wissenschaften zu verbessern, und stiftete zu diesem Endzweck eine geheime Gesellschaft, die aus einer kleinen Anzahl von Mitgliedern bestand. Er entdeckte seinen Auserwählten die tiefen Geheimnisse, die er besaß, nachdem sie ihm vorher einen Eid geschworen hatten, dass sie nichts davon bekanntmachen und sie auf ebendieselbe Art der Nachkommenschaft überliefern wollten.

Um dieser Erzählung mehr Gewicht zu geben, erschienen zwei Schriften, worin die Geheimnisse der Bruderschaft offenbart wurden; eine hat den Titel »Fama fraternitatis, id est, detectio fraternitatis laudabilis ordinis roseae-crucis«, die andere »Confessio fraternitatis« erschien lateinisch und deutsch.

In diesen beiden Werken schreibt man der Gesellschaft außer einer besondern Offenbarung, die ein jeder Bruder für sich erhalten haben sollte, und außer dem Vorsatze, alle Wissenschaften, besonders die Arzneikunst und Philosophie, zu reformieren, auch vorzüglich den Stein der Weisen zu; durch diesen sollten sie eine Universalarznei, die Veredlung der Metalle und Mittel, das Leben zu verlängern, gefunden haben; zuletzt wird ein goldnes Jahrhundert angekündigt, wo alle Arten der Glückseligkeit auf unserem Planeten herrschen werden.

Da diese beiden Schriften viel Aufsehn machten, so urteilte ein jeder nach seinen Vorurteilen über die löbliche Bruderschaft, jeder wollte das Rätsel aufgelöst haben. Viele Theologen argwöhnten sogleich, dass es eine Verschwörung wider den christlichen Glauben wäre; ein Herr Christophorus Nigrinus bewies, dass es Calvinisten sein müssten, aber zum Unglück für alle diese Mutmaßungen der Rechtgläubigen fand sich eine Stelle in den angeführten Schriften, woraus erhellte, dass die Brüder eifrige Lutheraner wären; nun zweifelte niemand mehr an ihrer Orthodoxie, niemand hielt sie mehr für Feinde des Glaubens, und einige lutherische Theologen nahmen öffentlich und eifrig ihre Partei.

Der aufgeklärte Teil vermutete, dass alles nur eine Erdichtung von Chymikern wäre, wie die chymischen Kenntnisse bewiesen, deren sich die Gesellschaft rühmte; sie setzten als einen neuen Beweis hinzu, dass der Name *Rosenkreuz* chymisches Latein wäre und einen Philosophen bedeutet, der Gold machen könnte; denn *ros* (der Tau) soll in der alchymistischen Sprache das Gold genannt werden.

Viele waren einfältiglich überzeugt, dass Gott aus besonderer Gnade sich einigen Frommen und Auserwählten geoffenbart und sie ausgerüstet hätte, die Wissenschaften zu reformieren und dem menschlichen Geschlecht unbekannte Geheimnisse zu entdecken.

An keinem Orte konnte man diese Gesellschaft noch ein Mitglied davon entdecken; verständige Leute bestärkten sich daher in ihrer Meinung, dass es gar keine solche Bruderschaft gäbe noch jemals gegeben hätte und dass alles, was man von ihr und ihrem Stifter erzählte, nur ein Märchen wäre, das man erfunden hätte, um sich auf Unkosten der Leichtgläubigen zu belustigen oder um die Meinung des Publikums von der Lehre des Paracelsus und der Alchymisten zu erfahren.

Das Ende war, dass niemand mehr von dieser Bruderschaft sprach, seitdem die Erfinder nicht mehr davon schrieben. Man warf einen starken Verdacht auf Valentin Andreae, einen württembergischen Theologen, dass er vielleicht nicht der erste Erfinder dieses Possenspiels wäre, aber doch die erste Rolle dabei gespielt hätte.

Gegenwärtige Geschichte beweist auf eine unumstößliche Art, dass alle diese Herren in ihren vernünftigen und in ihren einfältigen Mutmaßungen sich betrogen; sie beweist nicht allein, dass die Gesellschaft der Rosenkreuzer einmal existierte, weil ich sonst die Geschichte eines Rosenkreuzers nicht erzählen könnte, sondern auch dass die Rosenkreuzer ganz etwas anderes waren, als man glaubte.

Gelehrte, die mit der Naturgeschichte des Menschen sehr bekannt sind, werden bei dem Namen des Mannes, dessen Geschichte hier erzählt wird, zuerst an das unglückliche Geschlecht der schneeweißen Menschen mit rosenfarbnen Augen denken, die man in Asien *Kakerlaken,* in Afrika *Albinos* und im Französischen *Nègresblancs* nennt. Allein hier geht es ihnen wie oft bei andern Gelegenheiten: Sie vermuten alles, nur nicht was sie vermuten sollen. Der Name *Kakerlak* ist ganz natürlich aus *Kak* und *Lak* zusammengesetzt und hat mit den weißen Negern nicht das Geringste gemein; wem daran liegt zu wissen, was diese beiden Wörter in der alchymistischen Sprache bedeuten, dem rate ich, ein Wörterbuch der edlen Goldmacherkunst nachzuschlagen.

Kakerlak war ein Philosoph, der den *moralischen* Stein der Weisen, die *Glückseligkeit,* suchte; nach dem Willen der Natur sollte er sie vorzüglich in sich, in seinem Verstand und seinem Herz finden, allein der gute Mann wurde seiner Bestimmung überdrüssig und glaubte daher, dass er auf dem unrechten Wege zur Glückseligkeit wäre. Er vermutete, dass ein glänzender Stand viel eher dazu führen müsste und dass die Sinne viel leichter dazu verhülfen als der Geist, mit dem sein Versuch nicht gut abgelaufen war; da es aber menschlicherweise nicht wohl möglich ist, sich so oft in einen andern Zustand zu versetzen, als man wünscht, und seine Vergnügungen so oft abzuändern, als der Überdruss sie uns langweilig macht, so ergriff er das natürlichste Mittel von der Welt und wandte sich an die Hexen. Eine, die eben damals aus dem Hexenstaate verbannt war, gewährte ihm seinen Wunsch, führte ihn von Vergnügen zu Vergnügen, und da er sie alle genossen hatte, verlangte er ... Doch nein! so treuherzig bin ich nicht, dass ich das Ende meines Märchens voraussage; wer es erfahren will, wende das Blatt um und lese, bis das Buch aus ist.

Wzl.

Erstes Buch

Hinweg mit euch, ihr sogenannten Weisen!
Ihr wollt mit dreistem Flug der Spekulation
Von Welt zu Welt bis zu des Chaos Thron,
Bis ins Gebiet des Nichts und wohl noch weiter reisen,
Mit euerm Maulwurfsblick das Rädchen auszuspähn,
Durch dessen Trieb sich unsre Sterne drehn.
Ihr wollt bis in die Werkstatt dringen,
Wo die Natur mit nie erschöpfter Kraft
Den Dingen Form, den Geistern Leiber schafft.
Ihr wollt mit schweren Gänseschwingen
Bis über Sonn und Mond ins Reich der Wahrheit dringen,
Und fragt man euch: »Was habt ihr dort gesehn?«,
Dann wisst ihr ebendas zu sagen,
Als die der Dummheit Los ganz philosophisch tragen
Und keinen Schritt nach eurer Wahrheit gehn.

So rief, voll Unwillen, der große *Kakerlak,* der berühmteste Rosenkreuzer zu der Zeit, da Rosenkreuzer noch berühmt waren; er schleuderte alle Weisen in Folio und Quart, die seinen Hofstaat ausmachten, in die vier Winkel seiner Stube. Sein Bruch mit der menschlichen Weisheit war so ernstlich gemeint, dass er sogar die Geheimnisse nicht verschonte, die ihm den Stein der Weisen hatten verschaffen sollen; er trat seine Spekulationen mit Füßen und schwur, nicht länger etwas zu suchen, das sich nicht finden lassen wollte. Die Galle war über seine Philosophie Herr geworden, und es ließ sich nichts Besseres tun, als dass er geduldig stillhielt, bis die Philosophie wieder Herr über die Galle wurde; er ging in den Garten, setzte sich unter einen alten Apfelbaum und rief mit erhabnen Händen:

Ach, welche Gottheit nimmt den traur'gen Überdruss
Aus diesem Leben weg! Man seufzet nach Genuss,
Solang man ihn entbehrt; man wünscht, ihn zu entbehren,
Wenn man gekostet hat. Die Sättigung
Schwebt über jeder Lust und schießt mit schnellem Schwung,
Dem Geier gleich, herab, das Täubchen zu verzehren.
Nur *der* genießt, wer bloß den Sinnen lebt,

Vergnügen sucht und nie nach leerer Weisheit strebt;
Ein stetes Gastmahl ist für ihn das Leben;
Er eilt von Lust zu Lust, fühlt nie das Einerlei.
Ihr Mächte dieser Lust, steht meinen Wünschen bei!
Auf Zauberflügeln lasst in eine Welt mich schweben,
Wo ins Vergnügen nicht, sobald sein Keim sich hebt,
Der Überdruss den gift'gen Stachel gräbt.

Kaum hatte er seine Ausrufung geschlossen, so hüpfte ein Vögelchen, klein und
schönfarbig wie ein Kolibri, im Grase daher, hub die kleine rote Brust und rief mit
sanftem gutherzigen Tone: »Kakerlak!«

Ich bin die Hexe *Tausendschön*
Und ließ vom hohen Brocken[1]
Mich durch dein philosoph'sches Flehn
Zu dir herniederlocken.
Mich plagt die Neigung, wohlzutun
Zu allen Tagesstunden,
Und lässt mein Herz nicht eher ruhn,
Als ich den Mann gefunden,
Den nie der Überdruss beschwert,
Der niemals im Vergnügen
Nach Wechsel gähnt, solang es währt.

In einem von den Kriegen,
Die ewig unsern Staat entzwein,
Wo nur Kabalen siegen,
Ward ich verdammt, dass mir zur Pein
Das Wohltun werden sollte.
Du fragst, für welch Vergehn man mich
So hart bestrafen wollte?
Nein, frage lieber, wie man sich
So leicht begnügen wollte.

Ich hab ein weiches Herz, gemacht
Aus Mitleid, Lieb und Tränen:
Nur wohlzutun war Tag und Nacht
Von Jugend auf mein Sehnen.
Aus Tigerblut und Eisen sind
Die Herzen meiner Schwestern:
Zum Guten tölpisch wie ein Kind
Und voller Witz zum Lästern,
Lässt keine sich Gelegenheit

---

[1] Der Brocken ist bekanntermaßen der höchste Berg auf dem Harze und der Versammlungsort der Hexen, die am Walpurgistag aus der ganzen Welt dort zusammenkommen, um sich über ihre Reichsangelegenheiten zu besprechen.

Zu schaden leicht entgehen.
Nun hörten wir vor kurzer Zeit
Den Fürst *Omega* flehen.
Er wurde der Mätressen sehr
Auf einmal überdrüssig;
Für ihn war keine Freude mehr,
Sein armes Herzchen müßig.
Mein Mitleid ward von ihm erweicht:
Ich riet, ihn zu verjüngen;
Doch meine Schwestern sind nicht leicht
Durch Mitleid zu bezwingen.
Ihr schadenfroher Rat beschloss,
Des Fürsten Qual zu mehren;
Durch ihre List kam in sein Schloss
Ein Mädchen, warf mit Zähren
Sich auf die Knie hin und bat
Um Gnade für den Bruder:
Er war für eine Freveltat
Verdammt zum schweren Ruder.
Sie gossen in des Fürsten Blut
Schnell jugendliche Flammen,
Und lodernd schlug der Liebe Glut
Ihm überm grauen Haupt zusammen.
Er liebt seitdem das Mädchen – ach!
Was soll ich dir's erzählen?
Mich rührt sein hartes Ungemach:
Sein Herzchen brennt, die Kräfte fehlen.

Durch einen Zaubertrunk gelang
Es mir, die Qual zu lindern;
Doch meiner Schwestern Bosheit drang
Hindurch, die Bosheit zu verhindern.
Wie stürmte dann auf mich ihr Grimm!
Ich floh voll Angst und Schrecken,
Um mich vor ihrem Ungestüm
In diesen Vogel zu verstecken.
Sie sprachen drauf das Urteil aus,
Das meine Flucht verbittert:
»Wir stoßen sie zu unserm Reich hinaus,
Sie hat des Schicksals Schluss erschüttert,
Das zum Gefährten jeder Lust
Dem Sterblichen den Überdruss bestimmte,
Damit in seiner kühnen Brust
Die stolze Meinung nie entglimmte,

Er sei der Herrscher seines Glücks,
Zu träger Sinnlichkeit geboren,
Zum einz'gen Liebling des Geschicks
Vor allen andern auserkoren.
Drum irre sie, die dies Gesetz
Aus schwachem Mitleid störte,
In steter Furcht vor Flint und Netz;
Sie, die ihr weiches Herz betörte,
Sie hab ein weiches Herz zur Pein.
Sie soll zu den Betrübten eilen,
Die nur mit sich den stillen Kummer teilen
Und die mit lautem Schmerz um Hilfe schrein,
Soll immer vor Begier zu helfen brennen,
Stets helfen wollen und nicht können.
Bis sie den Mann, den nie der Überdruss beschwert,
Gefunden hat, den Mann, der niemals im Vergnügen
Nach Wechsel gähnt, solang es währt,
Bis dahin soll auf ihr dies unser Urteil liegen.«

Ich komme dann nach diesem Schluss,
Mit Trost dir beizustehen.
Dich quält der Weisheit Überdruss;
Doch hab ich dich ersehen,
Mich von der Strafe zu befrein.
Dir schenkt von nun an das Vergnügen
Stets Becher über Becher ein;
Bist du nach wenig Zügen
Des einen satt, so rufe »Kak«;
Gleich lad ich dich auf meine Flügel
Und trage dich, Freund Kakerlak,
Weit über Tal und Hügel
Zu einer neuen Wonne hin,
Bis ich erlöset bin.

»Du armseliges Vögelchen!« antwortete der Schwermütige. »Du willst mich auf
den kleinen Schwingen, wo eine Milbe eben Platz hätte, zur Freude tragen? – Geh!
Mich betrügst du nicht; meine Lippen sprechen nie dein elendes »Kak«.«

Kaum hatte er's gesprochen, so schwebte er schon auf dem Rücken des Vögelchens in den Lüften; dort flog es hin mit dem ganzen Philosophen und schüttelte ihn
auf einen samtnen Stuhl im Vorgemache der Königin *Ypsilon*. Die schnelle Fahrt
durch die Luft hatte ihm den Kopf schwindlich gemacht: Er schlief ein.

Auf der Ottomane saß die Königin Ypsilon und gähnte; am Fenster saß Prinzessin *Friss-mich-nicht* und brummte; auf dem Taburett saß Prinz *Lamdaminiro* und
lachte, alle drei aus gutem Grund: Die erste hatte Langeweile; die zweite war böse;
der dritte spielte mit einem Gaukelmanne.

Das Vögelchen, in welchem die Hexe Tausendschön wohnte, hüpfte auf das Fensterbrett und pickte ein Stückchen Biskuit auf. »Ein schönes Vögelchen!« rief die Königin. »Der abscheuliche Mistfink!« sprach die Prinzessin. »Das allerliebste Tierchen!« schrie der Prinz und ließ vor Entzücken den Gaukelmann fallen. »Du hast Langeweile, große Königin?« fing das Vögelchen an. »Ich schaffe dir Zeitvertreib.«

»Du mir?« antwortete die Königin. »Närrchen, wie machtest du das?«

Das Vögelchen: »Ich schaffte dir einen Gemahl.«

Die Königin: »Schlecht getroffen! Ich hatte einen und ward des Lebens nicht froh.«

Das Vögelchen: »Du hattest keinen; denn dein Gemahl liebte dich nicht.«

Die Königin: »Wird mich ein andrer mehr lieben? Männer sind langweilig. – Kannst du nicht singen?«

Das Vögelchen sang:

Ohne Liebe sucht vergebens
Auf dem düstern Pfad des Lebens
Der verlassne Wandrer Licht;
Zwischen Alpen muss er schmachten,
Wo des Eises tiefe Schachten
Nie ein Frühlingslüftchen bricht.

Die Königin befahl, einen goldnen Käfig herbeizubringen; der Prinz holte ihn, und das Vögelchen hüpfte munter durch die enge Türe hinein. Beide waren vergnügt, gaben dem sanften Geschöpf Zuckerkörner und Zwieback und forderten jede Minute ein Liedchen, der Prinz ein lustiges und die Königin ein verliebtes. Je mehr ihm geschmeichelt wurde und je mehr es sang, desto erbitterter wurde die Prinzessin; wer ihr nicht schmeichelte, war ihr verhasst, und sie schwur bei sich dem Vögelchen den Tod, weil es andern Freude machte. Man merkt wohl, dass ihre Gesellschaft nicht die beste sein konnte, und es ist daher sehr gut, dass sie vor Ärger zum Zimmer hinausging, damit wir nicht weiter von ihr sprechen dürfen.

Kaum näherte sich die Nacht, so schlüpfte das Vögelchen durch die goldnen Stäbe des Käfigs, setzte sich dem schnarchenden Kakerlak auf die Stirn und pickte ihn mit dem kleinen Schnabel dreimal in die Nase, um ihn zu wecken. – »Kak, kak, kak«, rief er träumend, fuhr in die Höhe und wollte sich die Augen reiben, aber er hatte nicht Zeit dazu; denn das erste »Kak« war eben über die Lippen, als er schon dem Vögelchen auf dem Rücken saß; dort flog es mit ihm hin in die schöne Garderobe des Fürsten Omega.

»Suche dir zwölf der schönsten Kleider aus«, sprach zu ihm das Vögelchen, »dass du jede Stunde des Tages ein andres tragen kannst. Morgen Abend bist du König in Butam.« – Er suchte sie aus. Darauf zog die Hexe dem jüngsten Bruder des Fürsten im Schlafe sehr sanft die Physiognomie vom Kopfe und befestigte sie sauber auf dem Gesicht des künftigen Königs; dieser steckte kaum einen Augenblick unter der neuen Larve, so fing er an, gewaltig zu kommandieren, zu lärmen, zu fluchen und zu prügeln. Die goldne Staatskutsche des Fürsten musste sogleich mit acht porzellanfarbnen Rossen bespannt werden, Stallmeister und Jägermeister sich zu Pferde setzen, die Läufer voranrennen und die Bedienten nachfahren; der Zug ging so schnell, dass bei Tagesanbruche die erste Kutsche schon auf dem Schlosshofe der Königin Ypsilon war, und die Sonne stand noch nicht über dem Horizont, als sich schon die Kammerjunker pudern ließen.

Kakerlak mit seiner gestohlenen Physiognomie wurde überaus gnädig empfangen und eroberte das Herz der Königin mit dem ersten Kompliment, als er ins Zimmer trat; so geschwind ging es vermutlich nicht zu, wenn nicht eine Hexe die Hand im Spiele hatte. Die Königin wurde bei jedem Worte verliebter und fiel schon bei dem Handkuss ihres Gastes in Ohnmacht; nach der Tafel warb er um sie, wurde noch vor Einbruch der Nacht ihr Gemahl und des Morgens darauf zum König in Butam ausgerufen. Jedermann glaubte, es wäre der Prinz *Alfabeta*, da es doch eigentlich nur seine Physiognomie war.

Als der neue König am zweiten Morgen auf der Bergere lag und über den Plan seiner Regierung nachdachte, setzte sich ihm das Vögelchen auf die Schulter und flüsterte ihm in die Ohren: »Hast du noch Langeweile wie bei deinen großen Büchern, als du den Stein der Weisen suchtest?« – »Nein«, antwortete der König, »aber Sorgen. Ich möchte nicht gern bloß ein König sein; ich wünschte, ein großer König zu werden, und habe die ganze Nacht gesonnen, wie ich's werden soll.« – Das Vögelchen unterbrach ihn: »Geruhen Ihre Majestät, sich ins Nebenzimmer zu begeben und dreimal die letzte Silbe Ihres vorigen Namens auszusprechen, und Sie können ein großer König werden.«

Der König stand auf, ging ins Nebenzimmer und rief dreimal »Lak«, und plötzlich lag vor seinen Füßen ein grünes Säckchen, eine goldene Büchse und ein roter Nachtstuhl. »Was soll mir dieser Plunder?« fuhr der König unwillig auf, der seinen neuen Stand schon ein wenig fühlte. »Verzeihn Sie in Gnaden«, erwiderte das Vögelchen, »mit diesen drei Möbeln sollen Sie ein großer König werden. Sobald Sie eine Anstalt machen wollen, die Geld erfordert, es sei, soviel es will, so greifen Sie in diesen grünen Sack: Je tiefer Sie greifen, desto größer wird er; je mehr Sie Gold herausnehmen, desto mehr wird darin sein. Sobald ein neidischer Nachbar Ihnen den Krieg ankündigt, so öffnen Sie Ihre goldene Büchse: Wo Ihre Majestät die goldenen Körner darin hinstreuen, werden Soldaten aus der Erde hervorwachsen, Reiter und Fußvolk, völlig bewaffnet, montiert und equipiert, ohne dass Sie ihnen *einen* Knopf auf den Rock oder *ein* Hufeisen ans Pferd zu kaufen brauchen. – Aber«, setzte das Vögelchen warnend hinzu, »gebrauche beides mit Überlegung; trage beides beständig bei dir, und lass keine Hand außer deiner in den Sack greifen oder die Büchse öffnen, denn – «

»Glaubst du, dass ich so schwer begreife?« unterbrach sie der König mit Empfindlichkeit. »Fast sollte man glauben, dass du der Philosoph gewesen wärst und nicht ich; denn du willst beweisen, dass am Mittag Tag ist. Ich verstehe deine Warnung und werd ihr folgen. Ich danke dir für beide Geschenke; aber hier diesen roten Nachtstuhl schaff mir augenblicklich aus den Augen; es ist ja ganz wider den guten Geschmack, so ein Möbel im Zimmer zu haben.«

Das Vögelchen: »Hier irren sich Ihre Majestät während Ihrer zweitägigen Regierung zum ersten Male!«

Der König: »Unverschämte! Wofür wär ich denn König, wenn ich mich irrte?«

Das Vögelchen: »Dies verächtlichste Bedürfnis unter allen menschlichen Bedürfnissen soll die Grundfeste deines Throns werden. Sooft du jemand einen Dienst anvertrauen willst, so lass ihn vor allen Dingen zur Probe auf diesem Stuhle sitzen; bleibt er ohne Schmerzen, so ist er ein ehrlicher Mann; krümmt und windet er sich, als wenn ihn die Kolik plagte, so ist er ein Schurke, und du kannst ihn auf der Stelle hängen lassen. Ich verlasse dich, und wenn ich zu dir zurückkomme, so ist es ein Zeichen, dass du einen Fehler machtest.«

Der König wollte seiner Beschützerin danken, aber sie war verschwunden, eh er die Lippen öffnete. »Gut«, sagte er zu sich, »mit dem Stuhle musst du die erste Probe machen.«

Er ließ augenblicklich alle seine Räte und Beamten an den Hof berufen, und jeder musste in seiner Gegenwart Probe sitzen. Sein Schatzmeister hatte kaum den Stuhl berührt, so schrie er wie ein Besessner; sein Justizaufseher sank vor Schmerzen mit dem Kopf in den Schoß, und die Kammerbedienten bekamen Konvulsionen; allen ohne Ausnahme machte der verdammte rote Stuhl eine Kolik.

»Soll ich denn die Leute alle hängen lassen?« sagte der König betrübt zu sich. »So muss die eine Hälfte meines Reichs zu Scharfrichtern und Seilern werden, damit es der andern nicht an Stricken und Henkern fehlt.«

Indem er traurig so klagte, saß ihm unbemerkt das Vögelchen auf der linken Schulter und flüsterte ihm ins Ohr: »Ihre Majestät haben während Ihrer dreitägigen Regierung den ersten Fehler gemacht.«

»Was?« rief der König erzürnt. »Du willst mich eines Fehlers beschuldigen, nachdem du mich mit deinem verwünschten roten Stuhl unglücklich machtest? – Er hat mir die traurige Überzeugung verschafft, dass mich lauter Schurken umgeben; möchten sie es doch sein, wenn ich's nur nicht glauben müsste! Ich bin ein unglücklicher König, denn ich muss misstrauisch sein. Schaff mir den roten Stuhl aus den Augen, damit ich nicht versucht werde, ihn noch einmal zu brauchen.«

»Nein«, sprach das Vögelchen, »du sollst ihn brauchen, aber mit mehr Klugheit. Sagt ich dir, dass du Leute darauf sitzen lassen solltest, die schon in deinem Dienste *sind*? Sagt ich nicht ausdrücklich: Lass jeden, dem du einen Dienst *anvertrauen* willst, zur Probe auf diesem Stuhle sitzen? Niemand kann dir nur fünf Jahre dienen, ohne wider sein Wissen und Wollen seine Pflicht zu verletzen; der ehrlichste Mann muss oft wider seine Neigung dir schaden, um sich nicht von einem Mächtigern schaden zu lassen; er muss die Pflicht seinem Wohlsein aufopfern, wenn er nicht verhasst und unglücklich werden will. Drum befreie dich nur von den wenigen, denen der Stuhl die größten Schmerzen verursachte; die übrigen halte für ehrliche Leute und traue jedem so lange, bis du ihn ertappst; aber nimm keinen an, der nicht ohne Kolik vom roten Stuhl aufsteht.«

»Dein Rat ist nicht übel«, antwortete der König. »Das Misstrauen machte mich so unglücklich, als ich in meinem Leben noch nicht war. In Zukunft will ich's schon besser machen.«

»Ich verlasse dich«, sprach das Vögelchen, »und komme nicht eher zurück, als bis du den zweiten Fehler gemacht hast«, und sogleich verschwand es.

Der König entfernte alle, denen der Stuhl die größten Konvulsionen machte, und fand ohne Schwierigkeit so viel andre, die ohne Schmerzen vom Probesitz aufstanden. »Das Vögelchen ist wahrhaftig nicht dumm«, sprach er voll Freuden, da die Proben so gut abliefen. »Die Menschen sind herzlich gern ehrliche Leute, aber Not, Gelegenheit und Interesse erlaubt den meisten nicht, es zu bleiben. Wie gut, wenn man ein wenig Philosoph ist und schließen gelernt hat!«

Er verwandelte seitdem sein Misstraun so sehr in unbeschränktes Vertraun, dass er niemand für keinen ehrlichen Mann hielt, wenn man ihm gleich bewies, dass er's nicht war, und um sein Vertrauen und seine milden Gesinnungen recht durch die Tat zu zeigen, steckte er seine gnädige Hand in den grünen Sack und beschenkte jeden, der beschenkt sein wollte. Die Zahl der Liebhaber wuchs mit jeder Stunde: Sie krochen, schmeichelten, bettelten, rühmten ihre Verdienste, ihre Treue, ihren alleruntertänigsten Gehorsam, keiner ging mit leerer Hand hinweg.

Der König wollte sich eben über seine Milde und seinen unerschöpflichen Sack freuen, als er das Vögelchen auf der Schulter erblickte; er erschrak, dass er den grünen Sack aus der Hand fallen ließ. »Du Freudenstörerin!« rief er, »willst du mir nicht schon wieder einen Fehler aufbürden? Komm und tadle mich! Hab ich nicht mit wahrer königlicher Freigebigkeit gehandelt?«

Das Vögelchen: »Ihre Majestät haben während Ihrer viertägigen Regierung den zweiten Fehler begangen.«

Der König: »Sage mir, welchen! Ich fordre dich auf.«

Das Vögelchen: »Sieh nur, wen du beschenkt hast, und dann wird dir dein erleuchteter Verstand statt meiner antworten. Die Elendesten, Verächtlichsten, Verdienstlosesten im ganzen Reiche genossen deine Freigebigkeit, kriechende Bettler, niederträchtige Schmeichler. Das wahre Verdienst fühlt zu sehr seinen Wert, um dir deine Gnade abzuschmeicheln oder abzubetteln; du bist sie ihm als einen Tribut schuldig, und es mahnt dich nicht, wenn du ihn nicht freiwillig entrichtest.«

Der König: »Du magst wohl recht haben, aber du machst mir's wahrhaftig ein wenig zu sauer, Regent zu sein. Du musst in der Geschichte so unwissend sein wie ein neugebornes Kind, wenn du verlangst, dass man alles so genau nehmen soll.«

Das Vögelchen: »Ich verlasse dich und komme nicht eher wieder, als bis du das erste Lob verdient hast.«

»Ich wollte, dass du nie wiederkämst«, rief ihm der König nach, als es verschwunden war. »Man wird eines solchen Hofmeisters überdrüssig, der den ganzen Tag moralisiert und dem man keinen Schritt nach seinem wunderlichen Kopfe recht machen kann. Ich will einen andern Weg einschlagen, um groß zu werden; ewig still zu Hause zu sitzen und in der besten Absicht die größten Fehler zu begehn, das führt zu nichts. Du sollst mich schon loben müssen, wenn ich den halben Erdboden erobert habe; wag es alsdann jemand, mir einen einzigen Fehler vorzuhalten! Ich will Krieg anfangen und die eine Hälfte der Erde zur Wüste machen, damit die andre vor mir zittert.«

Sogleich ließ der König alle Bauern mit Pflügen aufbieten und alle Felder seines Reiches umackern; er reiste in eigener Person herum und streute aus der goldnen Büchse den goldnen Samen aus; wohin ein Korn fiel, da wuchs ein bewaffneter Krieger hervor. Das Schauspiel war ungemein belustigend, als ganze Regimenter mit klingendem Spiel und unter Abfeurung des groben Geschützes hervorsprangen. »Halt, richtet euch!« – »Rechts um schwenkt euch!« – »Das Gewehr auf die Schulter! Marsch!« – so brüllten auf allen Seiten die fürchterlichsten Stimmen durchs ganze Land; die halbe Erde hätte schon vor dem bloßen Geschrei zittern mögen.

Mit rotem Federhut und aufgeblasnen Backen
Hebt ein Trompeter hier Trompet und Nacken,
Lautschnatternd »Treng, Treng, Treng« aus einer Furch empor;
Dort fahren hoch in die Luft zwei Paukenklöppel hervor
Und schlagen den klanglosen Acker mit ungeduldiger Hitze,
Bis dass der schwere Gaul mit der tönenden Pauke sich hebt.
Durch aufgeworfnes Erdreich gräbt
Sich hier des Grenadiers getürmte Mütze;
Er steigt, und steigend streicht er sich den schwarzen Bart.
»Blitz-Höllen-Sapperment«, flucht einer in der Erde,
Und auf den Fluch erscheint ein Kinn, sehr schwach behaart.
Mit Brausen drängen sich bäumende Pferde
Und blinkende Reiter durch staubende Wolken herauf;
Sie fliehn in fest geschlossnen Gliedern
Durch Stoppeln und Graben und Sumpf mit geflügeltem Lauf.
Gehorsam ihres Führers Rufe,
Stehn alle, stampfen, und unter jedem Hufe
Erhebt sich ein Zelt. Kein Brot noch Fleisch wird zugeführt;
Es flucht kein Koch, es knarrt kein Bratenwender.
Kein Topf wird angesetzt, kein Feuer angeschürt,
Gefälschten Wein verkauft kein Marketender.
Die Krippe füllt sich selbst, der Tisch ist stets besetzt
Und jede Zunge stets mit Zyperwein genetzt.

Das Schauspiel war so unterhaltend für den König, dass er ganze Tage säete und Essen und Trinken darüber vergaß; er hörte nicht eher auf, als bis ihm der Raum fehlte. Einer seiner Mandarine arbeitete indessen an einer Deduktion, worin sonnenklar bewiesen wurde, dass vor zwölf Jahrhunderten der Marktflecken *Quinquina* zum Königreich Butam gehört habe, und sobald der Beweis fertig war, zog der König mit seinem Heer aus, dem Könige der kalten Inseln die unrechtmäßige Besitzung abzunehmen. Die Märsche gingen übermäßig schnell; da Menschen und Pferde aus ganz anderm Stoffe gemacht waren als sterbliche Soldaten, so marschierten sie Tag und Nacht in vollem Galopp und liefen gewiss über den Nordpol hinaus, wenn die Offiziere nicht »halt« schrien. Der König ritt jede Viertelstunde ein Pferd tot und konnte doch nicht nachkommen; man merkte wohl, dass ihr Laufen nicht mit rechten Dingen zuging. Sobald er sie eingeholt hatte, gab er Befehl zur

Schlacht; der König der kalten Inseln führte wohl seine Truppen auch ins Feld; aber was für eine Armee war das! als wenn ein Häufchen Maikäfer sich gegen einen Schwarm Kraniche wehren wollte, der die Sonne verfinsterte! Ihre Pferde sahen klein aus wie Katzen und die Reiter, als wenn sie aus Kartenblättern geschnitten wären; einer von den Riesen aus der goldenen Büchse konnte ein halbes Dutzend davon auf der flachen Hand halten, und wenn eins von den Pferden aus der goldnen Büchse wieherte, fiel ein ganzes Glied im feindlichen Heere zu Boden. Der König war in Gedanken schon Herr von den sämtlichen kalten Inseln und ließ das Zeichen zum Angriff geben; plötzlich erhub sich ein Nordwind, so scharf und schneidend, als wenn er mit allem Eise des Nordpols geschwängert wäre; die Riesen froren steif, konnten kein Glied rühren, und die Pferde erfroren ihnen unter dem Leibe, weil sie in einem warmen Lande gewachsen waren, wo man von dergleichen naseweisen Winden nichts wusste. Die kleinen Zwerge hingegen, die ein solches unfreundliches Lüftchen nicht übelnahmen, weil sie in ihrem Lande keinen bessern Wind hatten, hieben mit Löwenstärke in die erfrornen Riesen hinein und brachten sie doch wahrhaftig alle um; wer kein Blut sehn konnte, war nichts dabei nütze; wenn es nicht gleich gefroren wäre, so ertranken die Zwerge mit ihren Katzenpferden insgesamt darin. Glücklicherweise versteckte sich der Eroberer in einen hohlen Baum, als der Wind so unverschämt zu blasen anfing, und rettete sich dadurch vom Frost und vom Schwert der Feinde. Es war kein Spaß, so weit von seiner Heimat, ganz allein in einem hohlen Baum zu stecken; wenn es nur wenigstens ein schönes warmes Land gewesen wäre! Aber bei so einer barbarischen Luft konnte er den Kopf nicht sicher aus dem Loch herauswagen, ohne dass ihm nicht die Nase erfror. Er vertröstete sich auf die Nacht, wo er aus dem Baume steigen und den Feinden ungesehn entlaufen wollte, solange seine Beine hielten; ja, gut getroffen! In solchen verkehrten Ländern gibt's wohl Nacht; er wartete ewig, und es kam keine.[2] Du guter Kakerlak! Wenn du ein halbes Jahr warten willst, so wird Nacht genug kommen; hier ist's nicht so wie bei dir zu Hause, wo man Licht ansteckt, wenn die Sonne zwölf oder sechzehn Stunden geschienen hat.

»Weh mir!« seufzte der unglückliche Eroberer im hohlen Baum, da die Nacht nimmermehr kommen wollte. »Wie wohl war mir auf meiner Ottomane! Wie schmeckte mir der persische Wein aus dem goldnen Becher und das Vogelnest aus der silbernen Schüssel so wohl! Wie wickelte ich mich so warm ins seidne Bettchen und drückte mich an meine Gemahlin Ypsilon! Ach, säß ich noch in meiner philosophischen Zelle und suchte mit dem Eifer eines echten Rosenkreuzers den Stein der Weisen! Fänd ich ihn auch nicht, so wär ich doch in der warmen Stube. Du Tor! Was tatest du, als du dich mit Hexen einließest und durch sie ein großer Mann werden wolltest? Ach, Kak ... «

Die erste Silbe seines vorigen Namens war noch nicht völlig über die Lippen, so schwebte er schon auf dem Rücken des Vögelchens in der Luft; da es sich bei so schneller Fahrt und so scharfer Luft nicht gut sprechen lässt, so blieb die übrige

---

[2] Die Leser werden sich erinnern, dass in den Ländern des Nordpols das ganze Jahr nur aus *einem* Tage und *einer* Nacht besteht und dass jedes von beiden ein halbes Jahr dauert.

Hälfte des Namens im Schlunde zurück. Das Vögelchen trug ihn soviel tausend Meilen weit nach Hause und setzte ihn ohne Schnupfen und Katarrh auf seine weiche Ottomane; er wollte ihm danken und Abbitte tun, aber es verschwand, eh er den Mund öffnete.

»Ich komm euch gewiss nicht wieder in euer Land ohne Nacht«, fing er an, als er sich ein wenig aufgewärmt hatte, »und wenn auf den kalten Inseln alles Eis zu Diamanten würde, so mag ich sie nicht erobern. Hätte ich doch bei der Eroberung meine gesunden Gliedmaßen einbüßen können; nein, besser ist's, ich bleibe zu Hause und beschenke aus meinem grünen Sacke jeden, der etwas braucht.«

Diesem Entschlusse gemäß wollte er künftig seine Größe auf einem andern Wege suchen, und um die Erinnerungen seiner Beschützerin zu nützen, nahm er sich vor, nur das Verdienst seine Freigebigkeit empfinden zu lassen. Er gab also allen seinen Räten und Beamten Befehl, auf Personen achtzuhaben, die durch ihr Talent oder ihren Fleiß dem Reiche Nutzen oder Ehre schaffen könnten und ohne Unterstützung keins von beiden zu tun vermöchten; sein Befehl wurde treulich erfüllt, und kein Tag verging, wo er nicht in den grünen Sack griff und ein gut angewandtes Geschenk machte.

Ein Landmann kam, der Vorschuss brauchte, weil ihm Überschwemmung und Hagelwetter Ernte und Winterfutter geraubt hatte, ein andrer, der sich in einer Heide anbaun und aus unfruchtbarem Sande fruchtbare Felder machen wollte; der König griff in seinen grünen Sack und gab ihnen.

Ein Fabrikant kam, der im Lande eine Ware verfertigen wollte, die man wegen ihrer Unentbehrlichkeit dem Fremden abkaufen musste und dem die erste Auslage fehlte; ein Künstler kam, der aus Mangel, um das Brot zu gewinnen, seine Kunst an schlechte Arbeiten verschwenden und sein großes Talent vernachlässigen musste; der König griff in seinen grünen Sack und gab ihnen.

Ein junger Mann, dessen Talente viel versprachen, wurde dem Könige bekannt gemacht; er musste sich um des Unterhalts willen zu Beschäftigungen herablassen, die weit unter seinen Fähigkeiten waren und ihn an wichtigern Arbeiten hinderten, wodurch er sich und dem Reiche mehr Nutzen und Ehre hätte schaffen können; der König griff in seinen grünen Sack und gab ihm, dass er in Zukunft bloß für die Wissenschaften, für sein Talent und die Ehre der Nation leben konnte.

Tat jemand einen Vorschlag zur Verbesserung des Nahrungsstandes, zur Vergrößerung des Handels, zur Ausbreitung der guten Erziehung oder der Wissenschaften, zur Aufnahme der Künste, er mochte den Nutzen, die Verschönerung oder die Ehre des Reichs betreffen, der König griff in seinen grünen Sack, und wenngleich die Ausführung nicht allemal den gehofften Vorteil verschaffte, so gewährten sie doch wenigstens *den* Nutzen, dass man nun wusste, von welchen Unternehmungen man sich nichts zu versprechen hatte.

Der König hoffte täglich, dass sein Vögelchen wiederkommen und ihn loben sollte; aber es ließ ihn ein ganzes halbes Jahr in der Ungewissheit. Endlich kam es, hüpfte ihm flatternd auf die Schulter und rief: »Großer König, ich lobe dich: Jetzt bist du auf dem wahren Wege zur Größe. Du unterstützest das wachsende Verdienst; du flickst nicht am Alten, du schaffst etwas Neues. *Aufhelfen* ist das erste

Geschäft des Regenten: Durch Unterstützung nützt er mehr als durch Belohnung. Großer König, ich lobe dich. Bist du bald deines Glücks überdrüssig?«

»Überdrüssig?« antwortete der König voll Verwunderung. »Da ich erst anfange, mein Glück zu genießen? – Nein, meines gegenwärtigen Vergnügens werd ich nicht überdrüssig, und wenn ich Jahrhunderte lebte. Hätt ich mir doch nicht eingebildet, dass es so schön wäre, König zu sein.«

»Möge doch Ihrer Majestät keine Bitterkeit diesen königlichen Geschmack verderben!« sprach das Vögelchen. »Wenn Allerhöchstdieselben ihn in einem Jahre nicht zu verändern geruhen, so bin ich von meiner Strafe befreit; ich kehre dann in meiner vorigen Gestalt zum erhabenen Brocken in die Versammlung meiner Schwestern zurück. Heil dem großen König, der des Vergnügens an guten Handlungen nicht satt wird! – Ich verlasse dich und erscheine dir nicht eher wieder, als bis du mich von meiner Strafe befreit hast.«

Der König tat täglich mehr Gutes und Großes und ward täglich vergnügter; sein Reich blühte, seine Untertanen liebten ihn, und alle Zeitungsschreiber in Butam nannten ihn den großen König. Wenn er nicht die Physiognomie des Prinzen Alfabeta hatte, so blieb er bis an sein Ende im ruhigen Genusse seiner Größe. Der Bestohlne wurde zwar gleich den Morgen darauf, als er in den Spiegel sah, eines Mangels an sich gewahr und versprach Belohnungen über Belohnungen, wenn ihm jemand seine Physiognomie wieder schaffte oder den Dieb anzeige, der sich so gottloserweise an ihm vergriffen hatte; allein niemand konnte das Verlorene wiederfinden, niemand den Dieb entdecken. Noch mehr ergrimmte der Fürst Omega, sein Bruder, als er merkte, dass ihm sein ganzer Hofstaat gestohlen war, nicht einmal einen Bedienten hatte er übrigbehalten, der ihm den Tee auftragen konnte. Beide Brüder urteilten mit vieler Einsicht, dass es nicht mit rechten Dingen zuging. Omega starb, und sein Bruder musste sich immer noch ohne Physiognomie behelfen.

Ein Page, der zu dem gestohlenen Hofstaat gehörte, bekam einmal den saueren Dienst, der Prinzessin Friss-mich-nicht die Schleppe zu tragen; sauer war der Dienst gewiss, so wenig Talent außerdem dazu gehören mag, eine Schleppe zu tragen, denn sie hatte die Gewohnheit, im Gehen beständig zu taumeln, wie die hamburgischen Leichenträger, und sich oft so schnell herumzudrehn, dass der arme Schleppenträger sehr fest auf seinen Füßen sein musste, wenn er nicht an die Wand geschleudert sein wollte. Alle hatten den Dienst, seiner großen Schwierigkeiten ungeachtet, mit vielem Verstand und Klugheit ohne Leibesschaden verrichtet; nur dieser einzige, der von etwas melancholischem Temperament war, wollte Gewalt brauchen, wo andre kaum mit Klugheit auskamen. Er hatte die Verwegenheit, dass er die Prinzessin mit der Schleppe (in allen Ehren gesprochen) wie ein Pferd mit dem Zügel lenkte; sooft sie von der geraden Linie abweichen wollte, zog er sie so unsanft von der Abweichung zurück, dass es keine Naht am Kleide bei ihm aushalten konnte. Wegen ihrer ungemeinen Lebhaftigkeit bemerkte die Prinzessin die Bosheit nicht eher als eines Nachmittags, da sie von der Tafel ging; sie wollte plötzlich eine von ihren Pirouetten machen; krack! schleuderte sie der misanthropische Schleppenträger in einem Wirbel herum, dass sie gerade wieder auf den Fleck sah, wohin sie vorher gesehn hatte. Die Dame war eben nicht in ihrer Festtagslaune und überhaupt ein wenig griesgrämig, wie schon ihr Name beweist; sie versetzte also dem Verwegnen rückwärts mit dem spitzen Absatz ihrer gestickten Schuhe einen Stoß, dass er zu Boden stürzte und vor Schrecken nicht einmal ach und weh schreien konnte; sie hatte den empfindlichsten Teil seines Leibes und seiner Ehre getroffen, und er musste also aus einem doppelten Grunde beleidigt sein. Er verließ den Hof und schwur, die Beleidigung nicht anders als mit Blute zu rächen; indem er an der Grenze des Reichs überlegte, wie er das machen sollte, hörte er von dem Verlust des Prinzen Alfabeta. »Was?« sagte der Rachsüchtige. »Wäre der Prinz Alfabeta nicht König von Butam? Hätte er sich nicht vor drei Vierteljahren mit der Königin Ypsilon vermählt?« – Man lachte ihm ins Gesicht über seine Fragen und hielt ihn für einen Verrückten, der dem Tollhause entlaufen wäre; der Page versicherte sie mit vieler Hitze, dass er selbst bei der Vermählung gewesen wäre; nun ging erst das Gelächter recht an; da er aber hartnäckig auf seiner Meinung bestand, so ließ man ihn gehn und bedauerte, dass ein so hübscher Mensch so frühzeitig um seinen Menschenverstand gekommen wäre.

Dem Pagen schien gleichwohl die Sache verdächtig, und er ging daher an den Hof des Prinzen, um sich genauer zu unterrichten; hatte er sich jemals gewundert, so tat er's jetzt, da er den Prinzen Alfabeta hier erblickte, den er bisher alle Tage als König von Butam gesehn zu haben glaubte. Er entdeckte den Diebstahl umso viel lieber, weil es ihm eine Gelegenheit zur Befriedigung seiner Rachbegierde zu sein schien. Der Prinz war von sanftem Gemüt und wollte erst die Güte versuchen; er schickte zwei Gesandte zum Könige von Butam, ließ ihn manierlich grüßen und geziemend um die Auslieferung seiner Physiognomie ersuchen. »Was?« fuhr der König von Butam bei der Audienz der Gesandten zornig auf. »Ich hätte des Prinzen Alfabeta Physiognomie entwendet? – Himmel und Erde! Als wenn wir hierzulande nicht selbst Physiognomien hätten, dass wir erst dem Herrn Prinzen seine stehlen müssten, um wie rechtschaffene Menschen auszusehn.«

Die Gesandten, da sie durch Güte nichts ausrichteten, entschuldigten sich sehr höflich, dass sie also dem Befehl ihres Herrn nachleben und den Krieg ankündigen müssten. »Mir, dem König von Butam, mir kündigt der Prinz Alfabeta den Krieg an?« rief der König, zog aus der Tasche seine goldne Dose und schlug darauf. »Er komme, der Herr Prinz! er komme! Es wird mir viel Ehre sein, ihm und seinen Soldaten die Kehlen abschneiden zu lassen.« Um die Gesandten, die er für nichts Besseres als Betrüger hielt, wegen ihrer Dreistigkeit zu bestrafen, ließ er sie bis an die Grenze führen und ihnen bei jedem Dorfe, durch welches sie gingen, fünfundzwanzig Rutenhiebe auf das bloße Hintergebäude ihres Leibes geben; beide litten Schmerz und Beschimpfung mit der wahren Standhaftigkeit eines Weisen und machten bei den Hieben eine Miene, als wenn sie Konfekt äßen.

Der Prinz erzürnte sich gewaltig über eine so offenbare Verletzung des Völkerrechts, die allein schon einen Krieg wert gewesen wäre, und machte sogleich Anstalt, seine Physiognomie mit Feuer und Schwert wiederzuerobern, und dreist durch die Gerechtigkeit seiner Sache, zog er mit seinem Heer aus.

Der König von Butam besäete indessen alle Äcker seines Reichs aus der goldnen Büchse; die Saat ging gut auf und trug recht brave Riesen. Als der Prinz Alfabeta die unmenschlichen Kerle und die ungeheure Menge Truppen erblickte, sank ihm der Mut, und er wurde gewiss vor Schrecken blass, wenn er seine Physiognomie schon wieder hatte. Was wollt er gleichwohl tun? Er nahm seinen ganzen Rest von Mut zusammen, hielt eine wohlgesetzte Rede an seine Soldaten, denen vor Angst die Zähne klapperten, dass sie wegen des Geräusches kein Wort von der Rede hören konnten, und ob sie gleich nichts verstanden hatten, so fand er doch zu seiner Beruhigung, dass ihre Tapferkeit und Streitbegierde auf seine Ermunterung sichtbar zunahm. Die Schlacht ging an; ach, ihr armen Soldaten des Prinzen Alfabeta, wie erging es euch! Die Riesen zogen nicht einmal die Säbel, taten nicht einmal einen Schuss, sondern fingen die Feinde mit den Zähnen, wie die Katze die Mäuse, zerbrachen ihnen das Genick und speisten sie lebendig auf, wie ein Hecht einen Weißfisch verschluckt. Der Prinz merkte bei guter Zeit, dass man bei solchen Leuten seines Lebens nicht sicher war, machte rechtsum und entkam den Barbaren, die sich kein Gewissen machten, ihre Nebenmenschen lebendig zu verschlingen; er kam zwar ziemlich erschrocken und abgemattet, aber doch glücklich mit allen seinen gesunden Gliedmaßen im Schlosse an und ließ gern seine Physiognomie unerobert.

Aufgemuntert durch das Glück seiner Waffen, verfolgte der König von Butam seinen Sieg, nahm das ganze Land des Prinzen ein und ihn selbst gefangen; er hielt einen Siegeseinzug in seiner Residenz und wurde mit allgemeinem Frohlocken bewillkommt. Er war zwar nicht wenig besorgt, dass eine so große Armee allen Raum in seinem Reiche wegnehmen, Ackerbau und Viehweide hindern und dadurch Teurung und endlich gar Hungersnot erzeugen würde, allein das Schicksal endigte seine Sorge in wenigen Wochen. Diese Kariben, die ohne Grausamkeit keine Minute hinbringen konnten, rieben sich untereinander selbst auf, da ihnen die Feinde fehlten; einer fraß den andern, und der letzte starb an einer tiefen Wunde, die ihm ein solches Ungeheuer mit seinen scharfen Zähnen in die rechte Brust versetzt hatte.

Zweites Buch

Der König von Butam war zu glücklich, um es lange zu bleiben; bei so vielen und großen Freuden dachte er an keinen Überdruss, und der Zeitpunkt, wo er seine Beschützerin von der Strafe befreien sollte, nahte sehr heran. Ihre heimtückischen Schwestern sahen es mit Unwillen und hielten deswegen einen Reichstag auf dem Brocken, um zu beratschlagen, wie sie die Befreiung einer Schwester hindern sollten, die ihnen wegen ihres guten Herzens verhasst war. Die Hexe *Schabernack,* die gefährlichste und schlauste unter allen, blies zuerst Lärm; sie war Statthalterin des Weltteils, worin das Königreich Butam lag.

Sie setzt ihr Horn wie rasend an den Mund,
Und in dem ganzen Erdenrund
Erschallt der fürchterlichste Ton:
Der Walfisch horcht im Nord mit aufgesperrtem Rachen;
Des Südpols Eisgebirge krachen;
Der Wolkenraum erbebt vor diesem Schreckenston.
Kaum dringt er in der Schwestern Ohren,

So fordert jede gleich die Stiefeln, Peitsch und Sporen;
Und ohne weitres Aufgebot
Sitzt wie auf *einem* Zug in jedem Teil der Erde
Im Augenblick der Hexen Schar zu Pferde.
Der Erdbewohner sieht mit Angst den Himmel rot
Von langgestreiftem Feuer glühen;
Der Landmann ruft: »Die Hexen ziehen.«
Leichtsinnig glaubt der Philosoph ihm nicht,
Will klüger sein und nennt's ein nördlich Licht;
Doch wer durchs Denken sich nicht Schaden tat am Glauben,
Der hört wohl in der Luft genau die Rosse schnauben.

Zuerst erreicht den tiefbeschneiten Berg
Ein Schwarm von Nordens Zauberinnen,
Sibiriens und Grönlands Herrscherinnen,
Geführt von einem braunen Zwerg,
Den ein genäsch'g Weib – so lehret Grönlands Sage –
Von einem Walfisch einst gebar.
Von Trane glänzend, fliegt wie ein Komet sein Haar;
Ein Fischbein schwingt sein Arm, und unter seinem Schlage
Schießt schneller als ein Pfeil der Seehund, der ihn trägt,
Dass um ihn her wie Staub die Wolken stieben.
Ihm folgt, in jeder Reihe sieben,
Der Zaubertrupp; hier zieht, nie angeregt,
Ein Rentier flügelschnell, ein Meerschwein dort den Schlitten.
Mit Tran zum Labetrunk gefüllt, umgürtet mitten
Ein dicker Schlauch den Pelz, der die Matronen ganz
Vom Kopf zu Fuße deckt, Erkältung zu verhüten;
Den Scheitel ziert ein ungeheurer Kranz
Von Gräten schön gewebt. Zwei Chöre wüten
In wildem Tanze nebenher;
Die raue Trommel schallt, die Muschelschalen schmettern,
Als brüllte Löw, als brummte Bär,
Als zitterte die Luft von zwanzig Donnerwettern,
Tönt fürchterlich, aus hohler Brust geheult,
Das Zauberlied.

Zunächst nach ihnen eilt
Das große Heer herbei, das unter allen Zonen
Die kupferfarbnen Nationen
Der Neuen Welt beherrscht. Pizarros[3] Seele ritt
Mit blutendem zerrissnen Beine
Als Postillion voran auf einem Stachelschweine,

---

[3] Der Eroberer von Peru.

Für alles, was von ihm der Peruaner litt,
Verdammt zu dieser Pflicht. O welcher wüste Haufen,
Welch scheckiges Gemisch ohn Ordnung folgt ihm nach!
Die *einen* tummeln sich auf Schlangen, andre laufen,
Der eine Kopf ist rund, der andre flach,
Der dritte spitz und ein Quadrat der vierte;
Die eine schwingt die Streitaxt mit Geschrei,
Als wenn sie in die Schlacht Huronen führte;
Die andre ritzt die blut'ge Wang entzwei
Und dreht in engem Kreis die schweißbenetzten Glieder;
Hier blökt ein wilder Schwarm aus vollem Halse Lieder,
Bis das gepresste Blut die Backen kirschbraun färbt;
Dort spritzt in Stern und Mond, die sich mit Abscheu wenden,
Ein andrer dampfend Blut mit vollgeschöpften Händen;
Hier schleicht ein nackter Trupp, an Hüft und Brust gekerbt,
Mit tiefgesenktem Kopf und fürchterlichem Brummen;
Dort tanzen Mütterchen mit rotgemaltem Steiß.
Wohin ihr Zug sich lenkt, stürzt vom Gebirg das Eis
Zerberstend in das Tal; die Winde selbst verstummen;
Mit Todesangst verkriecht sich Mensch und Wurm.

Des Brockens tiefbeschneiter Gipfel
Bebt unter ihnen kaum, so schüttelt schon ein Sturm
Auf dem Gebirg umher der Eichen alte Wipfel
Und meldet sausend schon den dritten Haufen an.
Er kam vom warmen Morgenlande,
Wo der Chinese Tee aus buntem Porzellan
Mit stillem Ernste schlurft, von dem erhitzten Sande
Des weiten Afrikas, wo dem geglänzten Mohr
Der Sonne nahe Glut die breite Nase senget
Und wo vor einen Ort – man sag ihn sich ins Ohr –
Der Hottentottin die Natur ein Schürzchen hänget.[4]
Ein toller Heiliger, der durch des Betens Kraft
Den Weibern Fruchtbarkeit, den Männern Stärke schafft[5],
Lief vor dem Trupp als Läufer her und schwenkte
Um den entblößten Leib die Geißel, dass sein Blut
Die Wolken, wo er ging, mit roten Strömen tränkte.
Was Schwärmerei, was finstre heil'ge Wut
Ersinnen kann, sein eignes Fleisch zu quälen,

---

[4] Der Verfasser folgt hier einem Irrtume, der in der Naturgeschichte des Menschen schon längst verschrien ist; allein er hat sich selbst dafür strafen müssen, denn er machte unvermeidlicherweise einen Vers, der den Artikel (*die Natur*) zur Zäsur hat.

[5] Dergleichen es im Orient und besonders in Ägypten viele gibt. Man sehe *Nordens* »Reise nach Ägypten.«

Das sieht man hier. Ein tolles Weib
Ließ voll Begeistrung sich den Leib
So rein, wie einen Apfel, schälen
Und trägt an einer Stang ihr eignes totes Fell.
Man folgt mit Toben der flatternden Fahne,
Man drängt sich, man beißt sich mit gierigem Zahne,
Man ritzet und dreht in taumelnden Sprüngen sich schnell.
»Platz!« schallt es plötzlich durch die Lüfte;
Gleich wird der Berg wie Tag von tausend Fackeln hell;
Es füllen ihn des Weihrauchs süße Düfte,
Und leise tönt der lieblichste Gesang.
Da kommt mit feierlichem Gang,
Mit Kränzen auf dem Haupt und in den Händen Kerzen
Im schwarzen Totenkleid die ungezählte Schar,
Die unter Millionen Schmerzen
In Gallien auf dem Altar
Des rohen Aberglaubens brannte,
Die Deutschland zum Schafott als Zauberinnen sandte,
Die sich in Spanien zur Zauberei bekannte,
Der Folter durch die Flammen zu entgehn.
Zum Lohn des Märtyrtods genießen sie die Ehre,
Sich über alle zu erhöhn.
Sie sind umringt von einem großen Heere
Trabanten in Kalott und Skapulier;
Die heil'gen Väter sind's, durch deren Rachbegier
Der Pater Grandier[6] im Scheiterhaufen flammte,
Weil er die Wunder frech verdammte,
Die doch ein Kloster tat. Wie haun
Ins Zaubervolk hinein die schwarzen Pfaffen,
Dem langen Zuge Platz zu schaffen,
Den alle still in tiefer Ehrfurcht schaun!

Die ehrwürdige Schar nimmt mit den Obersten jedes Weltteils ihre Sitze ein; das
Volk lagert sich im Schnee; die schwarzen Trabanten gebieten Stillschweigen, und
die Hexe Schabernack tritt auf, um ihren Vortrag an die Versammlung zu tun; sie
hustet dreimal und beginnt in Hexametern, die der Kanzleistil auf dem Brocken bei
allen öffentlichen Reden erfordert:

Schwestern, die ihr durch Kunst die Herzen der Menschen regieret,
Sie zu Wünschen entflammt, sie von Leidenschaften hinweglenkt,
Hört mich mit willigem Ohr! Gerecht beschlossen wir letzthin

---

[6] Grandier, ein Geistlicher, der den Nonnen eines Klosters in Frankreich schuld gab, dass sie die Wunder, die eigentlich Betrügereien waren, mit Hilfe des Teufels täten, und da man eine solche Beschuldigung nicht gern auf sich sitzen lässt, so wurde er zu ewiger Widerlegung verbrannt.

Mit einmütigem Spruch, die Verwegne von uns zu stoßen,
Die des Schicksals ew'ges Gesetz aus weichlichem Mitleid
Störte; sie büßet in Qual; doch bald wird die Strafe sich enden,
Wenn ihr der Listigen nicht mit schneller Entschließung zuvorkommt.
Soll ein Sterblicher sich im Arm des Vergnügens ergötzen
Und der Ekel ihn nie mit leisem Schritte beschleichen? –
In das flammende Herz des Verliebten gießen wir plötzlich
Einen löschenden Strom; mit gesättigter Liebe verschmähen
Männer die Weiber; des Ehrbegierigen Seele, den Abgrund,
Überfüllen wir oft; wir verwandeln die köstlichsten Speisen
In ein ekelndes Gift dem genäschigen Gaume, die Reize
Jedes Sinnes in Wollust, in Langeweile das Denken
Und nicht selten in Last den Odem des Lebens, und Butams
Glücklicher König allein soll nicht dem Gesetze gehorchen? –
Nein, ich dulde das nicht; ich will in geborgten Gestalten
Seinem Palaste mich nahn und durch mannigfaltige Listen
Seiner Freude den Tod bereiten.
Wofern ihr des Ordens
Ansehn nicht hasset, so gebt mir unbeschränkende Vollmacht.

Das letzte Wort war noch nicht völlig ausgesprochen, so schallte ihr schon ein voll-
stimmiges »Ja« in allen Sprachen des Erdbodens entgegen; sie begab sich an ihren
Platz, und die Versammlung entschied noch einige wichtige Angelegenheiten. Der
größte Teil des gemeinen Haufens murrte, dass unter den Menschen Orthodoxie
und Ketzerei bald aus der Mode kommen sollten und dass bald keiner dem andern
um seines Glaubens willen einen Ritz in den Finger schneiden würde, denn sie sahen die Veränderungen unseres Jahrhunderts voraus. Die Hexen aus gewissen Ge-
genden Deutschlands, wo es jetzt noch Hexen gibt, brüsteten sich bei dieser Gelegenheit nicht wenig, dass bei ihnen die naseweise Freiheit im Denken und Schrei-
ben noch lange unter die geistliche Konterbande gehören würde, und eine portu-
giesische Nonne verlas ein lateinisches Lobgedicht auf die Inquisition, allein es
fand keinen Beifall, weil man schon damals auf dem Brocken vom Geschmack an
geistlichen Inquisitionen zurückgekommen war.

Der Tag brach an, und die Versammlung trennte sich; die Hexe Schabernack eilte
vermöge ihrer Vollmacht zum Palaste des Königs von Butam und fuhr in die Leib-
katze der Prinzessin Friss-mich-nicht. Das Tier kam seiner Gebieterin ganz anders
vor, seitdem die Hexe darin steckte; es schnurrte nicht mehr, verlor ganz seinen vorigen guten Charakter, kratzte und biss, wenn man es anrührte, und fing endlich gar
an zu reden. So etwas hätte selbst einen Philosophen in Verwirrung bringen können,
und die Prinzessin, ob sie gleich keine Philosophin war, urteilte doch sehr scharf-
sinnig, dass dieser Vorfall nicht ganz nach dem Laufe der Natur geschähe, und
schloss daher sehr richtig, dass Hexerei dabei vorgehn müsste.

»Große Prinzessin«, sprach die Katze, »der König liebt dich nicht, und du bist
ihm gram. Ich will dir helfen, ihm einen Possen spielen. Sooft du willst, dass ihm

28

etwas Unangenehmes begegnen soll, so sage 'Kak', und du wirst deine Freude an seiner Unruhe sehn.«

Von da begab sie sich zum Bruder, dem Prinzen, und sagte ihm: »Erhabner Prinz, du liebst den König, und der König ist dir gewogen; du wünschest täglich, dass es ihm wohlgehn mag; ich will deine Freude vermehren. Sooft du einen solchen Wunsch für den König tust, so sage 'Kak', und er soll sogleich erfüllt werden.«

Zuletzt ging sie auch zur Königin. »Huldreichste Monarchin«, fing sie an, »du liebst deinen Gemahl zuweilen, und er ist dir manchmal auch nicht ungeneigt; du hast oft Langeweile bei ihm und er nicht selten bei dir. Sooft du ihm und dir ein Vergnügen wünschest, so sage 'Kak', und er muss dir's schaffen.«

Die listige Hexe verließ ihre Wohnung und setzte sich auf die Feueresse, um die Wirkung ihrer Bosheit zu sehn. – Die arme Katze kam am schlimmsten dabei weg, denn zum großen Leidwesen der Prinzessin starb sie auf der Stelle von der Einquartierung.

Die Prinzessin, die sich's nicht zweimal sagen ließ, wenn sie einen Possen spielen sollte, begab sich sogleich ins Vorgemach des Königs; der Prinz eilte aus gutem Herze eben dahin, um geschwind dem Könige etwas Gutes zu wünschen. »Kak«, rief die Prinzessin, »Kak«, rief der Prinz, und in der Minute legte jedes ein Ei; sie sahen sich voll Verwunderung an. »Kak, kak, kak«, schrie die Prinzessin. »Wird denn das verwünschte Eierlegen bald aufhören? Da sind schon wieder drei Stück.« Sie rief voll Zorn: »Kak, kak, kak«, und je mehr sie rief, desto mehr legte sie Eier, desto mehr verwünschte sie die Eier, stampfte, schimpfte auf die Hexe, die ihr den Streich spielte, und musste von neuem rufen und von neuem Eier legen. Der Prinz, der von einem viel sanftern Temperamente war, verrichtete sein Geschäft mit vieler Gelassenheit, sprach sehr gutmütig: »Kak«, und sagte mit ebenso gutmütigem Ton, wenn er sich umsah:

»Schon wieder ein Ei?«

Die Prinzessin wurde immer heftiger und warf endlich vor Grimm alle ihre Eier an die Wand; sie rollten unter die Produkte des Prinzen, eins stieß an das andere, alle brachen entzwei. Und welches Wunder! Aus jedem Dotter wurde ein Mensch, und jeder dieser Menschen war einer von dem Heere, das ehmals die Vorgemächer bevölkerte, da die Großen noch der Etikette frönten und die Fesseln des Zeremoniells noch nicht zerbrochen hatten wie jetzt. Großtürsteher, Großschlüsselbewahrer, Großkleiderkammermeister und wie sie weiter hießen, und

> Alle standen chapeau bas
> Frisch gepudert, scharf geschultert da.

Jeder ging auf seinen Posten, der Prinz und die Prinzessin in ihre Zimmer und begriffen nicht, was aus dem Wunderwerke werden sollte.

Der König wollte auf die Jagd gehn und glaubte noch wie sonst Herr seines Willens zu sein; er gab Befehl; der Befehl wurde dem obersten Stallmeister überbracht und brauchte eine ganze Stunde, eh er von diesem durch alle mittleren Instanzen zu dem Reitknechte hindurchkam, der das Pferd vorführen sollte; ebenso viele Zeit brauchte er, um sich von dem ersten Oberjägermeister bis zu dem niedrigsten Jagdburschen durchzuschlagen, der mitreiten musste, und zwei ganze Stunden wurden erfordert, ehe die Verordnung des ersten Marschalls zu allen gelangte, in welcher Uniform jeder sich einfinden sollte, der zur Begleitung bestimmt war. Der König verging beinahe vor Verdruss; er sah mit Verwunderung vom Fenster, dass sich eine Menge Pferde versammelten, als ob er in den Krieg ziehen wollte. Die Begleitung wartete im ersten Vorgemach, aber niemand konnte zum König und der König nicht heraus; alle Türen waren verschlossen und der Großtürbewahrer noch nicht da, der den Schlüssel dazu hatte. Er kam endlich, und vier Stunden, nachdem der Befehl aus dem Munde des Königs ergangen war, brach der Zug auf.[7]

Es ließen sich Fremde vorstellen, und der König sprach mit ihnen, wie ein Mensch von Verstand mit einem Menschen von Verstand, offen, lebhaft, ohne Zwang. Als er sie von sich gelassen hatte, tat ihm der Großfremdenvorsteller einen Vortrag, worin er ihm die Erinnerung gab, dass Ihre Majestät bei der Audienz wider die Regel der Etikette verstoßen und mehr gesprochen hätten, als einem Monarchen anständig wäre. Der König fragte lachend, was einem Monarchen nach seiner Etikette anständiger wäre zu sprechen? »Nichts«, antwortete jener, »als zwei Fragen, eine über den Weg, die andre über die Gesundheit.« – »Ich will reden wie ein Mensch, der zu reden weiß und bei Leuten, mit denen er spricht, Unterricht oder Vergnügen sucht«, sagte der König unwillig. »Hat denn ein Klotz mehr Würde als ein Mensch?« – Durch diese unbedachtsame Rede tat er sich vielen Schaden bei den Großen des Reichs; denn sie waren nicht unzufrieden, *dass* er redete, sondern dass er mit jemand außer ihnen sprach; es entstand allgemeines Murren.

Der König wollte eine von seinen vorigen Freigebigkeiten ausüben und griff nach seinem grünen Sack; wo war er? Der Großsackbewahrer hatte ihn unter seine Aufsicht genommen. Umsonst befahl der König, ihn auszuliefern; der Verwahrer desselben behauptete, dass allein ihm das Recht zukäme, die Auszahlungen aus dem Sacke zu tun; auch dies ließ sich der König gefallen, aber sooft er Befehl zu einer gab, so machte der Sackbewahrer so viele Gegenvorstellungen und Einwendungen, wenn er keine Lust dazu hatte, dass eigentlich nicht mehr der König, sondern sein Sackbewahrer Gnaden austeilte und dass sie daher nicht der Verdienstvolle bekam, sondern wer vor diesem Herrn am besten kriechen konnte.

Nicht besser ging es mit dem roten Nachtstuhl und der goldenen Büchse; der König wollte täglich, befahl täglich, und niemals wurde sein Wille, niemals sein Befehl erfüllt; er war nichts als eine Puppe, die den König vorstellte, die Ehre des Monarchen genoss und den Willen der Großen unterzeichnete.

Er klagte seiner Gemahlin seine Not, wie sehr er in Vormundschaft geraten wäre und wie wenig er sich davon befreien könnte; sie erinnerte sich an den Rat der Kat-

---

[7] Diese sonderbare Etikette war noch zu Anfang dieses Jahrhunderts in Spanien gewöhnlich: Le Roi, voulant aller à la chasse, avait donné l'ordre en porte-arquebuse pour deux heures. Les personnes de sa suite se rendirent au palais: elles croyaient entrer dans l'appartement: mais celui qui avait droit d'en fermer les portes, ne parut qu'à trois heures. Il fallut que le roi attendit comme les autres. Les grands jouissaient de privilèges que maintenait la sévérité de l'étiquette: on tenait par-là le Monarque en quelque sorte reclus, excepté pour eux. »Mémoires politiques«, T. 2, p. 28.

ze und antwortete ihm nichts als »Kak«. Sie vermutete, dass sich auf dieses Wort alle Vergnügen der Erde um sie her versammeln würden; aber es geschah nichts. Sie wiederholte den Ausruf zum zweiten, zum dritten Male: Es geschah nichts. Verdrießlich schmähte sie schon bei sich die betrügerische Hexe, als sie von ungefähr ihren Gemahl anblickte und in seinem Gesicht eine ungewöhnliche Munterkeit wahrnahm, die immer mehr wuchs, je länger sie ihn ansah, und sich endlich so sehr vergrößerte, dass er sich des Tanzens nicht enthalten konnte; er fasste sie bei der Hand, sang eine Bourrée und sprang mit ihr herum, dass sie beide zuletzt atemlos auf die Ottomane sanken. Er machte noch denselben Tag Anstalt, Opern, Seiltänzer, Virtuosen auf allen Instrumenten, Schauspieler, Kastraten, Sängerinnen, Taschenspieler und tausend andere edle und unedle Künstler in Dienste zu nehmen, und der Sackbewahrer, der wohl wusste, was es bedeutet, wenn der Monarch sich *ganz* auf die Seite des Vergnügens lenkt, machte diesmal nicht eine einzige Einwendung. Er schrieb mit eigener Hand an alle Orte, um das Vortreffliche in jeder Art des Vergnügens am Hofe des Königs zu versammeln; Opperntheater wurden gebaut, worauf ein ganzes Regiment manövrieren konnte, Redoutensäle von ungeheurer Größe, Amphitheater zu Tiergefechten, alles so groß und prächtig, als es die Imagination des Baumeisters zu ersinnen vermochte. Vom Morgen bis zum Abend tat man nichts, als dass man von Vergnügen zu Vergnügen eilte.

Kaum öffnete der Tag die Augenlider,
So hallte schon der Wald vom Jägerrufe wider.
Mit wildem Schreien treibt aus dem Gebüsch ins Feld,
Von hohen Wänden weit umstellt,
Ein Bauernchor das scheue Wild. Dort schreitet
Mit schwankendem Geweih der sichre Hirsch hervor
Und bleibt mit Staunen stehn; er reckt den Hals empor
Und ahnet keinen Tod. Ihm folgt, von ihm geleitet,
Ein endenreicher Trupp in langen Reihen nach.
Der Büchse Donner schallt, der dreiste Führer sinkt.
Die bange Schar, zum Fliehn vor Schrecken schwach,
Sieht bebend, wie sein Blut der durst'ge Rasen trinkt.
Der zweite Schuss pfeift durch die Luft und streckt
Den zweiten hin. Wie springt der geängstete Haufen,
Dem drohenden Tod zu entlaufen!
Und findet ihn, wo er am wenigsten schreckt.
Hier hebt sich, über die Schranken zu hüpfen,
Ein Mut'ger empor und stürzt verwundet herab;
Ein andrer gräbt, darunter wegzuschlüpfen,
Sich listig einen Weg und gräbt sich sein Grab.
Ihr Toren flieht umsonst; was kann euch Schutz gewähren?
Der Mensch ist euer Feind, aufs Rauben nur bedacht,
Den nicht wie den empfindungsvollern Bären
Der Mangel bloß, den selbst die Lust zum Mörder macht.

Das blut'ge Schauspiel ist vollbracht;
Man übersieht mit Stolz die totenvolle Szene.
Mit schallendem Triumphgetöne
Verlässt man sie und eilt, bei einem reichen Mahl
Die Heldentaten zu erzählen.
Man kehret zum Palast, ein andres Kleid zu wählen,
Und neugeschmückt erscheint man festlich in dem Saal,
Wo auf dem vollen Tisch aus Meere, Luft und Garten,
Aus Süd und Ost die schönsten Leckerein
In tiefstudierter Ordnung warten,
Mit gleichem Reize Gaum und Auge zu erfreun.
Hier brüstet sich, aus buntem Teig geschaffen,
Ein spiegelreicher Pfau, den niemand essen mag;
Gleich unessbar und gleich bewundert, gaffen
Auf einem Berg von Moos mit ausgeholtem Schlag,
Der niemals treffen wird, zwei Äffchen wild sich an.
Ein Entenvölkchen schwimmt auf einem See von Brühe;
An steilen Alpen klettern Kühe
Zum Gipfel, voller Schnee von Eierweiß, hinan;
Ein Eber lauscht mit scharfgewetztem Zahn
In einem Eichenwald von Petersil und Mandeln.
Kein Essen, das die Kunst in fremde Form nicht zwang!
Die Kunst, mit der Natur in ew'gem Zank,
Ließ Fisch' in Vögel sich verwandeln,
Schuf aus des Hasen Fleisch des Löwen furchtbar Bild.

Bewundert ist die Pracht, der Appetit gestillt,
Die ganze Jagd erzählt, die Unterhaltung trocken.
»Was?« ruft der König aus und hält die Uhr
Mit Schrecken in der Hand, »beim zweiten Gange nur
Und doch so spät? Die Hunde locken
Den Fuchs zum schweren Kampf.« Er sagt's und springt empor,
Die edle Zeit mit Klugheit einzuteilen
Und nicht bei *einer* Lust zu lange zu verweilen,
Wenn eine neue ruft. Ihm folgt der ganze Chor
Der satten Esser nach. Trompet' und Pauken schallen;
Die Schranken öffnen sich, und unaufhaltsam fallen
Den langgeschwänzten Fuchs die Hunde bellend an.
Sie bellen, und er beißt, sie beißen, und er schreit;
Er wehrt sich, flieht und – stirbt, sobald er keins mehr kann.
Doch, Muse, tut dir's nicht um deine Verse leid?
Verschwende sie an keine Grausamkeit!
Die Lust, die eines Tiers gequälter Tod gewährt,
Ist keines einz'gen Verses wert.

32

Schon lange laurt im Opernsaal die Menge,
Bricht Bänk' und Arm' entzwei in drückendem Gedränge
Und wünscht mit Ungeduld den Füchsen schnellen Tod,
In Hoffnung länger nicht zu schmachten.
Jetzt rollt der Pauke Lärm daher, und tobend droht
Der Sinfonie Geräusch mit Krieg und blut'gen Schlachten.
Der Vorhang rauscht, und schnell wird alles Ohr.
Vom Schauplatz tönt ein stimmenvoller Chor
Mit feierlicher Pracht durch den gewölbten Saal
Und drückt dem Herz mit tiefen Zügen
Erstaunen ein. Ein Held, gekrönt mit Siegen,
Kehrt mit dem Heer zurück; er legt den blut'gen Stahl
In der Geliebten Schoß und weiht sich Amors Kriegen.
Kühn, wie ein leichter Gems durch Schweizerklippen hüpft,
Springt eine Meisterhand in labyrinthschen Gängen
Die Silbersaiten durch; gewälzt wie Wellen drängen
Die Töne bald sich rauschend fort, bald schlüpft
Der schleichende Gesang hernieder – und erlischt,
Wie ein verliebter West um eine Tulpe wirbt,
Sie sanft berührt und dann mit leisem Seufzer stirbt.
Wie von des Frühlings Hauch zum Leben angefrischt,
Die Lerche wirbelnd steigt und in den Wolken schlägt,
So steigt und sinket durch der Töne Leiter
Ein tönender Sopran in leichten Trillern weiter
Empor, als selbst Apollens Lyra trägt.
Durch ungetreue Lieb in Raserei versenkt,
Tobt die Prinzessin dort, dass Schlepp und Kleid sich schwenkt;
Zorn brauset im Gesang, dass jede Nerve bebt,
Wenn die Beleidigte den Dolch zur Brust erhebt.
Die Heere ziehn, die Schilde klirren,
Der Donner rollt, am Himmel irren
Die Blitze kreuzend hin; im Augenblick
Wird der Palast zum Hain, der Hain zur öden Wüste,
Die Wildnis eine Flur und durch ein Zauberstück
Ein Tempel aus der Flur. Ein schwebendes Gerüste,
Mit Wolken reich behängt, mit Lampen schön erhellt,
Trägt einen Gott herab, der seine Majestät
Mit banger Furcht vergisst, sich nach den Stricken dreht
Und ängstlich sorgt, dass nicht die Wolkenkutsche fällt
Und er den Götterhals auf seiner Reise bricht;
Doch langt er glücklich an, dann kommt in sein Gesicht
Die Gottheit gleich zurück, und furchtbar ist's zu sehn,
Wie er die Welt mit Blick und Trillern itzt erschüttert,
Dass sie vor ihm, wie *er* vor seiner Reise, zittert.

Das Opfer flammt, die Priester flehn,
Parterr, nebst Logen, sehnt sich nach dem Abendessen;
Man lässt den Gott, so gut er kann, nach Hause gehn
Und findet, wohl gespeist, die Oper doppelt schön.

Wie? wären bei dem Plan zwölf Stunden Nacht vergessen?
Zu Freuden ungenützt, verschliefe man die Nacht? –
Nein, weislich ward schon längst an sie gedacht.
Ist nicht im Tanzsaal schon ein buntes Volk versammelt,
Das sein Gesicht mit Wachs und Leinwand deckt,
Mit roten Wangen prahlt, mit Riesennasen schreckt,
Oft durch die schwarze Mask ein schönes Auge steckt,
Bald stumm durch Zeichen spricht, bald lispelt oder stammelt?
Rauscht die Musik nicht schon mit wilder Fröhlichkeit?
Wie schwebt die Perserin dort mit beflügeltem Schritte,
Leichtfliegend und sanft wie ihr flatterndes Kleid!
Wie schielt sie bei jedem gemessenen Tritte
Nach lächelndem Beifall herum!
Ein krummgebückter Greis wirft seines Alters Bürde
Gleich einer Feder ab und dreht wie ein Jüngling sich um;
Ein Pfarr' vergisst auf einmal Ernst und Würde
Und schwenkt sich profan wie ein Weltkind herum;
Der eine hat Witz, der andre Biskuit zu verschenken,
Mit Spott ergötzt sich der eine, der andre mit Schwänken.
Kein einz'ger, der sich nicht in der falschen Rolle gefällt,
Nicht seine wahre mit Freuden vergisst!
Das bunte Volk ist ganz das Bild der Welt;
Ein jeder scheint, was er nicht ist.

So ging es Tag für Tag; aber je mehr die Vergnügen sich drängten, desto geschwinder wurde der König sie überdrüssig. Er gähnte bei der Jagd, er gähnte bei Tische, er gähnte bei der Fuchshetze, er gähnte bei der Oper, er gähnte bei der Redoute, und um das beschwerliche Gähnen nicht zu einer Krankheit werden zu lassen, sann man auf Neuheit.

Das Possenspiel trat auf die Bühne,
An schönen Arien und Albernheiten reich.
In Locken wie ein Schlauch und mit verzerrter Miene
Spielt einem Narren hier ein Närrchen einen Streich.
Der Primadonna Spiel ersetzet an Grimassen,
Was an Verstand den Worten fehlt;
Sie liebt, sie wird betrübt und dann vermählt
Und weiß sich im Final vor Freuden nicht zu fassen.
Man geht heraus; hat viel gehört und nichts gedacht,
Hat alles toll genannt und doch gelacht.

Sobald die Neuheit dieser Possen vorbei war, so fing der König an gewaltiger zu gähnen als jemals; man riet also, sein abgenütztes Vergnügen mit etwas recht Starkem aufzufrischen.

Mit Gift und Dolch, mit Tränen und mit Schrecken
Rauscht unter grausem Pomp das Trauerspiel daher,
Das weiche Herz zu Furcht und Mitleid zu erwecken.
Von Ehrgeiz angespornt, ermordet auf Begehr
Der Gattin ein Vasall den Herrn im sichern Schlafe,
Steigt auf den Thron und wird ein grässlicher Tyrann,
Würgt wie ein Wolf die waffenlosen Schafe,
Minister, General, Freund, Kinder, Weib und Mann.
Doch bald verfolgt den Bösewicht die Strafe;
Die Geister der Erwürgten stehn
Vor ihm im Bett, vor ihm beim Freudenmahle,
Und die erschrocknen Augen sehn
Geronnen Blut im blinkenden Pokale.
Die Hexen kochen das schwarze Gemisch
Der Zaubersuppe, die Luft zu vergiften;
Die Winde sausen mit wildem Gezisch,
Und blasse Tote steigen aus Grüften,
Zu prophezein, dass schon den Dolch die Rache zückt;
Und was geschieht? – Der Wütrich wird zerstückt
Und seine böse Frau verrückt.

»Ach!« rief der König. »Wollt ihr mich denn mit euren schrecklichen Lustbarkeiten ums Leben bringen? Solche abscheuliche Dinge machen schwere Träume. Dass mir in Zukunft kein Mensch mehr auf dem Theater verrückt wird, oder ich lass ihn gleich ins Tollhaus bringen und den Poeten dazu. Können die Leute nichts Lustiges spielen?« – Man gehorchte dem Verlangen.

Ein komisch Spiel durchgaukelte die Szene,
Mit Scherz und Laune Hand in Hand.
Mit Selbstgefallen buhlt die abgelebte Schöne
Und findet jeden dumm, der sie nicht reizend fand;
Der Alte predigt Sittenlehren,
Nennt's Torheit, wenn man liebt, und liebt, wenn's niemand merkt;
Der Geiz'ge lässt vom List'gen sich betören,
Und den Verschwender will der schlechte Wirt bekehren.
Bald gibt, durch muntern Witz gestärkt,
Dem Hohn die beißende Satire
Das *Lächerliche* preis; zu andrer Zeit
Erweckt das *Drollige* den Geist zur Heiterkeit;
Bald malt ein zärtlich Herz in süßer Trunkenheit
Der Liebe Schmerz, der Liebe Seligkeit,
Ein andres die Verlegenheit,

Wenn man vor Liebe brennt und das Geständnis scheut.
Vom Hofmann bis zum Musketiere
Sieht jeder seines Stands Philosophie,
Manieren, Sitten, Sprach in richtiger Kopie.

»Das ist mir recht«, sprach der König, »dabei wollen wir bleiben; das Lächeln macht aufgeräumt, das Lachen guten Schlaf und guten Appetit.«

Als acht Tage vorbei waren, beschwerte er sich, dass ihm etwas fehlte; jedermann war schon bereit, es herbeizuschaffen, sobald er es nennen würde. »So etwas, das Augen und Ohren beschäftigt«, antwortete er, als ihn seine Gemahlin darum befragte. »Der Witz und die Laune sind wohl gute Dinge, aber sie werden's nicht übelnehmen, wenn man sie endlich auch überdrüssig wird.«

Man brachte ein Ringelrennen, ein Feuerwerk, einen Wettlauf in Vorschlag. »Recht so!« war des Königs Antwort. »Das ist gerade meine Sache.«

Laut wiehernd stampft der Hengst im Karussell,
Mit langgestrecktem Galopp durch die staubende Laufbahn zu jagen,
Zum Siege den glänzenden Ritter zu tragen.
Dicht, wie ein Wald vom Strahl der Morgensonne hell,
Geordnet in zwei Reihen, blitzen
Der Lanzen aufgepflanzte Spitzen.
Begierig wartet schon, dem das gezogne Los
Den ersten Lauf bestimmt', aufs langverschobne Zeichen.
Die Pauke schallt, schnell fliegt, wie vom Bogen ein leichtes Geschoss,
Mit wankendem Federbusch Ritter und Ross,
Die Mitte des schwebenden Rings zu erreichen.
Ach! welch ein neidisches Geschick
Lenkt neben ihm vorbei die schwere Lanze?
Ein unglückselig Ross bei allem seinen Glanze,
Kehrt ohne Paukenschall der traur'ge Gaul zurück,
Und seufzend senkt die leere Lanze
Der Ritter mit verschämtem Blick.
Umso viel mutiger durchrennt der zweite
Die Bahn auf einem Ross, durch langen Ruhm bekannt;
Mit ausgestrecktem Arm fliegt ihm das Glück zur Seite
Und lenkt ihm hilfreich Lanz und Hand.
Wie braust der stolze Wallach, da das Eisen
Des abgestochnen Rings am glatten Stahle klirrt
Und im gespitzten Ohr die Siegstrompete schwirrt!
Wie hebt der Sieger sich, wenn alle rings ihn preisen,
Und klatscht den edeln Hals des Pferdes mit Triumph!

Bald wurde für die überfüllten Sinne
Des Königs diese Lust, gleich jeder andern, stumpf.
»Wie säte die Natur die Freuden dünne!«
So seufzt' er oft. »Mit geiler Fruchtbarkeit

Gedeihn Verdruss und Langeweile.«
Der ganze Hof studiert mit Emsigkeit,
Ein Mittel auszuspähn, das diesen Trübsinn heile.
Indessen wird in größter Eile
Ein Feuerwerk hervorgebracht,
Wie seit der Schöpfung keins auf unserm Erdball brannte.
In Gnaden schuf dazu der Himmel eine Nacht
So pechschwarz, dass kein Mensch sich selbst erkannte.
Wald, Ufer, Tal, Gebirge kracht
Von fünfzig donnernden Kanonen.
Am Berge steigt ein feuriger Palast –
Selbst Feen würden gern darinne wohnen –
Wie hergezaubert auf. Dort wälzt sich eine Last
Von Feuer in die Luft mit prasselndem Getümmel;
Raketen speit der flammende Vulkan
Zu Tausenden empor; sie bilden einen Himmel,
So sternenreich, dass Venus, Wassermann
Und Großer Bär erlischt. Es prasselt, platzt und kracht –
Weg ist der sternenreiche Himmel,
Geld, Pracht und Lust verdampft und alles finstre Nacht.

Der König geriet außer sich vor Entzücken und verlangte nunmehr zu seiner Glückseligkeit nichts als Feuerwerke; an allen Orten wurden Pulvermühlen angelegt; man
ging auf nichts aus, als Schwefel und Salpeter zu entdecken, und die Feuerwerker
wünschten sich doppelt so viele Hände, um ihre Arbeit desto geschwinder fördern
zu können. Schon bei dem fünften Feuerwerk beschwerte sich der König über Einförmigkeit in den Erfindungen, und das sechste sah er gar nicht.

Da er mit seinem Vergnügen und die Hofleute mit ihrer Erfindsamkeit ganz erschöpft waren, so wandte er sich an seine Akademie und gab ihr den Auftrag, die
Erfindung eines neuen Vergnügens zur Preisaufgabe dieses Jahrs zu machen. Es
liefen eine Menge Abhandlungen ein: Ein Astronom empfahl die Betrachtung des
gestirnten Himmels und die Berechnung der Kometenbahnen; ein Antiquar riet die
Entzifferung und Aufsuchung alter Denkmäler an; ein Philosoph behauptete, dass
ein Mensch gar keinen Kopf haben müsste, wenn er Langeweile in einer Welt hätte,
wo es Metaphysik gäbe; so erteilte jeder seinem Vergnügen den Vorzug und glaubte, dass alle Menschen mit ihm auf *einem* Wege zur Glückseligkeit gelangen müssten und nur darum nicht dazu gelangten, weil sie einen andern gewählt hätten.

»Lauter bekannte Dinge!« rief der König voll Zorn, als man ihm von den einge-
laufenen Vorschlägen Bericht erstattete. »Etwas Neues will ich.« – Jeder gestand in
Untertänigkeit, dass es ihm unmöglich wäre, dies Verlangen zu erfüllen, weil ...
»Ach«, unterbrach sie der König, »beweist mir nur nicht, was ich deutlich genug
sehe. Es ist kein Wunder, dass ihr niemals Zeit übrig habt, wenn ihr alles beweist,
woran niemand zweifelt. Halt ich mir nicht eine Akademie, die mich so vieles Geld
kostet, und doch kann sie mir nicht einmal das Leben erträglich machen.«

Er warf sich verzweiflungsvoll in seinen Armstuhl und beschloss den Genuss des Vergnügens damit, dass er gar keins glaubte. »Wie wohl war mir«, sagte er, »da ich noch in meinem stillen, einsamen Häuschen den Stein der Weisen und die Naturkräfte suchte; ich fand zwar keins von beiden, aber ich war doch durch die eingebildete Hoffnung glücklich, dass ich sie finden würde. Wie ist der Weg des *Genusses* in diesem Leben so kurz! Er führt in einem kleinen Zirkel herum, und mit sechs Schritten ist man wieder an dem Ort, wo der Weg anfing. Ach wär ich noch der weise Kak ... «

Ohne seinen Willen hatte er in seinem Verdrusse den Ton ausgesprochen, der ihn daraus erretten sollte; das Vögelchen kam auf diesen Ruf herbei, lud ihn auf seine Flügel und führte ihn weit von Butam hinweg zum Schlosse eines deutschen Edelmanns, der nach den damaligen Sitten so viel trinken konnte als zwanzig Sterbliche in unserem gegenwärtigen entkräfteten Menschenalter.

Drittes Buch

Der Herr von *Blunderbuß* lag im tiefsten Schlafe, als sie vor seiner Residenz anlangten, schnarchte und träumte von den Späßen, die ihn des Nachts vorher bei dem Weinglase belustigten. Die Hexe setzte indessen ihren Freund Kakerlak in einem leeren Weinfass ab, das auf dem Hofe stand, schläferte ihn ein und sann auf Mittel, ihn zu einem noch ungenossnen Vergnügen geschickt zu machen.

Was sie mit ihm im Sinne hat, lässt sich ohne das mindeste Nachdenken erraten: Er soll den Wein austrinken, den der Herr von Blunderbuß in seinem Keller liegen hat. Die größte Schwierigkeit war nur, wie ihm seine Beschützerin einen so großen Durst beibringen sollte, als zu einem solchen Unternehmen gehörte, da er zeitlebens in allen tierischen Bedürfnissen so mäßig gewesen war, wie es sich von einem Philosophen verlangen lässt, und da er selbst als König von Butam diese Mäßigkeit beibehalten hatte; denn ob er gleich die köstlichsten Weine auf die Tafel setzen ließ, so liebte er sie doch nur als eine Art von Pracht, ohne jemals davon zu trinken.

Das Vögelchen saß vor dem Schlafzimmer des Herrn von Blunderbuß, ernsthaft nachdenkend, und fand kein besseres Mittel zur Ausführung ihres Plans, als dass sie die Seelen der beiden Leute vertauschte. Kakerlaks Seele und Körper, sagte es sich, sind beide so mäßig, dass sie in diesem Schlosse Jahrhunderte wohnen könnten, ohne sich das Vergnügen zunutze zu machen, das hier zu haben ist; aber wenn ich dem mäßigen Körper eine durstige Seele zur Aufsicht gebe, so muss er wohl trinken, er mag wollen oder nicht.

Dies tiefgedachte Urteil beweist, dass die Hexe stark in der Logik sein musste und dass sie einen scharfen Blick in die Ökonomie des menschlichen Wesens getan hatte. So schnell, als man denkt, hatten die beiden Seelen ihre Wohnhäuser verwechselt, und damit der Blunderbußische Körper nicht etwa Händel anfinge, wenn ihm seine neue Herrschaft nicht anstände, so musste er mit ihr im Weinfasse sein Quartier nehmen; das Vögelchen begab sich hinweg, sobald die Zauberoperation geschehn war.

Noch nie sah man so deutlich, wie schlimm es in einem Hause hergeht, wenn Herr und Diener nicht zusammenpassen, als da die Blunderbußische Seele und der Kakerlakische Körper aus dem Bette aufstehn wollten. Sie war von den Dünsten des gestrigen Rausches noch umnebelt; sie merkte wohl, dass im Gehirn um sie her alles anders war wie sonst, aber ans Nachdenken nicht sonderlich gewöhnt, ließ sie sich nichts anfechten, sondern fing an, ihre Maschine in Bewegung zu setzen. Welche Unordnung! Wenn sie ein Bein aufheben wollte, zog sie am Arme; anstatt den Arm zu bewegen, zog sie am Munde; es ging ihr wie einem Puppenspieler, wenn er die Faden verfehlt, womit er seine agierenden Personen regiert. Da sie schlechterdings nicht mit ihm zurechtkommen konnte, ergriff sie die kürzeste Partie und gab ihm einen Stoß, dass er zum Bette herausrollte. Der Bediente des Herrn von Blunderbuß, der diese Art aufzustehn bei seinem Herrn gewohnt war, argwöhnte nichts Außerordentliches, sondern kam auf das Geräusch des Falles sehr gelassen herbeigeschritten, seinem Herrn auf die Beine und in einen Stuhl zu verhelfen. Desto größer war sein Erstaunen, da er den gefallnen Körper aufrichtete und eine ganz andere Nase, andere Augen, Hände und Füße und sogar eine kleinere Statur an ihm erblickte, als sein Herr bisher hatte; er konnte mit allem seinen Nachsinnen keine natürliche hinreichende Ursache zu einer solchen Veränderung finden und vermutete daher sehr richtig, dass es nicht mit rechten Dingen zuginge. Die Blunderbußische Seele wollte zu trinken fordern, aber die Kakerlakische Zunge, die der deutschen Sprache nicht mächtig war, brachte nach vielen Verzerrungen des Gesichts ein kauderwelsches Gemisch hervor, das halb aus Deutsch und halb aus der Sprache von Butam zusammengesetzt war. Der Bediente, der keine Silbe verstand, fragte voll Verlegenheit einmal über das andere, und je mehr er fragte, desto mehr übereilte sich die Seele in ihrem Unwillen, desto mehr grimassierte das Gesicht, desto verwirrter sprach die Zunge. »Mein Herr muss besessen sein«, sagte der erschrockene Mensch und eilte mit allen Kräften, den Pater herbeizuholen, der ihn exorzisieren sollte; die arme Seele musste indessen schmachten und plagte die Maschine ganz jämmerlich, die unter ihrem Befehle stand, wie ein schlechter Reiter ein störrisches Pferd, ohne sie vom Stuhle bewegen zu können.

Der Pater kam an und war gleichfalls über die Veränderung nicht wenig erstaunt, da er den Tag vorher mit einem ganz andern Herrn von Blunderbuß gegessen und getrunken hatte; um nicht zu übereilt zu verfahren, versammelte er seine Bruderschaft aus dem ganzen Umkreise. Ihre Überlegung ging ohne allen Streit und ohne alle Verschiedenheit der Meinungen vonstatten, denn der ganze Synodus traf gleich die Wahrheit und entschied einmütig, dass es nicht mit rechten Dingen zuginge und dass hier nichts als ein recht starker Exorzismus helfen könnte. Sie fingen ihre Beschwörungen an, und je mehr sie dem vermeinten Teufel zusetzten, desto erzürnter tobte die Blunderbußische Seele in ihrer Wohnung herum. Die Beschwörer fuhren unablässig fort und winkten sich mit freudigem Lächeln zu, dass sie nach ihrer Meinung dem bösen Feinde so viel Angst machten; sie beschworen so lange, bis sie müde und hungrig wurden, und beschlossen daher, sich zu Tische zu setzen und sich zum Kriege wider den Teufel neue Kräfte zu sammeln.

Der vermeinte Besessene wurde wie rasend, als man ihn in seinem eigenen Hause vom Tische ausschloss und einer Diät unterwarf, die ihm nicht wohl behagte; die Patres aßen und tranken mit gutem Appetit zur Ehre des Sieges, den sie bald über den Satan zu erlangen hofften.

Die Hexe Schabernack, die auf jeden Schritt ihrer verwiesenen Schwester genau achtgab, machte indessen Gegenanstalten. Sie schloss so: Der Körper eines mäßigen Philosophen und die Seele eines Trunkenbolds sind zwei Dinge, aus deren Zusammensetzung der vollkommenste Mensch entstehen kann; der Körper hält die Seele zurück, wenn sie mit ihren Begierden die Grenzen überschreiten will, und die Seele treibt den Körper an, wenn er in der Mäßigkeit zu weit geht. Ein solcher Mensch wird sich also beständig im glücklichsten Gleichgewicht befinden, nie zu viel und nie zu wenig begehren und folglich von keinem Vergnügen so viel kosten, dass er Überladung, Sättigung und Überdruss befürchten darf.

Sie bewunderte die große Menschenkenntnis, die ihre Schwester auf ein so sinnreiches Mittel gebracht hatte, wodurch sie ihre Erlösung unfehlbar bewirken könnte; sie stahl daher die Prinzessin Friss-mich-nicht und ihren Bruder aus dem Bette und kam mit ihnen eben an, als die Teufelsbeschwörer bei Tische saßen. Augenblicklich verwandelte die tückische Hexe die Prinzessin in ein großes Deckelglas, mit schönen Figuren und sinnreichen Versen geziert.

Die Geisterbeschwörer wurden durch den Wein so munter, dass sie endlich gar eine Gesundheit wider den bösen Feind ausbrachten; sie suchten das größte Deckelglas aus, das im Hause zu finden war, und ihre Wahl musste vor allen das bezauberte treffen, weil es sich selbst durch seine Größe empfahl. Es wurde mit vieler Freude angefüllt, und der Oberste in der Gesellschaft setzte es an den Mund. »Au!« schrie er, wollte das Deckelglas auf den Tisch stellen und konnte nicht, denn die Prinzessin Friss-mich-nicht biss ihn so heftig in die Lippen, dass sie sich nicht losmachen ließen. »Au, au, au«, rief der gebissne Pater unaufhörlich und rannte in der Stube herum, das Deckelglas an den Lippen. Um ihren Mitbruder aus des Teufels Gewalt zu befreien, fingen sie mit lauter Stimme an, das Deckelglas zu exorzisieren, und um sie desto mehr zu plagen, ließ die Prinzessin nach. Sobald es von den Lippen war, wurde es auf den Tisch gestellt, von neuem gefüllt, exorziert; aber es blieb dabei: Wer es an den Mund setzte, wurde gebissen und schrie »Au«.

Da sich dieser böse Geist durchaus nicht zum Gehorsam bringen lassen wollte, so wählte man das kleinste Glas auf dem Schanktisch, weil ein so enges Behältnis nur einen kleinen Satan enthalten könnte. Schön getroffen! Als sie danach griffen, steckte die Hexe Schabernack den Prinzen Lamdaminiro hinein. Kaum war es gefüllt und kaum hatte es der erste den Lippen genähert, so sprang ihm das Glas auf den Rücken; der Prinz bildete sich ein, auf einem Pferd zu sitzen, gab dem schreienden Pater die Sporen und trabte auf ihm im Zimmer herum, setzte über Stühle und Tische und ruhte nicht eher, als bis sein vermeinter Gaul atemlos und entkräftet zur Erde sank. Die übrigen, die für eine solche Reiterei dankten, wollten der Ehre entfliehn und stürzten sich mit schrecklichem Getöse zur Türe hinaus.

Hier schwenkt, dass Glas und Teller zerbricht,

Sich über den Tisch ein flüchtiger Pater;
Dort kriecht ein schwerbeleibter Herr Konfrater
Mit Ächzen unterm Tisch dahin; ein andrer ficht
Mit Händen und Füßen, sich Raum zur Flucht zu verschaffen;
Hier dieser schützt sich mit geistlichen Waffen,
Dort jener ergreift in der Angst den Braten zum Schild.
Man drängt sich, man stößt sich, man bittet, man schilt;
Hier betet man »Jesus Maria«, dort schreit man »Au wehe«,
Der eine beklagt die Schulter, der andre die Zehe;
Man winselt, man weint, man blökt, man schwitzt;
Denn jeder glaubt, dass der Satan mit blutigen Sporen ihn ritzt.

Sie entkamen diesem Abenteuer, um einem andern zu begegnen. Kakerlaks Seele und der Blunderbußische Körper waren indessen im Weinfass aufgewacht. Sosehr sich die Seele über das sonderbare enge Wohnhaus verwunderte, so verwunderte sie sich doch noch mehr über die Veränderung zunächst um sich herum. Sie bekam von ihrem neuen Gefährten ganz andere Empfindungen als sonst; solange sie in einem sichtbaren Körper wohnte, war aus ihm kein so brennender Durst zu ihr aufgestiegen wie jetzt; alle Triebe, die durch die sterbliche Maschine in ihr erregt wurden, waren Triebe der Unmäßigkeit, alle Gefühle widersprachen ihren Grundsätzen und Begriffen. Wollte sie nicht vom Drange ihrer Empfindungen überwältigt sein, so musste sie sich beizeiten in Autorität setzen, und sie hielt daher dem durstigen Körper eine sehr nachdrückliche Ermahnungsrede. »Liebes Körperchen«, sagte sie ihm, »du wirst ein wenig zudringlich; du willst mich mit aller Gewalt zwingen, wider meine Grundsätze und Einsichten zu handeln und mich durch tierische Vergnügungen zu entehren. Ich sage dir ernstlich, dahin bringst du's nicht bei mir; gib dir weiter keine Mühe. Ich habe deine Schwachheiten bisher geduldet wie die Fehler eines Freunds; du bist eine Masse von Luft, Erde, Feuer und Wasser, weiter nichts; du bist mir als mein Diener zugegeben, als mein Sklave, der mir auf den Wink gehorchen und nicht den Herrn über mich spielen soll; weißt du das wohl? Wenn du deine Unverschämtheit zu weit treibst, so zieh ich von dir aus; ich habe so lange ohne dich gelebt, als ich seit Jahrtausenden in der Luft herumschwebte und die Zeit erwartete, wo ich eine solche Fleischmasse wie dich beleben sollte; ich kann dich wohl entbehren, aber was willst du ohne mich anfangen? Verlass ich dich, so fällst du zusammen und musst dich begraben lassen. Ich rate dir also wohlmeinend, sei mäßig! Fordre nicht mehr, als zu deiner Erhaltung nötig ist; die Natur bedarf wenig, und es ist eine Übertretung ihres ersten Gesetzes, wenn man ihr mehr aufdrängt, als sie braucht.«

In diesem Ton predigte sie lange und sehr gründlich über das Laster der Unmäßigkeit, handelte im ersten Teil von seinen schädlichen Folgen, im zweiten von den Mitteln, ihr zu widerstehn, und war eben bei der Nutzanwendung, als die fliehenden Patres im Hofe anlangten. Da der Strafeifer sie bei ihrer Predigt sehr übernahm, so blieb es nicht bei einem inneren Herzensgespräch zwischen einer Seele und ihrem Körper, sondern sie zwang ihn, sich die Lektion vernehmlich und laut selbst zu halten. – »Was?« riefen die Flüchtlinge voll Schrecken, als die Ermahnung aus dem Spundloch in ihre Ohren schallte, »nun predigen uns gar die Weinfässer die Mäßigkeit? Das ist ein rechter Satansstreich. Noch ist es gut, dass er seine Kanzel in einem leeren aufgeschlagen hat; Brüder, lasst uns beizeiten zuvorkommen, eh er auch in die vollen fährt.« Der Rat war so gut ausgedacht, dass ihm alle ohne Anstand folgten; sie eilten in den Keller, exorzisierten und tranken so lange, bis keine Zunge mehr exorzisieren konnte.

Das Zimmer war also leer, wo die Blunderbußische Seele in ihrem philosophischen Körper schmachtete, und alles so still, dass es ohne Selbstgespräch nicht abgehn konnte; die durstige Monade war zwar sonst an Selbstbetrachtungen nicht gewöhnt, aber das Außerordentliche ihres gegenwärtigen Zustandes nötigte sie wider ihren Willen dazu. Jeder Ton, jede Farbe, jeder Gegenstand kam ihr anders vor als sonst, weil sie durch ein Paar andre Augen sah und durch ein Paar andre Ohren hörte; die bekanntesten Dinge schienen ihr fremd, und es kostete ihr sogar Mühe, ihr ehemaliges Leibglas unter den übrigen wiederzuerkennen; der Weingeruch, der sie sonst so labte, kam ihr widrig und der Weingeschmack ekelhaft vor. Sie härmte sich über die Abnahme ihres Vergnügens und ward von der Traurigkeit so sehr überwältigt, dass dem Körper die Tränen in die Augen traten; vor Verdruss wünschte sie, sich von einem Leibe zu trennen, der ihr nur matte Empfindungen zuschickte und ihre liebsten Vergnügungen in Bitterkeit verwandelte.

Während sie sich so ängstigte und den Tod um Hilfe anflehte, kam die Seele im Weinfass mit ihrer Predigt über die Mäßigkeit zu Ende, und weil sie damit bei dem unmäßigen Körper hinlänglichen Gehorsam bewirkt zu haben vermeinte, um sich ohne Schaden mit ihm unter die Menschen zu wagen, so machte sie Anstalt, aus dem Fasse herauszukommen; sie gab dem Körper einen Stoß, der Körper gab ihn der Tonne, und die Tonne fiel auf die natürlichste Weise von der Welt um, rollte auf den Steinen hin, eine steinerne Treppe hinunter, die Reifen sprangen ab, das Fass fiel auseinander, und die eingesperrte Seele kam nebst ihrem Körper auf die natürlichste Weise von der Welt aus dem Fasse.

Ebenso natürlich ging es zu, dass der Körper, ohne die Seele weiter darum zu fragen, seinen Weg gerade nach der Stube nahm, wo er so oft gezecht hatte: Es geschah aus Instinkt. Wenn sich doch das Erstaunen mit Worten beschreiben ließ, das die beiden Seelen überfiel, als jede ihren bisherigen treuen Gefährten erblickte, ohne mit ihm in der vorigen Verbindung zu stehen! Sie wussten sich's nicht anders zu erklären, als dass es nicht mit rechten Dingen zuginge, und um hinter das Geheimnis zu kommen, ließen sie sich in ein Gespräch ein.

»Welcher Sappermenter hat mir meinen lieben Körper genommen«, fing die Blunderbußische Seele an, »und mich in eine solche verdammte Maschine gesteckt, der Geschmack, Geruch und alle andre Sinne fehlen?«

»O hättest du ihn noch, diesen lieben Körper!« antwortete die andere, »er wird mich noch um all meine Philosophie bringen.«

»Welches Hundeleben, wenn der Körper nichts taugt!« klagte die erste.

»Welche Qual, wenn der Körper beständig den Herrn spielen will!« jammerte die andere.

»Schaff mir einen Dolch oder eine Pistole!« rief die durstige Seele. »Ich will die verwünschte Maschine ins Herz stoßen, damit ich von ihr loskomme; was soll ich in so einem baufälligen Leimenhaufen [Leim, Lehm, eine gelbe Erde; Anm. d. Hg,] sitzen, dem weder Essen noch Trinken schmeckt?«

»Hätt ich einen Dolch, so würd ich ihn gewiss zu meiner eigenen Errettung anwenden«, unterbrach ihn die philosophische Seele. »Ich werde durch eine solche Wohnung erniedrigt. Ach, wenn ich mich von den Fesseln der Materie losmachen und frei, von der Sinnlichkeit gereinigt, in meinen vorigen Zustand zurückkehren könnte!«

»Gütiger Tod, erlöse mich!« riefen beide, aber aus entgegengesetzten Bewegungsgründen. Ihre Klagen waren so herzbrechend, dass sogar die Hexe Schabernack Tränen darüber vergoss; aber man will behaupten, dass sie die Tränen mehr aus Ärger als aus Mitleid vergoss. Sie besorgte, dass die beiden verzweiflungsvollen Seelen Ernst machen und sich wirklich entleiben würden, alsdann hätte sie keine Bosheit mehr an ihnen ausüben können, wozu sie einen starken Hang besaß.

Eine Hexe kann die Wirkungen der andern nicht aufheben, und sie suchte daher ihre Schwester Tausendschön mit verstelltem Mitleid zu bewegen, dass sie Unglück verhüten und jede Seele wieder an Ort und Stelle zurückbringen sollte. Das gute Herz ließ sich durch die Listige einnehmen und eilte voll Schrecken herbei, die Bezauberung zu endigen; sie versetzte die beiden Körper in einen tiefen Schlaf, damit die Operation desto ungehinderter vor sich gehen konnte, und unterdessen brachte sie jede Seele wieder in ihr voriges Wohnhaus.

Hexe Schabernack lachte dreimal laut in der Luft, als ihre List so gut gelungen war, und spottete der gutherzigen Schwester, dass sie sich hatte betrügen lassen; sie konnte vor Begierde die Zeit nicht erwarten, wo die Schlafenden von selbst erwacht wären, sondern jagte in des Herrn von Blunderbuß' Nase eine Fliege, die ihn so empfindlich kitzelte, dass er unaufhörlich im schönsten Trompetenklange nieste.

So stark das Geräusch war und so sehr Blunderbuß es durch sein ungeduldiges Fluchen über das ewige Niesen noch vermehrte, so weckte es doch den schnarchenden Kakerlak nicht, und die Hexe sah sich genötigt, stärkere Mittel zu gebrauchen, um seinen tiefen Zauberschlaf zu vertreiben. Sie führte eine Wespe durch die Öffnung einer Fensterscheibe herein, die von den Patres in ihrer übereilten Flucht zerbrochen wurde; das summende Tier grub ihm seinen Stachel in die Schläfe; er fuhr auf, schlug es tot und schlief wieder ein, obgleich das Blut aus der Wunde quoll. Da an diesem philosophischen Körper mit keinem Sinne etwas auszurichten war, so näherte sich die Hexe seinem linken Ohr und rief mit schmeichelnder Stimme hinein: »Größter aller Philosophen, großer Kakerlak, steh auf!« Sogleich öffneten sich seine Augenlider; er sprang auf und wollte mit lächelnder zufriedener Miene sich für einen so süßen Titel bedanken; aber zu seiner Verwunderung erblickte er kein menschliches Wesen um sich als den dicken aufgeschwellten Blunderbuß, der viel zu materiell aussah, als dass eine solche Schmeichelei von ihm herrühren konnte; er vermutete also, dass es nur ein Traum gewesen wäre.

Beide Teile befanden sich noch einmal so wohl, da der *eine* wieder ganz Herr von Blunderbuß und der *andere* wieder ganz Herr Kakerlak war. Es ist, wie schon

jemand gesagt hat, mit Leib und Seele wie mit Futter und Oberzeug an einem Kleide: Beides muss nach *einem* Maß und nach *einem* Muster zugeschnitten sein, sonst
passen sie nicht zusammen. Blunderbuß stellte vor allen Dingen eine Untersuchung
im Keller an, ob die Bezauberung sich etwa auch auf seinen Wein erstreckt hätte,
zählte seine Fässer zweimal, dreimal durch und glaubte, das Zählen verlernt zu haben, da er seinen Vorrat zweimal so groß fand als vor der Bezauberung; alle Patres,
die sich über dem Exorzisieren im heiligen Eifer zu Boden tranken, hatte die schadenfrohe Schabernack in Weinfässer verwandelt und eines jeden Kopf so ähnlich,
als wenn er lebte, in seinen Zapfen *en haut relief* geschnitten. Blunderbuß geriet außer sich vor Entzücken und ließ sogleich den Bruder Hieronymus anzapfen, um seinen Gast zu bewirten.

Es wurde aufgetragen; der Wirt fand den Wein überaus köstlich und konnte sich
nicht sättigen. Kein Wunder! denn die Hexe hatte ihm die Prinzessin Friss-mich-
nicht ins Glas gespielt, die bei jedem Zug die äußerst reizbaren Organe des Trinkers
mit ihren kleinen Fingern so lieblich streichelte, dass er vor Vergnügen selbst nicht
wusste, wie ihm geschah. Er nötigte seinen Gast bei jedem Glase, einem so guten
Beispiel zu folgen, allein Kakerlak, der ganz wieder zum Philosophen geworden
war, seitdem er die königliche Würde verloren hatte, wehrte das Glas weit von sich
ab und war schon im Begriff, einen sinnlichen Menschen zu verlassen, durch dessen
Gesellschaft er sich zu entehren glaubte, doch die Hexe Schabernack wusste ein un-
fehlbares Mittel, ihn zurückzuhalten. Indem ihm der Herr von Blunderbuß mit ge-
waltsamen Zunötigungen ein volles Glas an den Mund hielt, spielte sie mit ihrer
fertigen Taschenspielerkunst den Prinzen Lamdaminiro hinein, der dem Philosophen leise zuflüsterte: »Weisester unter allen Weisen, großer Kakerlak, trink mich
aus! Erhabenster unter allen Sterblichen, würdige mich, dass ich von dir getrunken
werde! Mich bestimmte das Schicksal dem größten Philosophen der Erde. Trink
mich aus, großer Kakerlak!«

Wie geschmeidig gab seine Philosophie nach! Er schluckte begierig das Glas hinunter, das dem größten Sterblichen bestimmt war, und forderte ein zweites, um die
schmeichelnde Aufforderung zum Trinken noch einmal zu hören; er hörte sie und
schenkte sich ein, um sie wieder zu hören; er trank fast noch unersättlicher als sein
Wirt und berauschte sich in Schmeichelei und Wein so sehr, dass er Sinn und Sprache verlor.

Die Hexe wusste nach ihrer feinen Menschenkenntnis sehr wohl, dass eine solche
Überladung den Überdruss am schnellsten herbeiführen musste, und darum hatte sie
ihn so listig zur Unmäßigkeit zu bringen gesucht. Wie sie wollte, so geschah es: Als
der Weiseste unter den Weisen von dem Schlaf erwachte, worein ihn die Trunkenheit versetzte, fühlte er sich so matt, so zerschlagen! Seine Philosophie war so
schwach wie sein Kopf, der nicht einmal Gedanken genug zusammenbringen konnte, um sich an die Lobsprüche zu erinnern, die ihm des Tags zuvor aus dem Wein-
glas entgegen tönten. Kraftlos schleppte sich der große Kakerlak in einen Stuhl,
seufzte und klagte in lauten Jammertönen über die Erniedrigung seines denkenden
Wesens, über die Schande, dass sich seine geistige Substanz so von den Sinnen hintergehn und so mildtätig berauschen ließ. »Wie bin ich gesunken!« rief er. »Nim-

mermehr werd ich wieder der weise Kak ...« Husch! war das Vögelchen da und flog mit ihm davon.

Hexe Schabernack war nicht fauler als ihre Schwester. Husch! gab sie dem betrunkenen Blunderbuß eine Ohrfeige, packte Prinzessin und Prinzen auf und jagte mit ihnen so geschwind, als eine Hexe durch die Lüfte fahren kann, den beiden Abgereisten nach. Die Ohrfeige, die der Betrunkene zum Abschied empfing, hatte eine eigne Kraft: Sie verwandelte ihn in ein großes Passglas, woran sein Wappen und Porträt geschnitten war und seine Ohren die Henkel ausmachten; es wird noch jetzt als ein Familienstück aufbewahrt und hat großen heraldischen Nutzen.

Viertes Buch

Für Hexen ist ein Trab von Deutschland nach Konstantinopel so wenig als für ein paar Beine, die keiner Hexe gehören, der Weg aus der Stube in die Schlafkammer; sie hatten kaum dreimal nach der Ausfahrt Atem geschöpft, so lag schon Kakerlak in einem Spargelbeet im Garten des Serails zu Konstantinopel.

Der Großsultan ging eben mit tiefem Nachdenken im mittelsten Gange spazieren und überlegte, bei welcher Gemahlin er die künftige Nacht schlafen wollte; da er ein sehr spekulativer Herr war und zur Auflösung des vorhabenden Problems alle seine Gedanken versammelt hatte, so merkte er nicht einmal, dass ihm Hexe Tausendschön das Kleid vom Leib, den Turban vom Kopf und die Stiefeln von den Füßen wegblies und ihm dafür Kakerlaks Kleidung anzauberte. Jetzt hatte er glücklich seine Beratschlagung geendigt, einen Entschluss gefasst und wollte seinem *Maître des plaisirs* die nötigen Befehle erteilen: Ach, du armer Großsultan! Wie schlimm wurde dir zumute, als du dich in einem andern Kleid erblicktest! In dem Kleide eines Ungläubigen! Da du nur in einem einzigen Artikel, den die Hexe aus Schamhaftigkeit ungekränkt ließ, ein Muselmann warst!

Er sagte sich zwar gleich, dass es nicht mit rechten Dingen zuginge, allein die Hexerei war ihm eben zu so höchst ungelegner Zeit geschehn, dass er alles daran wagte, um in den Palast zu dringen: Es half ihm nichts, dem armen Großsultan. Die Wache ließ ihn zurück und führte ihn gar ins Gefängnis, dass er sich unterstanden hatte, in den geheiligten Garten des Serails zu kommen; er beteuerte und schwor bei dem Barte des großen Propheten, dass er der Herr des Palasts wäre: Es half ihm nichts, dem armen Großsultan; es erkannte ihn niemand dafür, weil ihm des Großsultans Kleid fehlte. Kakerlak, dem seine Beschützerin des Sultans Kleid angezogen hatte, kam vom Spargelbeete majestätisch dahergeschritten und wurde um seines Kleides willen mit der tiefsten Ehrfurcht eingelassen. Er ging auf den Wink seiner Beschützerin die Treppe hinan, die hohe Flügeltüre des Zimmers öffnete sich.

Nachlässig warf er sich auf einen Sofa hin,
Elastisch nahm in eine tiefe Höhle
Der seidne Sitz ihn auf. Mit Augen voller Seele,
In Gang und Miene Reiz, tritt eine Sängerin,

Mit vorteilhafter Kunst in leichten Flor gehüllt,
Durch den ein Busen schielt, mit Reichtum überfüllt,
Wie eine Grazie daher.
Mit Absicht und doch stets als durch ein Ungefähr
Lässt ihm Gebärd und Schritt verborgne Reiz' entdecken,
Um einen Wunsch zum Trotz der Weisheit zu erwecken,
Bei dem auch Catos Wangen glühn;
Bescheiden gnug, um anzuziehn,
Und frei genug, nicht abzuschrecken,
Erwartungsvoll, dass man sie zwingt zu fliehn,
Um dann, erhascht nach langem Sträuben,
Mit Widerwillen gern gezwungen dazubleiben.

Der neue Sultan rieb sich die Stirne, seufzte und winkte; sie nahm seinen Wink für
einen Befehl an und sang. Ihre sultanische Hoheit hatten nur Augen, aber keine Ohren! Er konnte seinen Blick an der niedlichen Figur nicht sättigen.

Das Vaterland der Schönen war Kaschmir,
Von der Natur gewählt zum Sitz der Liebe.
Von schweren Wolken niemals trübe,
Mit ew'gem Grün geschmückt, deckt ein Gebirge hier
Aufs wollustreiche Land den langgedehnten Schatten,
Dass nicht der Sonne Strahl der Schönheit Blüte sengt,
Die Lebensgeister nie in schwüler Glut ermatten
Und träge Düsterheit auf keiner Stirne hängt;
Dort atmet stets vom nahen Meergestade
Ein kühlend Lüftchen her, belebt des Jünglings Mut,
Gießt in des Mädchens feurig Blut
Die milde Zärtlichkeit, weht von des Lebens Pfade
Die Sorgen weg und macht
Den feingewebten Sinn den Freuden immer offen.
Wo die Natur so freundlich lacht,
Da lässt sich mit Gewissheit hoffen,
Dass sie nur Grazien, nur Götterbilder schafft;
Doch hier hat ihre Schöpferkraft
Durch Niedlichkeit sich selber übertroffen.
Zwei Arme, kugelrund, vom feinsten Wachs bossiert,
Mit einer Haut so zart wie Eierweiß glasiert;
Zwei Augen, die so viel, was man nicht sagt, verlangen,
Zwei rote hochgewölbte Wangen,
Die jedem Mund befehlen: »Küsse mich!«
Zwei Lippen ... Doch was quäl ich mich, sie zu beschreiben?
So viel ist nun schon klar, es fehlte nichts, um sich
Mit bloßem Sehn die Zeit vortrefflich zu vertreiben.

Auch setzte Herr Kakerlak seine Philosophie ganz beiseite und wurde so sehr Sultan, dass er aufstand, um die niedliche Sängerin bei der Hand zu fassen, als eine neue Schönheit hereintrat.

Aus China brachte sie ein schlauer Handelsmann,
Der tausend nur Prozent an ihr gewann,
Ins kaiserliche Lustgehege,
Doch bloß als eine Seltenheit,
Wie mancher von den reichen Erdensöhnen,
Die keine Sultan' sind, mit porzellanen Schönen
Aus China und Japan und solcher Kostbarkeit
Kamin und Tische schmückt; es ist nicht zum Gefallen,
Zum Nutzen noch zur Lust, nur einzig – zum Besehn.
Das Wundertier blieb an der Türe stehn
Und ließ nicht *einen* Blick auf unsern Sultan fallen.
Ein lebend Ebenbild der strengsten Sittsamkeit,
Die Augen stets gesenkt, die Hände, Busen, Nacken
In seidnen Stoff versteckt und immer auf den Backen
Das sanfte Rot verschämter Schüchternheit,
So stand sie leblos da, wie Albrecht Dürers[8] Damen,
Mit klösterlicher Blödigkeit.
Der Sultan sah erstaunt die ausgerissnen Augenbrauen,
Die bleiche Totenfarb im ernsten Angesicht.
Er fragte sie und wusste nicht,
Wie ihm geschah, denn ihrer Antwort Töne
Erschallten durch zwei Reihn pechschwarz gefärbter Zähne.
Er drehte sie herum und fand
Ein neues Wunderwerk: Ein Schritt entdeckte,
Was ihm bisher das lange Kleid versteckte –
Ein Füßchen, klein wie eine Kinderhand.
»Bei Mahomet«, begann der Sultan laut zu fluchen,
»Hier mag ich nicht nach Wundern weiter suchen;
Es könnte mich vielleicht gereun.«

»Du bist kein Hausrat, in ein Serail; geh!« – und mit diesen Worten wies der erzürnte Sultan der ehrbaren Chineserin mit den pechschwarzen Zähnen und den kleinen Füßchen die Türe. Er wollte sich eben zur Kaschmirin hinwenden:

Schnell flog im wilden Tanz der Wollust und der Freude
Zirkassiens schönstes Mädchen herein.
Die vollen Brüste schwollen beide
Durchs weichende Gewand, das, leicht geschürzt, allein
Die Hüften deckt' und alles unverhüllet

---

[8] Der bekannte alter deutsche Maler.

Dem Auge ließ, was unterm Feigenblatt
Die Mutter Eva nicht verbarg. Ihr Lied erfüllet
Des Sultans Herz, das nie so hoch geschlagen hat,
Mit einem süßen Weh, den Kopf mit süßem Schwindel.

Dergleichen überaus angenehmer Fall kam unserm Herrn Sultan nicht vor, solang er auf der Welt war, umso viel weniger darf man es ihm verdenken, wenn er ihn etwas angriff. Die Göttin der Wollust schien den schönsten Körper zu ihrer Wohnung gewählt zu haben, um in eigener Person die Standhaftigkeit des armen Kakerlaks zu bestürmen. Das verzweifelte Sultanskleid musste schuld daran sein, denn sie hatte kaum zwei Minuten getanzt und gesungen, so griff er schon nach dem Schnupftuche, und zu Anfang der dritten lag er schon in ihren Armen, so groß war seine Not.

Nun wird ein schönes Leben angehn, lieber Leser; da wir beide auf Ehrbarkeit halten, so kann ich unmöglich etwas erzählen, das du lieber denkst als liest. So viel kann man aber doch ohne Schamröte sagen, dass der Hexe Schabernack bei der Sache angst wurde: Sie verzweifelte selbst, dass sie dem Herrn Kakerlak diese Schüssel jemals verekeln könnte. Weiber sollen nie erfinderischer sein, als wenn sie einen Fehler begangen haben; ist auch dieser Grundsatz nicht richtig, so handelte doch die Hexe so, als wenn er's wäre. Sie sah ein, dass sie dem Übel hätte zuvorkommen und statt der Zirkasserin nur die verlegendsten Schönheiten des Serails zum Sultan führen sollen; um also die Befreiung ihrer Schwester, des Fehlers ungeachtet, zu hindern, steckte sie die Prinzessin Friss-mich-nicht unter sein Kopfkissen. Kaum näherte er sich dem Vergnügen, so erhob der Unhold unter dem Kopfkissen ein Zetergeschrei, als wenn das größte Unglück von der Welt geschähe, der Sultan hörte nicht. In der nächsten Nacht gesellte sich die Hexe selbst dazu, und alle drei brüllten so grässlich, wie seit Menschengedenken in der Welt nicht gebrüllt wurde, der Sultan hörte nicht.

Die Hexe war des Spaßes desto überdrüssiger, je weniger der Sultan es werden wollte. Zum Glücke hatte sie in ihren jüngern Jahren einmal gelesen, dass man am leichtesten satt wird, wenn man sich überisst, und ließ wegen dieser scharfsinnigen Bemerkung der Natur freie Wirkung, und was geschah? Der Herr Sultan überaß sich und wurde so satt, dass ich es nicht erzählen kann.

»Warte!« rief Hexe Tausendschön und erzürnte sich zum ersten Male in ihrem Leben, weil sie sich einbildete, dass ihm ihre tückische Schwester den Überdruss beigebracht hätte. »Warte! Der Sultan soll mich doch, dir zum Trotze, erlösen; auf dies Vergnügen setzte ich meine ganze Hoffnung; ich dachte, dass es ihm nun der Tod unschmackhaft machen sollte, und doch hast du mir meine Hoffnung vereitelt! Warte, du schadenfrohe Schwester! Was die Wollust bei einem Philosophen nicht vermag, wird die Liebe tun.«

Sogleich führte sie die reizende Kaschmirin zum Sultan, der matt und verdrießlich auf der Ottomane lag, halb schlummerte und halb wachte und von den genossenen Freuden nicht einmal gern träumte. Er blinzelte das Mädchen an, als sie vor ihn hintrat, wie eine Sache, wobei man denkt, wenn es nur etwas anderes wäre! Gleichwohl sah er nicht weg; sie wurde ihm gar im Kurzen so interessant, dass er nicht mehr blinzelte, sondern die Augen so weit aufmachte, als es sich natürlicherweise tun ließ. Je weniger sie buhlte, je weniger sie ihm ihre Liebe anbot, desto begieriger verlangte er nach ihr; die Leidenschaft fraß so schnell um sich in seinem Herz, dass er schmachtete. Ganz natürlich ging es mit dieser Geschwindigkeit nicht zu, sonst wäre sie unwahrscheinlich; die Hexe hatte die Hand im Spiele.

Nun tat unser Herr Sultan den ganzen Tag nichts als girren, seufzen und ächzen; er verschrieb mehr Papier zu Sonetten, Oden und Liedern als seine Justizräte zu Akten. Sieben Nächte tat er kein Auge zu, und erst in der achten glückte ihm ein halbstündiger Schlummer; er sprach in lauter Ausrufungen und sagte in *einer* halben Viertelstunde mehr »Ach! Oh! Ah!« als andere Leute in ihrem ganzen Leben. Solche heftige Gemütsbewegungen sind kein Spaß: Man kann daran sterben, wenn die Sache lange währt. Auch nahm sein Bauch täglich ab, und die innerliche Liebesglut zehrte ihn so gewaltig aus, dass er der magerste Sultan wurde, der jemals auf dem ottomanischen Throne saß.

Die Hexe Schabernack hoffte zwar, dass er es mit seiner Empfindsamkeit nicht immer so treiben könnte, aber es war ihr schon zuwider, dass ihre Schwester sich nur mit der Einbildung, durch ihn befreit zu werden, vergnügen sollte. Prinzessin Friss-mich-nicht, ihre gewöhnliche Unglücksstifterin, erhielt von ihr eine männliche Stimme, die eine gute Quinte tiefer stand als die bisherige, ob sie gleich an sich nicht die sanfteste war und sich dem Brüllen ein wenig näherte; sie musste sich in den einen Winkel des Zimmers stellen, ihr Bruder in den andern – versteht sich, beide unsichtbar, wie es bei Hexengeschichten gebräuchlich ist. Der Sultan lag auf dem Sofa, vor Liebe krank; die reizende Kaschmirin stand vor ihm, und mit hochklopfendem Herze, schmachtender Miene, abgebrochnen Seufzern und tiefgerührtem Schmerze sah er unverwandt in die schönen blauen Augen, die ihn so tödlich verwundet hatten; dabei schoss seine bekümmerte Seele mitten durch die Betrübnis so brennende Liebesstrahlen um sich herum, dass der Göttin seines Herzens die Augen übergingen, als ob sie in die Sonne sähe.

»Anbetenswürdige Schönheit«, fing die Prinzessin mit der Männerstimme in ihrem Winkel an. »Himmlische Tochter der Liebe! Lange hat dein Knecht im Stillen nach dir geschmachtet, lange den Sternen, Tälern und Bergen sein Leid geklagt. Länger kann ich meine Neigung in der Brust nicht verschließen, wenn sie nicht bersten soll: Schönster Engel des Paradieses – ich liebe dich.«

So pathetisch sie dies sprach, so sanft und schmelzend hub der Prinz Lamdaminiro in seinem Winkel an:

Schönstes Blümchen auf der Weide!
Mein Entzücken, meine Freude!
Richt auf mich die Äuglein beide;
Siehe, was ich Armer leide;
Eh Ich tot von hinnen scheide,
Rette, Täubchen, rette mich!
Schönstes Blümchen auf der Weide,
Himmelskind, ich liebe dich.

»Bei dem Barte des großen Propheten«, rief der Sultan und sprang wütend auf. »Wer sind die Bösewichter, die mir unter der Nase dem geliebten Gegenstande meines Herzens ihre Liebeserklärungen tun? – Verschnittene! He! gleich stranguliert mir die Schurken!«

Es lässt sich übel strangulieren, wenn die Leute unsichtbar sind; die Verschnittenen suchten in allen Zimmern die Hälse, die von ihnen stranguliert werden sollten, und statteten den untertänigsten Bericht ab, dass nirgends etwas zu finden wäre, das man strangulieren könnte, und dass Seiner Sultanischen Hoheit, mit Respekt zu sagen, die Ohren geklungen haben müssten.

Kaum waren sie aus dem Zimmer, so fing die Prinzessin wieder an: »Erhabene Tochter des Himmels, mein Herz ist ein Feuerofen, meine Seele ein Vulkan; lösche mit deinen paradiesischen Blicken die Flammen, die mich verzehren. Der brennende Schlund meines Herzens wirft Seufzer und Klagen aus; die Klagen strömen aus meinem Munde wie eine Lava. Holdeste Huri des Paradieses, ich liebe dich.«

Der Prinz nahm das Wort:

Schönstes Schäfchen auf der Aue!
Süßes Herzenslämmchen, schaue,
Wie bewegt von Tränentaue
Ich hier schmachte kümmerlich!
Schönstes Schäfchen auf der Aue.
Herzenslämmchen, liebe mich!

Der Sultan kannte sich nicht vor Zorn und ließ augenblicklich Großwesir und Mufti holen; sie kamen, und er befahl, im ganzen Serail alle Mannspersonen zu spießen, die verliebt aussähen. Sie gingen beide und sahen allen Mannspersonen scharf in die Augen, brachten aber die Nachricht zurück, dass kein einziger im Serail verliebt aussähe, denn es wären lauter Verschnittene. Es ließe sich daher nach reiflicher Überlegung nichts anderes mutmaßen, als dass es nicht mit rechten Dingen zuginge oder dass Seiner Sultanischen Hoheit, mit Respekt zu melden, die Ohren geklungen haben müssten.

Sie waren noch nicht aus dem Palaste, so gingen die herzbrechenden Liebesklagen von neuem an; wie jedes vorhin allein jammerte, so machten sie jetzt ein Duett zusammen, so rührend, dass die Fensterscheiben hätten schmelzen mögen. Der Sultan ergriff einen Dolch, mit Diamanten besetzt, und raste im Zimmer herum, stach in alle Winkel, fluchte und tobte so fürchterlich, dass die reizende Kaschmirin, die von dem verliebten Winseln nichts hörte, ihm mit Tränen zu Fuße fiel und flehentlich bat, er möchte doch ja nicht verrückt werden. Lief er nach dem Prinzen hin, um ihn zu ermorden, so klatschte die Prinzessin hinter seinem Rücken mit dem Munde, als ob sie die schöne Kaschmirin küsste; wandte er sich mit dem Dolch nach der Prinzessin, so tat der Prinz das Nämliche; wohin er sich nur kehrte, hörte er hinter sich küssen und mit Entzücken rufen: »Ach, schönster Engel des Paradieses, wie labt mich dein Kuss! – Ach, du schönstes Lämmchen auf der Weide, wie labt mich dein Kuss!«

Der schönen Kaschmirin wurde bei dem Wüten des Sultans bange, und sie lief mit lautem Geschrei zur Tür hinaus, mein Herr Sultan mit dem Dolch hinter ihr drein und hinter dem Herrn Sultan her Prinz und Prinzessin mit lautem Hohngelächter. »Betrogen, Herr Sultan!« riefen sie mit Händeklatschen. »Betrogen! Sie ist ihm untreu. Ich entführe sie. Lauf ihr nach, Herr Sultan! Ich entführe sie doch.«

Dergleichen verwünschtes Gewäsch erhitzt die Ohren, umso viel mehr die Leber, besonders bei einem Eifersüchtigen, der ohnehin alles glaubt; schlug nicht die schöne Kaschmirin zu rechter Zeit die Türe zu, so wurde aus der Posse ein Trauerspiel, wobei ein Mensch ums Leben kam, denn um sie nicht entführen zu lassen, wollte er sie ermorden, und um sie zu ermorden, stieß er mit weitausgeholtem Dolche nach ihr, aber das mörderische Eisen fuhr in die Tür und brach entzwei, dass das diamantene Heft in der Hand blieb; wer sich gut auf das Räsonieren versteht, kann daraus schließen, wie heftig der Stoß sein musste und wie leicht jemand das Leben einbüßen konnte, wenn er nicht die Türe traf.

»Ungetreue!« rief der Sultan schäumend. »Mach auf, dass ich dein treuloses Herz durchbohre!« – Sie war keine Närrin, dass sie ihm gehorchte; die Leute, die durchbohren wollen, darf man sich nicht zu nahe kommen lassen. Poche du, Herr Sultan, soviel du willst! die schöne Kaschmirin macht dir nicht auf.

Es half nichts, als dass er in Gelassenheit abzog und seinen Gram im Stillen ausweinte, ausseufzte, ausfluchte oder was ihm sonst beliebte; erschöpft, keuchend, atemlos warf er sich auf das Sofa. Plötzlich klirrten tausend Säbel in seinen Ohren, als wenn seine ganze Wache im Palast niedergehauen würde; das Zimmer zitterte vor dem Tumult; eine Kutsche mit brausenden Hengsten rollte durch den Hof, und eine triumphierende Stimme rief zum Fenster herein: »Betrogen, Herr Sultan! Betrogen! Ich entführe sie: Mich liebt sie, nicht Ihn. Wünsche wohl zu leben, Herr Sultan.«

Der Unglückliche erlag unter dem Schmerz. »Verdammtes Geschlecht!« rief er mit knirschenden Zähnen. »Treulose Brut! Ewig will ich dich hassen. Ach, warum war ich Sultan und liebte? – Unsichtbare Beherrscherin meines Schicksals, nimm mir diese verhasste Würde wieder, die du zu meinem Unglück mir gabst. Führe mich aus diesem Palast, wo überall unter meinen Füßen die Dornen der Eifersucht und gekränkter Liebe emporwachsen, und mache mich wieder zu Kak ... «

Bei dem ersten Hauche, womit er seinen Namen aussprechen wollte, schwebte schon der betrübte Herr Sultan auf dem Rücken des Vögelchens in der Luft.

»Ha, ha, ha«, lachte Hexe Schabernack und fuhr übermütig vor ihrer Schwester vorbei, dass der arme Kakerlak auf dem Rücken seiner Gönnerin schwankte, so heftig stießen die beiden Hexen zusammen. »Bist du nun befreit, Schwesterchen? ha, ha, ha.«

So gutmütig Tausendschön war, so hatte sie doch auch eine Galle; der bittere Spott ihrer Gegnerin erregte sie so gewaltig, dass die Erzürnte vergaß, wen sie auf dem Rücken trug, und der Spötterin ins Gesicht flog, um ihr mit dem Schnabel wenigstens *ein* Auge auszuhacken, wenn sie mit allen beiden nicht fertig werden könnte. Das Auge wurde glücklich geblendet, aber Schabernack hielt nicht so geduldig still, sondern griff zornig nach dem Vögelchen, um ihm die Kehle zuzudrücken;

Kakerlak hielt sich zwar so fest als möglich, Prinz und Prinzessin nicht weniger, aber die Bewegungen der Streitenden wurden so heftig, dass alles Festhalten nichts half, und in kurzer Zeit fielen alle drei mit ihrer ganzen Schwerkraft vom Himmel senkrecht auf den Erdboden herab. Der Fall war ziemlich tief, wie man wohl rechnen kann, und ging gewiss nicht ohne Halsbrechen ab, wenn es Sommer oder schlaffes Wetter war; aber zum Glück trug sich die gefährliche Begebenheit in einem der kältesten Januare zu, wo so hoher Schnee lag, als selbst die ältesten Leute nicht wollten gesehn haben. Auf diese Weise kamen die Fallenden mit einem kleinen Nasenbluten davon, das in der großen Kälte, wo alles gleich gefror, nicht lange anhielt.

Unterdessen diese drei bis über den Kopf im Schnee begraben lagen, wurde das Gefecht in der Luft mit verdoppelter Wut fortgesetzt. Es macht schon Lärm genug, wenn zwei gewöhnliche Weiber sich zanken; nun denke man, was für einen es geben muss, wenn es gar Hexen sind. Schabernack befand sich am schlimmsten dabei: Das Vögelchen hackte ihr Wunden an den Kopf, an die Brust, ins Gesicht, und griff sie zu, um sich zu rächen, so flog mein Vögelchen davon, hackte auf einen andern Ort und flog wieder davon. Die Verwundete wollte sich vor Ärger zerreißen, weil sie sich für ihre Schmerzen nicht rächen konnte, und warf sich im größten Zorn in einen Brunnen herab, um dem Kratzen und Hacken zu entgehn; die Siegerin setzte sich auf einen Baum, putzte ihre Federn und kühlte sich ab.

Fünftes Buch

Dass Prinz Alfabeta einen unglücklichen Krieg führte, um seine Physiognomie wiederzuerobern, und sie doch nicht wiederbekam, sondern sogar in die Gefangenschaft geriet, das wissen wir; dass er noch immer in der Gefangenschaft und ohne Physiognomie war, als sein Überwinder, der König von Butam, wieder Kakerlak wurde und die Reise zum Herrn von Blunderbuß antrat, das wissen wir auch; dass er sich aber mit der Königin Ypsilon vermählte und darauf in ihrer Gesellschaft einen Ritt um die Welt tat, das weiß niemand als ich, und darum will ich's jetzt erzählen.

Die Verwunderung auf dem Schlosse zu Butam war nicht klein, als man so plötzlich den König, die Prinzessin Friss-mich-nicht und den Prinzen Lamdaminiro vermisste; tot waren sie nicht, denn ihre Leichname hätten doch da sein müssen; ausgefahren auch nicht, denn alle Pferde standen richtig im Stall und alle Kutschen richtig im Wagenschuppen. Sollten sie ausgegangen sein? – Ein König, eine Prinzessin und ein Prinz werden wohl so weit zu Fuße gehn? Man spekulierte gewaltig über den Vorfall, und nachdem die meisten am Hofe sich durch vieles Nachdenken Kopfweh gemacht hatten, errieten sie wirklich die wahre Ursache. Man sagte allgemein: »Das geht nicht mit rechten Dingen zu.« Die Königin ließ an allen Orten suchen, wo ein Mensch Platz hatte; da war kein König von Butam, keine Prinzessin und kein Prinz. Als sie merkte, dass sie sich schlechterdings nicht wollten finden lassen, fasste sie sich in Geduld und befahl, Hoftrauer anzusagen.

52

Der Prinz Alfabeta hörte kaum in seiner Gefangenschaft, dass der König für tot erklärt wäre, als er schon auf Mittel zu seiner Befreiung dachte, die ihm nunmehr sehr leicht zu bewirken schien, weil die Damen gemeiniglich mitleidig gegen die Mannspersonen sind. Wie er hoffte, so geschah es; er ließ der Regentin nur melden, dass es ihm außerhalb der Gefangenschaft besser gefiele, so erhielt er die Erlaubnis, vor ihr zu erscheinen. Er wusste seine traurigen Schicksale mit so rührender Beredsamkeit vorzutragen und vorzüglich den Verlust der Physiognomie in ein solches Licht zu setzen, dass der Dame das Herz brach und die Augen in Tränen zerflossen.

Der Prinz wurde jeden Tag interessanter, und da er einsah, wie tief er ins Herz der Königin eingedrungen war, wagte er den kühnen Streich, um ihre Hand anzuhalten. – »Sehr viel Vergnügen, aber ein Prinz ohne Physiognomie ...« Wie zog sich mein Prinz in eine demütige Ferne zurück, als er das hörte! Er nahm sich es zwar sehr zu Herzen, und obgleich die Betrübnis seine Seele niederdrückte, so verließ ihn doch sein Talent zu gefallen nicht ganz. Er besaß die unnachahmliche Kunst, den Ton eines ungeschmierten Wagenrads so natürlich nachzumachen, dass alle Menschen, die ihn bloß hörten und nicht sahen, auf ihre Seele schworen: »Das ist kein Prinz, sondern ein Wagenrad.« Der Königin ging es nicht besser; er machte sein Kunststück im Nebenzimmer, und sie fragte gleich, ob die Leute toll wären, dass sie mit Schubkarren und Wagen in den Zimmern herumführen; der Prinz kam zu ihr herein, und ob er ihr gleich beteuerte, dass *er* es wäre, so wollte sie ihm doch nicht glauben; desto mehr lachte sie, als er sie aus ihrem Irrtum riss, und seitdem ließ sie ihn allemal rufen, wenn sie Langeweile hatte, und bat ihn: »Prinz, machen Sie einmal das Wagenrad.«

Diese Gunst munterte ihn auf, sein Ansuchen um ihre Hand zu wiederholen; sie fühlte ihre Schwäche und den Eindruck, den seine Talente auf ihr Herz gemacht hatten; sie gab also nach und gewährte seine Bitte. Sobald er König von Butam und ihr Gemahl war, tat er einen fürchterlichen Eid, dass er die ganze Welt durchreisen und nicht eher in seinem Schlosse wieder schlafen wollte, als bis er seine Physiognomie gefunden hätte. Seine Gemahlin, die erst seit einem Tage mit ihm vermählt war und ihn daher außerordentlich liebte, willigte unter keiner andern Bedingung in seine Abreise, als wenn er sie zur Begleiterin annähme; wollte er nicht umsonst geschworen haben, so musste er die Bedingung wohl eingehn.

Da sie die ganze Welt durchreisten, so mussten sie notwendig auch einmal an den Ort kommen, wo Kakerlak mit den beiden andern vom Himmel in den Schnee gefallen war, und es ist daher nichts weniger als unwahrscheinlich, dass sie gerade zu *der* Zeit hinkamen, als die drei Gefallenen im Schnee lagen und noch nicht wieder heraus waren; dergleichen wunderbare Zufälle geschehn alle Tage in der Welt. Etwas unwahrscheinlicher ist es, dass sie auch an diesem Orte hielten, abstiegen und aßen; aber was kann ich dafür? Genug, es geschah; sie waren hungrig und stiegen also ab.

Bei solchen abenteuerlichen Reisen, die man in seinem Leben nur *einmal* tut, schleppt man kein Zelt mit sich; der Prinz und der Reitknecht müssen sich, einer sowohl als der andre, unter den blauen Himmel hinsetzen und ihr Stückchen Essen von der Faust verzehren. So ging es auch hier: Sie setzten sich in den Schnee und aßen, was sie hatten. Der ehmalige Prinz Alfabeta, jetzt Gemahl der Königin Ypsilon und dermalen König von Butam, hatte sich auf seiner großen Reise das Beobachten sehr angewöhnt und wurde daher augenblicklich des Lochs gewahr, das Kakerlak in den Schnee machte, als er vom Himmel hineinfiel. Wer die Natur aufmerksam studiert hat, dem wird es nicht schwer sein zu begreifen, dass ein Mensch, der aus den Wolken, die Beine voran, in den Schnee fällt, nicht bloß ein Loch, sondern auch in dem Loche bei dem Durchbrechen den Abdruck seines Gesichts zurücklassen muss; tausend Leute können vielleicht vom Himmel in den Schnee fallen, ohne ihr Gesicht darinnen abzudrücken; Kakerlaks Fall war aber unter tausenden der einzige, wo es geschah.

»Was in aller Welt?« fing der Prinz an. »Das ist ja meine Physiognomie, so natürlich, als ich sie sonst alle Tage im Spiegel erblickte. Hier in diesem Loch muss mein Dieb stecken.« – Man wird sich wundern, wie er das so genau wissen konnte, allein für ihn war es eine Kleinigkeit, so etwas zu erraten. Er schloss so: Wenn an dem Abdruck, den ein Mensch von seiner Physiognomie im Schnee macht, die Nase unterwärts steht, so muss er nicht *aus* dem Schnee, sondern *in* den Schnee gefallen sein; nun finde ich hier die Nase unterwärts gekehrt, folglich muss der Dieb meiner Physiognomie hineingefallen sein und noch darin stecken. Mit dieser ungemeinen Gabe zu schließen konnte er zuweilen Dinge ausfindig machen, die im Mittelpunkte der Erde verborgen waren.

Ohne sich lange zu bedenken, machte er Anstalt, den Dieb auszugraben, und es glückte ihm auch, wiewohl mit vieler Mühe. Kaum hatte er den halberfrornen Kakerlak aus dem Schnee ans Tageslicht gezogen, so fiel er über ihn her wie ein Wütender und wollte sich sein gestohlenes Eigentum mit Gewalttätigkeit wiederverschaffen. Das ganze Gesicht konnte dabei zugrunde gehn, wenn nicht Hexe Tausendschön dazwischenkam. Der Prinz hatte den falschen Grundsatz, dass er die Haut und die Physiognomie für einerlei Ding hielt und dass man daher nur die eine vom Gesicht abzuziehn brauchte, um die andre zu bekommen. Wegen dieser höchst irrigen Voraussetzung machte er schon einen merklichen Anfang, Kakerlaks Gesicht zu schälen, als ihm das Vögelchen plötzlich mit solcher Heftigkeit in die Ohren pfiff, dass ihm alle Sinne stillstanden; das Blut in den Adern gerann, und aus dem Herrn Prinzen, der die Leute schälen wollte, wurde eine Bildsäule. Die Königin Ypsilon schlang ihre Arme um den kalten Stein und wollte ihn an ihrer Brust zum Leben erwärmen; sie weinte die heißesten Tränen, dass die herabrollenden Tropfen den Schnee schmolzen. Aber welch ein Jammer! Der Schnee konnte den steinernen Gemahl nicht tragen, und mitten in ihrer Umarmung sank der Verwandelte hinab. Sie wandte sich zu Kakerlak, den sie für nichts weniger als einen Zauberer hielt, und bat ihn mit einem Kniefall, aus dem versunkenen Stein wieder einen hübschen Prinzen zu machen, allein sie bekam keine Antwort, denn der arme Zauberer wusste selbst nicht, ob Tag oder Nacht war.

Unterdessen wurde der Aufenthalt in einem kalten Schneehaufen für das unruhige Temperament der Prinzessin Friss-mich-nicht beschwerlich; sie arbeitete mit Händen und Füßen und warf den Schnee über sich auf wie ein Maulwurf das Erdreich. Nach langer Arbeit kam sie glücklich heraus und wurde neben sich ihren Bruder gewahr, der vermöge seines ungemein philosophischen Charakters sich in seinem Loche nicht rührte, sondern gelassen wartete, bis ihn jemand herausziehen wollte; weil die Prinzessin wohl raten konnte, worauf er hoffte, so bot sie ihm die Hände und half ihm an die freie Luft. Welch Erstaunen, als beide ihre Mutter erblickten! Die Königin geriet außer sich, so plötzlich ihre Kinder hier zu finden, flog mit offnen Armen auf sie zu und bat sie, sich mit ihr diesem grausamen Zauberer, der ihr den Trost ihres Lebens geraubt hätte, zu Füßen zu werfen. Prinzessin Friss-mich-nicht hatte die löbliche Gewohnheit, bei jeder zweideutigen Rede immer das Schlimmste zu verstehn, und da das Weinen den Ton ihrer Mutter undeutlich machte, so verstand sie, dass sie diesen Zauberer erdrosseln sollte. Im Grunde war wohl Hexe Schabernack an dem bösen Missverständnis schuld, weil sie aus ihrem Brunnen der Prinzessin in die Ohren rief: »Erdrossle ihn!« So etwas ließ sie sich nur *einmal* sagen und fuhr deswegen dem vermeinten Zauberer voll Wut an die Kehle; schnell pfiff ihr das Vögelchen in die Ohren, und sie wurde zu Stein, als sie zudrücken wollte.

Der Prinz sah mit unbeschreiblicher Kaltblütigkeit zu und gähnte; Hexe Schabernack, die den Liebling ihrer Feindin durchaus tot haben wollte, hauchte dem Prinzen etwas von ihrem feurigen Odem ein, um ihn ein wenig tätiger zu machen. Das Mittel wirkte unmittelbar auf sein Blut: Alles an ihm wurde so behänd, so lebhaft, dass er kein Glied stillhalten konnte; aber da sein gutmütiges Herz keines Argen fähig war, so verwandelte sich die eingeatmete Lebhaftigkeit in Vergnügen: Er tanzte im Schnee herum, als wenn er von Sinnen wäre, und wollte sich fast zu Tode lachen. Tausendschön schlug ein höhnendes Gelächter auf, dass die Absichten ihrer Widersacherin so fehlschlugen; diese blies unaufhörlich wie ein Blasebalg, und je mehr sie blies, desto mehr tanzte und lachte der Prinz. Vor Ärger, dass er nimmermehr grausam werden wollte, gab sie ihm eine Ohrfeige; es ist bekannt, dass man bei einer Hexenohrfeige niemals mit dem Leben davonkommt, und wer es etwa nicht weiß, kann es hier bewiesen sehn, denn der Prinz wurde augenblicklich zu Stein.

Nun war große Not: Denn eben erkannte die Königin ihren vorigen Gemahl, und eben erkannte der vorige König von Butam seine vorige Gemahlin. Beide hatten schon die Arme ausgestreckt, sich um den Hals zu fallen; plötzlich schlug Schabernack die Königin ins Gesicht, dass sie sich im Augenblicke mit ausgestreckten Händen zu Stein verhärtete, und schon holte die erbitterte Hexe aus, um dem armen Kakerlak ein gleiches Schicksal zu bereiten, aber Tausendschön war geschwinder als sie; der Schlag war noch einen Strohhalm breit von seiner Backe, so fuhr sie wie ein Wind mit ihm zu den Wolken hinauf.

Hexe Schabernack schrie und stampfte vor Ärger, knirschte mit den Zähnen, raufte sich die Haare aus und wusste nicht, an wem sie sich zuerst rächen sollte; wie ein ungezognes Mädchen, das seinen Zorn an leblosen Dingen ausläßt, wenn nichts Lebendiges bei der Hand ist, raffte sie Hände voll Schnee auf und schleuderte sie tobend nach allen vier Winden hin. Als sie ihre Galle ein wenig ausgerast hatte, setzte sie den beiden Entflohenen nach, die ihren Zorn erregten; aber wie weit waren die schon! Sie verdoppelte ihren Schritt, und nach langem Herumschweifen in den Lüften sah sie die Gegenstände ihres Hasses auf einem Baum ausruhn. Wie der Habicht, wenn er eine Taube erblickt, schoss sie herab; Hexe Tausendschön war nicht so einfältig, dass sie die Ankunft ruhig abwartete; nein, wie die Zornige herabfuhr, fuhr sie mit ihrem Kakerlak hinauf in eine Schneewolke, und jene, die sich nicht gleich aufhalten konnte, rannte in den hohlen Baum hinein, wo ihre entflohene Schwester gesessen hatte.

»O so versinke, verwünschter Baum«, rief sie voll Zorn, »versinke mit mir bis zum Mittelpunkte der Erde, dass ich nimmermehr die Verhasste wieder erblicke, die mir alle meine Anschläge vereitelt!« – Eine Hexe wünscht nichts, das nicht gleich geschieht. Der Baum versank mit ihr, und sie bereute ihren übereilten tollen Wunsch nicht wenig, als sie im Mittelpunkt der Erde steckte, so eine ungeheure Last Steine, Kot, Kies, Lehm und Sand auf sich liegen hatte und bis über die Ohren mit ihrem Baum im Wasser schwamm.

Hexe Tausendschön wusste zwar den Aufenthalt ihrer Schwester nicht und hielt sich daher ganz inkognito in der Schneewolke auf, bis der Frühling kam, wo es keine Schneewolken vor Hitze am Himmel mehr aushalten konnten. Da auf diese Weise auch auf der Erde der Schnee wegschmolz, so kam die versteinerte Königin Ypsilon mit ihrer übrigen versteinerten Gesellschaft an einem Orte zum Vorschein, wo vorher keine steinerne Figuren standen. Der Ruf dieser sonderbaren Erscheinung breitete sich aus; die Einwohner, die Türken waren, taten Wallfahrten hin, weil sie sehr richtig schlossen, dass vier steinerne Figuren, die niemand an diesen Ort getragen hätte, entweder vom Himmel oder aus der Erde gekommen sein müssten und in beiden Fällen Wunderwerke wären, die wohl einen Gang verdienten. Zwei englische Altertumsforscher, die sich eben in der dortigen Gegend aufhielten, um griechische Schuhsohlen zu graben, liefen gleich, so geschwind als möglich, um vier Figuren zu sehn, die aus den Zeiten des Lysimachos waren, wie sie schon gewiss wussten, ohne sie gesehn zu haben; wie gewiss musste nun vollends die Gewissheit an Ort und Stelle werden! Sie überlegten unterwegs, ob sie einen Apoll, eine Minerva, einen Satyr oder Priap finden wollten; kaum warfen sie einen Blick darauf, so waren sie so fest überzeugt wie durch eine Offenbarung, dass alle vier Figuren den Lysimachos zum Meister hatten: Der echte griechische Stil! Lauter schöne griechische Umrisse! Eine herrliche Gruppe! Niemand kann das sein als Niobe, wozu sie die Königin Ypsilon machten. Welcher erhabene Ausdruck des Schmerzes und der mütterlichen Betrübnis! Prinz Alfabeta wurde zum Apoll mit dem niefehlenden Bogen, weil er zu einer Zeit versteinerte, wo er speiste, und also den Bratenknochen, wovon er eben frühstückte, noch in der Hand hielt. Wie niedlich das Stück Bogen, wofür sie den Knochen ansahn, gearbeitet ist! Schade, dass ihn der Zahn der Zeit so grausam zernagt hat! Schade, dass von einem so trefflichen Kunstwerke nur zwei Kinder übrig sind!

Sie reisten mit dem ersten Schiff nach Hause und machten einen Lärm von der Entdeckung, als wenn der große Prophet in Asien zu sehen wäre. Lord *Antick,* ein großer Liebhaber und Sammler der Altertümer, reiste sogleich in eigener Person dahin, um die neuentdeckte Niobe und den niefehlenden[9] Apoll in seine Gewalt zu bekommen, wenn er sie auch stehlen sollte. »Vortrefflich!« rief Hexe Tausendschön, als sie ihn aus dem Schiff steigen sah. »Bald soll mein lieber Kakerlak ein neues Vergnügen finden, dessen er gewiss nicht überdrüssig wird. Wen sollte die Schönheit ermüden? Triumph! Diesmal wird er mich erlösen.«

In der ersten Nacht, nachdem Mylord auf dem festen Lande angelangt war, zog ihn Hexe Tausendschön vom Kopf bis zu den Füßen aus und versetzte ihn an den Ort der Antike, die ihn nach Asien lockte, schlug ihn dreimal mit ihren Flügeln, und er wurde zu Stein. Kakerlak wurde in des Lords Bett gelegt, stand des Morgens als Lord Antick auf, zog sich an und setzte sich als Lord Antick in die Kutsche, nicht wenig erfreut, dass er einmal aus den hohen schwindligen Luftgegenden wieder auf festem Grund und Boden war.

Der neue Lord saß nicht lange in der Kutsche, so pfiff etwas vorbei wie ein Vogel, der geschwind fliegt, über eine kleine Weile wieder und kurz darauf zum dritten Male. Er ließ halten, um die Ursache einer so sonderbaren Erscheinung zu erfahren; indem er sich umsah, erblickte er einen Menschen, der mit unglaublicher Geschwindigkeit lief. »Halt!« rief der Lord. Der Mensch stand. – »Warum läufst du so?« – »Zu meinem Vergnügen.« – »Wohin?« – »So weit es festes Land gibt. Ich habe mir angewöhnt, alle Jahr einmal quer durch die halbe Welt zu laufen; ich setze in Spanien an und höre in Japan auf. Ich bin gut zu Fuße, wie Sie daraus entnehmen können, und liebe die Bewegung; also tu ich aus bloßer Liebhaberei jährlich so einen kleinen Spaziergang. Wo treffen wir uns?« – Der Lord nannte ihm den Ort, den ihm Hexe Tausendschön eingab und wo er in drei oder vier Tagen sein wollte. – »Gut!« antwortete der gewaltige Läufer, »so tu ich indessen einen kleinen Gang zum Kaiser von China und bin zur bestimmten Zeit wieder da. Gott befohlen.« – Dort flog mein Läufer hin, dass er dem Lord in einer Sekunde schon wie eine Mücke aussah, so weit war er.

Den Tag darauf, als er an einem Gebirge hinfuhr, sah er eine Menge starke Eichbäume den Berg herabgehn. »Bin ich denn im Lande der Wunder?« rief er und ließ halten. Er hatte wohl Ursache, sich zu wundern, denn er sah den Menschen nicht, der die Eichbäume trug. »Nun begreif ich wohl, wie zwölf so starke Eichen sich bewegen können«, sagte er, als er den Kopf des Mannes erblickte, auf dessen Schultern sie lagen. »Guter Freund! He da! Du trägst ja einen ganzen Wald. Du willst dir wohl ein recht warmes Stübchen machen, dass du so vieles Holz zusammenschleppst?« – »Ach nein, lieber Herr«, antwortete der starke Mann, »ich tue das nur zum Vergnügen. Ich vertreibe mir die Zeit damit, dass ich Zahnstocher mache; das ist nun einmal meine Liebhaberei, und um nicht zu oft zu gehn, hol ich mir immer ein Dutzend Bäume auf einmal, damit ich das Kernholz zu meinen Zahnstochern aussuchen kann.« – »Willst du mit mir?« fragte Kakerlak auf seiner Beschützerin Eingeben. »Das tu ich wohl; ich bin ohnehin müßig. Ich will mein Holzbündelchen hier abwerfen; es wird mir's wohl niemand wegtragen, bis ich wiederkomme.« – Er setzte sich hinter die Kutsche.

---

[9] Der nie mit dem Pfeile sein Ziel verfehlt – sein gewöhnliches Beiwort bei den griechischen Dichtern.

»God damn me!« rief der Lord am folgenden Tage des Morgens früh zwischen neun und zehn Uhr. »Postknecht, halt! Welch neues Wunder ist das? Hierzulande geht ja alles wider die Gesetze der Natur.« – Auf einem Berg stand eine große Windmühle, deren Flügel sich jetzt rechts und den Augenblick darauf links bewegten. »Das ist kein Wind aus dieser Welt, der einen so wunderlichen Gang hat«, sprach er voll Erstaunen und sah sich nach Leuten um, die er fragen könnte, woher die Windmüller hierzulande ihren Wind bekämen; indem er seine Augen überall herumwandte, wurde er am Fuße des Berges eines Mannes gewahr, der an einem Weidenbaum lehnte und sich ein Nasenloch um das andre zuhielt. Er fuhr vollends zu ihm hin und fragte ihn, woher es käme, dass sich hierzulande die Windmühlen so sonderbar drehten. »Ha, ha«, antwortete der Mann, »das mach ich.« – »Du? Wieso?« – »Sieht Er? Da halt ich mir das linke Nasenloch zu und blase mit dem rechten, und die Windflügel gehn so herum; drauf halte ich das rechte Nasenloch zu und blase mit dem linken, und die Flügel drehn sich anders um. Es ist sehr leicht, wer es kann.« – »Aber warum das?« – »Zu meinem Vergnügen; der liebe Gott hat mir gute Tage gegeben, und so ist das mein Zeitvertreib.« – »Komm mit mir.« – »Von Herzen gern; ich habe ohnehin Langeweile zu Hause.« – Er setzte sich neben den starken Mann, und Kakerlak freute sich schon, das schönste Raritätenkabinett in England zu besitzen, wenn er als Lord Antick dahin käme und drei so sonderbare Leute mitbrächte, als ihm diese drei Tage begegnet waren.

Er kam an den bestimmten Ort und fand den starken Fußgänger, der schon seit einigen Stunden aus China wieder zurück war und ungeduldig auf ihn wartete. Kakerlak war zwar kein Liebhaber von steinernen Schönheiten, aber weil ihm seine Beschützerin dies Vergnügen bestimmt hatte, so lenkte sie seinen Blick vor allem auf die Königin Ypsilon, als er bei der Antike anlangte. Ein Rest von alter Liebe erwachte in ihm, ohne dass er selbst es wusste, und die Hexe Tausendschön nützte diese aufwallende Empfindung so geschickt, dass er ein außerordentliches Verlangen nach dieser antiken Gruppe bekam; er konnte nicht bleiben, wenn er sie nicht mit nach England nehmen durfte; gleichwohl lief er große Gefahr, vom Volk in Stücke zerrissen zu werden, wenn er sie anrührte. Er ging mit seinen drei Wundermenschen zu Rate, wie er sie des Nachts heimlich fortbringen sollte. »Nichts leichter als das!« riefen sie alle.

»Ich laufe gegen Abend ans Meer und bestelle ein Schiff«, sprach der gewaltige Läufer. »Es wird drei oder vier Tagesreisen weit sein; das ist mir ein Spaziergang.«

»Und in der Dämmerung nehm ich die steinernen Männer und Weiber auf die Schulter und trage sie zum Schiff«, sagte der starke Mann. »Es ist zwar ein wenig weit, aber ich geh einen guten Schritt, dass ich gegen Mitternacht wieder da bin, und dann hol ich den Herrn mit seiner Kutsche und seinen Leuten nach.«

»Herrlich!« rief Kakerlak voll Freuden. »Aber wenn sie uns nachsetzten und unser Schiff einholten?« – »Dafür bin ich gut«, antwortete der Windmacher. »Lasst sie nur kommen; das Nachsetzen soll ihnen schon vergehn.«

Wie es verabredet war, so geschah es. Der Läufer lief und bestellte das Schiff; der starke Mann nahm die Königin Ypsilon und den Prinzen Alfabeta auf die Schultern, den versteinerten Lord Antick auf den Kopf, Prinzessin Friss-mich-nicht und den Prinzen Lamdaminiro unter die Arme und holte bei guter Zeit den Herrn Kakerlak nebst Kutsch' und Leuten nach. Alles ging gut, wenn nicht ein schadenfroher Geist ein altes andächtiges Mütterchen an diesen Ort führte, wo sie bei den vermeinten Heiligenbildern die bösen Träume wegbeten wollte, wovon sie alle Nächte geplagt wurde. Sie kam eben an, als der starke Mann die Gruppe auflud, und verriet den Diebstahl; es wurde Lärm im ganzen Lande, und der Bassa gab sogleich Befehl, dem Dieb zu Wasser und zu Lande nachzusetzen. Es liefen Schiffe aus dem Hafen und verfolgten mit allen möglichen Kräften das Kakerlakische; aber ihr guten Schiffe, wie ging's euch? Da stand mein Windmacher am Ufer und blies mit dem rechten Nasenloch des Lords Schiff in die See hinaus und mit dem linken die türkische Flotte in den Hafen zurück. Da beide weit genug auseinander waren, ging er wieder zu seiner Windmühle; der starke Mann war schon auf dem Weg zu seinem Zahnstocherholz und der gewaltige Läufer eine gute Strecke über die türkische Grenze hinaus.

Kakerlaks Liebe zu den Altertümern wuchs unterwegs mit jeder Minute; das Wachstum ging nicht mit rechten Dingen zu; Hexe Tausendschön war schuld daran. Sie hatte ihn schon unterrichtet, was für eine Rolle er spielen sollte, als sie ihm Lord Anticks Kleider anzog, und er fuhr daher bei seiner Ankunft in London gerade vor die Wohnung dieses Herrn. Mylady machte sehr große Augen, da sie einen ganz andern Mann bekam, als sie vor einiger Zeit aus ihren Armen reisen ließ; denn ihr wirklicher Herr Gemahl hatte viel Ähnliches mit einem Kürbis, und der falsche glich eher einer welken Rübe, so wenig konnte er sich noch immer von dem langen Aufenthalt in der Schneewolke erholen. Ebenso sehr waren die beiden Altertumsforscher erstaunt, als sie eine Gruppe, die bei ihrer Anwesenheit in Asien aus vier Figuren bestand, jetzt mit einer vermehrt fanden; alles schrie über Wunder.

Welch Entzücken, als Kakerlak in die Galerie trat, wovon er nun Herr war.

Mit ernstem Lächeln stand
Der Liebe mächt'ge Königin
Vor allen oben an und war Beherrscherin
Im Saal wie in der Welt. Sie deckt mit keuscher Hand
(Da ihr der lose Künstler kein Gewand
Um Hüft' und Beine warf), was keine Venus gern
Vor einer Galerie voll Männeraugen zeigt.
Der sittsam edle Blick hält die Verwegnen fern
Und sagt, was jede spricht, sosehr sie schweigt:
»Ich schreck euch ab, damit ihr in mich dringt;
Ich widersteh, damit ihr mich bezwingt;
Ich decke zu, damit ihr suchen sollt.
Bewundrung wird mir sehr, doch Liebe mehr behagen;
Erratet das, ihr Herren, wenn ihr wollt;
Ich schäme mich, es euch zu sagen.«

An ihrer Seite steht mit lockenreichem Haupt
In Jünglingsschönheit der Apoll,

An welchen Winckelmann[10], von Fanatismus voll,
Wie an den einz'gen Gott der Künstler glaubt.
Der Gladiator hebt mit wilder Siegesmiene
Den nervenstarken Arm und horcht erwartungsvoll,
Dass von dem Marmorsitz der blut'gen Todesbühne
Des Volks Befehl ertönt, die dargebotne Brust
Des hingestreckten Gegners zu durchbohren.
So weibisch zart, als wär er nicht zum Mann geboren,
Schlägt hier, ein Gegenstand der wunderbarsten Lust,
Ein lächelnder Kinäd' die Augen nieder,
Beschämt durch den Kontrast der Fechterglieder,
In männlicher Gestalt nur halb ein Mann zu sein.

　　Kakerlak wendet sich verachtend von ihm und erblickt

Den edlen Priester, den, zum Lohn
Für patriot'schen Rat, zwei giftgefüllte Schlangen
Auf einer Göttin Ruf mit grauser Wut umfangen –
Den leidenden Laokoon.
Wie krümmt sich der zurückgeworfne Nacken,
Der langgestreckten Zunge zu entfliehn!
Wie stöhnt mit wild verzerrtem Aug und Backen
Aus aufgerissnem Mund der Schmerz, der ihn
In der durchgrabnen Brust ergreift, indem sein Blut
Die Ungeheuer ihm mit durst'ger Wut
Aus den geschwollnen Adern ziehn!

Allenthalben im ganzen Saale nichts als Schönheit, männliche und weibliche! Jeder
Reiz unverhüllt! Alle Götter und Göttinnen des Olymps, alle Reste der griechischen
und römischen Kunst! Ein wahrer Tempel der Schönheit! Wer ist glücklicher als
Kakerlak, dem dieser Tempel gehört?

　　Er ging in die Gemäldegalerie; wie entzückte ihn ihr Anblick!, denn

Ihm fiel beim Eintritt ins Gesichte
Der Keuschheit Monument, die rührende Geschichte,
Wie ein verwegner Mann in Strauch und Busch sich steckt,
Dianens Reize zu belauschen[11],
Wenn sie, nebst einem Chor von Nymphen, unbedeckt,
Mit sorgenlosem Scherz sich in dem Bade neckt,
Und wie der Herr durch unbedachtsam Rauschen
Sich in der Trunkenheit der Neubegier verrät.
Wie hier mit keuschem Grimm der Wälder Göttin fleht!
Sie bringt sogleich mit einer Hand ihr Bestes

---

[10] In seiner »Geschichte der Kunst«.
[11] Aktäon.

60

Vor dem profanen Aug in Sicherheit.
Da! spricht ihr Blick, da! sieh ein andermal,
Was du nicht sehen sollst!, indem der Wasserstrahl
Aus ihrer Rechten fährt, der in so kurzer Zeit
Geweihe schafft, dass man das Lauschen schön bereut.
Indessen fliehn mit zugewandtem Rücken,
Mit scheu zurückgeworfnen Blicken
Die zücht'gen Nymphen zitternd fort,
Um auf den Schreck und auf das viele Schämen
Ein niederschlagend Pulver einzunehmen.

    »Ah!« ruft Lord Kakerlak und eilt zu einem Gemälde.

Gewandlos schlummert dort
Auf einem Rasenbette
Der Liebe Göttin, und ihr Sohn
Knüpft tändelnd eine Blumenkette
Ihr um den Arm. Vor ihres Vaters Thron
Stand nie die Mutter aller Reize
So schön wie hier. Mit nimmersattem Geize
Hängt an Gesicht, an Brust, an Schoß und Hand
Des Lords entzückter Blick, und seufzend reißt
Er sich wie jeder los, der vor dem Bilde stand,
Und spricht, wie jeder sprach, mit traur'gem Geist:
»Ach, wenn ein Kuss die Frau beleben könnte
Und sie der Himmel mir alsdann statt meiner gönnte!«

In stiller Demut hängt
Die Mutter Gottes ihr zur Seite;
Mit mütterlicher Lust sieht die Gebenedeite,
Wie sich ihr einz'ger Sohn am vollen Busen tränkt.
Der Zufall paarte hier, was man zu paaren scheut –
Der Wollust höchsten Reiz, den Reiz der Frömmigkeit.

    Kakerlak ging in ein andres Zimmer.

Hier strömt in Schlachten aus ehernen Schlünden
Das Feuer, hier regnen Kugeln, hier winden,
Zerstückt, zertreten im blut'gen Gewühl,
Sich sterbende Rosse, sich sterbende Krieger.
Mit rasender Mordsucht und ohne Gefühl
Zerfleischen sich Menschen wie grimmige Tiger.
Hier lodern, in Dampf und Flammen gehüllt,
Belagerte Städte; dort schwimmt auf den Wellen
Die kriegende Flotte. Das Aug erfüllt,
Wohin es sieht, des Mords und der Verwüstung Bild.

Kakerlak hatte noch zu viel friedliebendes philosophisches Blut in den Adern, um hier lange zu verweilen; er ging von der Zerstörung

Zur schönen lächelnden Natur,
Die in der Felsenkluft und fruchtbeladnen Flur,
Im düstern Fichtenwald und lichten Hain entzückt.
Wie ruhig lehnst du dort am Baume, wie beglückt,
Du froher Schweizerhirt, und bläst dein Abendlied,
Indessen dass durchs Tal die Herde langsam zieht
Und über dir vom Strahl der Abendsonne
Gebüsch und Fels in rotem Feuer glüht.

»Ich durste!« ruft beim Bauernschmaus
Der Trinker dort und streckt das Glas halbtaumelnd aus;
Ein andrer klopft bedächtig an die Tonne,
Zu hören, ob ihr Klang dem Gaum noch viel verspricht;
Am Seitentische dampft, dass man das matte Licht
Kaum flimmern sieht, des Dorfes Magistrat
Mit ernster Gravität und wohlgenährten Bäuchen.
Voll Ehrfurcht nimmt, indem er sich den Herren naht,
Um mit dem langen Span ins trübe Licht zu reichen,
Der Bauer dort das pelzne Mützchen ab.
Wie streicht der Musikant die kreischenden Saiten herab!
Wie dreht an ihres Korydons Arme
Mit schwankendem Rocke das glühende Mädchen sich um!
Selbst weise Mütter entsagen dem Harme
Und tanzen verjüngt die Nahrungssorgen stumm.

Wer ist glücklicher als Kakerlak, der so viele Schönheiten der Kunst besitzt? Der sich mit ihrem Anblicke laben kann, sooft es ihm gefällt?

In den ersten Tagen fühlte er sein Glück kaum: Er war hingerissen, überrascht, überfüllt. Mylady wollte immer viel von seiner Reise wissen, aber sie erfuhr nichts; denn der Glückliche wusste nicht mehr, dass er eine getan hatte. Er war von dem Vergnügen, das ihm seine Gönnerin verschafft hatte, berauscht wie ein Trunkener, und Hexe Tausendschön sang schon in Gedanken das Triumphlied ihrer Befreiung; denn wie könnte eine edle Seele, die Gefühl für die Schönheit besitzt, des Vergnügens an der Kunst jemals überdrüssig werden?

Die mitgebrachte antike Gruppe war bei weitem nicht so schön als die schlechteste im Saale; gleichwohl zog sie Kakerlaks Blicke mehr an sich als die übrigen; wenn er alle seine Kytheren nach der Reihe angesehn hatte, kam er allemal zur Königin Ypsilon zurück. Mylady war sonst keine Liebhaberin von den Schönheiten der Kunst, aber sie wusste sich selbst es nicht zu erklären, warum sie jetzt einen so gewaltigen Trieb nach dem Antikensaal empfand; und wenn sie alle Apollo, Antinous und Faune angesehn hatte, kam sie jedes Mal zur Figur des versteinerten Lords Antick zurück. Es ließ sich nichts anderes vermuten, als dass es Hexerei wäre, und das war es wirklich; denn unterdessen hatte sich die schadenfrohe Schabernack durch die vielen Erdlagen, durch Kies, Steine, Ton und Wasser aus dem Mittelpunkte der Erde wieder heraufgearbeitet und flog überall herum, ihre Feindin aufzujagen. Sie spürte ihren Aufenthalt aus, und nun ist das Rätsel auf einmal aufgelöst, warum Kakerlak immer zur Königin Ypsilon und Mylady immer zum Lord Antick geht; die verwünschte Hexe schuf den beiden Steinfiguren so unwiderstehliche Reize, dass wirkliche Liebe daraus wurde.

Wie bei dergleichen Vorfällen die Weiber immer sinnreicher sind als die Männer, so geriet auch hier Mylady zuerst auf den Einfall, die geliebte Figur in ihr Schlafzimmer zu stellen; sie tat ihrem Gemahl den Vorschlag, weil ihm als einem Liebhaber der Antike eine solche Verzierung des Betts sehr angenehm sein müsste. »Ich bin es wohl zufrieden«, antwortete der Lord, »aber da sich solche Verzierungen ohne Symmetrie nicht gut ausnehmen, so will ich diese weibliche Figur (wobei er auf die Königin Ypsilon wies) daneben stellen.« – So war beiden geholfen.

Was nützten dem armen Kakerlak alle die herrlichen Kunstwerke, was alle Pracht, aller Geschmack in seinen Zimmern? Er konnte sich an nichts ergötzen, keine Schönheit bewundern noch fühlen; denn in seinem Herz wütete eine Leidenschaft, die ihn lebendig aufzehrte, weil sie sich nicht befriedigen ließ. Wie oft wollt' er alle Antiken hingeben, wenn er damit das Talent der Dichtkunst erkaufen könnte! »Wie beneid ich die Leute«, rief er, »die weder Antiken noch Gemälde haben, aber Verse machen können! Ohne Verse ist die Liebe nur halb; wenn das Herz überfließen will, gießt man seine Empfindung in Verse aus; jeder Seufzer, jedes Ächzen, jeder Atemzug ist noch einmal so viel wert, wenn er versifiziert wird; dann muss es Lust sein, sich zu verlieben, wenn man Verse macht. O ihr glücklichen Leute, die ihr keine Antiken habt, aber Verse machen könnt!«

So quälte er sich den ganzen Tag vom Morgen bis zum Abend, und des Nachts quälte ihn Hexe Schabernack. Sobald er in Myladys Armen und sie in den seinigen Schutz suchte, fing der steinerne Antick an zu fluchen wie ein Bootsknecht, und die Königin Ypsilon weinte, dass es ein Jammer war; dies unglückliche Konzert ließ keins von den beiden Verliebten Trost finden.

Wer die Saiten zu hoch spannt, zersprengt sie; da es der tückischen Hexe so gut gelang, das Vergnügen des Geschmacks durch eine beigebrachte Leidenschaft zu verleiden, so glaubte sie, ihm das Leben ganz zu verbittern, wenn sie die beiden Figuren am Bette lebendig machte, aber das war falsch geschlossen. Als Mylady des Morgens voll Sehnsucht und Bekümmernis nach der geliebten Figur hinsah, öffnete das steinerne Bild plötzlich die Augen, es bewegte die Lippen, bewegte die Schultern, sah sich verwundert um, fing an zu gehen, und kaum hatte der Neubelebte sich in seinem nackten Zustand erblickt, so rannte er beschämt in die Garderobe, um sich und andern nicht länger anstößig zu sein. Mylady sprang auf, schlug voll Freuden in die Hände, warf sich auf die Knie und rief: »Gedankt sei dir, unsichtbare Wohltäterin, die du ihn belebtest! Gedankt, dass du mir den liebsten Wunsch meiner Seele gewährtest! Er lebt! Wer kann mein Entzücken aussprechen? Er lebt!« – Im Taumel der Wonne vergaß sie Anständigkeit und Klugheit, und ohne zu bedenken, dass sie nur im Nachtkleid war und dass ihr Mann diese freudigen Aufwallungen sah und hörte, eilte sie der angebeteten Figur nach.

Mylord war schon mit der nötigsten Bedeckung zustande und warf eben den grünen Jagdrock über, als Mylady nach langem Suchen in allen Zimmern hereintrat. »Gott!« rief sie und bebte vor Schrecken zurück, als sie sah, dass es ihr voriger Gemahl war. Das ist ja mein Mann! dachte sie. Wusst' ich das, so erspart' ich mir meine Liebe. Mylord wollte ihr ein Kompliment über ihr unvermutetes Wiedersehn machen, aber sie ließ ihn nicht ausreden, sondern lief wie rasend im Hause herum und schrie: »Diebe! Diebe!« Die Bedienten eilten herbei und ergriffen die Waffen, die sich ihnen zuerst darboten, um den vermeinten Dieb zu vertreiben. Mylord widersetzte sich zwar mit allen Kräften, allein da er merkte, dass seine Gegner keinen Spaß verstanden, so gab er sich mit so plumpen Leuten, die unhöflich dreinschlugen, nicht weiter ab, sondern ging zur Tür hinaus, so weh es ihm tat, dass er sich aus seinem eignen Hause vertreiben lassen musste.

Unterdessen hatte Kakerlak kein schlechteres Abenteuer: Mit dem Blick unbeweglich auf den geliebten Marmor geheftet, wurde er kaum gewahr, dass Mylady aus dem Bett sprang und einem lebendig gewordenen Steine nachlief; denn in dem Augenblick, da dies geschah, öffnete seine marmorne Dame die Augen, lächelte zu ihm hin und breitete die Arme aus; er musste sich lange besinnen, ob er wachte oder träumte. Kaum war er mit sich einig, dass er wirklich wachte, so erblickte die Dame ihren nackten Zustand und fiel vor Entsetzen über eine so himmelschreiende Unanständigkeit in Ohnmacht. Kakerlak wollte in der Schamhaftigkeit auch nicht zurückbleiben und warf erst seine Decke über sie her, eh er ihr zu Hilfe kam. Die Ohnmacht war so hartnäckig, dass sie sich durch die stärksten stinkenden und wohlriechenden Sachen nicht vertreiben ließ; ich wundre mich, dass die Dame jemals wieder aufwachte; denn ihre Situation war so schrecklich für eine empfindsame Seele, dass unter Hunderten kaum *eine* in so einem Fall ohne Sterben davonkäme; aber so weit trieb sie es glücklicherweise nicht, sondern gab wirklich schon Zeichen des Lebens von sich, als Mylady zurückkam und ihrem Gemahl berichten wollte, wie glücklich sie gewesen wäre, Diebstahl, Mord und Blutvergießen im Hause zu verhüten. Das Wort starb ihr auf der Zunge, da ihr die ohnmächtige Dame mit ihrer sonderbaren Bekleidung in die Augen fiel; in dem Augenblicke, da sie losbrechen wollte, erkannte Kakerlak die Königin Ypsilon. Bist du es, die ich so feurig liebte? dachte er bei sich und verstummte. Wusst' ich das, so erspart' ich mir mein Härmen, Seufzen und Klagen; denn wir waren ja lange genug Mann und Frau, um uns von Liebesschmerzen zu heilen. Indem öffnete die Ohnmächtige die Lippen, um wegen ihrer schlechten Bekleidung um Vergebung zu bitten; aber Kakerlak kam ihr mit Höflichkeit zuvor und versicherte mit einer tiefen Verbeugung, dass es gar nichts zu bedeuten hätte, dass eine Dame von ihrem Stande tun könnte, als wenn sie zu Hause wäre. Darauf wandte er sich zu seiner Gemahlin. »Das ist«, sprach er, »die Dame aus Butam, von der ... Nein, jetzt besinn ich mich, ich habe Mylady noch nichts davon gesagt; es ist eine Dame vom höchsten Stande aus Butam, von gutem Hause. Ihre Gnaden machen sich zuweilen einen kleinen Zeitvertreib und hexen: Dieselben tun alle dero Reisen durch die Luft und ersparen dadurch ein ansehnliches an ihrem Nadelgelde. Sie kommen freilich allemal in einem beschämenden Zustand an, weil es das Hexenzeremoniell so mit sich bringt; aber dagegen werfen dieselben auch niemals mit dem Wagen um, bleiben in keinem Morast stecken und brauchen die Langsamkeit des Postknechts mit keinem großen Trinkgeld zu bestechen. Es ist ungemein bequem.«

Die Königin freute sich sehr, dass ihr der Lord so gut aus der Verlegenheit half, und hielt das strengste Inkognito; sie wickelte die Bettdecke etwas fester um sich und ließ sich als eine Dame von gutem Hause aus Butam Mylady Antick präsentieren. Beide küssten sich mit vieler Wärme und waren über eine so angenehme Bekanntschaft entzückt; beide hatten schon lange davon geträumt, dass ihnen ein so großes Vergnügen widerfahren sollte, und beide versicherten sich, dass sie Freundinnen bis in den Tod bleiben wollten. Der Lord merkte, dass sich die fremde Dame in seiner Gegenwart wegen ihrer Bedeckung Zwang antat, und war daher so galant und begab sich auf sein Zimmer; Mylady beurlaubte sich gleichfalls, schickte ihr Kleider, und in drei Stunden sah es niemand der Königin Ypsilon an, dass sie so lange ein Stück Marmor gewesen war. Hexe Tausendschön lachte dreimal auf der Feueresse vor Freuden, dass die Bosheit ihrer Schwester so sehr das Gegenteil bewirkte, und diese weinte vor Ärger Tränen, so groß als ein Taubenei, viel größere als Patroklus' Pferde im Homer; sie schwor sich selbst das Verderben, wenn sie nicht von nun an dem verhassten Kakerlak jede Freude in die bitterste Qual verwandelte.

Sobald sich alle Personen ohne Schamröte voreinander sehen lassen konnten, führte der Lord die Fremde in seinen Antikensaal, seine Gemäldegalerie und sein Porzellankabinett; die Königin fand alles sehr schön, nur die vielen nackten Leute missfielen ihr. »All den Leuten ließ ich Kleider malen«, sprach sie, »wenn die Bilder mir gehörten, und den steinernen Männern und Weibern hielt ich eine Garderobe; sie gehn ja so bloß und armselig einher, als wenn sie kein Hemd anzuziehen hätten. Es ist eine Schande für unsere erleuchteten Zeiten, dass man den Malern und Bildhauern keine Kleiderordnung macht; eine ehrbare Dame von guter Erziehung kann heutigentags keine Bildergalerie ohne Ärgernis ansehn.« Aus diesem moralischen Grunde war ihr das Porzellankabinett das liebste. »Da sieht man doch, dass in China noch gute Sitten sind«, sagte sie, »alle diese porzellanen Damen sind von Kopf bis Fuß bedeckt, dass man kaum das Gesicht erkennt. Die Mandarine tragen lange Röcke; das heiß ich Anständigkeit; so etwas kann eine Dame von Stande ohne Verletzung ihrer Ehre ansehen.« Sie verliebte sich in dies porzellane Kabinett voll chinesischer Wohlanständigkeit und chinesischer Ungereimtheiten so sehr, dass sie meistens den Morgen darin zubrachte und jede Büchse hundertmal ansah.

Um ihrem Vergnügen nichts fehlen zu lassen, tat Kakerlak einige Lustreisen mit ihr; sie besuchten alle merkwürdige Gärten, diese herrlichen Nachahmungen der Natur, die Berge, Täler, Flüsse und Wasserstürze hinsetzen, wo die Natur keine schuf. Die Königin war sehr zufrieden damit und fand bloß das auszusetzen, dass man immer auf und nieder steigen müsste und dass die Wege nicht in gerader Linie gingen. Desto missvergnügter wurde Kakerlak; bei jeder neuen Schönheit, die ihm entgegenkam, dachte er: Ach, der Glückliche, der einen Park hat! Ach, ich Unglücklicher, dass ich keinen Park habe! Wie wenig ist doch das herrlichste Antikenkabinett gegen einen Park! Hexe Schabernack brachte in seinem Herz die Unzufriedenheit und seinen Wunsch zur Flamme, und er war noch nicht durch die Hälfte des Gartens, so schwur er schon, dass er lieber nichts als Salz und Brot essen wollte, um einen Park zu haben. Sehnsucht, Ungeduld und Gram sprachen aus seiner Miene; Mylady konnte kein Wort aus ihm bringen; Tag und Nacht quälte ihn der verdammte Park. Seine Gemahlin nahm ihn ernstlich vor, als sie einmal des Abends allein waren, und bat ihn mit Flehen, ihr seinen Kummer zu entdecken; er wollte lange nicht; endlich warf er sich schluchzend an ihre Brust. »Mylady«, rief er, »schaffen Sie mir einen Park, oder ich sterbe.« – »Aber Mylord hat ja ein Antikenkabinett, eine Gemäldesammlung und einen Porzellansaal.« – »Ach, was Antikenkabinett«, fuhr er entrüstet auf, »was Gemäldesammlung? Einen Park will ich, oder ich kann nicht leben. Einen Park! Oder ich erhänge mich wie ein rechtschaffener Engländer. Betteln will ich lieber, als keinen Park haben.« – Sie riet ihm, seine Sammlungen zu verkaufen und für das Geld einen anzulegen; er gehorchte dem Rat, wollte gern um den dritten Teil des Werts losschlagen und fand viele Käufer, die aber desto langsamer kauften, je geschwinder er verkaufen wollte.

Schabernack konnte einen Mann, den sie hasste, nicht so leicht zu seinem Wunsche gelangen lassen und spielte ihm einen Streich, dergleichen noch nicht unter der Sonne geschah. Sie machte in *einer* Nacht alle Antiken lebendig; Prinz Alfabeta lief augenblicklich, wie er sein Leben wieder hatte, im ganzen Hause herum und kommandierte, als wenn es sein eigenes wäre, weckte Bediente und Stallknechte mit Prügeln und Ohrfeigen auf, ließ des Lords beste Kutsche anspannen und entführte auf Eingeben der Hexe die Königin Ypsilon aus dem Bett. Das war ein Lärm! Das war ein Aufruhr im Hause! Die beiden Maschinen der Unglücksstifterin, Prinz Lamdaminiro und Prinzessin Friss-mich-nicht, fingen gleich nach ihrem Aufleben Zank an; so gutmütig der Prinz sonst war, so fand er sich doch unendlich beleidigt, dass ein so schlechter Mensch wie ein römischer Gladiator neben ihm stand, und stieß ihn mit dem Ellenbogen voll Unwillen von sich. Dieser Herr war ziemlich handfest und in einer Republik entstanden, wo man von der heutigen Politesse nichts wusste; er fasste also ohne alle Zeremonie den Prinzen bei dem Leibe und schleuderte ihn längs im Saale hin. Die Prinzessin wollte die Beschimpfung ihres Bruders rächen und biss den baumstarken Gladiator in den Arm, dass er zusammenfuhr; dies Untier hatte nicht mehr Respekt gegen die Damen als gegen die Herren und scherzte nicht sehr fein, denn er fasste die Prinzessin und schleuderte sie im Saale hin wie ein Knäuel. Unterdessen verursachte der Fall des Prinzen einen neuen Streit: Er stürzte wider seinen Willen auf die schöne Venus und warf sie um, dass der Boden schütterte. Die übrigen Götter und Göttinnen erzürnten sich über die Verwegenheit eines Sterblichen gegen eine Dame von göttlichem Blute, hoben die Gefallene in aller Eile auf, und Minerva trat à la Shakespeare mit ihrer Ferse dem Prinzen zwei Augen und einen Kopf entzwei. Die Prinzessin richtete nicht weniger Unglück an: Sie rollte an Apollens Fuß; das nahm der Musengott übel, spannte den Bogen und schoss sie so ohne Gewissen ins Herz, wie wir Sterbliche eine Fliege totschlagen, wenn sie uns sticht.

Was für ein stolzes Volk die Götter des Olymps sind, das sah man hier; ihre Majestät schien ihnen schon dadurch entheiligt, dass Sterbliche in *einem* Saale mit ihnen atmeten, und sie beredeten sich deswegen, sie zu vertreiben. Wer mag Göttern widerstehn? Die Sterblichen mussten weichen und irrten im Hause herum; der eine rettete sich in dieses, der andere in jenes Zimmer.

Kakerlak hörte zwar nichts von dem Getöse, aber wie erschrak er, als er den Tag darauf die Nachricht erhielt, dass die Hälfte der Antiken aus dem Saale gewandert und in alle Zimmer des Hauses zerstreut wäre, dass zwei blutig auf der Erde lägen und dass die göttliche Venus ein Loch in der Backe hätte, als ob sie in einem Scharmützel gewesen wäre! Der Lord fand alles dem Berichte gemäß, ließ die Ausgetretnen wieder an ihren Ort schaffen und wusste keine Möglichkeit auszusinnen, wie ein Klumpen unbeseelter Marmor – denn das waren sie wieder – sich so weit bewegen konnte. Die folgende Nacht geschah das Nämliche. Hatte Kakerlak vorher geeilt, sein Kabinett zu verkaufen, so tat er es jetzt desto mehr; aber hatte vorher jedermann gezaudert, es ihm abzukaufen, so wollte es jetzt niemand umsonst, da sich das Gerücht ausbreitete, dass es mit den Antiken nicht richtig wäre. Wenn man sein schweres Geld daran wandte und sie kaufte, so konnten sie ja in *einer* Nacht alle entlaufen; wer gab denn dem armen Kaufmanne sein Geld wieder? Ein einziger, der von der Freigeisterei Profession machte und darum keine Wunderwerke glaubte, hoffte, sie um jenes Gerüchts willen desto wohlfeiler zu bekommen, und bat um Erlaubnis, sie zu besehn. Er besah die himmlische Venus; Venus drehte sich um und wies ihm statt des Gesichts den Rücken; er besah den immer jugendlichen Apoll; Apoll kehrte sich um und wies ihm den Rücken; die nämliche Unhöflichkeit begegnete ihm bei allen, denen er ins Gesicht sah. Dem Manne verging beinahe die Freigeisterei, so übel ward ihm zumute; weil aber seine Gewinnsucht größer war als die Furcht, bot er eine kleine Summe, und der Lord schloss den Handel, um nur nicht länger mit behexten Antiken in *einem* Hause zu wohnen.

Die Gemäldegalerie wurde auf ebendieselbe Art verkauft; alles zusammen brachte nicht so viel Geld ein, als nötig war, *einen* Gang im Garten anzulegen; gleichwohl war schon ein Riss dazu gemacht, ein ganzes Gut dazu bestimmt, die Arbeit angefangen, und um nicht mit Schande aufzuhören, musste Geld aufgenommen werden. Kakerlak verkaufte und verpfändete alles und war schon in Gedanken Herr vom schönsten Garten im ganzen Land.

Nach langer Arbeit und langer Hoffnung stand endlich das Wunderwerk der Gartenkunst fertig da.

Zwischen jungen Fichten dreht
Sich der Schlangenpfad dahin,
Wo die schönste Charitin
In dem schönsten Haine steht.

Wie labt der Duft der frischbelaubten Birken!
Wie zittert sanft, gleich der verschämten Unschuld,
Am weißen Ast das zarte lichte Blatt!
Mit jedem Wehn des lauen Lüftchens kommen
Dem süßgelabten Sinn Gerüch entgegen
Von Blumen, Kräutern, Blüten. Jeder steht,

Berauscht sich, rühmt und sucht den Garten,
Der ihn mit solcher Schwelgerei bewirtet.
Umsonst! Er tut wie edle Seelen Gutes,
Erquickt und lässt nicht wissen, wer es tat.
Welch Leben! Welche Stimmen, die hier tönen!
Kein Zweig, wo nicht ein froher Sänger hüpft!
Was in der Schöpfung lebt, scheint hier versammelt,
Den Grazien sein fröhlich Lied zu weihn.
Euch, Schmuck der Menschheit! Euch, Wohltäterinnen,
Die ihr die Sterblichen aus Barbarei
Und Wildheit zogt, dem Leben Anmut schenktet,
Die Schönheit selbst mit Zauberkraft belebtet,
Euch, die ihr unsers Wunsches wert es machtet,
Ein Mensch zu sein, gebührt der schönste Hain,
Der lieblichste Geruch, der lieblichste Gesang.

Zwischen Tannenbüschen dreht
Aus dem schönsten Birkenhain
Sich der Schlangenpfad dahin,
Wo ein dunkelgrüner Wald
Düster auf dem Berge steht.

Ihn weihte sich die Spekulation.
Sie wandelt hier am Arm des Tiefsinns ernsthaft
Im finstern Schatten tiefgesenkter Äste.
Bald leitet sie den Treuen, der ihr folgt,
Zum lichten Gang, wo durch die hohen, glatten Stämme
Der Himmel lächelnd blinkt; bald führt sie ihn
In Finsternis, wo der Erschrockne steht
Und sinnt, sich mit Entschlossenheit zu rüsten,
Eh er den Schritt ins heil'ge Dunkel wagt.
Wie schweigt der Wald in tiefster Einsamkeit,
Als wäre Leben, Regsamkeit und Ton
Aus der Natur auf einmal weggenommen!
Die Schöpfung ganz in Todesschlaf versenkt!
Wie spannst du, heil'ger Ort, des Geistes Flügel
Zu hohem Flug! Wer hier nicht denkt, denkt nie.

Zwischen Strauch und Dornen weht
Sich der Schlangenpfad herab.
Über Stein und Wurzeln muss
Mühsam sich der matte Fuß,
Wie der Denkende durch Zweifel, leiten,
Bis nach Strampeln, Taumeln, Gleiten
Vor dem See der Müde steht.
So staunt, wie hier, wenn von dem Ozean

Der Reisende die Küsten übersieht,
Die Griechenland mit Marmortempeln schmückte,
So hängt der Blick an den erhabnen Trümmern.
Im Sonnenglanz, umwebt von grünen Sträuchen,
Steigt dort vom Hügel auf ein Säulengang,
Zu dem hinan Apolls geweihte Priester
Auf breiten Stufen einst voll Andacht schritten.
Bald kahl, bald mit Gebüsch bekrönt, erheben
Am Ufer hin sich Hügel über Hügel
Und bilden uns den Sitz der Musen ab.

Trag uns, Gondel, durch den See
Von dem reizenden Prospekt
Zu dem Ufer, wo das Reh
Sich, bald sichtbar, bald versteckt,
Unter hohen Pappeln neckt.

Ha! welche Kluft empfängt uns am Gestade!
Ein langes Tal, das durch zwei Reihen Berge
Sich krümmt und drängt; ein kleiner Bach rauscht mitten,
Von Gras und Blumen halb verdeckt, dahin
Und bringt dem See sein Strömchen zum Tribut.
Schon braust durch Bäum und Strauch der Wasserfall
Mit näherndem Geräusch; der schmale Weg
Schleicht, tausendfach gewunden, durch die Wildnis,
Und oh! – wer zauberte den grünen Grund
Mit Schafen, Hirten, Bächen schnell daher? –
Willkommen uns! geliebte Hirtenszene,
Von Felsen rings umfasst, worein mit Mühe
Der krumme Baum die durst'ge Wurzel gräbt,
Wo Strom auf Strom, wie straff gespannte Segel,
Vom höchsten Gipfel stürzt, von Fels zu Fels
Emporgeschleudert tanzt, sich schäumend bricht,
Bald wie geballter Schnee durch Stein und Wurzeln
Mit Zischen wälzt und bald wie Perlen rollt,
Dann mit vereinter Macht hinab zur Tiefe
Wie in Verzweiflung schießt, wo ein gekräuselter Wirbel
Mit hohlem Brausen die fliehende Nymphe verschlingt.
So flohen oft des Nereus keusche Töchter,
Verfolgt von den Bewohnern des Olymps,
Verzweiflungsvoll in des Vaters Arme herab.
Das Wasser braust, die Herde blökt,
Die Hirten flöten, Bäum und Felsen horchen;
O glücklich, wer mit offnen Sinnen hier
Im Schatten liegt und hört und sieht und fühlt!

Glücklicher Kakerlak, wer kann dein Entzücken beschreiben, als du zum ersten Male den Wassersturz rauschen hörtest, den du der Natur zum Trotze an einem Ort schufst, wo sonst kein Wasser war? »Glücklicher Kakerlak«, rief Hexe Tausendschön, »wie kannst du eines Vergnügens satt werden, das dich dem Schöpfer der Natur gleichsetzt? Du riefst Berge, Täler, Wasserfälle, Seen und Wälder aus dem Nichts, pflanztest Schatten, wo die Sonne den Kopf verwundete, und bahntest Wege, wo die Wildheit keinen Fuß wandeln ließ. Glücklicher Kakerlak! Du wirst deine Beschützerin erlösen.«

Schabernack hatte durch ihre Kunst die Wunden des Prinzen und der Prinzessin unschädlich gemacht und stahl sie aus dem Antikenkabinett, um sie im Garten zu ihren Tücken zu gebrauchen. Stand der Lord vor einer langgedehnten Wildbahn und bewunderte mit Entzücken den sanften, feinen Rasen, der wie ein grüner Teppich ausgebreitet dalag, so musste die Prinzessin mitten auf den Platz als ein alter verdorrter Baum hintreten. Kakerlak entrüstete sich, dass eine so hässliche Missgeburt die schöne Grasebne schändete, und befahl dem Gärtner, den abscheulichen Baum augenblicklich zu vertilgen; der Gärtner frage immer: »Wo? wo?«, und strengte seine Sehnerven an, dass sie beinahe zerrissen, und wenn er so viele Augen hatte wie Argus, so sah er nirgends einen Baum. Der Lord erzürnte noch mehr, führte den Gärtner auf den Platz, wo er den Baum sah, und waren sie dort, so war der Baum hier, gingen sie hierher, so war der Baum dort. So wurde der elende Glückliche unaufhörlich gequält: Wo er ging und stand, ließ die Hexe Grashalme aus den glatten geschlängelten Gängen hervorwachsen; er befahl dem Gärtner, sie auszurotten, aber der arme Mann sah jetzt so wenig Grashalme als vorhin einen Baum. Sollte der Wasserfall rauschen, so steckte Schabernack den Prinzen in die Röhre, und das Wasser lief so schwach, dass man's kaum rauschen hörte; die Röhren wurden gesäubert, aufgerissen, neue hineingelegt; es blieb wie zuvor.

So viele widrige Zufälle verbitterten das Vergnügen schon sehr; nun fanden sich noch dazu täglich mehr Gläubiger ein, für deren Geld der Garten angelegt war, mahnten und drohten, da sie nicht befriedigt wurden. Kakerlak war ohnehin schon eines Gartens überdrüssig, wo unaufhörlich Bäume und Grashalme am unrechten Orte wuchsen, und beschloss, ihn seinen Gläubigern preiszugeben. Damit waren aber die unhöflichen Herren nicht zufrieden, sondern baten sich auch Häuser, Möbel und die übrigen sämtlichen Habseligkeiten aus. Voll Verzweiflung flüchtete Mylord mit Mylady in ein Dorf, entsagte auf immer allem Vergnügen und vergaß, dass seine Beschützerin eine Hexe war, die durch ihn befreit sein wollte. Die Gemahlin hatte heimlich ihre Ringe mit sich fortgebracht; sie wurden verkauft, und von dem gelösten Gelde beschlossen die beiden Unglücklichen, in stiller Einsamkeit, der Welt und ihren Freuden abgestorben, ohne übernatürlichen Beistand zu leben. Tausendschön weinte; Schabernack lachte.

Um ihm sogar diese kleine Ruhe zu verbittern, holte die Schadenfrohe seine Bücher nebst der ganzen Stube herbei, wie er sie vor seiner Auswanderung nach dem Vergnügen verließ; er sollte nicht ohne Vergnügen sein, um eins überdrüssig werden zu können. Wie wenn man nach vielen, vielen Jahren einen Freund wiederfindet, den man schon so lange für tot hielt, dass sein Andenken fast erloschen war, so

lief jetzt Kakerlak zu seinen Büchern hin. »Willkommen, Freunde!« rief er entzückt. »Willkommen, ihr teuern Gefährten meines Lebens, eh ich undankbar euch
verließ! Ich durstete nach Vergnügen und fand keins; ich irrte von einem täuschen-
den Schimmer zum andern, hielt es für ein Vergnügen und betrog mich; ein leuch-
tender Dunst war es, der aus einem Morast aufstieg. Weg mit den Puppen! Ich bin
kein Kind mehr. Ihr seid zwar auch nur Puppen, aber doch männliche Puppen; ihr
seid zwar auch nur Spiele mit Gedanken, wie andere mit Würfeln oder gemalten
Blättern spielen, aber doch edlere Spiele des Geistes. Willkommen! Nie will ich an
euch die zweite Undankbarkeit begehn.«

Hexe Schabernack, was wird das werden? Du hast dich vermutlich in deiner eigenen Schlinge gefangen, denn der Mann scheint Wort halten zu wollen.

Der Heimtückischen fing an bange zu werden, weil nichts in der Welt ihn von
seiner Philosophie abzubringen vermochte. Sie spielte ihm mit des Prinzen und der
Prinzessin Hilfe tausend possierliche Streiche; sie verwandelte die Buchstaben vor
seinen Augen und füllte seine Bücher mit Irrtümern, Zweifeln, Paradoxien, Wider-
sprüchen, Ungereimtheiten, närrischen Hypothesen und wunderlichen Meinungen
an; nichts konnte ihn in seinem Vergnügen stören. »Der Mensch soll nicht *wissen*,
sondern nur *vermuten*, nicht *genießen*, sondern nur Genuss *hoffen* und *träumen*,
nicht glücklich *sein*, sondern sich glücklich *dünken*« – das blieb seine Philosophie,
womit er alle Gaukeleien entschuldigte, die sein Vergnügen stören sollten.

Stimmen riefen ihm von allen Seiten zu: »Kakerlak, so ein weiser Mann bist du
und spielst? Spielst mit Büchern und Gedanken?« – »Das ganze Leben ist ein
Spiel«, antwortete Kakerlak. »Das Kind spielt mit Puppen oder Trommeln, der
Jüngling mit Hunden und Pferden, das Mädchen mit der Liebe, mit Stoffen und
Bändern, die Großen mit Soldaten, Sternen, Stammbäumen, Ordensbändern, die
Kleinen mit Titeln, Männer und Weiber mit Karten, Würfeln und Kegeln, der Weise
mit Gedanken und Empfindungen. Wenn alles spielt, warum sollt *ich* allein es nicht
tun?«

Er wurde krank und kämpfte mit tausend Schmerzen. »Unglücklicher Kakerlak!«
riefen ihm Prinz und Prinzessin zu. »So ein verdienstvoller Mann und musst so leiden!« – »Ich leide, aber ich bin nicht unglücklich«, war Kakerlaks Antwort, »denn
noch ist mein Herz nicht zur Fröhlichkeit stumpf.«

»So ein weiser Mann«, riefen sie zu einer andern Zeit, »und freut sich! Freut sich
wie gemeine Sterbliche über ein Blümchen, einen Baum, einen romantischen Felsen, über Wasserstürze, Sonnenschein und Regen! Wie erniedrigst du deine erhabne
Seele.« – »Weit gefehlt!« sprach Kakerlak lachend. »Die Freuden der Natur sind
mein Beruf; alles, was Menschen ersannen und Vergnügen nannten, ist nur eine
Krankenspeise; die gesunde Seele will nichts, was nicht von den Händen der Natur
kommt.«

»Armer Kakerlak! Lebst so einsam und still ohne alles Vergnügen.«

»Mein Vergnügen ist niemals *um*, sondern *in* mir; andere suchen es, ich trag es
beständig mit mir herum.«

»Armer Mann! Der Hagel hat dir dein kleines Blumenbeet zerschlagen, deinen
einzigen Reichtum.«

»Auch gut! So pflanz ich neue Blumen und gewinne durch meine Arbeit neue Hoffnungen.«

»Armer Weiser! Bald wirst du im Grabe liegen und ein Häufchen Knochen und Staub sein.«

»Auch gut! So quält mich die elende Maschine mit keinem Bedürfnisse mehr.«

Da Schabernack sah, dass mit dem hartnäckigen Weisen nichts auszurichten war, machte sie einen Versuch, ihn auf einer andern Seite anzugreifen. Der Prinz Alfabeta reiste mit der entführten Königin Ypsilon noch immer in der Welt umher, um die verlorene Physiognomie zu finden; die Hexe leitete diese beiden Abenteurer zu Kakerlaks Wohnung und freute sich über den Krieg, den die Physiognomie veranlassen würde. Sie mutmaßte richtig; denn kaum erblickte der Prinz sein Eigentum auf einem fremden Gesichte, so griff er ebenso derb zu, als da er den unrechtmäßigen Besitzer desselben aus dem Schnee zog. »Au weh!« schrie der Prinz und fuhr zurück; das Vögelchen, worein Hexe Tausendschön gebannt war, saß auf ihres Lieblings Gesichte, deckte es mit seinen Flügeln und piekte den Herrn Prinzen, als er seine Physiognomie abreißen wollte, höchst schmerzlich auf die Finger. »Vor einem Vogel fürcht ich mich nicht«, sagte der Prinz und griff zum zweiten Male zu. Das Vögelchen pickte. »Au weh!« schrie der Prinz. Er versuchte es zum dritten Mal; zum dritten Male pickte das Vögelchen, und zum dritten Male schrie mein Herr Prinz: »Au weh!« Nun ließ er's wohl bleiben, nach seiner Physiognomie zu greifen.

»Wohl mir! Ich bin befreit«, fing das Vögelchen an. »Dank dir, Kakerlak, Dank dem Weisen! Ich bin erlöst.« – Hexe Schabernack fuhr knirschend, polternd und schreiend zur Feueresse hinaus auf den Brocken, um die Versammlung ihrer Schwestern zusammenzurufen und durch Kabale die Erlösung ihrer Feindin zu hindern. Prinz und Prinzessin, die bisher in zwei Folianten wohnten, fielen tot aus den Büchern heraus zur Erde, weil die Zauberin, die sie unsichtbar machte, von ihnen wich und in der Bestürzung vergaß, für sie zu sorgen.

»Meine Kinder!« rief die Königin Ypsilon mit erhabenen Händen aus. »So find ich euch wieder, um euern Tod zu beklagen!«

»Klage nicht, schöne Königin Ypsilon!« unterbrach das Vögelchen ihren Schmerz. »Eine böse Zauberin ließ sie sterben, eine gute macht sie wieder lebendig.« – Sogleich flog es dem Prinzen auf den Kopf und pickte darauf, alsdann auf den Kopf der Prinzessin und pickte darauf, und beide standen so frisch und gesund auf, als wenn sie eben erst aus Mutterleib kämen.

Das war ein Jubilieren und ein Küssen zwischen Mutter und Kindern! Die Königin konnte zuletzt keinen Arm mehr rühren, so müde waren sie von den vielen Umarmungen; die Prinzessin verrenkte sich ein Bein mit ihren hohen Freudensprüngen, und der Prinz Lamdaminiro war der einzige, der bei diesem Auftritt des unvermuteten Wiedersehens mit gesunden Gliedmaßen durchkam; das hatte er seiner unnachahmlichen Gelassenheit zu verdanken, die ihm bei dieser Gelegenheit so große Dienste tat, dass er bloß Küsse und Umarmungen annahm, ohne *eine* Falte im Gesicht vor Freude zu ändern.

»Kehrt«, sprach das Vögelchen, »nach Butam zurück; die Physiognomie soll nachkommen.« Der König wollte zwar nicht abziehn, aber das Vögelchen nahm einen gebieterischen Ton an und drohte. »Zwei Tage nach deiner Ankunft«, setzte es hinzu, »besieh dich im Spiegel, und dann danke mir's, wenn du wieder besitzest, was du in der ganzen Welt vergebens suchtest.« Wollte er ganz Alfabeta sein, so musste er sich wohl zur Abreise bequemen, und damit die Reise nicht zu langsam ging, riss Tausendschön aus ihren Flügeln Federn und steckte jedem Pferd eine zwischen die Ohren. Gleich huben sich die schnaubenden Hengste in die Höhe und flogen mit der Kutsche durch die Luft, als wenn das Fliegen zeitlebens ihr Handwerk gewesen wäre; dadurch ersparte sie der königlichen Kammer zu Butam ein Ansehnliches, was auf der Erde unterwegs aufgegangen wäre.

Der große und kleine Rat hatte sich indessen auf dem Brocken versammelt, und Hexe Schabernack hielt schon ihre Rede in wohlgesetzten Hexametern, als ein paar Bettelmönche, die dermaligen Ratsboten, die Ankunft der Hexe Tausendschön meldeten. Man hieß sie warten und befahl ihrer Gegnerin abzutreten; nach einer zweistündigen Überlegung, wobei man sich eine Menge Haare ausraufte, musste Klägerin und Beklagte erscheinen, und es wurde ihnen folgender Bescheid bekanntgemacht:

Kund und zu wissen sei allen, die Ohren haben und hören,
Welchergestalten des zaubernden Reichs versammelte Glieder
Nach der Sachen reifer Erwägung in völliger Eintracht
Also beschlossen, wie lautet:
»Nachdem ein Sterblicher standhaft
Im Vergnügen des Geistes beharrte, den Freuden sich weihte,
Die geöffneten Sinnen und einer schuldlosen Seele
Die Natur mit ökonomischer Sparsamkeit darbeut,
Alle Hoheit für Traum, den Stolz für Torheit erkannte,
Fest entschlossen, in fröhlichen Sprüngen zum Grabe zu tanzen;
Als erkennen wir dann, dass unsre verurteilte Schwester
Ihr Gefängnis verlass und in unser hohen Versammlung
Wieder mit vorigem Recht und Gestalt von nun an erscheine,
Doch mit ernstem Bedeuten, des Alfabeta von Butam
Edles Gesicht zu restituieren in integrum oder
Unser Missvergnügen und unsern Zorn zu gewarten.«
So gegeben am uns geweihten Tage Walpurgis[12],
Auf dem schneevollen Gipfel des Brockens.

Conclusum in pleno.

Beide Vorbeschiedene neigten sich tief, Schabernack ging mit verbissenem Ärger in ihre Statthalterschaft zu ihrem gewöhnlichen Posten ab, und Tausendschön vollstreckte sogleich in schuldigem Gehorsam den Befehl des Senats. Als der König

---

[12] Das heißt den 1. Mai.

Alfabeta zwei Tage nach seiner Ankunft in den Spiegel sah, um seine Frisur zu mustern, warf er plötzlich vor Freuden den Spiegel hin und rief: »Ich habe sie wieder! Ich habe sie wieder!«, und sogleich wurde auf denselben Tag Gala angesagt.

Indem sich Kakerlak von ungefähr umsah, erblickte er einen goldenen Käfig an der Decke seiner Stube; er enthielt das Vögelchen, aus dem eben jetzt seine Beschützerin gezogen war und das ihn bisher von Vergnügen zu Vergnügen und durch so manche Gefahr trug. Es blieb sein Gesellschafter und Freund, und wenn dem Herrn Weisen zuweilen eine kleine Schwachheit, etwas Stolz, Unzufriedenheit oder Sehnsucht nach einem andern Zustande überfiel, so sang es gleich:

Mann, du willst dich einen Weisen nennen
Und kannst unzufrieden sein?
Kannst das Nichts, wonach du strebst, verkennen?
Kannst von Stolz und Leidenschaften brennen?
Ach, wie ist der weise Mann so klein!

Hatte er sich hingegen aufgeführt, wie es einem Weisen geziemt, dann erschallte sein Lob durch die goldenen Stäbe:

O das ist ein weiser Mann!
Sieht das Glück der Welt mit Lächeln an,
Findet auf des Lebens rauer Bahn
Überall Ergötzen, wo er kann,
Unterdrückt des Stolzes falschen Wahn,
O das ist ein weiser Mann!

Ende

Satirische Erzählungen

[Siegfried Leberecht Crusius, Leipzig 1777/1778]

Erstes Bändchen

Alle Stücke dieser Sammlung waren anfänglich für eine Monatsschrift bestimmt, womit das Publikum vor drei Jahren unter dem Titel »Jupiter« heimgesucht werden sollte; allein, da gerade zu diesem Zeitpunkt fast alle deutsche Schriftstellerköpfe einen allgemeinen Kitzel bekamen, ihre Gedanken, Phantasien, Grillen und Einfälle in dem Kleide einer periodischen Schrift unter die Leute auswandern zu lassen, so befand ich für gut, kein Wasser ins Meer zu tragen, sondern meinem »Jupiter« wohlbedächtig ein Plätzchen im Winkel meines Schreibschrankes anzuweisen, bis ihn eine günstige Konstellation oder meine Laune hervorrufen würde. Die Konstellation des Schriftstellerhimmels hat sich zwar nicht im Mindesten geändert: die Menge der Schreibenden ist gleich groß und die Menge der Denkenden nicht größer; ein Autor muss also immer noch die beschwerliche Mühe übernehmen, sich durch siebzehn Bogen Messkatalogs hindurchzudrängen, um dem Publikum vors Gesicht zu kommen, und wehe dem Mann, der in einem solchen Falle nicht Unverschämtheit genug und zwei gesunde starke Ellbogen hat, um von beiden Seiten um sich zu stoßen und sich mit Gewalt durch die Menge hindurchzuarbeiten! – Meine Leser haben es also ganz allein meiner zufälligen Laune zuzuschreiben, dass ich ein schon längst für sie bestimmtes Gericht jetzt in einer *andern Form* auftrage: meine Sammlung soll ein Buch schlechtweg sein und weder von Jupiter, Minerva, Apoll oder irgendeinem Gotte maiorum et minorum gentium ein titulares Verdienst borgen; ist sein innerer Gehalt nicht kräftig genug, sich den Beifall der Leser zu erwecken, so gähne man und werfe das Büchlein weg!

W...l

Silvans Bibliothek
oder
Die gelehrten Abenteuer

Praetereas si quid non facit ad stomachum!
Mart.

Silvan kehrte nach drei unangenehmen akademischen Jahren in den Schoß seiner Familie und seiner Bauern, zum Herzeleid aller Hasen und Rebhühner, zurück und hatte kaum bei den auserlesensten ländlichen Feierlichkeiten, unter Abfeurung eines Mörsers, den Tilly auf seinem Rückzug aus Sachsen in dem Dorfe zurückgelassen, und des sämtlichen Gewehrs aus der großväterlichen Rüstkammer, sich den Eid der Treue schwören lassen, als er schon den Antritt seines Regiments durch eine merkwürdige Tat verherrlichte. Er hatte sich auf der Akademie von verschiedenen Leuten sagen lassen, dass unter allen Möbeln eines Hauses eine Bibliothek die kostbarste und ansehnlichste sei und dass alle französischen und englischen Standespersonen, die ihre Geburt durch Verstand und Wissenschaft adelten, dergleichen auf ihren Landgütern aufzustellen pflegten; er beschloss augenblicklich, eine seinem Stande so gemäße Pracht nicht zu verabsäumen, und gelobte bei sich den Penaten und Laren seines Ritterschlosses, sie nach einer glücklichen Zurückkunft mit einer Bibliothek zu beschenken.

Der Zufall begünstigte sein Gelübde. Einer seiner Vorfahren hatte aus dem nämlichen Grunde, der jetzt seinen Abkömmling zum Ankauf einer Bibliothek antrieb, sich genötigt gefunden, eine weitläufige Orangerie anzuschaffen, und da der Ort unter einem sehr unfreundlichen Himmel lag, der kaum zu Korn und Erdbirnen die erforderliche Wärme hergeben wollte, so wurde er in die zweite Notwendigkeit gesetzt, ein dauerhaftes wohlverwahrtes Gewächshaus für ihren Winteraufenthalt zu erbauen. Es geschah; ein großes geräumiges steinernes Gebäude wurde errichtet und an seinen Wänden mit den sinnreichsten Emblemen und andern Zierraten geschmückt, die die schönen Geister der ganzen dortigen Gegend aufzutreiben vermochten; denn jedem, der während der Arbeit den Bauherrn besuchte, wurde die Verbindlichkeit auferlegt, auf der Stelle ein Gemälde zu erfinden und es auf der Stelle nach seiner Anweisung ausführen zu lassen. Das Ganze bekam also einen gemischten Charakter von Unsinn und Einfalt, der es zum possierlichsten Original der ganzen Malerwelt machte. Jakobs Himmelsleiter mit auf und nieder hüpfenden Engelchen figurierte neben einer Bellone, die mit aufgeblasnen Backen in eine Trompete stieß, an deren fransenreichen Banderole das Wappen des Besitzers prangte; gleich darauf folgte auf einem meergrünen Grund eine Schweinsjagd mit Figuren in Lebensgröße; Orpheus in spanischer Tracht, wie er mit den lieblichen Tönen eines Hackbretts große aufgehäufte Malter Brennholz hinter sich drein lockt; eine Tischgesellschaft, die den Geburtstag des Besitzers feiert, unter welcher mitten vom Tische ein stattlicher Schweinskopf hervorleuchtet, dessen Stirn der vergoldete Name desjenigen ziert, dem zur Ehre die Feier angestellt war; Jupiter mit dem Donnerkeil neben einer dicken runden halbnackenden Viehmagd, der ihr gebietender Herr einen Kuss rauben will – weil dieses letzte Gemälde etwas obszön ausgefallen war, hatte der Künstler auf ausdrücklichen Befehl, statt einen Vorhang vorzuziehn, die unehrbaren entblößten Teile mit den Fingern verwischt; der übrige große Raum war dem Stammbaume gewidmet, der in der Gestalt eines Palmbaums sich bis zu einem sternenvollen eisgrauen Himmel erhob und mit seinem Schatten eine Menge kleiner Gänschen erquickte, die ihre Eltern zu einem fischreichen Teiche führten, in welchem Karpfen und Hechte, nach Boileaus Ausdruck, zum Fenster heraussahen.

Silvans Vater hatte, von einem ökonomischen Geiste beseelt, viel triftigere Bewegungsgründe in sich wahrgenommen, die ihm den Verkauf der Orangerie anrieten. Sie wurde verhandelt, und jenes herrliche Denkmal der Kunst, das Gewächshaus, blieb, um die Kosten des Abtragens zu ersparen, müßig stehn.

In einem solchen Zustand fand es Silvan und hatte es den Tag nach seiner Rückkehr von der Universität kaum erblickt, als ihm sein Gelübde einfiel, und stehenden Fußes wurde der Entschluss gefasst, das unbeschäftigte Haus zu einem großen Endzweck anzuwenden. Es wurde in zwei Hälften zerteilt: die eine zum Pferdestall, die andere zur Bibliothek bestimmt. Man schaffte hurtig Bretter herbei, baute eilfertig

Repositorien, strich sie mit dem schönsten Himmelblau an und vergoldete jede Kannte; in kurzer Zeit war die Behausung der Bibliothek instand gesetzt und alles zur Aufnahme der Gäste, die darin herbergen sollten, zubereitet. Die schönen funkelnden Repositorien machten Silvanen ein so inniges Vergnügen, dass er beinahe darüber vergaß, zu wessen Ehren sie erbaut waren, nicht viel fehlte, so bekamen sie gar eine andere Bestimmung; doch endlich siegte sein alter Vorsatz: sie blieben, was sie sein sollten, und es wurde wirklich einem alten Kandidaten, der die sämtliche junge Herrschaft vom Hause auf der lateinischen Folter herumgetummelt hatte und jetzt als ein Emeritus des Hofmeisterlebens bis zur ersten Vakanz gefüttert wurde, der ernstliche Auftrag gegeben, aus allen Enden der Welt Bücher zusammenzukaufen; ihr Inhalt mochte sein, welcher es wollte – Sprache, Gegenstand, Alter, alles galt gleich –, wenn sie nur von einer Statur waren, wie sie die Höhe erforderte, die der Tischler den Fächern zu geben beliebt hatte, in welchen sie aufgenommen werden sollten, und eine anständige reinliche Kleidung trugen, dass sie sich doch vor honetter Gesellschaft sehen lassen konnten.

Diesen zwei Bedingungen gemäß brachte der Kommissionär vor allen Dingen seine eigene Sammlung von Predigten, Postillen, Kommunionbüchern und andern ähnlichen Schlages hinein, weil sie so allerliebst in die Fächer passten, als wenn sie dafür gewachsen wären. Darauf wanderte er aus, und was das erforderliche Maß hielt, wurde eingehandelt.

Eine drollige Gesellschaft musste auf solche Weise innerhalb vier Wänden zusammenkommen – so bunt, so gemischt, als sie auf keiner Redoute zu finden sein kann! – Eine Exegesis der Offenbarung drückte einen Anakreon in Quart, weil sie beide einerlei Länge hatten; Gellert verlor sich bescheiden unter der »Europäischen Fama«; Semler lag an Götzens Busen; Crusius umarmte Wolffen; Voltaire drängte sich an Beaumellen [Laurent Angliviel de La Beaumelle, 1726-1773: Anm. d. Hg.]; Wieland wurde von zwei jungen philosophischen Abhandlungen über die Schultern angesehen; auf Geßnern lehnte sich ein deutsches Staatsrecht; Gleim und Jacobi wurden von einer ungeheuren Konkordanz mit Füßen getreten – weil der Foliant um etliche Zoll niedriger war als sein Nachbar, hatte man ihm, um alle Unregelmäßigkeit zu vermeiden, jene beiden Dichter unterlegt, die girrend unter dem dickbauchigen Körper ach! und oh! seufzten; doch wurden sie endlich aus der Sklaverei befreit und zu einer würdigeren Stelle erhoben.

Die possierliche Vermischung hatte wenigstens den Nutzen, dass sie, wie das Grab, Leute in Nachbarschaft brachte, die sich im Leben ohne Balgereien nicht so nahe hätten kommen können, und zum ersten Male wohnten hier Gelehrte aus allen Fakultäten und Wissenschaften nebst Genies und schönen Geistern ohne Verachtung, Neid, Eifersucht und Zänkerei in friedlicher Eintracht untereinander; denn bekanntermaßen sondert man sie in andern Bibliotheken, zur Verhütung allen Unfugs, sorgfältig voneinander und lässt wenigstens nicht zwei aus verschiedenen Fächern in eine Nachbarschaft geraten, die bald die feindseligste Verachtung ausbrechen würde.

Insofern war Silvans Plan der vollkommenste in seiner Art: Er knüpfte das so lange zerrissene Band der Freundschaft zwischen *allen* Gelehrten zusammen. Doch das Schicksal muss seine Freude an gelehrten Faustkämpfen finden – ein höchst elender Geschmack! – Die Einigkeit hatte nicht vierzehn Tage gedauert, als der ganze Büchersaal in völligem Aufruhr war – alles stürmte, alles tobte!

Die Schuld war freilich wohl den Einwohnern desselben nicht allein beizumessen, sondern vielmehr der tückischen Schadenfreude eines finsteren mürrischen Geistes, der über den ganzen polizierten Erdkreis herrscht und gerade wie die Götter Homers, die, wenn es ihnen am Zeitvertreib und guter Laune fehlt, ein Tiergefecht unter den Menschen veranstalten und sich herzlich darüber freuen, dass die Menschen solche gute Narren sind und sich so hübsch zu Spaß und Kurzweil gebrauchen lassen – der, sage ich, gerade wie diese Majestäten des homerischen Himmels auf seinem bleiernen Throne sitzt und nichts tut, als dass er, wenn ihn die Langeweile einschläfern will, große und kleine Menschenkinder, von jedem Stand und Beruf, mit einem zischenden Tone zusammenhetzt, auf welche Losung die guten Seelen niemals ermangeln, sich tapfer herumzubalgen, zu raufen, mit dem Degen, der Feder und allen Waffen, die nur in dem Zeughaus der Rache und Feindschaft anzutreffen sind, sich bis auf den Tod ohne Schonung herumzuschlagen und dadurch jenem heimtückischen Geiste ein Späßchen zur Zeitverkürzung zu verschaffen. Man gibt diesem Tyrannen verschiedene Namen, doch der allgemeinste unter allen ist – der *Geist der Kleinigkeit*. Sein Reich ist so ausgebreitet, und seine Macht wird so allgemein anerkannt, dass er sich als den unumschränktesten Monarchen unseres ganzen Planeten betrachtet. Auf der Ottomane oder dem Sofa in dem Visitenzimmer sitzt er unter den Damen, bläst ihnen die ganze ärgerliche Chronik der Stadt in die Ohren, zieht ihre Lippen in ein spöttisches Lächeln über eine schiefe Frisur, hält Buch und Rechnung über Eroberungen, die sie nicht gemacht haben, oder streut statt der Schlummerkörner die einschläfernden Geschichtchen ihrer Küche und ihrer Domestiken auf sie hernieder. Er thront in den dicken Locken des Kanzelredners und tritt seine Lunge wie der Kalkant die Blasebälge, wenn er Ketzer oder Heterodoxe widerlegt; er nährt sich von Akten, seine Speise sind juristische und philosophische Distinktionen, seine köstlichste Delikatesse sind Varianten und notae variorum, Scholien und Glossen. Sein Tisch ist täglich mit den auserlesensten Floskeln des Kanzleistils, mit den schönsten deutschen Titulaturen in der besten Ordnung besetzt; sein ergötzendstes Schauspiel sind Prozessionen, langweilige Komplimente, einschläfernde Reden und Schulchrien [Chrie, schriftliche Ausarbeitung über eine Spruchweisheit], einfältige Intrigen der Liebe und der Politik, nebst dem ganzen Hof- und Staatszeremoniell, und er hat sich am trefflichsten ergötzt, wo er am öftesten gähnte. Er ist in der moralischen, politischen, gelehrten Welt, was in der physischen die Luft ist: allgegenwärtig, alles durchdringend, zu fein, um von gewöhnlichen Augen gesehn zu werden, und auch dem besten Gesicht entwischt er oft. Jedermann wird von seinem Einfluss regiert, und wehe dem Verwegenen, der sich ihm widersetzt und eine seiner Stellen zu entwenden sucht! Man muss ihn kennen, fühlen, wissen und – schweigen. Die meisten Bewohner unseres Erdballs beten ihn demütig als eine *unbekannte* Gottheit an und sind von einer schwachherzigen Gefälligkeit gegen seine Befehle so sehr angesteckt, dass sie es höchst verwegen finden würden, wenn ein ehrlicher Mann wohlmeinend sich die Freiheit nähme, ihnen ihre Torheit ganz nackt, ohne alle schimmernden Lumpen der Phantasie, mit welchen *sie* diesen Götzen herausputzen, zum verdienten Spott hinzustellen. So sei es dann! – Aber da die Herrschaft jenes unseligen Geistes so ausgebreitet ist, so ist es desto weniger ein Wunderwerk, dass auch in Silvans Bibliothek sein Ansehen so viel vermochte. Im Vertrauen gesagt – viele feine Köpfe versichern, dass er überhaupt nirgends so eifrige Verehrung genießt als unter den Gelehrten; er ist ihr Götze, sagen sie; und – was ich im allergrößten Vertrauen sage! – unsre Nachbarn behaupten mit der frechsten Verwegenheit, dass nirgends seine Altäre so überall und von so aufrichtigen Opfern rauchen als in unserem lieben deutschen Vaterland, das jederzeit neben den *größten Gelehrten* die *größten Pedanten* gezeugt hat. Auch tat der böse Geist wahrhaftig weiter nichts, als dass er mit seinem Stab an die Türe von Silvans Bibliothek klopfte, ein einziges unverständliches Wort hermurmelte, und sogleich gerieten alle Bände im Büchersaal in eine stoßende Bewegung; kein einziger blieb ruhig, und wer es sein wollte, wurde durch die Unruhe seines Nachbars mit fortgerissen.

Dies war dem eklen Geiste nicht genug, er verlangte ein reizenderes Schauspiel und hatte ausdrücklich beschlossen, sich diesen Tag an einer Ergötzlichkeit zu vergnügen, deren er seit langer Zeit nicht hatte habhaft werden können. Die Klotzischen Streitigkeiten und die Harlekinaden all derer, die sich vor einigen Jahren unter uns berühmt *zanken* wollten, hatten seinen Geschmack etwas verwöhnt, und er war gegenwärtig mit keiner Lustbarkeit zufrieden, wenn sie nicht auf jenen Ton gespannt war. Daher gähnte er und konnte es unmöglich dabei bewenden lassen, solange die stummen Bände bloß aufeinanderstießen, sich drängten; ein so maschinenmäßiges Wackeln war für ihn ein nicht weniger langweiliger Anblick als dem erhabenen Statilius jedes Buch. Langeweile macht sinnreich; Statilius zählt, wenn er zu gähnen anfängt – welches jedes Mal nach der dritten Zeile geschieht –, die großen Anfangsbuchstaben der Kapitel, und jener feindselige Geist besann sich, dass er auch ein Zauberer ist, und machte ohne Verzug Gebrauch von seinen Kräften, um dem Spielchen mehr Anziehendes zu geben.

Er verwandelte durch ein geheimnisvolles Wort aus der kabbalistischen Gelehrsamkeit jedes Buch in seinen Autor, in Figuren von der Größe, in welche Milton seine Teufel zusammenschrumpfen lässt, um sie, ohne zu lügen, sämtlich ins Pandämonium quartieren zu können – eine komische Gesellschaft von Zwergfiguren! Hier guckte ein mürrisches, hagres Dichtergesicht aus einem Stutzerkleid, dort eine witzlose, geistleere Miene aus einer ehrwürdigen Perücke; hier sah ein Köpfchen, klein wie an einem Embryo, aus einem ungeheuren reichen, mit Flittergolde verbrämten Talar hervor, dort stand die schelmischste arglistigste Figur im schwarzen Rock, Mantel und Überschlägen; da ein stolzer Schwachkopf in der Kutte des Strafpredigers, da ein leeres Gehirn im buntscheckichten Wams eines Freigeistes; oben saß ein Quacksalber mit einem langen, keilförmigen Titel statt des Schildes auf der Brust, neben ihm ein theologischer Klopffechter, der in einer Hand statt des Spießes das System schwenkte, in der andern statt des Schildes die Bibel hielt; an seiner Seite stand eine Apothekerbüchse, die ein paar aufwallende, gärende Flüssigkeiten in sich enthielt, mit einer darauf gemalten Menschenfigur und einer quer darüber laufenden Aufschrift: Der Philosoph C ... – unmittelbar daran lehnte ein aufgedunsner Körper, mit juristischen Phraseologien so ausgestopft, dass sie aus allen Öffnungen hervorquollen, auf seinem Schoße saß ein wohlbeleibtes Männchen mit einem Titel statt des Lorbeerkranzes um die Stirn, unter welcher die undenkendste Miene eines Handwerksmannes saß, mit einer Feder in der Hand, die die Aufschrift hatte: Sic itur ad honores; um ihn lagen einige Trupps Philosophen und Dichter, die der Stolze, wie kriechende Insekten, verächtlich von Zeit zu Zeit übersah, um sie seine Größe fühlen zu lassen, und dann die Nase rümpfte, welches sie ihrerseits reichlich erwiderten. Auf einem Nachtstühlchen saß Quasimodogenitus und ließ sich, wie ein zärtliches Turteltäubchen, von einem Amor mit Mandeln und Rosinen speisen; ein Kritikus rieb neben ihm mit einer Drahtbürste die Politur und den Glanz von verschiedenen Büchern weg; ein anderer aus dieser Klasse maß mit Messschnur und Winkelmesser Trauerspiele und Lustspiele, Romane und Gedichte aus und schüttelte unaufhörlich wie ein Besessner mit dem Kopfe. – Im Winkel eines Faches saß ... und suchte die Krümmungen auf, die die Donau hundert Jahre vor Christi Geburt gemacht hatte, schnitzte Männerchen aus Holz von verschiedener Gestalt, strich sie an und stellte sie nach ihren Farben in genealogische Ordnung; ein anderer, der mit pathetischem Ton die Abenteuer des Sem, Ham und Japhet erzählte, lachte heimtückisch über die ganze Reihe seiner Nachbarn, besonders über diejenigen, die *ihm* keinen Reverenz machten, er sah dabei so plump höhnisch aus, dass sein Gesicht schon eine höchst unangenehme Nachbarschaft war. Den größten Trupp machte ein Haufen feierlicher genieloser Geschöpfe, mit der finstersten Maske der Gravität auf dem Gesicht, mit der steifsten Ernsthaftigkeit im ganzen Betragen, in altfränkischer Kleidung; ein jedes darunter hatte eine Aufschrift auf der Brust, die den Namen seiner Grimasse anzeigte: Gründlichkeit, Demonstration, Tiefsinn, Melancholie, philosophischer Geist – ach, wer könnte das ganze Register von Namen herzählen, die sich die gelehrte Grimasse gegeben hat? – Delassare valent Fabium loquacem.

Auf einem solchen Fuße standen die beiden Armeen, die jetzt aufeinander losrücken sollten; ein Krieg zwischen Fröschen und Mäusen kann keinen komischeren Anblick geben. Die Streiter waren schon so abgerichtet, dass sie, wie ein Paar Kampfhähne in England, kaum auf das Schlachtfeld traten, als sie schon mit Tumult und Lärmen sich anfielen. Der Aufruhr war so außerordentlich heftig und stürmisch, dass der präsidierende Geist Kopfweh davon bekam und in der größten Eilfertigkeit dem Spaß ein Ende machte, um sich nicht das Gehirn zersprengen zu lassen. Er stellte also durch ein Machtwort den Frieden wieder her – aber wie lange? – Die Heere zerstreuten sich wohl, balgten sich aus Furcht vor Missfallen nicht mehr; aber ein jeder Kämpfer fand, da seine Hände ruhen mussten, ein so gewaltiges Jucken in der Zunge und den Lippen, dass er ohne Unterlass brummte und schnurrte wie ein zänkisches Weib, das gern zanken möchte und doch fatalerweise von ihrem kaltblütigen Manne kein einziges Mal gereizt wird; die ganze vorige Tapferkeit hatte sich in die Lippen gezogen, und die wackelten und wackelten! – dass endlich die Gottheit, die die Aufsicht führte, sich mitleidig entschloss, ihren Bewegungen und

Konvulsionen der Lunge Luft zu machen, ehe sie zersprang. Er rief: »Redet!«, und die trübste Miene heiterte sich bei diesem Befehl auf.

Das Gebot wurde befolgt, aber so tumultuarisch, dass der Kopf des Geistes nichts dabei gewann, als dass ihn vorher ein unverständliches Feldgeschrei und jetzt vernehmliche Worte zerspalteten: Es war nur ein Tausch von Beschwerlichkeiten. Sie redeten alle zugleich, jeder wollte den andern überschreien, jeder redete eine andere Sprache, jeder in einem hastigeren Tone die ganze Tonleiter der Polemik hindurch, dass der Geist ungeduldig und voll Verdruss seinen bleiernen Kommandostab auf die Erde warf und laut ausrief: »Geht zum Teufel, ihr Schwätzer!« – Augenblicklich ward alles still.

Die tiefste Stille herrschte in dem ganzen Saale, aber nur auf einige Zeit. Bald störte sie ein Geschwirre, mit welchem hie und da ein paar Nachbarn sich ins Ohr zischelten, erst in einzelne laute Töne und dann in ein völliges lautes Gespräch ausbrachen. Am vernehmlichsten war die Unterredung zweier Figuren, worunter eine in eine braune römische Toga gehüllt war, an deren Säumen statt der Prätexta ein ansehnlicher Streifen Papier prangte, mit Kompilationen aus der Alten und Neuen Welt beschrieben; der andre trug ein schlechtes gewöhnliches Kleid, aber über der rechten Schulter hing ein Fragment von dem Mantel des Diogenes. Jener schüttelte gewaltig mit dem Kopfe, agierte alle Gebärden und Stellungen durch, die Cicero einem Redner in der Toga vorschreibt, und schien einen geheimen Kummer gegen seinen Gesellschafter auszuleeren, der ihn mit einem spöttischen Lächeln anhörte.

»Estne haec gens togata?« rief jener endlich laut und pathetisch aus, indem er einen hastigen Schritt zurück machte und ein armes Dichterchen, das hinter ihm stand und sich mit fröhlicher Geschäftigkeit aus properzischen, catullischen, ovidianischen Phrasen ein allerliebstes Püppchen auspolsterte, zu Boden warf, dass er, sein Mädchen im Arme, über zehn Fächer auf die Erde herunterkollerte.

»Deutsch! wenn ich bitten darf!« unterbrach ihn der andre gelassen. –

»Sind das Gelehrte«, fuhr jener fort, »die jetzt hin und wieder auf Kathedern sitzen, die Gründlichkeit unter die Füße treten und currente lingua etwas herschnattern, das sie Philosophie nennen? – Wo ist die goldne Zeit –«

»Lieber Mann, eifern Sie sich nicht! Wir wollen friedlich ein Wörtchen miteinander sprechen. Was Sie goldene Zeiten zu nennen belieben, heiße ich eiserne.«

»Eiserne! Welche Lästerung!« – Der Geifer quoll ihm hervor.

»Ja, nicht anders! Von Ewigkeit her sind zwei Menschen selten einer Meinung gewesen, und folglich *können wir* es ebenso wenig sein: es ist eine Folge unserer Natur. – Wir wollen uns also vertragen; dulden *Sie,* dass ich jene Zeiten eisern und nicht golden nenne, und ich verspreche Ihnen heilig, es ebenso gelassen zu ertragen, dass Sie sie golden und nicht eisern nennen.«

»Wissen Sie aber auch, welche ich meine?« –

»Ja, ja! – Da man gewisse festgesetzte Phrasen auswendig lernte und sie getreulich von Menschen zu Menschen fortpflanzte; da es in jeder Wissenschaft eine Orthodoxie und eine Ketzerei gab und wie bei der Religion zur Schande unsrer Zeiten noch jetzt geschieht,[1] jede Partei diejenigen Ketzer schalt, die nicht *ihrer* Meinung waren, jede Partei *allein,* mit Ausschließung aller übrigen Menschenkinder, die Wahrheit zu besitzen glaubte, wo man nicht *denken,* sondern *glauben* musste; waren solche Zeiten golden oder eisern?« –

»Und was sind solche Zeiten, wo man so viel und so unsinniges Zeug denkt wie in den gegenwärtigen, wo man alles verkehrt?« –

»Sachte! Was *verkehrt* man? – Sind Sie Liebhaber von Fabeln? Die Alten haben ja auch Fabeln geschrieben; also werden Sie wohl geruhn, eine aus meinem Munde anzuhören. Wenn ich Ihnen mein Fabelchen erzählt habe, so frage ich Sie noch einmal – was *verkehrt* man? – und dann bitte ich mir gewisse Antwort aus.

Als Prometheus«, fing er an zu erzählen, »das erste Dutzend Menschen aus seinen schöpferischen Händen ließ, hielt er ihnen eine Rede, um sie über ihre künftigen Geschäfte und ihre Bestimmung zu unterrichten. – ›Liebe Söhne‹, sprach er – denn den männlichen Teil redete er zuerst an –, ›ich habe in euch Maschinen erbaut, die an Sonderbarkeit alles übertreffen, sich nie völlig selbst kennen und doch vortrefflich ihre Wirkungen verrichten sollen. Ich stelle euch auf diesen Planeten und in euern Kopf einen Spiegel, auf welchen alle die Stückchen Elemente, die Jupiter hier rings um euch herum in der Figur von Bäumen, Steinen, von Luft, Wasser, von Vögeln, Hunden, Schafen und andren Dingen zusammengeballt hat, ein Bild werfen sollen, in welchem sich viele Verbindungen, Trennungen, Stöße – kurz, ein *großer Teil* von den Veränderungen dieser um euch schwebenden Elemente abbilden sollen. Keiner unter euch, keiner unter eurer ganzen Nachkommenschaft – keiner unter all den Spiegeln, die jemals Bilder von diesem Erdkreis auffangen, wird dem anderen *völlig* gleich geschliffen sein: Eine Sache wird nie in einem völlig *gleich* abgemalt stehen wie in dem andern, und doch werden alle Geschöpfe, die mit einem solchen Spiegel versorgt sind, so handeln, als wenn auf eines jeden Fläche die *nämliche* Vorstellung erschiene. Jenem *auffangenden* Spiegel gegenüber habe ich ein andres Glas von herrlicher Wirkung gestellt, ein Zauberglas, das von jenem den ganzen Vorrat von Bildern nach der Reihe aufnimmt und durch eine leichte zufällige Drehung, durch einen unmerklichen Schein jenes Spiegels augenblicklich alles in sich selbst wieder zum Vorschein bringt, was jemals in ihm gleichsam zur Verwahrung niedergelegt wurde. Noch habe ich hier in einem Behältnis verschiedene kleine Teilchen hingelegt; sobald eins darunter auf euern Zauberspiegel springt, wird eine Abbildung in ihm stehen; sie sollen in genaue Verwandtschaft mit der Zunge treten, sie soll ihr Werkzeug sein, ihr Überlieferer an andre euresgleichen. Mitten in euch habe ich ein Element gelegt, den feinsten unteilbarsten Teil des ganzen elementarischen Stoffes, aus welchem euer Körper und alles um euch herum zusammengesetzt ist, das Letzte, das nach aller Verwandlung, Zusammensetzung, Veränderung in dem Stoff dieser Welt übrigbleibt, das selbst keiner Auflösung fähig ist – dieses Element soll die Aufseherin, die Regiererin von euch, sie soll euer Ich sein, das in sich alles vereinigt und von dem alle eure Handlungen Wirkungen sind, das

---

[1] Und in Ewigkeit, bald mehr, bald weniger, in der Religion und den Wissenschaften, Künsten und Handwerken geschehen wird, auch dies ist eine Folge der menschlichen Natur.

von jenen Spiegeln annehmen *muss,* was sie ihm vorstellen, und oft Vorstellungen auf sie hinwerfen *muss,* oft *freiwillig* hinwirft. Wie jene Spiegel nicht in euch allen auf gleiche Art geschliffen sind, die Sachen nicht auf gleiche Art abbilden, wie das, was ihr Worte nennen sollt, jene Teilchen, die ich der Zunge zu Gebietern gab, niemals *ein* bestimmtes Bild allein, sondern eine schwankende Mischung von verschiedenen, die sich wie die Farben des Regenbogens ineinander verlieren, in euern Spiegel hervorrufen werden, so sollt ihr nie *dasselbe* Ding auf *dieselbe* Art sehen und doch oft *dasselbe* auf *dieselbe* Art zu sehen *glauben.* –

Doch, so wahr ich Prometheus bin! – Ich habe eine Torheit begangen! Ich wollte euch unterrichten, *was* ihr tun sollt, und ich lehrte euch, *wie* ihr es tun werdet. Wohlan! Hier gebe ich einem jeden unter euch ein Glas; reiset aus! Nach einem Jahre soll euch dieser Platz wieder vereinigen: Dann erzählt einander, was ihr gesehen habt!‹ –

Darauf stellte er sie, einen jeden nach einer anderen Richtung, hieß sie fortwandern, und sie gingen.

Noch ehe sie ihn verließen, rief er ihnen zu: ›Dies sei euer und eurer Nachkommenschaft Geschäfte! Ein jeder wandre einen größeren oder kleineren Teil dieses Planeten durch, sehe und sage, *was* er gesehen hat!‹

Nach einem Jahr kamen sie an den Ort ihrer Ausreise insgesamt zurück. Sie erzählten getreulich, was sie gesehen hatten; einige waren einander begegnet, einige Zeit miteinander gegangen, und so friedlich ihr Bericht anfing, so unruhig und stürmisch wurde er, als er an den Zeitpunkt kam, wo sie in Gesellschaft gereist waren. Ein jeder wollte andere Gegenstände, andere Begebenheiten gesehen haben, ob sie gleich alle eins gesehen hatten. Ein jeder stritt für *seine* Meinung und fand es höchst unbegreiflich, dass jemand eine andere haben konnte. Endlich wurde das Wortgezänk zum Fauststreit; sie fassten einander beim Halse, jeder wollte seinen Nachbarn bestrafen, dass er nicht mit ihm übereinstimmte; in der Hitze des Kampfes verrückte sich bei einem jeden der Gesichtspunkt der Streitigkeit, und je mehr sich die Nägel mit dem Blute des Gegners färbten, je begieriger wurde man, ihn zum Geständnisse zu bringen, dass er unrecht habe, je mehr schlug einer auf den andern ein, um ihn zu zwingen, seiner gefassten Meinung zu entsagen und die *seinige* anzunehmen, und zwar im völligen Ernst, weil jeder die seinige für die *einzige* Wahrheit hielt.

Indem sie mit dem heftigsten Zorne wüteten, näherte sich ihnen Prometheus und erschrak nicht wenig, als er seine neue Schöpfung dem Untergange so nahe fand. Er brachte sie durch das nämliche Mittel, wodurch sie sich wechselweise hatten überzeugen wollen, von ihrem blutigen Scharmützel zurück und hörte ihre Beschwerden an: Ein jeder legte dem anderen zur Last, dass er die *Wahrheit* nicht von ihm habe annehmen wollen.

›Liebe Kinder!‹ sprach endlich Prometheus, ›die Wahrheit! O wie wagt ihr es, auf dieses Vorrecht der Götter Anspruch zu machen! Nur den Göttern ist es verstattet, in dem Spiegel jener ewigen Göttin alle Dinge zu sehen, wie sie *sind,* und ihr sollt durch die Gläser, die ich euch gab, jede Sache sehn, wie sie euch durch euer Glas *scheint.* Kein Wunder, dass alle *ein* Ding sahen und es doch einem jeden anders schien; denn jedes Glas ist anders geschliffen: manches verkleinert, manches

83

vergrößert, manches ist hell, manches ist trübe. – Doch ich merke wohl, ich muss ferneres Blutvergießen verhüten; der größte Haufe eurer Nachkommen soll ohne diese Gläser in beständiger Dämmerung die Welt durchwandeln; nur einigen wenigen unter ihnen mögen ihrer anvertraut werden, sie sollen die übrigen lehren, was ihre Augen mit Hilfe der mitgeteilten Waffen entdeckt haben; die übrigen sollen ihnen *glauben* und durch Gewohnheit und Unterricht unmerklich zum Glauben gebracht werden und sich einbilden, *gesehen* zu haben, was sie doch nur *lernten*. – Jetzt trennt euch zum zweiten Male! In einem Jahr sprechen wir einander wieder.‹

Sie gingen, und jeder begab sich nach Prometheus' Anordnung in eine besondere Höhle. Hier setzten sie sich nieder, und von selbst, ohne dass sie wollten, stellten und ordneten sich die auf ihrer Reise gesehenen Dinge in Reihen und Klassen; aus den gesehenen Begebenheiten erwuchsen allgemeine Grundsätze und Regeln, und nach Verlauf des anberaumten Termins erschien ein jeder auf dem Sammelplatz mit einer fertigen *Theorie* in seinem Kopf; allein da jeder *verschiedene* Dinge auf seiner Reise gesehen, jeder das, was *alle* sahen, auf eine *besondere* Art gesehen hatte, trafen ihre Theorien so wenig zusammen wie ihre vorjährigen Berichte; in einigen Grundsätzen waren sie eins, in anderen himmelweit voneinander. Da sie aber durch die empfindliche Schiedsrichterkunst des Prometheus und ihre Wunden scheu geworden waren, so blieb es für dieses Mal bei dem Wortwechsel, über welchem sie ihr Befehlshaber antraf.

›Abermals im Zank!‹ rief er, als er ankam. ›Ich lasse euch noch ein Jahr Zeit, um eure völlige Probe abzulegen.‹

Dieses Jahr brachten sie damit zu, dass sie eine neue Reise taten und unterwegs versuchten, Anwendungen von ihren gefundenen Regeln und Grundsätzen zu machen. Aus verschiedenen Regeln musste auch eine Verschiedenheit der Anwendung entstehen. Sie versammelten sich, und waren sie jemals uneinig gewesen, so waren sie es jetzt. ›Wenn du das tun willst, so mache es so‹, sagte einer. – ›Nein, mache es so‹, sprach der andre und ebenso der dritte und die übrigen.

Prometheus versorgte sie mit Baumrinden und steinernen Griffeln und gebot ihnen, sich noch einmal in die Höhlen einzukerkern. Sie taten es: Ein jeder brachte *seine* Beobachtungen, *seine* Theorie, *seine* praktischen Regeln in Ordnung, grub sie in die Baumrinden und gelangte mit *seinem* System zu Ende des Jahrs an dem Sammelplatze an. – Himmel, welche Verschiedenheit, als sie lasen! Da diese letzte Arbeit Mühe gekostet hatte, so wollte *jedermann* um so viel weniger seine Mühe vergeblich verschwendet haben; man bestand hartnäckig darauf, allein das *wahre* System zu haben, und es kam abermals zu Schlägen. Sie prügelten sich so lange, bis jeder seine Baumrinden und sein System an dem andern entzweigeschlagen hatte.

Indem kam Prometheus dazu, sah die Trümmer der Systeme, Trümmer von Haaren, die sie sich ausgerauft, Trümmer von Menschenfleisch, das sie sich ausgerissen hatten; zwei von den Fechtern lagen tot auf dem Boden, und die übrigen waren schon im Begriff, einander die Kehle zuzudrücken.

›Ihr Elenden!‹ schrie Prometheus, voller Besorgnis, dass seine neue Schöpfung sich sogleich selbst wieder zerstören möchte, und setzte seine schiedsrichterlichen Fäuste in Bewegung, die noch Lebenden vom Untergange zu erretten. Sie sanken alle kraftlos auf den Boden; einem hing das ausgeschlagne Auge blutend über die Backen herunter; dem zweiten war das Gesicht von den Nägeln zerfetzt wie die Hinterkeulen eines tätowierten Otahiten [Tahitianers; Anm. d. Hg.]; dieser war ohne Nase und jener ohne Ohren – genug, der arme Prometheus konnte die verunstalteten Werke seiner Hände nicht ohne Mitleid und Unwillen ansehen. Er wurde so grimmig, dass er sich zweimal schon gefasst machte, den Rest seiner Schöpfung mit einer guten Keule vor den Kopf zu schlagen, um nicht durch ihre künftigen Händel sich, ihren Urheber, entehrt zu sehn; doch ein Gedanke von Vernunft und Überlegung brachte ihn jedes Mal von seinem Vorhaben ab. Er hieß sie endlich aufstehen und sprach aus einem Überrest von Rache über sie und ihre Nachkommenschaft den Fluch: ›Nie müsse eure Nachkommenschaft dahin gelangen, ein *allgemeines vollkommnes* System der Kenntnisse aufzubauen, die ihnen ihr Aufenthalt auf diesem Planeten darbietet; ewig sollen sie *sammeln* und *verlieren,* ein jeder dem andern erzählen, was er mit Mühe von der Oberfläche der Dinge aufgelesen hat, und nie –‹, hier verstummte er, ergriff seine vier Söhne, stieß sie von sich und befahl ihnen, so weit zu laufen, als sie ihre Füße tragen würden, ohne sich jemals zu begegnen.«

Der Erzähler dieser Geschichte wollte eben, seinem Versprechen gemäß, die Frage, was *verkehrt* man nun? – wiederholen, als dem Kompilator, der sie angehört, nicht verstanden und drum für eine alberne Fratze gehalten hatte, ein Männchen lachend über die breiten Schultern sah und lispelnd fragte: »Wissen Sie auch, was folgt?« – Der dicke Kompilator nahm so vielen Platz vom ganzen Fache ein, dass jener nicht, ohne Gefahr zu fallen, um ihn herumgehen und dem Erzähler der Geschichte auf sein Verlangen den Verfolg davon mitteilen konnte. Er nahm also hurtig die klügste Entschließung und kroch ihm durch die weit ausgebreiteten Beine. Darauf fing er, nachdem er seine Federmütze wieder in Ordnung gesetzt hatte, mit Verwunderung an:

»Sie wissen also den Verlauf nicht! – Jene vier fortgejagten Wanderer marschierten unaufhörlich fort. Das halbe Dutzend Mädchen, das Prometheus nebst ihnen hervorgebracht hatte, war indessen von der ersten Zeit ihrer Existenz an herumgeirrt, um etwas aufzusuchen, das ihnen nach der Forderung ihres Gefühls fehlte. Sie stießen einzeln auf ihre laufenden vier Brüder, und jede fühlte sich befriedigt, als sie den gefunden hatte, den sie fand; die beiden übrigen, die für die umgebrachten Märtyrer der Systeme bestimmt waren und also ewig umherwandelten, ohne das Verlangen ihres Herzens sättigen zu können, verwandelte eine erbarmende Göttin in Nachteulen, und sie, nebst ihren sämtlichen Nachkommen, tragen noch den Schmerz der ewigen Ehelosigkeit auf dem Gesicht, sie fliehen vor Scham das Tageslicht, und ihr Geschlecht wurde der finstre Vogel der Gelehrsamkeit, weil die ersten desselben, durch die unglückliche Systemsucht der für sie bestimmten Liebhaber, um Männer, Leben und Menschheit gebracht wurden.«

»Aber die verheirateten Jünglinge?« –

»Die Verheirateten? – gaben System, Theorie und alles auf und vergnügten sich aufs Herrlichste mit ihren gefundenen Weibern, ohne den Fluch des Prometheus eben zu empfinden. Sie tändelten, küssten, schäkerten und schäkerten sämtlich eine starke Nachkommenschaft heran. Nach einer langen Folge von Generationen führte der Zufall einige auf den Platz, wo die Brüder ihrer Vorfahren die Wahrheit ihres Systems mit dem Tode besiegelt hatten. Die Fragmente der zerschlagnen Baumrinden hatten wegen der magischen Kraft, die ihnen Prometheus mitteilte, sich die verflossnen Jahrhunderte hindurch unversehrt erhalten; sie lagen mit ihren Aufschriften in dem nämlichen Zustande, in welchem sie hingeworfen worden waren. Sie fühlten eine geheime Sympathie, einen Zug nach diesen kostbaren Resten, hoben sie auf, verwahrten sie heilig; sie wurden von Sohn zu Sohne überliefert; einer änderte hie und da einen Griffelzug, setzte hie und da einen hinzu, die Hauptsache blieb; man machte Abschriften; die Originale gingen verloren, bei jeder neuen Abschrift wurden, oft in der Absicht zu verbessern, oft aus Unwissenheit, oft aus Ungeschicklichkeit, Veränderungen gemacht und – Herr Doktor, das sind *unsre* Systeme – nur Fragmente, abgeschriebene Fragmente, die unter verschiedenen Veränderungen herumwandern, aus denen das Genie zuweilen ein neuscheinendes zusammensetzt oder auch von jenem Platze, wo das erste Blut dem System zu Ehren floss, ein bisher noch ungesehnes herholt.« –

»Aber so fragte ich doch recht – bei einer solchen Bewandtnis –, was *verkehrt* man da?« – sagte jener, der zuerst die Erzählung angefangen hatte. »Und die Antwort darauf ist nichts!« sprach dieser, der sie geendigt hatte. –

»Nur denen verkehrt man etwas, die sich ein System kompiliert haben und es für die *einzige* Wahrheit halten.« –

Der Kompilator, der noch hinter ihm stand und dies für einen Stich hielt, der seine Ehre verwunden sollte, gab ihm bei jenen Worten von hintenzu eine Ohrfeige vom ersten Range und setzte seinen Arm zu einer zweiten in Bereitschaft, als jener sich hinter seinen Nachbarn schlich und Alarm blies. Weil die Nachbarschaft der witzigen Köpfe ihm die nächste war, so erschien auf sein Geschrei ein ganzer Trupp derselben, tanzend und singend, und rief wie betrunkene Musensöhne ein elendes, geschmackloses Pereat; nur einer, mit einer hervorstechenden vielversprechenden Miene, gebot ihnen zu schweigen, und sie gehorchten.

Er erkundigte sich nach der Ursache der Unruhe. »Hier, der Mann«, rief der Beleidigte, der die Ohrfeige empfangen hatte, »dieser aufgeblasene Kompilator, hat mich wie einen Unwürdigen behandelt, mich, der ich unendlich mehr Genie und gesunden Menschenverstand besitze, wovon *ein* Gran seine ganze Plunderkammer von kompilatorischer Gelehrsamkeit aufwiegt.« – »Sie haben recht«, zischelte ihm der Heerführer der witzigen Köpfe zu, ohne dass es der ehrwürdige Gegner hören sollte, der aber doch etwas davon erschnappte und darum hastig fragte: »Wie, der elende Unwissende hat recht? – Was! was sagen Sie da?« –

Eilfertig lief jener auf ihn zu. – »Sie wissen, wie hoch ich Ihre Gelehrsamkeit schätze; Ihre letzte Schrift war ein Meisterstück, voll herrlicher Zitate und auserlesener Blumen der Wissenschaft.« – »Was kümmert mich das? Das versteht sich von selbst!« erwiderte der Kompilator. »Ich will wissen, ob ich nicht recht habe! Und gleich« – hier wollte er seinen Lobredner beim Kragen fassen, aber er war unsichtbar geworden.

»Herr«, sagte er zu dem Mann, der über die erhaltene Ohrfeige nachdachte, und griff ihn bei der Brust fest an, »Herr, sagen Sie, dass ich recht habe, oder –«

»Wie ist mir das möglich?« sagte der andere schüchtern. »Ich bin ja Ihr Gegner, den Sie vorhin –«

»Nu, so kommen Sie! wir wollen kompromittieren« – und so riss er ihn mit sich fort. – »Der Mann dort soll unser Schiedsrichter sein. – Hören Sie, da! Habe ich nicht recht?« –

Der Aufgerufene war einer von den Quartiermeistern des deutschen Parnasses, einer, der die sämtlichen Truppen des Apolls in Regimenter und Kompanien verteilt und Buch und Register darüber hält. Sobald er merkte, dass man ihm die Ehre der Entscheidung zugedacht habe, ward er ungemein freudig, rollte geschäftig seine Listen auf. – »Mit Erlaubnis, wie heißen Sie?« – Der Name wurde ihm genannt; er suchte, er suchte. – »Nein! Sie sind kein schöner Geist.« –

»Ach, Narr! ein schöner Geist! ein Gelehrter bin ich, ein *großer* Gelehrter!« –

Der Literator, ohne ihn zu hören, fuhr in seinem Suchen fort und sprach, als jener schon weg war: »Wenn ich nur wüsste, unter welcher Fahne Sie stehen, so sollten Sie gleich erfahren, ob Sie recht haben!« – Aber er blieb ohne Antwort und rollte deswegen bedächtig seine Listen wieder ein.

Kläger und Beklagter nahmen ihren Weg zu einem anderen Richter und glaubten ihn in einem Manne gefunden zu haben, der ernsthaft in tiefem Nachdenken dasaß. Die Parteien trugen ihre Sache vor. »Was ist besser«, fragte der Mann mit der Ohrfeige, »Gelehrsamkeit oder polierter Menschenverstand?« –

»Punkt!« rief der Richter, an den sie sich gewandt hatten, und machte einen mit dem Bleistift aufs Papier. Darauf fing er an, von seinem Papier abzulesen:

»Als Minerva aus Jupiters Kopfe hervorgegangen war, wurde sie von ihm der übrigen Götterschaft vorgestellt, und jedermann bewunderte und liebte sie als ein munteres gesprächiges Mädchen, als die liebenswürdigste unter allen Göttinnen; selbst Juno, so eifersüchtig sie sonst gegen jede Schönheit, jede lobenswerte Eigenschaft war, wenn sie jemand außer ihr besaß, konnte sich nicht enthalten, sie mit einem nachdrücklichen Kuss ihrer Gewogenheit zu versichern. Kein Gott im ganzen Olymp, der sie nicht anbetete! Keiner, der nicht von ihr lernte! Sie sprach mit einnehmender Freundlichkeit und nichts als *gesunde Vernunft;* was sie sprach, riss durch eine gewisse innerliche Kraft zum Wohlgefallen hin; es gefiel und überzeugte, weil es gefiel. Auch Momus hatte nichts an ihr zu tadeln, als dass man ihr nicht widerstehen könne – so galant wurde seine Satire! Auf ihrem Gesichte lebte eine ernste gesetzte Heiterkeit, ein weises Lächeln auf den Lippen und in jedem Zug des Gesichts; sie war sicher zu gefallen und bemühte sich also nicht darum; sie schimmerte nicht, denn sie wusste, dass sie reizte; sie wollte nicht einnehmen, denn sie wusste, dass sie entzückte; gleichwohl war in ihrem ganzen Betragen nicht die mindeste Spur, *dass* sie ihre Vollkommenheiten kannte. Ihr Selbstzutrauen war das edle Selbstzutrauen der großen Seele, nicht die blinde Zuversichtlichkeit des Stolzes. Sie sagte offenherzig, was sie dachte, und dachte nichts, was sie nicht sagen zu können glaubte. In der Wahl ihrer Freunde und Lieblinge war sie heikel: niemand erwarb ihre Gunst, der ihr nicht glich, den nicht wenigstens die Hälfte der Vortrefflichkeiten zierte, die er an ihr bewunderte; er musste aus Überzeugung bewundern, wenn er ihre Bewunderung gewinnen wollte. Im Kurzen wurde, ihr Freund sein, zum sicheren Kennzeichen, dass man etwas wert war; jeder Gott beeiferte sich um die Ehre dieses Kennzeichens, und nur wenige erlangten es.

Die Unglücklichen, die davon ausgeschlossen wurden, denen also ihr Unwert so gut wie an der Stirne gezeichnet stand, sannen auf Mittel, sich einem solchen Schimpfe zu entziehen. Sie beredeten eine von den Untergöttinnen, die der angebeteten Minerva zur Dienerin gegeben war, auf die Reden ihrer Gebieterin achtzugeben, alles, auch das Geringste, getreulich zu merken, es aufzuschreiben, auswendig zu lernen, welches sie ihrerseits mit den Reden und Handlungen ihrer glücklichen Nebenbuhler ebenso hielten. Es geschah, und da beide Teile einen genugsamen Vorrat gesammelt zu haben glaubten, so wurde die Aufwärterin mit *allem* möglichen Schmuck, falschen Diamanten, geschliffenem Glas – kurz, mit allem schimmernden Putz behängt, um den Mangel der Schönheit und des Reizes zu verbergen. In diesem blendenden Staat zeigte sie sich den Göttern; alle, die von ihrer Gebieterin verwiesen waren, liefen ihr zu, um vor ihren Füßen zu seufzen; dazu gesellte sich ein noch größerer Haufe von solchen, die ihre eigene Meinung so sehr bei sich selbst erniedrigte, dass sie nicht einmal das Herz hatten, auf Minervens Gunst einigen Anspruch zu machen. Sie krochen aus ihren Winkeln hervor, machten dieser geschmückten Marktschreierin ihre Aufwartung, wurden von ihr willig aufgenommen, sodass ihre Wohnung in Kurzem ein Asyl für den elendesten, schlechtesten Haufen und wie der Hain des Romulus mit Scharen angefüllt wurde. Auch liebten sie ihre Freunde so feurig wie das kleine Häufchen von Minervens Anbetern; da die meisten unter jenen Leute mit stumpfem Gefühl und trockener Einbildungskraft waren, so mussten sie notwendig an dem bescheidnen stillen Reize Minervens weniger Geschmack als an dem ankündigenden prahlerischen gehäuften Putze ihrer Dienerin finden. Diese Betrügerin wurde stolz auf ihren Beifall und bekam endlich gar Neigung, Minerven um ihr ganzes Ansehen zu bringen.

Das Projekt gefiel ihrer Eitelkeit doppelt: teils, weil falsches Verdienst das wahre nie neben sich dulden kann, ohne sich erniedrigt zu fühlen, teils, weil sie allein alsdann die ganze Götterschaft zu Bewunderern zu haben hoffte.

›Leihe mir dein Haus!‹ sprach sie eines Tages zu Minerven. ›Ich habe ein großes Fest zu geben, und das meinige hat zu wenig Platz.‹ Jene weigerte sich; diese wurde aufgebracht. Sie sann auf Rache; doch versuchte sie ihren Anschlag noch einmal durch Bitten; es gelang ihr; das Fest wurde gegeben. Nach Endigung desselben verlangte die Besitzerin des geliehenen Hauses, dass sie wieder ausziehen sollte; sie schickte Boten über Boten; ›komm und vertreib' mich nebst meinen Freunden!‹ war die Antwort. Die beleidigte Göttin ging mit ihren Lieblingen, sich ihr Recht mit Gewalt zu verschaffen; aber wie konnten sie der ungleich größeren Schar widerstehen, die das Haus besetzt hielt? – Alle Zugänge waren verschlossen, verriegelt, verrammelt. Sie musste vor der Tür mit ihrem Häufchen stehenbleiben und noch obendrein sich von ihrer ungerechten Vertreiberin aus dem Fenster wie die schlechteste, niederträchtigste Gassendirne behandeln, schmähen, verachten, beschimpfen lassen. Sie ergrimmte und wollte einbrechen; aber der ganze Trupp der Feinde stürzte sich heraus und trieb sie mit Prügeln, Steinen, Stangen und Spießen fort. Einige wenige ihrer Helfer wurden gefangengenommen, andre gingen treulos von ihr zu den Siegern über, aber der größte Teil blieb ihr treu. Traurig ging der Rest in das kleine Häuschen zurück, das vorher der Marktschreierin gehörte, und tröstete sich nebst der betrogenen Göttin mit der Gerechtigkeit ihrer Sache.«

Der Mann legte sein Papier zusammen, und seine Erzählung wurde geschlossen. – »Wissen Sie den Verlauf Ihrer Erzählung?« fing der an, der mit dem Kompilator von dem Richterstuhl des Erzählers gekommen war. – »Ich will ihn erzählen; hören Sie nur!« –

»Aber woher können Sie den Verlauf einer Geschichte wissen, die meine Erfindung ist?« – fragte der Schiedsrichter.

»Woher? – Sie müssen wissen, dass ich der allgemeine Fortsetzer aller Schriften bin, die ihre Verfasser aus Überdruss oder weil sie erschöpft waren oder aus andern Ursachen unvollendet ließen. Ich weiß ihren Stil, ihre Manier, alles aufs Genaueste nachzuahmen, und man müsste ein verzweifelter Kenner sein, wenn man den meinigen unterscheiden wollte. Sobald die erwartete Folge eines Buchs nur um eine Messe ausbleibt, so ist ein gewinnsüchtiger Buchhändler zur Hand, der sich eine Fortsetzung von mir schmieden lässt, und selten widerfährt mir das Unglück, dass nicht der größte Teil des Publikums es als das echte Werk des wahren Verfassers bewundern sollte; bringen gleich etliche vorwitzige Kunstrichter endlich alle Leser von ihrem Irrtume zurück, was schadet's? – L'admiration du moment – der erste Taumel des Beifalls ist doch meiner. – Sie sollen gleich einen Versuch hören.

Nicht lange genoss die unglückliche Göttin diesen elenden Trost; bald wuchs die Unverschämtheit ihrer stolzen Überwinderin so stark an, dass sie ihre ehemalige Gebieterin auch sogar aus diesem Zufluchtsort verdrängen wollte. Sie hatte Lust, sich selbst für Minerven auszugeben, und musste also die wahre entfernen, deren Gegenwart ein zu deutlicher Beweis wider ihren Betrug gewesen wäre und sie all' ihres Kredits hätte berauben können.

Sie stiftete deswegen ihre Verehrer an, sie mit guter Manier beiseitezuschaffen. Sie brachen des Nachts in Minervens Wohnung ein, schleppten die schlummernde Göttin heraus und übergaben sie dem hilflosesten Zustande.

Tags darauf rief die Unglückliche ihre Freunde zusammen, um sie in ihre Rechte wiedereinzusetzen; ein Teil davon, als er sah, wie weit es gekommen war, machte weitläufige Entschuldigungen und verhielt sich neutral; ein anderer war so treulos, sie nicht mehr erkennen zu wollen; kaum zwei oder drei blieben ihr getreu. Sosehr sie von Hilfe entblößt war, wagte sie es doch, mit dem Beistand dieser wenigen sich von der unrechtmäßigen Unterdrückung zu befreien. Sie wollte ihre Sache vor dem Throne des Jupiters führen; doch ihre Feindin hatte ihr durch tausend Mittel den Weg verlegt. Sie tat von Zeit zu Zeit Versuche; niemals konnte sie durchdringen; sie musste sich sogar öffentlich ins Gesicht eine Betrügerin schelten lassen, die ihre triumphierende rechtmäßige Überwinderin aus Neid und Stolz zu verdrängen suche. – ›Bin ich nicht Minerva, die leibliche Tochter des großen Jupiters? Ist jene nicht eine Betrügerin, die mich durch die boshafteste List und Gewalttätigkeit aus meinen gerechten Besitzungen vertrieben hat?‹ – Man lachte und kehrte ihr den Rücken zu, und wo man weniger höflich verachtete, stieß, warf, peitschte man sie fort.

Es blieb ihr nichts übrig, als dass sie geduldig sich ihrem grausamen Schicksal überließ, von fremder Wohltätigkeit lebte oder sich in die tiefste Einsamkeit mit ihren übrigen Freunden begab, um daselbst Leben und Schmerz zugleich wegzuseufzen. Sie wählte das letzte, ohne zu bedenken, dass sie aus *unsterblichem* Blute herstammte.

Ihre Unterdrückerin brüstete sich indessen mit ihrem schändlichen Triumph; sie wurde angebetet und missbrauchte die leichtgläubige Ehrfurcht ihrer Diener so sehr, dass sie alle in Furcht und Zittern versetzte. Sie gebot, wäre es gleich das unsinnigste Zeug gewesen – man musste schlechterdings gehorchen oder für den Ungehorsam büßen.

Die Vertriebene konnte in ihrem erniedrigten Zustande auf keinen Verteidiger rechnen noch viel weniger selbst sich zu der Herzhaftigkeit erheben, ihre gekränkten Ansprüche geltend zu machen. Nach einer langen Verbannung, als der Gram ihr beinahe ihren eigenen Wert unfühlbar gemacht hatte, ergriff einen ihrer Getreuen plötzlich ein edler Unwille; sein Feuer begeisterte die übrigen, und sie beschlossen, bis vor den Thron des Jupiters zu dringen und ihm zu entdecken, welche niederträchtige Betrügerin er jetzt für seine Tochter erkenne. Ihr Anschlag gelang. Sie schlichen in das Schlafgemach des Vaters der Götter und Menschen und fanden ihn, als er eben, den Kopf voll goldener verliebter Bilder, auf dem Sofa lag und von einem nächtlichen Besuch bei der schönsten Tochter Nereus' ausruhte. Er war in der herrlichsten Laune und darum desto geschickter, sich der leidenden Unschuld anzunehmen; seine Tochter, sosehr sie der Kummer entstellt hatte, besaß noch mächtige Reize genug, um ihm zu gefallen und das Bild seiner geliebten Nereide in ihm zu erneuern; ohne Beweis und Gegenbeweis erkannte er sie für seine Tochter und versprach ihr Hilfe. Er nahm sich es ernstlich vor; allein sein vorhabender Liebeshandel beschäftigte ihn zu sehr, als dass er Zeit und Muße zu einer kräftigen Unterstützung übrigbehalten konnte. Indessen wohnte doch Minerva in seinem Palaste, und jeder, der dem Jupiter die Aufwartung machte, tat ihr, wenigstens um des Jupiters willen, die nämliche Ehre an. Die Anzahl der *wahren, überzeugten* Verehrer nahm allmählich auch zu; aber gegen den überlegenen Haufen der entgegengesetzten Partei war ihr Trupp doch nur ein Chor Reichstruppen gegen eine große preußische Armee.«

»Sie haben meine Geschichte wahrhaftig gut geendigt«, fing der Schiedsrichter an; »ich bin zufrieden; aber können Sie meine Erfindung enträtseln? – Meine Geschichte ist die Geschichte der *Gelehrsamkeit* und des Menschenverstandes.« –

»Ei«, rief sein Fortsetzer, »das vermutete ich wohl! – Herr Gegenpart! Herr Kompilator! Wir sind entschieden!« –

Wo war der edle Mann? – Weit, weit fortgelaufen! Seine Einbildungskraft war viel zu sehr vertrocknet und von der Last seiner Wissenschaft niedergedrückt, als dass er eine solche Erdichtung hätte anhören und etwas mehr als die Schale daran finden sollen: Der Kern muss solchen Herren in natura bloß nackt hingelegt werden, oder sie wissen ihn nicht zu entdecken; – es ekelte ihn vor einer solchen unschmackhaften Speise, er ließ gern seinen Gegner den Prozess gewinnen und rannte in der Mitte jener Erzählung mit Brummen und Kopfschütteln davon.

Sein zurückgelassener Gegner, der die Ursache dieses plötzlichen Verschwindens nicht merkte, glaubte, dass ihm das Bewusstsein seines Unrechts die Flucht angeraten habe, eignete sich den Sieg über ihn zu und wurde so mutig, seine Freude in ein lautes Triumphgeschrei ausbrechen zu lassen, welches eine Menge Neugierige um ihn her versammelte. – »Was gibt's? Was ist's?« waren allgemeine Fragen.

Unter allen drängte sich eine Figur mit einer spruchreichen Miene am nächsten zu dem Triumphierenden und fragte ihn mit abgemessnem Ton um die Ursache seines Lärms, und als er sie von ihm vernommen hatte, rief er aus:

»Sie haben recht! Wir wissen *zu wenig,* weil wir *zu viel* wissen.«

»Welchen Sinn deckt diese Worthülle, Biedermann?« fragte ein kurzes, untersetztes Männchen, das in dem Korbe eines Arzneikrämers ägyptische, chaldäische und hebräische Rätsel und Sentenzen, große Büchsen voll von einer Mixtur, die die Engländer *Nonsense* nennen und hier *Philosophie* überschrieben war, nebst vielen Gläsern, mit schwarzer Galle, dickem hypochondrischem Blut und Dampf aus dem Schlund des Delphischen Orakels angefüllt, am Halse trug, welches alles zusammen eine große Aufschrift an der einen Seite des Korbes unter dem Titel »Laune« ankündigte. –

»Welchen Sinn deckt diese Worthülle, Biedermann?« fragte er. – »Den richtigsten und unrichtigsten!« erwiderte jener.

»Wie gehe das, ehrlicher Freund?«

»Den richtigsten – wer ihn versteht, den unrichtigsten – wer ihn nicht versteht.«

– »Hab manchen Narren schon gehört! – Sprich deutlich! Lass nicht in die Mäander des Witzes dich herumwirbeln! Noch spiel mit deinen Hörern auf Senecas Grabe die blinde Kuh!«

»Ei, ei, Herr Ritter! Sagen Sie das sich selbst! Eine Lehre, die ihr Urheber selbst ausübt, ist ihrer zwei wert.«

»Was soll mir das, witziger Spitzkopf? – Wir wissen *zu wenig,* weil wir *zu viel* wissen! – Hör ich die Worte, stutzt mein Verstand; krabbeln um ihn herum wie Ratten und Mäuse wie im Tuche, das dem heiligen Apostel vom Himmel heruntergelassen wurde, voll reiner und unreiner Tierlein.«

»Pah! Das ist ein Ton! – Lieber Mann! Eine Dose Nieswurz ist eine herrliche Blutreinigung für Kopf und Stil. – Doch die Erklärung ist die Krücke der Gedanken; ohne sie hinkt oft der schönste; wohl! Sie sollen eine bekommen! – Wir wissen *zu wenig,* weil wir *zu viel* wissen: Gute und schlechte Köpfe vor uns haben entdeckt, eingehandelt, angesammelt; das ganze Warenlager ist angefüllt, und niemand hat das Verzeichnis davon *ganz* inne. Die Gelehrsamkeit ist gegenwärtig ein weitläufiges Behältnis von ausgegrabnem Erze: Kupfer, Gold, Eisen, Silber – alles übereinander gehäuft; es muss geschieden und so lange geläutert werden, bis das Hauptmetall *reiner Menschenverstand, reine Vernunft,* übrigbleibt – dieser Stein der Weisen, der letzte Zweck des philosophischen Alchimisten! – Wir wissen *zu wenig* – denn wir haben diese *allgemeine reine Vernunft* noch nicht gefunden; wir wissen *zu viel* – denn wir sind noch mit der Menge unbearbeiteter Materialien überhäuft. Wir müssen *verlieren,* um zu *gewinnen;* wir müssen *wegwerfen,* um zu *erlangen; vergessen,* um zu *lernen; beschneiden,* um die Säfte des Wachstums zu konzentrieren; Blut *lassen,* um desto gesünderes zu bekommen. – Wissen Sie die Begebenheiten des Königs Midas?«

»Was braucht's Begebenheit? Was kümmert mich der langohrige Midas, weidlicher Antithesenmann? – Weiß ohne Midas, was denkst. Noch sitzt auf dem Grabe der Vorwelt manch naseweiser Sohn des Teuts und gräbt aus ihren modernden Gebeinen das Mark, dass die Nägel ihm schmerzen, und hat er herausgeholt den eiternden Rest, hält er verdrossen die Naslöcher zu vorm kostbaren Qualm und ruft: ›Herr, er stinket schon!‹«

Der andere Interlokutor konnte sich über dieses witzige Phantasieren so wenig des Lachens enthalten, dass er sich umdrehen und den Schwärmer in seinem Paroxysmus von Fieberhitze zurücklassen musste. Bei der etwas flüchtigen Umdrehung stieß er auf einen langen, hagern Körper, der durch die schnelle Bewegung der Luft zugleich in einem kleinen Wirbel herumgerissen wurde. Als er wieder zu einem festen Stande gelangte, fasste er jenen, der ihm die Bewegung mitgeteilt hatte, ernsthaft bei der Hand. »Ich hörte Sie gegen jenen Aberwitzigen der Begebenheiten des Königs Midas gedenken; ist etwa ein neues Manuskript vom Könige Midas bei der neulichen Durchsuchung der pontinischen Sümpfe gefunden worden? Hurtig sagen Sie mir das, dass ich darüber schreibe!«

»Ich weiß nichts vom Manuskripte noch von der Durchsuchung der pontinischen Sümpfe.«

»Die ist gewiss, so gewiss, als die Sonne aufgeht, geschehen. Sie wollen – ich merk's wohl – zuvorkommen und behalten die Nachricht für sich. Offenbaren Sie mir alles! Ich schreibe darüber, und Sie sollen die Ehre haben, dass Ihr Name in der Vorrede als der Name des Mitteilers genannt wird.«

»Wenn es nun wäre, wollten Sie die Reise daran wenden?« »Beileibe! – Es ist genug zu wissen, *dass* es gefunden ist.« »Und ohne es gesehen zu haben?« – »Weiß ich viele Bogen davon vollzuschreiben! Ich habe von Kameen, von Basreliefs, von Onyxen, Achaten, vom Ring des Polykrates und dem Kasten des Cypselus ausführlich geschrieben, ohne eins mit Augen erblickt zu haben. – Ist vielleicht gar ein Stückchen murrhinum gefunden worden? Ich behaupte zum Voraus, dass es eine Scherbe von den murrhinis et onychinis ist, quibus Eliogabalus minxit – und an Beweisen soll mir's, so wahr ich lebe! nicht fehlen. Wenn man nur erst mit sich einig ist, *was* man behaupten *will,* so ist es unendlich leicht zu finden, *wodurch* man es behaupten *kann;* das müsste mir ein verzweifelter Autor in einer toten Sprache sein, dessen Worte sich nicht so künstlich drehen ließen, dass gerade der Sinn darinnen liegt, den ich eben brauche.«

»Wenn Sie die Denksäule Ihres Ruhms aus Scherben von des Heliogabalus Nachttöpfen aufzurichten gedenken, so dauern Sie mich; denn man hat keine einzige noch gefunden, so wenig wie ein Manuskript von der Geschichte des Königs Midas.«

»Woher haben Sie aber Ihre Geschichte? – Aus einem bekannten alten Autor ist sie nicht; denn diese weiß ich auswendig, und aus einem alten *muss* sie doch sein.«

»Warum das?«

»Was wüssten denn die Neuern, wenn sie es nicht aus den Alten lernten? – Kein gescheiter Gedanke, kein gescheiter Ausdruck, den sie nicht von jenen Lehrern der Weisheit haben!«

»Ja, Sie sind nicht der erste, der dies gesagt hat – aber wenn Sie erlauben – die Meinung ist Vorurteil, Pedanterie, Mangel an Philosophie, an Kenntnis des menschlichen Geistes; man muss die Geschichte des menschlichen Geistes nur mit halbem blinzelndem Auge übersehn haben, um ein so schiefes Urteil zu fällen.«

»Recht!« schrie hinter ihm ein andrer, der das Gespräch mit angehört hatte. »Hören Sie *meine* Meinung davon! Alle diese Kritikaster, *diese* gelehrten Handlanger werden sich nicht die Mühe geben und über Sachen denken, die etwas mehr als Silben sind. – Die Alten sind *vortreffliche* Schriftsteller, doch nicht die *vortrefflichsten,* und da alle Vortrefflichkeit in dieser Welt relativ ist, so waren sie für ihre Zeiten mehr, für die unsrigen weniger; neuere vortreffliche Schriftsteller, die nicht *bloße* Nachbeter und Nachäffer der Alten sind, müssen also vortrefflicher für uns als die vortrefflichsten Alten sein. Wenn ich billig bin, so setze ich sie, im Allgemeinen betrachtet, in dem, dessen Schönheit von Zeiten und Sitten nicht abhängt, einander gleich, und wenn ich den Alten etwas zum Voraus lasse, so sind es etliche Gran Originalität mehr – weil der Zufall das Stückchen Erdenkloß, aus welchem sie bestanden, sich tausend Jahre früher zum Leben entwickeln ließ. Wer seinen Becher unter hielt, als der erste Tropfen der Hippokrene aus dem Parnass hervorquoll, hat vor denen, die hundert Jahre nach ihm ihr Wasser aus dem indes entstandenen Bache schöpften, gewiss keinen andern Vorzug, als dass er es hundert Jahre früher trank, und wer weiß, ob durch die Wirkung der Luft und die Ausdünstung das Wasser unter der Zeit nicht *wohlschmeckender* geworden ist, hingegen das erste, was hervordrang, *mineralischer* sein konnte. – Und noch nehme ich den Neuern nicht alle Originalität, selbst da, wo sie ihnen schlechterdings nicht zuzukommen *scheint.* Shakespeare hatte Stellen, wo ein gelehrter Kommentator mit griechischen und lateinischen Sprüchelchen sonnenklar beweisen könnte, dass sie nicht *sein* sind, und doch ist es noch sonnenklarer, dass er sie weder Lateinern noch Griechen stehlen konnte, weil er ihre Sprache nicht wusste. – Les beaux esprits se rencontrent. – Nichts ist leichter, als dass zwei Kleider von ähnlichem Stoff und ähnlicher Farbe *einerlei* Nuancen in gewissen Augenblicken bekommen und dass bei zwei Geistern von ähnlicher Konstitution unter der Menge Ideen, die der Zufall in sie hineingeworfen hat, zwei oder mehrere zusammengeraten, die schon einmal in einem andern Kopf zusammengetroffen sind; keiner bekommt sie vom andern, sondern beide vom Zufall. – Die Ideen, sagt ein platonischer Schriftsteller, die in dem *ewigen* Verstand, diesem allgemeinen Behältnis all' dessen, was Idee heißt, verwahrt liegen, verteilte der Aufseher der Welt unter die vernünftigen Geschöpfe der verschiedenen Planeten; jeder Planet empfing eine gewisse Anzahl, die er nicht übersteigen kann. Auf dem unsrigen – denn die Geschichte der übrigen ist uns unbekannt – wurde die Aufsicht über das für uns bestimmte Paket dem Zufalle anvertraut. *Er* streute sie aus und befruchtete mit ihnen die Keime aller menschlichen Geister; und was können also menschliche Geister tun? – Eine gewisse mitgeteilte Quantität von Ideen auf verschiedene Art *zusammensetzen.* – Einerlei Ideen haben wir alle, die Elemente unsers Denkens sind so gewiss in allen Geistern die nämlichen wie die Elemente einer amerikanischen und norwegischen Pflanze; nichts macht unter Geistern den Unterschied, als – die *größre* oder *kleinere Anzahl,* die der Zufall ihm von der ganzen Masse der für das menschliche Geschlecht bestimmten Ideen mitzuteilen beliebte, und die mehrere oder geringere *Mannigfaltigkeit* ihrer Zusammensetzungen. – Worin können nun die Alten von den Neuern unterschieden sein? – Die Antwort geben Sie sich selbst!« –

»Und diese soll vermutlich zum Vorteil der Neueren ausfallen?«

»Zum Vorteil keiner Partei! – Die Alten hatten schlechte Schriftsteller wie wir; es sind von dem Zufall, diesem Despoten des Ruhms, vortreffliche und mittelmäßige Schriften aus ihrem Zeitalter aufbehalten worden; ihre besten Schriftsteller haben gute und weniger gute Schriften hinterlassen, und selbst an ihren besten Produkten ist nicht *alles* gut – nämlich das nur verstanden, was unter allen Himmelsstrichen und Völkern gut und schön ist! –vorausgesetzt, *dass* es ein solches Schöne und Gute gibt, das, wo nicht Illusion, doch an Anzahl wenigstens sehr gering ist. – Was einem Griechen oder Römer nur als einem *solchen* gefiel, kann kein Deutscher oder Franzose beurteilen – wohl aber sagen, dass ihm, als Deutschen, als Franzosen, ungleich mehr in den Neuern als in den Alten gefällt. – Widersinnig ist es also, die Alten zu Göttern erheben wollen, die allein das Vorrecht hatten, ohne Fehl und Makel zu sein, ein elendes Vorurteil, das sich unter den Gelehrten, wie die Märchen unter den Ammen, fortpflanzt, das jedermann nachbetet, und der am meisten, wer am wenigsten selbst darüber gedacht hat. Ein Artikel aus der geheimen Rockenphilosophie der gelehrten Welt, die so stark und ungleich stärker ist als die Rockenphilosophie der Spinnweiber! – So gewiss ist es, dass der Mensch – *Mensch* bleibt im flanellnen Unterrock und dem seidnen Jupon, in verstutzten Haaren und der Allongenperücke, im Korchete und der Robe, unter der Pelzmütze und dem Doktorhut; allenthalben ist Vorurteil sein Tyrann, nur in verschiedener Gestalt – und nirgends so häufig als unter Gelehrten.« –

»Herr, Sie reden frisch von der Leber weg!« rief einer ihm über die Schultern zu.

»Ja«, antwortete er, indem er sich zu ihm kehrte, »das ist meine Art! Ich kündige allen Vorurteilen allgemeine Fehde an: Wo ich eins erblicke, schwillt mir gleich Blut und Galle auf; ich fühle mich mit Tapferkeit begeistert, wie ehemals ein tapfrer Ritter, wenn er einen Drachen sah; mein ungestümes Feuer reißt mich hin, ich *muss* zuschlagen, ich *muss* kämpfen, ich *muss* die Wahrheit sagen oder ersticken und dann – à bon entendeur salut!« –

»O um des Himmels willen«, sagte der andre, »reden Sie nicht laut, dass niemand sich umsieht und gewahr wird, dass ich neben Ihnen stehe!« –

»Warum das?« –

»Sie sprechen *zu* frei, und wenn man hörte, dass ich mit Ihnen rede, könnte man leicht auf den Argwohn kommen, mich in Ihrer Klasse zu suchen, und, behüte der Himmel! man könnte glauben, dass *ich* so frei gesprochen habe.« –

»Wäre Ihnen das Schande?« –

»Bewahre! so viele vornehme, reiche, gelehrte Leute zu beleidigen! Ihnen die Wahrheit zu sagen –«

»Die sie sich selbst niemals sagen und doch höchst nötig zu wissen brauchen!« –
»Nur sachte! Ich bitte Sie inständigst! – Wer wird denn mehr Verstand und Einsicht besitzen wollen als diese Großen, Vornehmen, Reichen, Gelehrten, Geehrten«
»Elender, ist denn groß, vornehm, reich, gelehrt, geehrt sein mit Verstand und Einsicht besitzen eins? Sie denken sklavisch, niedrig, klein, wenn Sie so denken.« –
»Ich flehe Sie an, ich beschwöre Sie, nur sachte! Leise! Sie bringen mich noch ins Unglück.« –
»Du feiger Hase! So will ich denn schreien, dass alle Ohren im Himmel und auf Erden davon klingen sollen: Du bist ein feiger, niedriger, kleiner, nichtswürdiger Geist! Ein Mann ohne Kopf, weil du kein Herz hast!« –

Wirklich rief er auch diesen Panegyrikus in einem so lauten Tone aus, dass wenigstens der ganze Saal davon erzitterte, wenn die Erschütterung gleich nicht seinem Versprechen gemäß zum Himmel reichte. Alles kam haufenweise auf ihn zugelaufen, um den Mann zu sehn, der seinem Nebenchristen so deutlich und verständlich sagen könne, wie viel er wert sei. Die zudrängende Menge wuchs so stark an und machte den Platz so eng, dass das schüchterne Männchen, das er der öffentlichen Beschimpfung bloßstellen wollte, die Gelegenheit erwischte, sich wegzustehlen, ob er gleich von dem Wahrheitssager fest bei dem Rocke gehalten wurde. Er entkam glücklich und versteckte sich, als man ihn aufsuchte, hinter Reineken den Fuchs, auf welchem Gottsched, statt eines Sessels, in lang ausgestreckter Majestät dasaß.

Durch diesen Zulauf, der eigentlich nur eine Befriedigung der Neugierde sein sollte, wurde der Wahrheitssager, weil er ihn für Beifall hielt, so heftig angefeuert, dass er sich vornahm, seine strafpredigende Tapferkeit auch an der Menge zu versuchen, deren Aufmerksamkeit ihn jetzt in seinem vorgeblichen Berufe aufmunterte. Im Grunde wurde er wahrhaftig, wie er sich einbildete, von dem ganzen Zirkel um ihm herum bewundert, seine mutige Freimütigkeit gelobt und der ganze Mann für einen großen Geist, weil er solch' feine, vortreffliche Bemerkungen fremder Fehler zu machen wüsste – und für einen edeldenkenden Menschenfreund ausgegeben, weil er bittre Wahrheiten ganz ohne Scheu und Furcht aus dem Herz heraussagte. Wenn der gute Wahrheitssager nach keiner größeren Ehre gegeizt hätte, als deswegen gelobt worden zu sein, weil er seinen Zuhörern und Zuschauern das edle Vergnügen verschaffte, einen ihrer Mitbrüder einige Zeit unter sich herabzusetzen, so hätte er froh und zufrieden mit dem eroberten Anteil von Lob und Bewunderung in der Stille sich wegbegeben sollen; aber so wählte er eine unglückliche Partie: Sein Ruhm sollte wachsen, und er schwand ganz weg.

»Ihr lacht«, rief er seine Zuhörer an, »über die Verspottung dieses Elenden, der meinen Händen entwischt ist? – Habt ihr mehr Herzhaftigkeit, die allgemeinen tyrannisierenden Vorurteile, diese hundertköpfigen Drachen, zu bestreiten? – Gewiss nicht! denn ihr schleppt selbst ihr Joch. Wollt ihr zur Ehre unsers Jahrhunderts nicht bei euch selbst den Anfang machen, euch aus einer Leibeigenschaft herauszuarbeiten, die nur eine Begleiterin der Barbarei sein darf?« – Der Kreis seiner Zuhörer fing allmählich an zu schmelzen. –

Er fuhr ungehindert fort: »Beherrscht euch nicht allgemein die barbarische Verachtung, mit welcher jedermann die Wissenschaft, die Geschicklichkeit erniedrigt, die nicht die *seine* ist? – Wie niedrige Handwerker, die, auf das Interesse *ihrer* Innung eingeschränkt, mit kurzsichtigem Blick das allgemeine Band der Nützlichkeit übersehen, das sie insgesamt an die menschliche Gesellschaft knüpft, verachtet der Philosoph den Rechtsgelehrten, der Rechtsgelehrte den Dichter, der Dichter den Rechtsgelehrten, der Mann von Geschäften den Gelehrten vom Handwerke, was dieser seinerseits reichlich erwidert – kurz, schätzt nur Mitglieder *seiner* Klasse und verschmäht mit handwerksmäßigem Ekel alle, die nicht dazugehören.« –

Der Zirkel seiner Zuhörer bekam hier eine so große Verminderung, dass kaum noch eine einfache Reihe übrigblieb. –

Demungeachtet setzte er seine Rede mutig fort: »O legt ein Vorurteil ab, das euch den untersten Ordnungen der Menschheit gleichsetzt, euch, die ihr so gern über *alle* erhaben sein wollt! Bedenkt, dass der Mensch nicht *bloß darum* auf diesen Planeten gepflanzt ist, um zu wissen und zu sammeln, was Geschöpfe seiner Art vor ihm dachten, empfanden, taten. Nein, ihm wurde dieser große Garten zu bewohnen gegeben, um aus den allenthalben ausgestreuten Keimen des Vergnügens die Pflanze der Glückseligkeit aufzuziehen, und weil kein Gewächs sich in so viele Gattungen und Arten teilt als dieses, so sind auch eine unendlich vielfältige Menge von Wartungen nötig, um eine jede nach der Anlage des Bodens, wo sie wachsen soll, ziehen zu können, und gewiss, der Stoff unsrer Erdfläche kann nicht so mannigfaltig, so abwechselnd sein als die Anlagen menschlicher Geister; das wisst ihr insgesamt, und doch achtet ihr diesen Willen der Natur nicht, sondern mit pedantischem Stolze –«

Plump! fiel der ganze Rest seines Auditoriums über ihn her, sobald er nur die letzten zwei Worte ausgesprochen hatte, warf ihn zu Boden und prügelte ihn mit vereinten Fäusten weidlich durch; darauf gingen sie gravitätisch fort und ließen ihn liegen.

Er war übel zugerichtet und brauchte höchst nötig einen kleinen Trost, den ihm die feste Überredung, um der Wahrheit willen gelitten zu haben, reichlich verschaffte. Er setzte sich in eine bequeme Positur und erzählte sich zur Stillung seiner Schmerzen folgende Fabel:

Der Affe besaß ehemals das Talent der Nachahmung in einem viel höhern Grade als gegenwärtig; alle Handlungen und Gebärden der Tiere drückte er in der komischsten Kopie aus. Jupiter hatte ihm ausdrücklich diese Geschicklichkeit mitgeteilt, um durch seine lächerlichen Vorstellungen die zufälligen Fehler seiner Geschöpfe zu *bessern,* die er sich ohne eine neue Schöpfung nicht zu *heben* getraute.

Der abgeschickte Grimassierer trat sein Amt an; er agierte dem Löwen die plumpen Manieren des Kamels, dem Tiger den stolzen Ernst des Löwen, dem Esel die grinsende falsche Freundlichkeit des Tigers, dem Pferd die stupide Langsamkeit des Esels, dem Panthertiere den Übermut des Rosses auf sein Geschlecht – einem jeden den Fehler des andern vor, und er wurde von jedem bewundert, belacht, geliebt. –

Der Affe ist das klügste Tier der Schöpfung, sprach jedermann, das besserndste, lehrreichste Geschöpf!

Endlich geriet er, um seiner Pflicht alle Genüge zu tun, auf den Anschlag, eine Universalkur mit dem ganzen Tierorden vorzunehmen. Er stellte sich auf einen Berg und rief alle zu dem Schauspiel zusammen. Niemand, der ausblieb! Niemand, der sich nicht die angenehmste Unterhaltung versprach!

Der Schauspieler stellte das Fehlerhafte, das Lächerliche einer jeden Tiergattung mit der lebhaftesten Pantomime vor: Niemand lachte, alles wurde ernsthaft. – Er glaubte, seine Aktion sei zu matt, und gab ihr mehr Leben: Man wurde bis zum Sauersehn ernsthaft. Er spannte alle Nerven seines Talents an, und man ging allmählich gar fort.

Bei einer zweiten Vorstellung war die Zahl der Zuschauer um ein großes vermindert, bei der dritten noch mehr, und bei der vierten war gar niemand.

Unter Tieren war seine Nützlichkeit vorbei; er wagte sich an den Menschen, ging die nämlichen Stufen durch und hatte die nämlichen Schicksale, ausgenommen nur, dass er gleich bei der ersten allgemeinen Versammlung mit blutendem Gesicht und zerschlagener Hirnschale, neben seiner Schaubühne liegend, zurückgelassen wurde.

Kaum waren seine Wunden geheilt, als ihn seine komische Laune von neuem überfiel; von allen Klassen der Geschöpfe war er bewundert, verachtet und misshandelt worden, niemand war übrig als Jupiter selbst, den er zufälligerweise, da er eben um Stoff für seine Satire verlegen war, auf einem seiner verliebten Kreuzzüge antraf. Er trat zu ihm, spielte dem verwunderten Zeus seine ganze ärgerliche Liebeschronik vor, der Gott sah ihm ernst zu und sagte endlich: »Du brauchst dein Talent nicht mehr; ich sehe, dass meine Kreaturen nicht besser dadurch werden« – und sogleich schränkte er seine Fähigkeit in die engen Grenzen ein, die ihn noch jetzt zum bloßen elenden Nachäffer machen.

Der Gedankenstrom des Wahrheitssagers war ihm ohne seine Überlegung von selbst in dieser Richtung herabgelaufen, und er stutzte nicht wenig, als er in seiner Fabel eine Moral erblickte, die niederschlagender als tröstend für ihn sein musste. Er hob sich bedächtig auf und schöpfte daraus die gute Warnung, in seinem Predigen der Wahrheit etwas vorsichtiger zu verfahren. Mit diesem Vorsatz begab er sich auf den Weg, denn sein tätiger Geist verstattete ihm keine längere Ruhe.

Er ging, und gleich stieß seinem aufmerksamen Beobachtungsgeist eine Gesellschaft von seltsamen Figuren auf, die sich mit den bewundernswürdigsten Kapriolen sehen ließen: Hier tanzte einer auf dem Kopfe, dort schwenkte sich ein andrer in einem Rade, der drehte sich mit verbundenen Augen auf einer Degenspitze herum, jener lief mit bloßen Füßen über ein glühendes Eisen, einer schwatzte einen altfränkischen Jargon unter den possierlichsten Konvulsionen, ein anderer machte Seifenblasen und haschte darnach; auf einem Gerüste, das dem Theater eines Zahnarztes nicht unähnlich sah, lagen ein Haufen Harlekine, die deutschen Wörtern Kopf und Schwanz mit den Zähnen abrissen, mit großen Holzsägen die Vokale heraussägten und die Wunde mit einem Apostroph überklebten. – »Himmel!« rief der Wahrheitssager glühend, »was macht dieser Haufe?« – »Wir machen Originalwörter!« schallte ihm entgegen. – »Und was ihr!« sprach er wie versteinert zu einem Trupp, der in schwarzen Kleidern herumschlich, mit Blut und Eiter bespritzt, große Henkersschwerte an der Seite und Pokale voller Gift in den Händen, die sie einander taumelnd zutranken. – »Was macht ihr?« –

»Trauer-, Blut-, Mord-, Henkerspiele; unsre Nahrung ist Gift; jeder von uns muss täglich einen solchen Becher voll auf die Gesundheit all' derer ausleeren, die wir in unseren Schauspielen umgebracht haben. Wir haben in *einem* Jahr in unseren Dramen die ganze Geschichte gewürgt, und kein Mann von einiger Beträchtlichkeit ist ehemals gehängt oder geköpft worden, den wir nicht noch einmal auf dem Theater vom Leben zum Tode gebracht haben. Um den Zuschauer nicht die Augen ganz trocken weinen zu lassen, so machen wir unsere Personen meistens zu solchen Schurken und Teufeln, dass es niemanden sehr dauern kann, wenn solche schändliche Brut haufenweise niedergemetzelt wird. Wir wollen es in Kurzem dahin bringen, dass kein Mensch, der Geschmack und menschliche Empfindungen hat, vor Furcht und Schaudern einen Fuß in ein deutsches Schauspielhaus setzen soll.« –

»O ihr Könige und Fürsten Deutschlands!« rief der Wahrheitssager mit erhobnen Händen, »lasst doch jeden eurer Untertanen die Hälfte seines Ackers mit *Nieswurz* besäen!« – Auf ähnliche Arten war ein ganzer Trupp beschäftigt, wovon jeder den andern durch gefährlichere und sonderbarere Sprünge und größere Narrheiten zu übertreffen suchte. Ein Mann stand neben ihnen und klatschte unter den heftigsten freudigsten Ausrufen ihnen seinen Beifall zu.

»Lieber Herr«, fragte der Wahrheitssager, »was für Luftspringer sind das, die Sie mit Ihrem Beifall so freigebig beehren, und wer sind Sie?« –

»Ich – nenne mich Rezensent H ... und bin ein Ästhetiker, und diese Herren – sind Originalgenies, die *Sie* nicht durch jene verwegene Benennung beleidigen sollten – *Sie,* der Sie ohne die mindeste Originalität gerade auf zwei Beinen wie alle Menschen einhergehen!« –

»Und was ist *Ihre* Verrichtung bei diesen –«

»Ich habe Acht«, fiel ihm der Rezensent ein, »und sobald ein neuer Stern an dem Horizont der Originalgeister aufsteigt, so verkündige ich mit lauter Stimme: Sehet, abermals ein Originalgenie, abermals ein Stern der ersten Größe!« –

»Sie sind also der Türhüter bei dem Himmel der Originalgeister und lassen vermutlich den am liebsten hinein, der Sie am stärksten in die Augen schlägt –«

»Wie verstehen Sie das?« fragte der andere etwas hitzig. »Ist das ein Tusch? – Herr, ich habe meinen Studentendegen noch – wenn Sie viel schwatzen! – Morgen um 9 Uhr in dem Büschchen –«

»Nicht zu hitzig, liebes Kind! – Die Waffen des Gelehrten sind Vernunft und Räsonnement, weder Degen noch Pasquille noch Grobheiten noch Persiflagen; diese gehören Narren und elenden Köpfen. – Kommen Sie! Lassen Sie uns über Ihr Amt räsonieren! – Sie sind der Taxator der Originalität? – Was nennen Sie ein Original? – Ich kann Ihnen aus gültigen Gründen beweisen, dass die Originalität ein ebenso schwankendes, relatives Ding ist wie Neuheit, Schönheit und alle anderen Dinge dieses Planeten – eine Idee, deren Gestalt sich in jedem Kopfe ändert, der sie beherbergt!« –

»Sie sind ein wunderbarer Mann! – Hat nicht jedermann das Wort im Munde?« –

»Und eben darum die wenigsten im Verstand! – Gestehen Sie mir! Für *Sie* ist derjenige original, der Sie, wie ich vorhin sagte, am schärfsten in die Augen schlägt – oder, mit gewöhnlichern Worten, der Ihnen den meisten Staub in die Augen wirft!« – »Den will ich sehn, der mir das beweisen soll! – Mein Herr, Sie hätten Ursache, etwas bescheidner zu sein.« –

»Geben Sie mir ein Beispiel! Denken Sie so bescheiden von sich, dass Sie sich irren *können,* und wenn ich Ihnen bewiesen habe, dass Sie sich geirrt *haben,* so will ich so bescheiden sein und kein Wort mehr hinzutun. – Zur Sache! – Wie wird das Genie gebildet? – Die Natur gibt einem Menschen ein Gehirn, begabt mit einem lebhaften Vermögen, Ideen *anzunehmen* und sie häufig, schnell, mannigfaltig *zusammenzusetzen,* und stimmt alle Nerven, alles, was nur mit den Verrichtungen des Genies in einer Verbindung steht, auf einen Ton, der sie befördert, erleichtert, beschleunigt. Von der Zeit an, wo ein solches Gehirn unter der Bedeckung eines Hirnschädels an die Luft hervorkommt, wird es mit Ideen angefüllt; je schneller, je leichter, je häufiger dieser Vorrat eingesammelt wird, je hurtiger, vielfacher, ungewöhnlicher die Ideen zusammengesetzt werden, desto mehr Genie ist das Gehirn. – Woher empfängt es aber seine Ideen? – Ich weiß nur zwei Kanäle: entweder von den Gegenständen und Begebenheiten um ihn, das heißt aus eigner Erfahrung, oder aus Büchern, aus der Erfahrung anderer. Alle Zusammensetzungen, die das Genie mit den empfangenen Ideen vornehmen kann, sind *im Grunde* Kopien von den verschiedenen Arten der Zusammensetzung, in welcher wir unsere Ideen durch jene zwei Kanäle erhielten. Jedes sogenannte Originalbild des Dichters, jeder Charakter, jede Situation, jede Begebenheit in den Werken des theatralischen Schriftstellers, hat *im Grunde* in der Erfahrung des Verfassers oder in einem von ihm gelesenen Buche etwas Ähnliches, wonach es gebildet ist, ist *im Grunde* eine Nachahmung. – Was ist nun original? – Eine solche Zusammensetzung der Ideen, solche Charaktere, Situationen und Begebenheiten, wovon derjenige, der sie liest, die Urbilder nicht weiß, deren Nachahmungen sie sind; also muss derjenige Schriftsteller für den Leser original sein, der seine Erfahrungen nicht kennt und seine Bücher nicht gelesen hat, und da gegenwärtig die Bücher dem Genie meistens die Muster zu seinen Zusammensetzungen hergeben, so nennen *Sie* und andere denjenigen original, der Bücher gelesen hat, die Sie nicht gelesen haben. Also muss diese Benennung einem Schriftsteller bei diesem Leser zukommen, bei jenem nicht, und gleichwohl befehlen Sie *allen* Lesern, diesen oder jenen für einen Originalgeist zu halten? – Nach *meinem* Begriffe können Sie das nicht: Die Originalität ist ein solch Eigentümliches in den *Zusammensetzungen* der Ideen – denn nur hierin kann ein Gehirn vor dem anderen etwas Eigentümliches haben –, das keinem *bekannten* Muster gleich ist; allein *mir* ist bekannt, was *Ihnen* nicht bekannt ist, und *Sie* wissen vieles, was *ich* nicht weiß; in vielen Fällen können Sie folglich einen Mann original zu nennen würdigen, wo *ich* es nicht kann. Habe ich das Vorbild, nach welchem ein Skribent sich bildete, so aufmerksam studiert wie er und nur zur Hälfte seine Talente, so verringert sich seine Originalität schon um ein Großes.«

»Wenn aber alles Nachahmung ist, was nennen Sie da Nachahmung?« – »Wo der *Vorsatz* nachzuahmen so merklich ist, dass jeder nur mittelmäßig Belesene sein Urbild erkennt, wo die nämlichen Zusammensetzungen der Ideen ohne Eigentümlichkeit übertragen sind. Doch ist auch hier eine große Vorsicht in der Beurteilung nötig. Die Verschiedenheit der großen Genies scheint unendlich zu sein, aber weit gefehlt! Nirgends so viele Ähnlichkeiten als unter ihnen! Alle ihre Unterschiede sind Unterschiede der Nuancen, im Grunde sind sie alle eins. Die vorzüglichste Eigenschaft derselben ist eine gewisse Biegsamkeit, eine Fähigkeit, wie Chamäleons alle Farben anzunehmen; diese Biegsamkeit allein macht, deucht mich, hauptsächlich den Unterschied des Grades zwischen Genie und Genie, wenn einer stattfindet. Ein Autor kann also mit einem anderen auf ähnlichen oder gar *gleichen* Wegen seine Muster eingesammelt haben, und sie werden beide eine *ähnliche* Farbe bekommen, dass der undenkende Haufe, der nach dem *ersten* Anblick urteilt, und oft auch gescheite Leute, die jenes nicht wissen oder bedenken, geradezu den *späteren* mit dem Namen des Nachahmers brandmarken, obgleich dieser den *älteren,* mit dem er Ähnlichkeit hat, nicht mehr als alle anderen Menschenkinder *studieret,* sondern *gelesen* hat; aber die *ursprüngliche* Ähnlichkeit seiner Anlagen bekam durch diese Lektüre einen Stoß, eine Wendung, die sie vielleicht ohnedies erst später erhalten hätte, alles, was der spätere dem ersteren in so einem Falle zu verdanken hat!« –

»Wie es scheint, mein Herr, wollen Sie alles umkehren und in allem klüger sein als andere.« –

»Nein, das eben nicht! Nur das sagen, was mir *scheint.* – Ich wollte euch, ihr Herren, eine Menge solcher parties honteuses an euren ästhetischen und literatorischen Formularen zeigen.« – »Herr, keine Injurien! Oder –«

»Geduld, liebes Kind. Nur ein paar Wahrheiten! – Wie lange habt ihr euch mit den Wörtern – Geschmack, schöne Natur, das Wunderbare, episch, Handlung – und einem ganzen Schwarme andrer herumgeschleppt, wobei der größte Teil so wenig eine *nette* Idee hatte wie der gemeine Kopf bei Wiedergeburt, Erleuchtung und Berufung! Nichts sind es als Worte, mit einem bisschen Phantasie aufgestutzt, die wie blutlose Gespenster aus Kopf in Kopf, aus Mund in Mund herumwandeln! Eure schönen Ästhetiken sind meistens nichts als Orte, wo sich jene Phantome, wie die wahren Gespenster auf den Kirchhöfen, versammeln, wo sie zu Hause sind.«

»Herr, bedenken Sie, dass so viele große philosophische Köpfe daran –« »Gearbeitet haben? – Das weiß ich! –

Aber wen betrügt die Einbildungskraft leichter als den großen philosophischen Kopf, der von ihr allein lebt und ohne sie ein elender Wortspalter ist?« –

»Wollen Sie ein so festes Gebäude umstoßen?«

»Nein, *ich* nicht; gern sage ich, was dem Gebäude fehlt, aber einzustoßen, einzureißen – bewahre mich der Himmel! Geschehen wird es sicher, dafür stehe ich Ihnen.«

»Sie haben wunderliche Grillen!«

»Weil wir doch einmal in ein ernstes Gespräch geraten sind, so hören Sie nur noch ein paar von meinen Grillen, wie Sie es nennen! – Ist es nicht das ewige Lied aller Zeiten und Völker gewesen, wo der Verstand zu allgemeinen Wahrheiten aufstieg, dass man sie bis zum Himmel erhob und einige Zeit darauf bis in die Hölle warf; das folgende verdrängt das vorhergehende, nicht durch seine *Güte,* sondern durch seine *Neuheit.* Jedes Zeitalter sieht mit stolzem Mitleid auf das vorhergehende und empfängt das nämliche Mitleid von dem folgenden. Die Gebäude des Verstandes sind, wie die Nester der Vögel, nur so lange gut, als darauf gebrütet wird. Wir bauen wie die ägyptischen Könige für die Ewigkeit, und sehr oft erleben wir doch selbst das Ende unserer unsterblichen Werke.«

»Alles umsonst! Unser erleuchtetes Jahrhundert –«

»Leben Sie wohl! Für heute habe ich Ihrem Nachdenken genug Beschäftigung gegeben. Künftig ein mehreres!« –

Sie trennten sich voneinander, und mit einem höhnischen Lachen sah der Ästhetiker dem Manne nach, dessen ungereimte Grillen er nicht verdauen konnte, und bedauerte ihn herzlich, dass ein so hübscher Mann auf solch wunderliche Meinungen verfallen wäre – das heißt in planem Deutsch, dass er etwas behauptete, was er nicht begreifen konnte.

Fest von der Richtigkeit seiner Gedanken überzeugt, ging der Wahrheitssager weiter und fand eine ganze Gesellschaft von verschiedenen Figuren, die alle in ihren Mienen und Gestikulationen Beschwerde und Klage ausdrückten. Sie hatten sich in einem Zirkel gelagert, und er drängte sich nahe an sie, um sie zu behorchen. Eben perorierte ein ernsthafter Mann, der auf seinem Gesicht die ganze Miene der Redlichkeit und guten Meinung in deutlichen Zügen trug. Sein Vortrag war äußerst gesetzt und mäßig; nur zuweilen, wenn er über Verderben und Sitten klagte, erhob er sich zu einer gewissen Stärke. Seine Klagen betrafen meistens, wenn man sie bis auf den Grund auflösen wollte, das Übel, dass alle Menschen nicht wie *er* waren. Besonders führte er weitläufige Beschwerden über die Verderbnis, die über die Theorie und Ausübung der Moral herrschte. – »Jedermann«, sprach er, »schafft sich eine Moral nach seinen Neigungen.«

»Ist das etwas Neues?« fiel ihm der horchende Wahrheitssager von hintenzu ins Wort. »Das tun *Sie,* das tun alle Menschenkinder.« –

Jener sah ihn steif an. – »Wie denn das, mein lieber Mann?« fragte er gelassen. –

»Wie das? – Von der Natur empfängt jeder Mensch eine gewisse *bestimmte* Anlage des Charakters, sein körperliches System wirkt viele Jahre auf seinen Geist, ehe ihm durch den Unterricht Ideen und Grundsätze beigebracht werden *können;* in diesem Zeitpunkt wird nicht nur der *Grad* seiner Begierde bestimmt, sondern er wird auch zubereitet, eine *Art* von Eindrücken leichter anzunehmen. In einer solchen Verfassung trifft ihn der Unterricht des Lehrers, der Bücher, des Umganges an; aus allen diesen drei Kanälen fließt ihm eine Menge zu, wovon aber nichts kleben bleibt, als was mit der Richtung harmoniert, die der Körper dem Geist schon gegeben hat. – Der lebhafte, mit tätigen Lebensgeistern, raschem, warmem Blute ausgerüstete Körper teilt den Neigungen des Geistes die nämliche Lebhaftigkeit mit; man streue in ihm einen Samen aus, welchen man wolle, keiner wird *wahrhaftig* aufgehen als derjenige, der solche Früchte trägt, die das Klima und der Boden vertragen. Wir glauben, durch unseren Unterricht Wunder zu tun, die Gemüter ganz umzukehren, Neigungen einzupflanzen, Begierden auszurotten, alles Illusion! – Ja, wir können in der Tat, wir können den lebhaftesten Geist so niederdrücken, dass er eine lebendige ernste Moral zu sein scheint; aber haben wir dadurch etwas gewonnen, dass wir der Natur entgegenarbeiteten? – Und noch haben wir nicht einmal mehr getan, als einen Baum durch Stricke zur Erde gezogen, er wächst freilich nun nimmermehr völlig gerade, aber wenn wir die Bänder wegnehmen, zieht er sich gewiss so viel wieder in die Höhe, als seine versteiften Fasern zulassen. – Wählt also nicht jeder Mensch seine Moral *im Grunde* nach seinen Neigungen?« –

»Ich bin noch nicht davon überzeugt.« – »Auch traue ich mir die Kraft, Sie zu überzeugen, nicht zu, noch viel weniger habe ich die Absicht; nur sagen will ich, was mir *scheint.* – Unsere Begriffe vom Guten und Bösen, vom Begehrenswerten und Verabscheuungswürdigen wachsen allmählich aus der Reihe von Eindrücken empor, die der Körper und äußerliche Veranlassungen auf uns machen, also *im Grunde* aus unseren Neigungen, und worin besteht die Moral als in den Begriffen, was zu fliehen und was zu begehren ist? – Noch mehr! Nicht allein von den besondern natürlichen Anlagen des Menschen hängen seine moralischen Grundsätze ab, auch der äußerliche Stand ändert sie notwendig. Ein Mann, der in der großen Welt und für dieselbe erzogen wird, hat ganz andere Ingredienzien zu seiner Glückseligkeit als der im Mittelstand und dieser andere als der in der niedrigsten Klasse; Bestreben nach Ehre, Ansehen, Gewalt muss dem ersten Tugend, den beiden anderen, wenigstens dem letzten, wo nicht Laster, doch etwas Schädliches sein, weil ihnen die Gelangung dazu so erschwert ist, dass sie, ohne ihre möglichere Nützlichkeit und Vorteile zu versäumen, ihren Zweck nicht betreiben könnten. Ohne Zweifel tadelt man darum den Ehrgeiz eines Mannes, der jene Vorzüge nicht hat, da man ihn hingegen an denen nicht missbilligt oder gar erhebt, die sie besitzen; wenigstens wüsste ich keine andere Ursache dieses Urteils. – Tugenden lässt ein Stand nicht zu, die der andere fordert; man vergleiche des Grafen von Chesterfields Lehren, die er in seinen Briefen dem jungen Stanhope gibt, mit dem Unterricht, den jeder gute, ehrliche Vater seinem Sohn, der nicht für die große Welt bestimmt wäre, erteilen müsste; jener empfiehlt im Grunde nichts als die feinste Betrügerei, die feinste Kunst zu lügen; dieser würde zu den entgegengesetzten Tugenden, zur Offenherzigkeit, zur Aufrichtigkeit und zu vielen andern ähnlichen ermahnen. Beide haben Recht. Die Madame Pompadour nennt mit ihrer gewöhnlichen Freimütigkeit die Künste der großen Welt l'art de tromper; wenn sie diesen Namen verdienen, so schließt er eine Menge von den Tugenden aus, die im Verzeichnis der Moralen als *allen* unentbehrlich stehen.« – »Sie sind es auch –«

»Lassen Sie mich nur erst meinen Schluss ziehn! – Wenn die früh entstandenen Anlagen, das äußerliche Verhältnis jedem Menschen *besondere* moralische Grundsätze geben und auch verlangen, wenn von denen, die ihm der Unterricht aufzwingt, nur diejenigen *kleben bleiben,* die mit jenen beiden Stücken übereinkommen, was geschieht da anderes, als dass jeder eine Moral nach dem System seiner Neigungen bekommt und ausübt – eure allgemeine Moral *lernt* und seine eigene ausübt?« –

»Aber nicht ausüben *sollte!*«.

»Und warum denn nicht? – Ihr Herren Moralisten fangt von hinten an; ihr stopft euch eine Puppe mit allen möglichen Tugenden aus, deren ihr nur habhaft werden könnt, stellt sie hin und ruft: Dieser muss man gleichen! – Wozu nützt das? – Dass Leute von guter Gemütsart nach einem Ziele laufen, wozu ihnen der Atem fehlt, und ängstlich sich quälen, wenn sie sehn, dass sie es nie erreichen werden; dass andere gar nicht in die Laufbahn der Tugend treten, weil man ihnen den Weg mit so vielen Dornen verwebt. Ihr habt insgesamt etwas Romanenschwung –«

»Sie reden etwas frei, mein Herr.« –

»Das ist meine Art so: Ich sage, was mir *scheint*. – Warum will denn *ein* Moralist, das heißt, ein Mensch, dem *seine* Neigungen, *sein* Charakter, *seine* Denkungsart diese und keine anderen Grundsätze gegeben haben, warum will dieser Gesetzgeber sein? – Er trägt nichts vor als eine Erzählung dessen, was *seine* Glückseligkeit ist und durch welche Mittel *er* und Leute von *seiner* Art dazu gelangen. Seine und vieler andern Glückseligkeit kann eine ernste gravitätische Miene haben, soll deswegen die Tugend und Glückseligkeit anderer nie lächeln? – Ich rede hier von Leuten, die selbst denken, nicht von solchen, die nichts als Glossatoren über *hergebrachte* moralische Observanzen sind, die euch zumuten, dass ihr, um tugendhaft und glücklich zu werden, eine Reise durch ein ganzes Bücherbrett voll Quartanten anstellen sollt, wo ihr bei jedem Schritte fühlt, dass euch die Reise schon einen großen Teil eures Lebens unglücklich macht, und am Ende – wisst ihr, wie seit geraumer Zeit die moralischen Bücher des Heiligen Römischen Reichs den Menschen haben glücklich machen wollen.« –

»Also wären Moralen überflüssig?« –

»Nein, nicht alle, nur *solche*! – Wir müssen von vorn anfangen, den Menschen *durch*studieren. – Doch was mache ich? Lehren will ich nicht; das sei ferne! Die heiterste, fröhlichste Moral ist gewiss die beste, und die sauerste, trübsinnigste die schlimmste, die, wie von einer guten Moral neulich jemand verlangte, nur bittre, herbe Arzneien verschreibt; ich danke für eine solche Kur. – Auch kann ich mir unmöglich einbilden, dass derjenige, der das kleinste Insekt mit *seiner* vollkommenen Glückseligkeit versorgte, den Menschen allein auf diesen Planeten gesetzt haben solle, um ängstlich an sich herumzuschnitzeln und sich zu beunruhigen, dass er keine Papenhovische Statue aus sich zimmern kann. Jeder Sterbliche geht jetzt trotz allen Moralen *den* Weg, den Natur und Schicksal ihn führen, und wenn diese ihn beständig und immer auf verschiedene leiten, wie bisher, so denke ich, wird der allmächtige Ruf eines Moralisten sie gewiss auf keinen allgemeinen insgesamt bringen. – Wozu also die ewigen Klagen über Verderbnis und Sitten? Sie heißen doch weiter nichts als: Gegenwärtig haben nicht alle Menschen *meine* Denkungsart, *meinen* Charakter, *meine* Sitten, was ich herzlich bedaure.« –

»Sie haben höchst gefährliche Prinzipien!« brüllte ein anderer aus der Gesellschaft. – »Ich sage, was mir *scheint*.« –

»Mit Ihrem verzweifelten ›scheint‹ verwirren Sie eine Menge Menschen, stören sie in ihrem Glauben –«

»Nein, das will ich nicht. Ich rate vielmehr: Wählt euch die Meinung, die euch in euren Umständen den größten Trost, die größte Zufriedenheit verschafft, diese glaubt! Dieses muss für den größten Teil der Menschen das Kennzeichen der Richtigkeit sein und vielleicht für alle, denn eure sogenannten Beweise, Gründe, und wie ihr es heißt, sind Illusionen; der Mensch, wenn er glaubt, glaubt allemal *im Grunde* aus Illusion.« –

»Himmel«, schrie der andere, »was für Meinungen! Fort mit dem abscheulichen Manne, der solch' verdammte Sätze ausbrütet!« –

»Kaltes Blut! Vernunft! Überlegung!« schrie der Wahrheitssager. »Verwerfen Sie nicht das *Ihnen* Auffallende, untersuchen Sie *uneingenommen* und dann widerlegen oder billigen Sie!« –

»Was? Solche abscheuliche, gerade wider alle angenommenen Grundsätze laufende Meinungen!« – »Wenn meine Vorfahren, wenn *sie* die Freiheit hatten, Meinungen *anzunehmen* und bekanntzumachen, warum soll *ich* es nicht auch haben; sie sagten, was ihnen *schien,* und ich, was *mir* scheint. Das ist das allgemeine Recht der Menschheit, und wer dieses kränkt –«

»Fort mit dem Bösewicht!« – Gleich stieß er in ein Hüfthorn, das er an der Seite trug, und auf seinen hellen quäkenden Ton kam eine ganze Koppel von allen Enden herbeigelaufen. – »Du Brüter verderblicher Meinungen!« schrie der Eiferer, »du Störer des Glaubens!« – Auf diese Losung fiel die ganze Koppel über ihn her. Ihr Anführer wurde einer Kohlenpfanne ansichtig, die Silvan in der Bibliothek zurückgelassen hatte; er wollte kurz vorher, ehe dieses bisher beschriebene Schauspiel eröffnet wurde, Büchsenkugeln gießen, doch weil ihn der Jäger zu einem erblickten Raube abrief, ließ er die Kohlen in der Begeisterung zurück und eilte der Beute nach.

Diese Kohlenpfanne ergriff der Eiferer, um dem gottlosen Urheber schädlicher Meinungen die Ohren zu sengen oder, wenn es sich mit Ehren tun ließ, gar die ganze Person bei langsamem Feuer zu braten. Der Tumult war nicht gering. Der präsidierende Geist der Kleinigkeit war über den vorhergehenden, für ihn langweiligen Gesprächen eingeschlafen und wurde jetzt durch den Lärm plötzlich aufgeweckt. Er fuhr auf, erblickte die glühende Kohlenpfanne, erschrak in der Schlaftrunkenheit, fasste seinen Zauberstab und schlug unbewusst auf den Boden – husch! waren alle Autoren wieder in ihre Werke verwandelt, die Kohlenpfanne stürzte herab, der gesengte Autor hinterdrein, in die Kohlen hinein, fing an zu glimmen, dampfte, platzte, brannte lichterloh. Der Geist wurde bestürzt, nahm seinen Stab und eilte voller Verwirrung davon.

Indes kam Silvan mit zwei Hasen, die er in seiner Bibliothek aufhängen wollte, sah die Verwüstung, die die Flammen angerichtet hatten – denn sie hatten schon die ganze unterste Reihe Quartanten verheert –, stellte sich das Unglück vor, das möglicherweise seine ganze Burg betreffen könnte, und machte Anstalten zum Löschen. Der Brand wurde gelöscht, und als er seine Augen aufhob, um den ganzen Schaden zu übersehen, wurde er einer schönen hoffnungsvollen Hirschhaut gewahr, die die Seite des Repositoriums zierte, wo die Feuersbrunst wütete, und halb verbrannt, halb versengt war – nahm sich's zu Herzen und schwur einen teuern Eid, die Bibliothek von Stund an zu verkaufen und nie mit Gelehrten und Büchern, so feuerfangenden Materien, wieder etwas zu tun zu haben. Er hielt Wort und weihte den leeren Saal den Hühnern und anderem Federvieh des Ritterschlosses.

Der Streit über das Gnaseg-Chub
Eine Geschichte aus einem andern Weltteile

In einem Lande, dessen Name sich längst aus der Welt und also auch aus der Geographie verloren hat, herrschte einst ein Streit, der anfänglich bloß die Hauptstadt desselben beschäftigte und zuletzt ein allgemeiner Streit des ganzen Landes wurde. Eigentlich entstand er unter den *Neowi,* den Priestern der herrschenden Religion, und da es unmöglich ist, dass Neowi sich zanken – sollte es auch nur um eine Silbe sein –, ohne dass ihr Gott in eine von beiden Parteien gezogen wird, so ist es kein Wunder, dass eine Privatuneinigkeit, die noch dazu aus sehr verächtlichen Ursachen entstand, eine öffentliche Angelegenheit wurde. Jeder Einwohner, besonders der Hauptstadt, nahm Anteil daran, und wenn er nichts von der Sache wusste oder verstand und nicht selbst geschäftig dabei sein konnte, so lobte oder schmähte er doch.

Die herrschende Religion des Landes war die Religion des großen *Tun,* der unter einem alten irdenen Bilde verehrt wurde, dessen Figur die Länge der Zeit und verschiedene Unglücksfälle bei den Wanderungen der Vorfahren so unkenntlich gemacht hatten, dass die Lehrer der Religion allen ihren Witz an den Erklärungen derselben erschöpften, den großen Tun bald zu einem Esel, bald zum Kaninchen, bald zu einem Gewächs und zu noch verächtlicheren Geschöpfen machten und sich tapfer herumzankten, wenn der eine nicht den Kopf oder den Willen hatte, den Witz des andern so natürlich zu finden wie *er* selbst; und dabei genossen sie den Vorteil, einander aus den niederträchtigsten Beweggründen hassen und verfolgen zu können und noch obendrein gerühmt zu werden, dass sie zur Ehre des großen Tun eines seiner vorzüglichsten Gesetze übertraten, welches Liebe und Duldung war.

Unter der Menge Priester, die dem öffentlichen Gottesdienst vorstanden, waren vier *Se-Neowi* oder Oberpriester, und dem Ältesten darunter mussten alle übrigen eine gewisse Unterwürfigkeit bezeugen. Deswegen wurde er niemals geliebt und sehr selten bloß gehasst und nicht verfolgt.

Der Erste Oberpriester, der bei gegenwärtigem Streite dieses Amt führte, war der beste Mann von der Welt, so ehrlich im Herzen wie im Gesichte: liebreich, gefällig und nachgebend, solange er den Rechten des großen Tun und der Vernunft nichts zu vergeben glaubte. Sein Hauptfehler war ein liebenswürdiger Fehler – er war *zu* freigebig und hatte dadurch seine häuslichen Umstände so verwickelt gemacht, dass er zu verschiedenen Malen in der Gefahr des Bankrottes sich befand. Demungeachtet musste der gute Mann sich wegen dieser übertriebenen Tugend, die nicht einmal vorsätzlich, sondern eine Folge seines Temperamentes war, in allen Gesellschaften einen Verschwender, einen unordentlichen Schwelger nennen lassen, weil er, um andere glücklich zu machen, unglücklich geworden war. Selbst Fehler, deren ihn niemand, der ihn kannte, fähig hielt, wurden ihm als Ursachen seiner misslichen Verfassung angedichtet: Er war ein Weinsäufer, ob er gleich nichts als Wasser trank; ein Fresser, obgleich jedermann wusste, dass er zu der Sekte gehörte, die sich dem Gelübde, nichts als Hülsenfrüchte zu genießen, unterwarf. Der Pöbel glaubte es; die Klügern – glaubten es nicht und verführen doch gegen ihn eben so, als ob sie es glaubten.

Der Zweite übertraf ihn an Güte und Freundlichkeit mit dem Gesicht und noch mehr mit den Reden; er war ein gleißender Betrüger, eine Schlange, die sich künstlich in den Busen eines jeden stahl und dann unversehens, oft aus bloßem tückischem Mutwillen, ihn biss. Ein mehr als priesterlicher Stolz und die unumschränkteste Herrschsucht lauerten in seinem Herzen wie in einem Hinterhalt, um diejenigen, die das Unglück hatten, ihm zu missfallen, hinter der freundlichen Miene zu überraschen und zu überwältigen. Seine Schwäche nötigte ihn, besser zu sein, als er sein *wollte;* auf jedem Throne wäre ein Nero gewesen – und vielleicht noch mehr.

Jedes Volk war das, was es seinen Gott sein ließ, und jeder einzelne Mensch ist den Vorstellungen gleich, die er sich von seinem Gott macht. Schon aus diesem Grund hätte man den rachsüchtigen, gewalttätigen Charakter dieses Mannes vermuten können, da er die Bildsäule des großen Tun für die Abbildung eines Tigers erklärte und in seinen Reden bei öffentlichen Feierlichkeiten ihn stets als einen zornigen, strafenden Tyrannen abmalte, der niemals die Donnerkeile aus der Hand legte. Daher sah er auch die Erhöhung an der einen Seite des Bildes für einen Donnerkeil an, da hingegen der Erste Oberpriester es für einen Blumenkorb hielt, der ausgeschüttet werden sollte, wodurch nach seiner Meinung die immer wirksame Wohltätigkeit des großen Tuns abgebildet würde.

Der auf ihn folgende war eine gute, ehrliche Menschenseele, unfähig, *mit Willen* böse zu sein, und alles im Übrigen, wozu man ihn machte. Wer ihn zuerst für sich einnahm, dessen Freund war er, und widerstand der anderen Partei mit der friedlichsten Hartnäckigkeit. Seine phlegmatische Anhänglichkeit am Gewohnten machte es in den öftern Kriegen seiner Mitbrüder, denen, die sich Neuerungen widersetzten, ungemein leicht, ihn zu gewinnen. Er war zufrieden, wenn man sich zankte, und zufrieden, wenn man ruhig war. Wenn ja zuweilen sein kaltes Blut durch gewisse Vorstellungen einige Grade erwärmt wurde, so war doch sein Eifer allemal unwillkürlich, und wenn er aus irgendeiner geheimen Leidenschaft für die ungerechte Sache *nach seiner Art* eiferte, so begegnete ihm weiter nichts, als was uns armen Erdbewohnern alle Tage widerfährt – er handelte aus andern Beweggründen, als er glaubte. Er fand in dem Bild des großen Tun eine Schnecke.

Der Unterste war ein junger, ziemlich feuriger Mann, der noch zu wenig Bekanntschaft mit der Welt hatte, um nicht allezeit auf der Seite desjenigen zu sein, der ihn am listigsten hintergehen konnte. Übrigens hatte er den Charakter eines Mannes, dem man, bei einer guten, aber noch unausgebildeten Anlage, ins Gesicht gesagt hat, dass er ein vollkommener Mann ist. Anfangs wollte er – aus Bescheidenheit oder warum sonst, weiß ich nicht – kein Urteil über die Statue des Tun wagen, aber endlich entschied er – es wäre ein Trampeltier.

In dieser ehrwürdigen Gesellschaft herrschte äußerlich, kleine Scharmützel ausgenommen, ein beständiger Friede, und in den Herzen war ein ununterbrochener Krieg. Man wunderte sich überaus, dass Neowi in einer solchen Einigkeit leben konnte, und schloss aus diesem Vorfall, der sich seit der Stiftung dieses Ordens nicht zugetragen hatte, als aus einer sicheren Vorbedeutung, dass die Zeiten des *Laum* sich näherten, welches nach einer alten Tradition der Zeitpunkt sein sollte, wo dieser Staat von innrer und äußrer Sklaverei befreit werden und den höchsten Gipfel seiner Glückseligkeit erreichen sollte. Die Hoffnung, diese Epoche vielleicht noch zu erleben, tröstete die geringen Einwohner und verschaffte ihnen die Geduld, mit welcher sie ihr Joch trugen.

Aus den vorhergehenden Schilderungen wird man schon vermuten können, bei welchem unter den vier Oberpriestern die innerlichen Gärungen des Hasses den ersten Ausbruch gewinnen mussten. Der Zweite war es, *Y-Zingu* genannt. Alle übrigen würden geruht und sich wenigstens mit einer kollegialen Kaltsinnigkeit weder geliebt noch gehasst haben, wenn dieser sie nicht in Feuer gesetzt hätte.

Er hasste den Ersten Oberpriester, den *Tsi-gar,* schon seit dem Antritt seines Amtes, doch nur heimlich und aus keiner andern Ursache, als weil dieser der *Erste* und *er* nur der *Zweite* Oberpriester war. Dieser Hass wuchs um die Hälfte, als Tsi-gar anfing, einen dicken Bauch zu bekommen, welcher an einem Priester allgemein für ein besonderes Merkmal von der Gewogenheit des großen Tun angesehen wurde. Man sagte daher im Spotte von Tsi-gar, es wäre kein Wunder, dass ihm der große Tun gewogen sei, da er seinen Bauch mit seinem ganzen Vermögen ausgepolstert hätte. Sobald dieser erhabene Vorzug sichtbar zu werden anfing, verriet die Freundlichkeit des Zweiten Oberpriesters gegen ihn schon mehr den Zwang, den er sich dabei antun musste; seine Komplimente wurden häufiger und studierter und eben daher verdächtiger; er widersprach, wo er sonst nur Zweifel erregt, er tadelte laut, wo er sonst nur Bedenklichkeiten geäußert hatte: Kurz, der Friede war dem Bruche nahe, und es fehlte, um ihn völlig zu bewerkstelligen, nichts weiter, als dass eine Gelegenheit die *Art* des Angriffs an die Hand gab. – Der unselige Bauch!

Die Religion des großen Tun hatte für ihre Wahrheit und Vortrefflichkeit keine andern Dokumente aufzuweisen als das obengedachte irdene Bild und ein Buch, auf Bast geschrieben, das wegen seiner veralteten Sprache keine Seele verstand und, wie jedermann glaubte und versicherte, alles Vortreffliche, was nur jemals von menschlichen Köpfen gedacht worden ist, und vieles außerdem enthielt, was niemals in einem menschlichen Gehirn gewesen war. Wenn alles, was in den Lehrbüchern der Priester daraus gezogen sein sollte, sich wirklich darin befand, so war es freilich etwas schwer zu begreifen, wie man zu einer Zeit, wo man noch auf Bast schrieb, so vortreffliche und besonders so spitzfindige Sachen sagen konnte, so unzweifelhaft es auf der andern Seite die vielen darunter gemengten Ungereimtheiten zu machen schienen, dass es aus keinen anderen als aus jenen Zeiten herrührte. Allein eben daher bewies man seinen höheren Ursprung, und die Ungereimtheiten waren Unerforschlichkeiten, die kein irdischer Verstand ergründen könnte. Der klügere Teil, der es übrigens aus Gewohnheit für ein Werk des großen Tun annahm, schrieb – aber heimlich! – die Spitzfindigkeiten und die Ungereimtheiten auf die Rechnung der Priester und ließ dem Kodex von Bast nichts als eine kleine Anzahl ganz guter und gesunder Sittenregeln übrig, die aber, ohne vieles darin zu finden, was man erst hineinlegen musste, den Menschen nicht die Hälfte seines Verhaltens lehrten; doch dies war eine bloße Vermutung, die es auch bleiben musste, da niemand als ein Priester die Handschrift untersuchen konnte, weil niemandem als ihnen die Sprache desselben zu lernen vergönnt war.

Die feierlichen Gebräuche, die man gleichfalls darin zu finden vorgab, hatten teils durch die Veränderung des öffentlichen Geschmackes, der Denkungsart, der Sitten usw., teils durch die ungeschickte Vermischung des Alten und Neuen ihre halbe, wo nicht ganze Kraft verloren. Kein Mensch ließ sich es einfallen, dass die ganze Masse der Religion eine große Läuterung bedurfte, indessen der Erste Oberpriester unermüdlich an einem Plan zu ihrer Verbesserung insgeheim arbeitete. Doch hatte er die Klugheit, bei Kleinigkeiten den Anfang zu machen und sie so behutsam als möglich wegzuräumen; denn, sagte er oft zu sich, Sachen, an denen die Heiligkeit angerostet ist, muss man nie durch gewaltsame Mittel und *auf einmal* glatt polieren wollen. Geduldig muss man reiben, bis *allmählich* der Rost sich verliert, und dann kann man getrost aus der Sache machen, was man will.

Aus diesem weisen Grundsatz hatte er nach verschiedenen gelungenen Unternehmungen mit Unbeträchtlichkeiten in der Periode, da sich die Gewogenheit des großen Tun an seinem Bauche zu offenbaren anfing, einen Versuch im Größeren gewagt. Er hatte ein Gebet, das zu den Zeiten, als das Land noch seine eigenen Regenten hatte, und in einer Pest eingeführt worden war, das Ausdrücke enthielt, die er teils dem großen Tun, in Friedenszeiten, ohne Undankbarkeit nicht sagen zu können glaubte, teils, wenn man etwas dabei denken wollte, bei der gegenwärtigen Lage der Sachen gar keinen Sinn hatten – hatte außer diesem Gebet eine Verwünschung eines benachbarten Volks, das unterjocht und also auf keine Weise mehr gefährlich für das Land war, an dem Feste *Te-salu* zum ersten Male aus Liebe zur Vernunft und Menschlichkeit weggelassen, doch mit vorhergegangener Einwilligung seines Oberen, des allgemeinen Hauptes aller Priester im ganzen Land, welches *Iwal* genannt wurde.

Jedermann billigte diese Veränderung oder hielt sie wenigstens nicht für tadelnswürdig, wenn er sie auch nicht lobte. Selbst ein großer Teil des gemeinen Volks fand nichts dawider einzuwenden, aber desto mehr der Zweite Oberpriester. Er hatte sich schon einen kleinen Anhang gemacht und war eben im Begriffe, seinen Widersacher auf dem Kampfplatz öffentlich herauszufordern, als er aus dem Munde des Iwals selbst erfuhr, dass die vorgenommene Veränderung mit seinem Willen geschehen sei, und er warf sich auf die Erde, küsste den Saum seines Kleides und tat mit der inbrünstigsten Miene ein Gebet an den großen Tun, dass er seinem Volke einen Iwal lange, lange erhalten möchte, der mit einer so weisen Vorsorge für die Verbesserung seines Dienstes wachte, und setzte hinzu, dass unter einem solchen Iwal die Zeiten des Laum höchstens nur vier Wochen noch entfernt sein könnten. Der Iwal hob ihn auf, umarmte ihn, dankte ihm gerührt für seinen Wunsch und glaubte in dem Augenblick wirklich, ein Verdienst um den großen Tun zu haben, daran er etliche Minuten vorher noch nicht gedacht hatte. – Geradewegs ging der heuchlerische Oberpriester zu seinem Feinde hin und wünschte ihm mit Tränen Glück, dass er von dem weisen Iwal zum Werkzeug einer Religionsverbesserung gebraucht worden sei, und beschloss mit den nämlichen Worten, mit welchen er seinen Sermon bei dem Iwal geendigt hatte. Der Erste Oberpriester umarmte ihn, und jener nahm seine Umarmung mit verstellter Hitze an; doch konnte er sich nicht enthalten, als er sich dem Bauche seines Nebenbuhlers nahte, einen lauten Seufzer zu tun, und da er, aller Vorsicht ungeachtet, im Feuer der Verstellung sich vergaß und den verhassten Bauch berührte, so empfand er einen so heftigen Schmerz in dem großen Gallengang, dass er laut schrie, zurücksank und in eine Art von Betäubung geriet.

»Was widerfährt dir?« fragte der bekümmerte Tsi-gar, als jener wieder zu sich zu kommen schien.

»Ach«, antwortete er mit einem tiefen Seufzer, »die Gaben des großen Tun sind alle herrlich und dankenswert; aber mir gab er ohne Zweifel im Zorn über meine Vergehen ein zu empfindliches Herz. Jede Empfindung, die andern Menschen sanft und die süßeste Wonne ist, hat bei mir einen Stachel, der mein Mark durchbohrt, und keine so sehr als die Empfindung der Freundschaft. Dieses himmlischste Glück genieße ich nie anders als mit einer völligen Erschütterung aller Nerven am ganzen Körper, und kannst du dich nun wundern, warum ich bei deiner Umarmung in diese Schwachheit versank?«

Der ehrliche Tsi-gar, dessen Herz, mit Erlaubnis des großen Tun, wirklich etwas zu empfindlich geraten war, dankte ihm mit der größten Rührung für seine freundschaftlichen Gesinnungen und bereute es bei sich herzlich, dass er sich gegen einen solchen Mann einen geheimen Argwohn hatte erlauben können; ebenso unwillig gegen sich, warf er die ganze Schuld auf seine Übereilung, dass er von etlichen zweideutigen Handlungen eines solchen Mannes intoleranterweise so geurteilt hätte, als ob es auf ihn gerichtete feindliche Anfälle gewesen wären. Er hatte sogar die Unvorsichtigkeit *guter* Seelen und legte ihm ein Bekenntnis seines vermeinten Versehens und seiner Reue darüber ab, bat ihn um Verzeihung, ersuchte ihn um seine Freundschaft und Beihilfe bei der vorhabenden Religionsverbesserung, entdeckte ihm seinen darüber gemachten Entwurf und – tat noch vieles, wovon ich ihm wohlmeinend abgeraten hätte, wenn ich sein Freund gewesen wäre. Alles dieses war so gut, als hätte er seinem verstellten Gegner den ganzen Operationsplan zu seinen künftigen Verfolgungen in die Hände gegeben und zu ihm gesagt: *So* musst du den Degen führen, wenn du, ohne dass ich's gewahr werde, mich durchstoßen willst.

Tsi-gar freute sich triumphierend, durch Sanftmut und Güte es dahin gebracht zu haben, dass niemand mehr in seinem Orden sein Feind war, fasste neue Entschlüsse zu Verbesserungen, die er unter diesem neuen Beistande auszuführen gedachte, ohne zu argwöhnen, dass man nur einen Waffenstillstand geschlossen hatte, um Zeit zur Überlegung und zu Verstärkung seiner Kräfte zu gewinnen. Die nächste Gelegenheit zog ihn aus seiner gutherzigen Verblendung.

Durch einen Zufall, den niemand erforschen konnte oder vielmehr nicht erforschen *wollte,* weil es jedermann für eine außerordentliche Wirkung des großen Tun ansah, war das Stück seiner Bildsäule, welches nach der Erklärung des Zweiten Oberpriesters einen Donnerkeil bedeutete, abgebrochen und wurde nirgends gefunden – weil es die unteren Priester aus einer priesterlichen Vorsicht beiseitegeschafft hatten. Der Iwal stellte Bußtage an und versagte sich vier Wochen lang den besten Tisch, den *er* allein im Lande führte, um durch Hunger und armselige Nahrungsmittel den Zorn des großen Tun zu versöhnen. Durch eine ganz natürliche Folge verschwand bei dieser Fastendiät zusehends sein ansehnlicher Bauch, und die Gewogenheit des großen Tun war mit ihm verloren. Er grämte sich darüber, dass *er* nur, da alle Iwal die auserwähltesten Lieblinge des großen Tun gewesen waren, der einzige Verworfene sein sollte, und grämte sich so sehr, dass er immer hagrer wurde und – starb.

Tsi-gar, der Erste Oberpriester, der es sich eine Vorschrift sein ließ, Meinungen, die in das Glaubenssystem eines ganzen Volks verwebt waren, nicht geradezu umzustoßen, sondern, wenn er auch gleich ihre Falschheit gewiss erkannte, mit einer erlaubten, *heilsamen* Verstellung sie zum Nutzen eines jeden anzuwenden, stellte aus diesen Gründen an einem von den angestellten Bußtagen dem Volke vor, dass der große Tun aus Missfallen über die Vergehen des Landes seinen Blumenkorb verborgen habe und dass er ihn reichlicher als zuvor angefüllt wieder zum Vorschein bringen und über das ganze Volk ausgießen werde, sobald ein jeder den ernsten Vorsatz fassen würde, besser zu leben. Er wusste zwar von dem Betrug der unteren Priester nichts, allein, er erklärte sich selbst den Vorfall aus anderen Möglichkeiten.

Y-Zingu, der Zweite Oberpriester, prophezeite in seiner Rede mit der größten Zuverlässigkeit, dass das ganze Land in Kurzem durch Erdbeben, Überschwemmungen und andere grässliche Plagen untergehen werde, weil der große Tun seinen Donnerkeil zu ihrer Bestrafung nicht hinlänglich befunden und ihn deswegen im Zorne weggeworfen habe.

Nach einer Gewohnheit, die – ich kann nicht sogleich ausführlich erklären, warum – den größten Teil der Menschen fesselt, fanden die fürchterlichen Vorstellungen des letztern viel mehr Beifall und Überzeugung als die liebreichen Ermahnungen des erstern. Man glaubte und fürchtete; in allen Gesellschaften waren die bevorstehenden Unglücksfälle die einzige Unterhaltung; jedermann dichtete neue hinzu und fand ein grausames Vergnügen daran, andere und sich selbst durch seine Erzählungen zittern zu machen. Da in diesem Lande das Licht des Verstandes nur noch eine kleine Lampe war, die erst zu brennen anfing, so ist es umso viel weniger verwunderungswürdig, dass die Sache gerade so und nicht anders vorging.

Überhaupt war die politische Verfassung einer vollkommenen Aufklärung des Verstandes und einer allgemeinen Erleuchtung nicht günstig, sondern schränkte vielmehr die Verfeinerung des ganzen Volkes auf eine gewisse Mittelmäßigkeit ein, die es ewig nicht überschreiten konnte. Die Vornehmen besaßen das Mark des Landes und ließen dem Mittelstand und dem Geringern nichts als die Knochen übrig, um daran zu nagen. Die letztern lebten in einer völligen bürgerlichen Sklaverei; sie waren ein Teil von dem Vermögen der Großen, wurden als angewiesne Lasttiere mit den Gütern *ver*kauft und *ge*kauft. Die wenige Zeit, die ihnen ihre mühselige Arbeit zum Denken übrigließ, war nicht zureichend, ihnen den Grad der Erleuchtung zu geben, der ihrem Stande gemäß und nötig ist; auch würde der geringste ein Unglück für sie gewesen sein, weil er sie ihr Elend einzusehen gelehrt hätte. Die Verächtlichkeit, mit welcher sie behandelt wurden, nahm ihnen in ihren Augen allen Wert eines Menschen und machte durch lange Gewohnheit eine verächtliche

Begegnung für sie zu einem ihnen zukommenden Zeremoniell. Der Mittelstand, der größtenteils von den Beschäftigungen für die Vornehmeren lebte, opferte diesen gern einen Teil seiner Freiheit und seiner Ehre auf und kroch vor ihren Füßen herum, um von ihnen gebraucht, bezahlt zu werden und nach reichlichem Gewinn wie ihre Patrone müßig zu gehen. Ihre erste Bemühung war daher, das Bisschen in den Kopf hineinzupfropfen, was sie zu solchen broterwerbenden Geschäften geschickt machte, und alles, was sie zu besseren Köpfen und zu besseren Gesellschaftern gemacht hätte, wurde als überflüssig oder schädlich geflohen; sie waren meistenteils gute *Bürger,* aber schlechte *Menschen.* Die ihr gutes Einkommen aus der Handlung oder dem Besitz eigenen Vermögens über jene Notwendigkeit hinwegsetzte, ihrem Gehirne um des Unterhalts willen Gewalt anzutun, waren sogar ohne die Politur, die manchen unter unseren jungen Leuten ein dreijähriger Aufenthalt auf der Akademie allein geben muss; sie waren leere Köpfe, gegen Vornehmere plump, gegen Ärmere stolz und gegen jedermann grob. Die Vornehmen, die den Ton ganz allein angaben, waren, diejenigen ausgenommen, denen ein kurzer Aufenthalt am Hofe die grobe, rohe Hülse heruntergerissen hatte, im Grunde von den letztern nicht viel verschieden. Sie hielten sich alle im Herzen für Götter und taten äußerlich wohl zuweilen als Menschen; doch trugen sie auch kein Bedenken, anderen ihre vermeinte Götterschaft geradezu fühlen zu lassen, wenn es die Umstände mit sich brachten. Ihre einzige Beschäftigung war die cura habendi, die Wirtschaft, eine nützliche und unentbehrliche Beschäftigung!, die aber für sie einen doppelten Schaden hatte: Sie wurden aus der Notwendigkeit gesetzt, ihren Kopf und ihr Herz zu polieren, weil zu ihrer Beschäftigung keins von beiden erfordert wurde; durch die beständige Gewohnheit, auf ihren Gütern zu befehlen und sich als kleine Monarchen anzusehen, hatte sich bei ihnen eine andere eingeschlichen, dass sie jedermann in dem Verhältnis wie sich und ihre Bauern betrachteten. Zu den geringen Arbeiten der Wirtschaft, die ohne die schwächste Anstrengung des Kopfs Leib und Seele in eine gelinde Bewegung setzen und doch unmittelbar durch Nutzen oder Vergnügen belohnen, waren sie von Jugend auf hingezogen worden und waren also mit einer so kleinen Wirksamkeit zeitlebens zufrieden.

Diese Abschilderung war nur nötig, um sich eine Vorstellung von dem gesellschaftlichen Tone der Hauptstadt zu machen und zu begreifen, wie man vier Wochen lang in allen Gesellschaften von nichts als von der Prophezeiung des Zweiten Oberpriesters reden, sie nicht bloß als eine in Form einer Prophezeiung abgefasste Drohung ansehen und dafür zittern konnte. Die Sache war: Es tat dem Gespräche ebendie Dienste als Wasser einem Mühlrade, da man ohnehin, wenn die Wetteraspekte erschöpft, der kleine Vorrat von glücklichen und unglücklichen Stadtbegebenheiten und törichten Handlungen – die es teils waren, teils durch eine sinnreiche Auslegung dazu gemacht wurden – ausgeleert war, sich in allen Gesellschaften die Kinnbacken wund gähnte. Y-Zingu tat hierbei sein Möglichstes, die Vorstellung des Ersten Oberpriesters insgeheim zu verschreien und – viel fehlte nicht! – gar zu verketzern.

Dieser hingegen hielt sich für verbunden, dem reißenden Strome der Furcht Einhalt zu tun. Er tat es in der nächsten öffentlichen Rede, die er ans Volk halten musste, und tat es auf eine so gute, sanfte Art, dass, niemand etwas dawider einzuwenden fand und sogar einige ihm lauten Beifall zollten. Den Tag darauf und alle folgende dachte kein Mensch mehr weder an den Ersten noch an den Zweiten Oberpriester, weder an Überschwemmung noch an Furcht. -Abermals ein Sieg der Wahrheit! sagte sich Tsi-gar und pries den großen Tun.

Der gute Mann! – Denselben Tag, als er seine Rede hielt, langte ein neuer Taschenspieler an, der ganz unerhörte, Zaubereien ähnliche Dinge machte. Jedermann brannte von Verlangen, ihn zu sehn und, wenn er ihn gesehen hatte, von einem gleichen Verlangen, andern zu erzählen, was er gesehen hatte; die völlige Aufmerksamkeit des Publikums stahl der Taschenspieler weg und ließ den Oberpriestern, ihren Segen und ihren Verwünschungen, nicht ein Plätzchen in *einem* Kopfe übrig, und umso viel weniger hatte man jetzt Lust, sich vor seinem Untergange zu fürchten, weil der Taschenspieler eine Ursache mehr war, sich seines Lebens zu freuen. Kurz, der Taschenspieler tat alles und die Rede des Tsi-gar gar nichts.

Doch seinem Feinde, dem Y-Zingu, spielte der Künstler einen noch schlimmeren Streich: Er machte, dass niemand mehr seine Verkleinerungen des ersteren anhören wollte noch konnte. Das Beste dabei war, dass die Ankunft des Taschenspielers die Furcht der gesamten Einwohner vom Grund aus heilte.

Der so vermeinte gute Erfolg seiner Rede schien dem Ersten Oberpriester eine neue Aufforderung zu sein, in seinen angefangenen Verbesserungen fortzufahren. Er wagte einen leichten, aber nach der damaligen Verfassung des Menschenverstandes gewiss kühnen Schritt. An den öffentlichen Festen sang das ganze Volk zum Schluss des Opfers *Gnaseg-chub,* ein paar Worte, die gegenwärtig wegen Abänderung der Sprache keine Seele mehr verstand und keine Seele mehr erklären konnte. Um einer so unvernünftigen Verehrung abzuhelfen, machte Tsi-gar mit einer leichten Veränderung aus denselben: *Naseg-rub,* welches in der damaligen Sprache ungefähr: Erhöre uns! bedeutete. Er beratschlagte sich mit seinen Kollegen darüber; alle fanden die Verbesserung vortrefflich, und keiner erteilte ihm so viele Lobsprüche darüber als der Zweite Oberpriester. Er musste!, weil der vermaledeite Taschenspieler ihn aus seiner vorteilhaften Stellung herausgetrieben hatte.

Es wurde dem Volke bekanntgemacht, und der größte Teil war es zufrieden, sagte wenigstens nichts mehr, als was die Leute bei jeder neuen Sache sagen – ein paar leichte Einwendungen, um doch zu zeigen, dass man Verstand genug hat, Einwendungen zu machen. Alle Zungen waren in Bereitschaft, Naseg-rub bei dem nächsten Fest, dem größten im Jahr, auszurufen.

Mittlerweile fiel es der Frau des Zweiten Oberpriesters ein, dass die Sache ihres Mannes sehr langsam fortschritt und die ganze Maschine einen neuen Stoß brauchte, um in eine schnellere Bewegung gebracht zu werden. Sie nahm sich also vor, diesen Stoß zu tun.

Am vorhin gemeldeten großen Fest tanzten die Weiber der Oberpriester einen gewissen feierlichen Tanz, den das Altertum geheiligt hatte und wobei die Erste Oberpriesterin ungemeine Vorzüge genoss. Sie allein tanzte mit bloßen Brüsten und bloßen Füßen auf einem seidnen Teppich, der über einen Rasenplatz gebreitet war, und die Übrigen durften bei der härtesten Strafe diesen Teppich nicht berühren, sondern mussten um denselben herum in einer leinenen Hülle tanzen, die den ganzen Körper vom Kopf bis auf die Füße bedeckte. Wenn der Tanz vorüber war, erschienen sämtliche Oberpriester, knieten am Rand des Teppichs hin und küssten die Brüste und die Füße der Ersten Oberpriesterin, die sich zu einem jeden deswegen herabbeugte. Je seltsamer dieser Brauch war, je mehr tat man ihm, da er zur Religion gehörte, die Ehre an, ihn durch vernünftige Erklärungen vernünftig zu machen. Man gab den ersten Urhebern desselben Schuld, dass sie dadurch die Priester, die durch den beständigen Umgang mit der Gottheit leicht stolz werden könnten, die Demut auf eine sinnliche Art hätte lehren wollen: Das Küssen der Brüste solle sie erinnern, dass sie wie andere sterbliche Menschenkinder an den Brüsten ihrer Mütter gesaugt haben; das Küssen der Füße sei eine Anerkennung des mütterlichen Ansehens über sie und solle sie belehren, dass sie, so hoch sie auch erhaben wären, doch eine Mutter zur Welt gebracht hätte, welcher sie Demütigung und Gehorsam leisten müssten.[2] Auf diesen Schlag hielt sich noch eine Menge anderer Erklärungen in den Köpfen der Einwohner auf, wovon aber zuverlässig keine einzige in dem Kopfe des ersten Urhebers gewesen war. – Wer die Geschichte der christlichen Kirchen studiert hat, wird sich leicht vorstellen können, wie die Sache beschaffen war.

Lange schon hatte die Zweite Oberpriesterin dieses Vorrecht der Ersten mit neidischen Augen angesehen, und keinen Tag im Jahre brachte sie mit so vielem Missvergnügen zu als dieses Fest, ob es gleich nach seiner ersten Bestimmung ein Tag der allgemeinen Freude sein sollte. Demungeachtet hatte sie ihren Mann die Ursache ihrer Betrübnis nicht merken lassen, sooft er sich auch danach erkundigte. Doch jetzt, da sich das Fest wieder näherte, fand sie sich nicht stark genug, ihr Anliegen länger zu verhehlen. Doch die Art ihrer Entdeckung war sehr alltäglich: Sie stellte sich krank, schwermütig, unzufrieden; der Mann war so gütig, nach der Ursache ihres Kummers neugierig zu sein; sie weigerte sich seufzend, ihm bekannt zu machen – der Mann ward hitzig, drang in sie – sie wurde immer kälter und gab ihrem Kaltsinne durch einen tiefgeholten Schlussseufzer einen Nachdruck, der so stark auf den Ehegatten wirkte, dass er sie küsste, sie liebkoste, ihr allerhand artige Sächelchen vorsagte, bis seine eheliche Liebe und seine Neugierde in völliger Flamme stand; dann wurde das große Geheimnis unter vielen Vorwürfen, die sie sich selbst über ihre Indiskretion machte, in seinen Schoß ausgeschüttet oder, welches einerlei ist, statt des Öls in seine Flamme gegossen. Hinterdrein folgte eine Peroration, die eine kräftige Beteuerung enthielt, dass sie nicht eher zu ihrer vorigen Ruhe wieder gelangen würde, als bis diese Stolze mit Schimpf und Spott um ihre Vorzüge gebracht worden wäre. – Gerade die gewöhnliche Wendung, die dergleichen Angelegenheiten gegeben werden! – und darum halte ich mich nicht weiter dabei auf. – Dass der Oberpriester am Ende der Konferenz versprach, die Stolze auf das emp-

---

[2] Diese Erklärung ist wenigstens nicht schlechter ausgedacht als die von den beiden Nachtstühlen, die noch in Rom gezeigt werden und nach der ehemaligen wunderlichen Meinung gebraucht worden sind, die Männlichkeit der Päpste zu untersuchen, und jetzt jedermann für redende Sinnbilder der Demut hält, wodurch man die Heiligen Väter bei ihrer Krönung an ihre menschlichen Bedürfnisse erinnern wollte.

findlichste zu demütigen, und dass er versprach, es *zur Ehre des großen Tun* zu tun, das wird wohl jedermann selbst raten.

Das Fest erschien, der Tanz ging vor sich. Der Erste Oberpriester verrichtete seinen demütigen Kuss an den Brüsten und Füßen seiner Frau. Der Zweite näherte sich, sie reichte ihm die Brust, und – ach! schrie sie laut und sank auf den Teppich hin – er hatte sie in die Brust gebissen.

Unter der Hand waren Leute von dem Boshaften abgerichtet, welche sogleich durch ihre Auslegung von dem Vorfalle dem Erstaunen des Volkes die Richtung geben mussten, die es nach seiner Absicht nehmen sollte. Sie zischelten ihren Nachbarn ins Ohr, der Zorn des großen Tun habe sich an dieser Unwürdigen offenbart. – Sie wussten in der Geschwindigkeit ihr eine Menge heimlicher Laster anzudichten, worunter der Ehebruch das geringste war. Aus dem Gezischel wurde ein Gemurmel und aus dem Gemurmel eine verständliche Rede und ein allgemeiner Glaube, besonders da die verwundete Oberpriesterin, die selbst diesen Unfall als eine Wirkung des göttlichen Zorns ansehen mochte, bei ihrer Wegschaffung ein Gebet an den großen Tun tat, worin sie um Verzeihung flehte, wenn sie wider ihr Wissen etwas versehn hätte. – Die gute Frau war sich gewiss keiner ehelichen Sünde bewusst, denn sie war im fünfundvierzigsten erst Frau geworden und stand gegenwärtig im achtundfünfzigsten. Indessen nahm das versammelte Publikum diese Anrede an den großen Tun als ein öffentliches Bekenntnis ihrer fleischlichen Vergehen an, weil es einmal mit seinen Gedanken auf diesen Weg gebracht worden war.

Man forderte allgemein, dass das Fest am folgenden Tag noch einmal gefeiert und die Zeremonie noch einmal von der Zweiten Oberpriesterin verrichtet werden sollte. Es geschah zu ihrer großen Zufriedenheit.

Als beim Schluss des Opfers die Reihe an den obengedachten Ausruf kam, rief ein kleiner Haufe das alte verstandlose Gnaseg-chub, und ein unendlich größerer überstimmte ihn mit dem verbesserten Naseg-rub. Der Erste Oberpriester freute sich insgeheim, und der Zweite ärgerte sich, dass er glühte.

An gewissen vernünftigen Sachen leuchtet die Vernünftigkeit mit einer so unwiderstehlichen Kraft in die Augen, dass auch der finsterste Kopf davon erhellt wird; aus diesem Grunde mochte das Volk diesmal so klug handeln, da doch das Ereignis mit der Oberpriesterin auch auf ihren Mann und auf Sachen, die von ihm herrührten, einen Schatten geworfen hatte und nach der listigen Veranstaltung des Zweiten Oberpriesters geworfen haben musste.

Die unglückliche Oberpriesterin starb inzwischen, teils an der Wunde, die sehr tief war, teils vor Gram über die Ungnade, in welche sie bei dem großen Tun gefallen zu sein glaubte; denn – wie es bei unvermuteten Dingen geschieht – sie hatte in der Bestürzung die Schlangenzähne des boshaften Y-Zingu gar nicht gefühlt.

Gleich am Tag nach ihrem Tode empfing der Hinterlassene aus dem Serail des Regenten eine andere Frau; denn nach den Gesetzen des Landes und der Religion durfte kein Priester länger als höchstens zwei Tage unverheiratet sein; auch wurde bei ihrer Wahl die Tüchtigkeit zum Ehestande als das hauptsächlichste Erfordernis angesehen – und dass diese Frau aus dem Serail kam, das ging so zu.

Die gegenwärtigen Regenten hatten bei der Eroberung des Landes, in welchem all' das Erzählte vorging, für sich, ihre Erben und Erbnehmer in infinitum eine Art von Leibeigenschaft des weiblichen Teiles im ganzen Land eingeführt. Jedes Mädchen gehörte vom zwölften Jahre an dem Regenten: War sie hübsch, so musste sie unausbleiblich in das Serail des Hofes geliefert werden; war sie hässlich, so konnten die Eltern gegen Erlegung einer Summe, die nach den Bedürfnissen des Staates gemindert oder gesteigert wurde, das Eigentumsrecht über sie erkaufen, und die Veranstaltung war so weise geordnet, dass keine schöne nicht ausgeliefert und keine hässliche nicht losgekauft wurde. Aus dieser Sammlung von den auserlesensten Früchten des ganzen Landes wurden alle Kandidaten des Ehestandes versorgt[3] oder vielmehr mit Weibern *belehnt*, welches höchst notwendig war, da Überdruss und Vergänglichkeit, diese zwei Feinde der weiblichen Reize, nirgends mehr als in einem Serail wüten. Die Priester durften keine andre wählen, als die sie von den Händen des Regenten aus seiner Sammlung erhielten – vermutlich war dies eingeführt, weil die Priester schlechterdings heiraten *mussten* und die übrigen Einwohner so ekel waren, entweder gar ledig zu bleiben oder sich mit den natürlich hässlichen zu befriedigen; doch auch diesem Missbrauch wurde im Kurzen durch eine harte Auflage auf dergleichen gesetzwidrige Heiraten anderweitig abgeholfen.

Alle Weiber der oberen und geringeren Priester hatten daher die Miene und die Sitten des Serails, und die jetzt der Erste Oberpriester empfing, war eine Spröde, die tags zuvor erst in Ungnade gefallen war. Doch da sie viele Verdienste besaß, die ihr eine vorzügliche Tüchtigkeit zum Mitgliede eines Serails verschafften, so erhielt sie auch in ihrem neuen Stand noch viele heimliche und öffentliche Besuche von ihrem ehemaligen erhabenen Liebhaber, und je hartnäckiger ihre Sprödigkeit wurde, umso hartnäckiger wurde die Liebe des Prinzen.

Der Zweite Oberpriester, der als ein Weltkenner allerhand nachteilige Folgen für das alte Gnaseg-chub aus dieser Verbindung besorgte und doch nach der bekannten Beobachtung, dass ein gelungener Versuch allen unseren übrigen noch so unbedeutenden Projekten, die nur einigen Zusammenhang mit jenem haben, eine Elastizität gibt, durch den für ihn glücklich ausgeschlagnen Biss angespornt wurde, sich dem Naseg-rub mit doppelter Stärke zu widersetzen – dieser Mann, sage ich, hielt es für außerordentlich nötig, eine Gegenmine anzulegen. Der böse Streich, den ihm das Volk spielte, da es bei seinem Ausrufe der Verbesserung des Oberpriesters folgte, zog Neid, Stolz, Rachsucht und sein ganzes Priesterherz mit ins Spiel. Eine solche Gegenmine glaubte er am besten bei dem neuen Iwal anzubringen. Dieses war ein guter, ehrlicher Mann, von einem planen, nicht gesunden und nicht kranken Verstande, der zwar mit kleinen Übeln und Beschwerungen behaftet war, die ihm zuweilen das Ansehen eines einfältigen Verstandes gaben, aber doch im Ganzen nichts schadeten, mit einem Herzen, das zwar ziemlich stark empfand, aber seine ganze Empfindlichkeit auf die Seite der Frömmigkeit gelenkt hatte. Ein solcher Verstand und ein solches Herz in einem Iwalskleide waren die besten Gegenminen

---

[3] Doch mit Vorbehalt des dominii directi, wie unsere Juristen sich ausdrücken würden.

gegen alle vernünftige Anstalten, wenn man nur damit umzugehen wusste. Y-Zingu wusste es. Er stellte dem Iwal das Naseg-rub als eine eigenmächtige, vorwitzige, schädliche Veränderung in den öffentlichen Religionshandlungen vor, versicherte ihn, dass manches fromme Herz im Stillen darüber seufzte und nur nicht wagte, in laute Klagen auszubrechen, dass der Erste Oberpriester wider alles Recht diese Veränderung ohne Zuziehung des Iwals und der übrigen Priesterschaft gewagt habe, dass die Erbauung gehindert, die Einfältigen geärgert, in ein Misstrauen gegen ihre Priester, die Religion, den großen Tun, die ganze Welt – der Himmel weiß, gegen wen mehr versetzt würden; genug, mehr fehlte nicht, als dass er es ausdrücklich sagte, so musste die ganze sichtbare Welt, das Firmament mit allen Sternen untergehen, wenn man nicht Gnaseg-chub, sondern Naseg-rub an dem großen Feste des großen Tun ausrief. Der Iwal, ohne die Priesterrhetorik dieses Mannes zu kennen, stellte sich zwar die Sache nicht ganz so schlimm vor, als er den Worten nach gesollt hätte, aber doch im höchsten Grade schlimm, zu dem er seine schlaffe Einbildungskraft anspannen konnte, und schlimm genug, um dem Naseg-rub den Krieg anzukündigen.

In seiner Unterredung mit dem Ersten Oberpriester darüber widerlegte dieser zwar mit vieler Richtigkeit und Deutlichkeit die Anschuldigungen seines Verleumders, besonders die, dass er seine Verbesserung ohne die Einwilligung seiner Mitpriester unternommen habe: Allein dem guten Iwal begegnete wider sein Wissen und Willen die nicht ungewöhnliche menschliche Schwachheit, dass der *erste* Eindruck die Herrschaft über ihn behielt, die Überzeugung von der Wahrheit dessen, was der ehrliche Tsi-gar für sich anführte, zwar nicht ganz hinderte, aber sie doch hinderte, auf seine Entschließung zu wirken. Er verwies den Ersten Oberpriester zur Ruhe und untersagte ihm nachdrücklich jede künftige Veränderung.

Diese Zurückweisung reizte den Stolz des Tsi-gar: Er hätte ein unempfindlicher, schläfriger Mann sein müssen, wenn diese Reizung bei der Anschwärzung einer so offenbar gerechten Sache ausgeblieben wäre. Er schlug also, um seine Absichten seinem Verleumder zum Trotze durchzusetzen, einen Weg ein, dessen Wahl freilich nur insofern zu billigen war, als ihn die feste Überzeugung von der Güte und Nützlichkeit seiner Unternehmung dazu bestimmte und er löbliche Absichten darauf zu verfolgen suchte.

Er gab seiner Frau den Auftrag, sich ihre ehemalige Vertraulichkeit mit dem Regenten zunutze zu machen, zu ihm zu gehen und ihn zu bitten, dass durch seinen ausdrücklichen Befehl das Gnaseg-chub förmlich des Landes verwiesen würde. Sie willigte gleich ein – denn sie war der Zweiten Oberpriesterin schon im Serail gram gewesen, weil sie einmal um ihretwillen eine harte Demütigung ausstehen musste. – Die gerechte Sache ward *ihre* Sache; sie ging geradewegs zum Regenten, stimmte ihre Sprödigkeit etliche Töne herunter, tat darauf ihre Bitte – »Herzlich gern!« war die Antwort. »Gleich soll mein Edikt auf allen Gassen und Kreuzwegen des Landes öffentlich abgesungen werden.«

Es geschah. Tsi-gar freute sich und lobte den großen Tun, dass er der guten Sache abermals aufgeholfen hätte.

Unterdessen hatte Y-Zingu auch die übrigen Oberpriester wider den Ersten auf-gewiegelt. Der Dritte wurde ein geschworener Feind des Naseg-rub, weil es etwas Neues war; der Vierte ein noch größrer, weil *er* nicht der Urheber davon war. Jener eiferte auf der Stelle dawider und ließ es dabei bewenden; dieser lärmte wie ein kleiner mutwilliger Bolognese und biss endlich gar zu. Sie taten vereinigt dem Iwal eine Vorstellung wider den Befehl des Regenten, und dieser nahm es sehr übel, dass man seinen Regenten bewegt hatte, etwas ohne sein Vorwissen zu befehlen. Sie ge-wannen ihn ganz.

Der Iwal wusste wohl, dass Befehle des Regenten nur öffentlich abgesungen würden, um beizeiten den Leuten zu melden, dass man darauf sinnen müsse, wie man sie nicht halten und doch nicht bestraft werden könne, und war also wegen der Haltung dieses Ediktes nicht in der mindesten Unruhe: In zwei Tagen hatten Regent und Untertan vergessen, dass es gegeben worden war. Er ließ deswegen bei der abermaligen Annäherung des größten Festes ein anderes von seiner eigenen Erfin-dung machen, worin gerade das Gegenteil geboten wurde. Etliche alte Leute, die noch aus den vorigen einfältigen Zeiten übrig waren, hielten sich für verbunden, al-lein dem Befehl des Fürsten zu folgen; hingegen der erleuchtete Haufe richtete sich ohne fernere Nachfrage nach dem *letzten* Befehl, rühre er doch her, von wem er wolle. – Hieraus entstand ein allgemeiner Streit. Es wurden Parteien, die zwar nicht zu öffentlichen Tätlichkeiten griffen, aber doch in Privatgesellschaften einander mit den bittersten Anzüglichkeiten verfolgten. Wenn jemand um seine Tochter zur Ehe angesucht wurde, so war seine erste Frage, ob sein künftiger Schwiegersohn beim größten Fest im Jahre Naseg-rub oder Gnaseg-chub ausrief, und sein Ja oder sein Nein richtete sich darnach, ob dieser ebenso ausrief als er selbst. Diese beiden Wor-te knüpften und zerrissen Freundschaft, machten zufriedene und missvergnügte Ehen, verhalfen zu Ämtern und entfernten davon, verschafften und raubten Patrone, schlossen und verhinderten Käufe, machten Verträge, Kontrakte – mit einem Wort, sie waren die beiden Angeln, in welchen sich die Privatglückseligkeit der Haupt-stadt und der benachbarten Städte und Dörfer herumdrehte. Man achtete sich es sogar für einen Schimpf, keinen Anteil an der allgemeinen Uneinigkeit zu nehmen, wenn man auch weiter keine Kenntnis von der Sache hatte.

Da die Hauptstadt nur eine mittelmäßige, beinahe kleine Stadt war, so kann man sich leicht einbilden, dass man in Kurzem lächerliche und traurige, ungereimte und artige Geschichtchen auf Unkosten des Ersten Oberpriesters aussann, die sich so weit, als man nur vom Gnaseg-chub etwas wusste, schnell ausbreiteten; aber allezeit wurde der gute Mann in einem nachteiligen Lichte vorgestellt, weil er die *unterlie-gende* Partei war.

Man sagte, der große Tun habe ihn für seine Verwegenheit des Nachts gezüchtigt und ihn mit einer großen Narbe über der Nase gebrandmarkt – die er doch seit sei-nem fünften Jahr von einem üblen Falle hatte.

Die sich klüger dünkten, erzählten sich mit vieler Ernsthaftigkeit, seine gegen-wärtige Frau habe ihn zu dem Naseg-rub verleitet und dieses sei eine Bedingung ge-wesen, unter welcher sie versprochen habe, ihm in ihrer Ehe treu zu sein. – Warum? fragten Leute, die klug waren. Man verwunderte sich über ein solches übel angebrachtes *Warum* und ließ es bei der Versicherung bewenden, dass die Sache ihre völlige Richtigkeit habe – ohne sich an den chronologischen Einwurf zu erinnern, dass man schon Naseg-rub ausrief, ehe die gegenwärtige Frau seine Frau war.

Die witzigen Köpfe machten es sich zur Ehre, mit der ausgelassensten, oft ziemlich niedrigen Satire auf den armen Tsi-gar loszugehen. Sie schmiedeten ausdrücklich für *ihn* eine chronique scandaleuse; doch da es leidlicher ist, einfältige Sachen als *fade* zu hören, so möge die ganze Chronik meinetwegen in der Unbekanntschaft des Publikums bleiben.

Während dieser allgemeinen Bemühung, den armen Tsi-gar zu verkleinern, ermangelten die übrigen Oberpriester nicht, es auf *ihre* Art zu tun. Sie beschuldigten ihn verschiedener Irrtümer, die geradezu die Grundsäulen des Glaubenssystems umstießen. Selbst sein Naseg-rub war eine Erzketzerei, und hinter allem, was er tat, sollten böse, der Religion gefährliche, der Indifferentisterei, dem Synkretismus und anderen polemischen Missgeburten günstige Absichten lauschen, und – was gewiss die größte Verlegenheit in der Welt verursachen muss – er wurde genötigt, über Meinungen sich zu entschuldigen, die ihm als Irrtümer aufgebürdet wurden und vor seiner Vernunft die allein richtigen waren.

Neben der Frömmigkeit war in dem Herz des Iwals ein Kraut gewachsen, das gemeiniglich mit jenem in *einem* Boden fortkommt – der Stolz, und noch dazu die Art des Stolzes, die auf die äußerlichen Bezeugungen der Ehre und der Demütigung anderer ihre ganze Zufriedenheit beruhen lässt, Menschen als beifallswürdig oder als hassenswert dem Verstande vorstellt, nachdem sie sich durch äußerliche Unterwerfung mehr oder weniger erniedrigen, und nach diesem Maßstab Gunst und Ungnade austeilt. Dem Y-Zingu kostete es bei seiner kriechenden, niedrigen Denkungsart nicht die geringste Überwindung, bei seinen Unterredungen mit dem Iwal nicht von der Erde aufzustehen, bei jedem Worte den Saum seines Kleides zu küssen und – welches das Zeichen der höchsten Ehrerbietung in diesem Lande war – den rechten Fuß dieses aufgeblähten Vorgesetzten beim Abschied mit seiner Stirn zu berühren. Zu allem diesen konnte sich der Erste Oberpriester nicht verstehen: Er erwies dem Iwal den Grad der Ehrfurcht, den er ihm nach den Gesetzen und nach der hergebrachten Gewohnheit schuldig war, und jeden Schritt, den er darüber täte, hielt er für eine Beleidigung wider die Rechte der Menschheit und eine unanständige Verscherzung derselben. Man merkt es also, dass er den Stolz der Rechtschaffenheit besaß, der durch ein lebhaftes Gefühl seiner selbst erzeugt wird. Auch kann man zum Voraus merken, was dieser Stolz, da er mit dem Stolze des Iwals zusammenstieß, der vorhabenden Sache für einen Ausschlag geben musste. – Natürlicherweise keinen guten! keinen auf die Seite des Oberpriesters!

Der Iwal ging mit seinen Leidenschaften zu Rate. Die Frömmigkeit zwang ihn, sich der Sache anzunehmen, weil es eine Sache der Religion war, und sein Stolz fasste, ohne weitere Überlegung, das Urteil ab, dass der Erste Oberpriester unrecht haben müsste.

Dieses Urteil war der Leitfaden, den er bei seinen Untersuchungen darüber in die Hände nahm. Ein etwas klügerer Kopf tat den Vorschlag, beide Parteien, die nunmehr sehr erbittert gegeneinander waren und umso viel weniger nachgeben wollten, dadurch zum Stillschweigen zu bringen, dass er keinen von beiden recht behalten ließ: Er sollte weder Gnaseg-chub und Naseg-rub, sondern Ase-rub auszurufen befehlen, welches gleichfalls einen guten Verstand hätte, auf die Gelegenheit passte und den Knoten der Uneinigkeit auf einmal entzweischnitte, besonders wenn man, wie es billig wäre, auf das übrige verleumderische Anbringen der Oberpriester, vornehmlich des Y-Zingu, weiter keinen Augenmerk richten und alle dergleichen in Zukunft verbitten wollte.

So gut der Rat war, so missfiel er doch dem Iwal aus einem sehr menschlichen Grund – weil er ihn sich nicht selbst gegeben hatte. Er setzte seine Untersuchungen unermüdlich fort, scheute die Gefahr nicht, durch so viele Arbeiten sich um die Gewogenheit des großen Tun, die an seinem Bauche sich herrlich offenbarte, auf lange Zeit zu bringen, und untersuchte mit einer phlegmatischen Bedächtigkeit drei Jahre lang, ob man bei dem größten Fest im Jahr Gnaseg-chub oder Naseg-rub singen sollte. Die Wahrheit war für ihn in einen so tiefen Brunnen gefallen und seine Entschlossenheit hinter ihr drein, dass er endlich mehr aus Überdruss als aus Überzeugung entschied, mehr weil er nicht länger untersuchen konnte, als weil er genug untersucht zu haben glaubte.

Nach drei Jahren Untersuchung, nach so vielen Feindseligkeiten, die die Priester sich angetan hatten, nachdem die öffentliche Meinung von dem ganzen Orden um vieles geschmälert, nachdem durch Zwiste das größte Fest im Jahr oft entheiligt worden war, befahl der Iwal, man sollte an dem größten Fest des großen Tuns singen – wie man vor tausend Jahren gesungen hatte.

»Wenn dieses die weiseste Entscheidung war, die man nach einer dreijährigen Untersuchung finden konnte, so hätte ich dem Iwal in einer Sekunde nach der Anlage des Zweiten Oberpriesters dazu verhelfen wollen«, sagte bei der Bekanntmachung dieses Befehls ein kluger Kopf.

»Ja, so hätte ja der Iwal die Ehre einer dreijährigen Untersuchung nicht gehabt«, sagte ein noch klügerer. Er untersuchte nicht, um entscheiden zu können, sondern – um zu untersuchen. –

So untersuche er dann in Ewigkeit! Der große Tun beschere ihm Uneinigkeiten und Priestergezänke genug dazu!

Die Erziehung der Moahi

Tertius e coelo cecidit Cato –
Juvenal

Die *Moahi,* ein gegenwärtig unbekanntes Volk, hatten das Schicksal sehr vieler Nationen und Gesetzgeber, dass sie bei guten Einsichten schlechte Gesetze machten und zu den besten Absichten die schlechtesten Mittel wählten.

Der größere und vornehmere Teil des Volks lebte in einer Stadt unter einer aristokratischen Verfassung beisammen und suchte sich durch die Bedrückung und Aussaugung der Übrigen, die auf den Landgütern ihrer Beherrscher arbeiten mussten, täglich zu einem höheren Grade des Luxus und der Verfeinerung zu erheben. In einem Zeitpunkt, wo gerade alle Übel, die bei einer Aristokratie voller Luxus unvermeidlich sind, am höchsten gespannt zu sein schienen, genoss dieser kleine Staat das sonderbare Glück, unter seinen Regierern ein paar Männer zu besitzen, die für ihre Republik bei ihren ersten Anfängen Lykurge oder Solone gewesen wären; doch jetzt war unter dem Haufen ihrer verderbten Mitbrüder diese Ehre nicht zu gewinnen. Das ganze stadtväterliche Kollegium war dem römischen Senate ähnlich, wie ihn August fand – difformis et incondita turba – eine Rotte, die per gratiam et praemium⁴ zusammengekommen war, und bis auf diese Stunde bleibt mir es daher ein Rätsel, wie jene beiden rechtschaffenen Männer, die diese zwei Wege um ihrer Rechtschaffenheit willen gewiss nicht betreten haben, von einem so elenden Haufen zu Mitgliedern gewählt werden konnten.

Sie mussten lange Zeit, teils aus Klugheit, teils wegen des Widerstandes, nichts tun als zusehen, wie unüberlegte Gesetze und das schlechte Beispiel die Verderbnis täglich weiter ausbreiteten. Sie waren beide Philosophen, hatten in ihrem Leben viel gedacht, die Pläne aller Regierungen, die sie kennenlernen konnten, durchstudiert, hin und wieder Fehler bemerkt und, was einem empfindenden Denker angeboren ist, fleißig Pläne zu Verbesserungen und, da sie diese Palliativkuren zu schwach befanden, Entwürfe zu Monarchien und Republiken gebrütet, bei deren Ausführung das die geringste Erfordernis war, dass alle Reiche der Welt über den Haufen geworfen und alle Menschen vollkommener geschaffen werden mussten. Ein solcher politischer Architekt macht es wie jeder andere Baumeister, der gemeiniglich das schönste Gebäude, das in seinem Gehirne zu finden ist, auf das Pergament zeichnet, unbekümmert, ob der Bauherr nicht betteln gehen müsste, wenn er den Riss ausführte. Zum Glück für den Staat der *Moahi* hatten seine Regenten so lange Zeit und Lust, sich bloß um des Widerspruchs willen dem Besserungsgeist und der Projektmacherei dieser zwei Männer zu widersetzen, als beides am feurigsten bei ihnen brauste. Da ihre Hitze durch Alter und beständigen Widerspruch gedämpft war, traf sich es erst, dass man ihnen ganz allein die Regierung überließ, wozu ein merkwürdiger Umstand die Veranlassung gab. Einige Mitglieder des *Hoy-nik* oder hohen Rats hatten bei einem vierwöchentlichen Aufenthalt an einem benachbarten Hofe einige vortreffliche Mittel zu Verkürzung der langen Winterabende gelernt. Nach

---

⁴ Sueton im Auge.

120

ihrer Rückkunft teilten sie diese neuen Kenntnisse ihren übrigen Mitgliedern mit, und kurz darauf wurde beschlossen, eine Schauspielergesellschaft für den künftigen Winter zu verschreiben, Leute aufzumuntern und mit Geld zu unterstützen, die Redouten und Assembleen geben mussten. Keine ihrer Verordnungen hatte noch einen so glücklichen Erfolg gehabt als diese, und der folgende Winter schien jedem Einwohner, der an diesen Lustbarkeiten Anteil nehmen durfte, nur *ein* vergnügter Sommertag zu sein.

Während dieser Zeit bekamen jene zwei Philosophen das Ruder ganz allein in die Hände. Oft waren sie die einzigen in dem öffentlichen Versammlungshaus, oder wenn ja noch etliche andere den Beratschlagungen beiwohnten, so waren sie doch meistenteils durch das viele Nachtwachen bei Spielen und Bällen so erschöpft, dass sie herzlich gern zu allem gleich ja sagten, um nicht ihre Köpfe zu einer zweiten Antwort anstrengen zu müssen, und nun wurde man erst gewahr, was für einen Schatz man an jenen arbeitsamen, ungeselligen Weisen hatte.

Eine solche Gelegenheit war so gut wie eine eröffnete Laufbahn für die Verbesserungsbegierde dieser beiden Männer, die sie sich auch sehr wohl zunutze machten. Wenn jeder, der den Aufwand nur einigermaßen durch Borgen oder eignes Vermögen bestreiten konnte, wie unsinnig nach dem Vergnügen rannte, saßen sie bei einer nüchternen Abendmahlzeit freundschaftlich beisammen und arbeiteten an Entwürfen, wie man dem Staat wieder die innere Güte verschaffen könnte, die er vormals gehabt, ehe er von den Verderbnissen des Luxus angesteckt worden wäre.

»Diese Generation von Menschen ist verloren«, sagte eines Abends *Amur-see.* »Alles, was die Gesetzgebung gegenwärtig tun kann, besteht einzig darin, dass sie die junge Nachkommenschaft vor der Seuche bewahrt, die aus unserm Staat einen Haufen elender, weibischer, kindischer Toren gemacht hat. In einem Zeitraum von höchstens dreißig Jahren müssen alle jetzt lebenden Erwachsenen, wenn Üppigkeit und Wollust so unter ihnen fortwüten, tot sein, und alsdann, sollten auch *wir* es nicht erleben, wird aus der jetzigen Jugend ein Volk hervorwachsen, das den Namen *Moahi* wie unsere Väter verdient, ein Volk, das das Andenken derjenigen segnet, die ihm zu ihrer ursprünglichen Würde durch ihre Veranstaltungen wieder verholfen haben; die noch übrigen Verderbten werden in Verachtung und Schande geraten; die Üppigkeit wird alsdann in die Einsamkeit kriechen müssen wie jetzt Unschuld und Mäßigkeit. *Das* müssen goldene Zeiten werden, und siehe! von *diesen* können wir die Schöpfer sein.«

»Wieso?« fragte sein Freund *Samar-ka.* –

»Wenn wir uns der Gelegenheit, da jetzt die Last der Regierung auf unseren Schultern allein liegt, weislich bedienen und eine solche Erziehung befehlen, wodurch wir unseren Endzweck erlangen können. Alle Gesetze sind da, wo die Bürger nicht durch die Erziehung zu der Haltung derselben gebildet werden, ohne Kraft, nichts als geschriebene Worte. Der Mensch lernt durch Übung und Gewohnheit das Böse; auf dem nämlichen Weg muss er auch das Gute lernen, und wer nicht allmählich hierdurch dazu gleichsam unvermerkt gezwungen wird, den zwingt kein Gesetz dazu. Die Erziehung muss Gesetze entbehrlich machen – soweit dies angeht. – Unser erstes Augenmerk muss also die Erziehung der vorhandenen Kinder sein.«

»Und unser Endzweck dabei«, fuhr der andere fort, »muss sein, sie wieder zu den Tugenden unserer Väter zurückzubringen.«

»Nichts anderes!« rief Amur-see. »In der morgigen Sitzung soll der Anfang mit einem Gesetz darüber gemacht werden.«

In dieser Sitzung schien es ihnen von der äußersten Notwendigkeit, Kinder und Eltern voneinander abzusondern; »denn«, sagte Amur-see, »die Verderbnis ist eine unverschämte buhlende Dirne. Man darf ihr nicht einmal ins Gesicht sehn, um nicht von ihr bezaubert zu werden. Unsere Kinder dürfen gar nicht wissen, dass so ein betrügendes Ungeheuer in der Welt ist.« Man fasste also eine Verordnung darüber ab, die unter allen am besten beobachtet wurde, weil man das, was sie anbefahl, zufälligerweise schon getan hatte, ehe sie gegeben wurde; denn da die Eltern mit ihrem Vergnügen zu sehr beschäftigt waren, als dass ihnen die Gegenwart ihrer Kinder nicht hätte lästig werden müssen, da man die Sorgfalt der Erziehung und die häuslichen natürlichen Freuden und Beschäftigungen seiner nicht würdig genug achtete, so wurden alle menschlichen Kreaturen, sobald Vater und Mutter das ihrige getan hatten, um sie ans Tageslicht zu bringen, in den abgelegensten Teil des Hauses verwiesen und nach und nach einer Kinderfrau, einem Kinderwärter, einem sogenannten Lehrer usf. übergeben. Das Vermögen eines jeden war zu seinem Aufwande nicht zureichend, und daher blieb zur Belohnung eines solchen Mietlings nur ein notdürftiger Rest übrig, woraus eine leicht einzusehende Folge entstand. Bei alldem wurde doch die Verordnung des Amur-see und Samar-ka befolgt, welches gewiss nicht geschehen wäre, wenn es um der Verordnung willen hätte geschehn sollen.

Die beiden guten Männer wurden jetzt erst gewahr, was sie schon längst hätten gewahr werden können, und freuten sich nicht wenig, durch *ein* Gesetz einen so schönen Anfang zu Erreichung ihrer Absichten gemacht zu sehn, wofür sie doch eigentlich dem zufälligen Lauf der Dinge hätten danken müssen.

»Viel ist schon getan«, sagte Amur-see acht Tage darauf, »aber noch mehr übrig! – Wenn wir unsere Nachkommenschaft zu den erhabnen Tugenden unsrer Voreltern zurückbringen wollen, so müssen wir vor allen Dingen die körperlichen Anlagen zur Faulheit, Weichlichkeit, Bequemlichkeit, Wollust und andern jetzt herrschenden Lastern schwächen, entfernen, hindern, die sie teils durch die natürliche Fortpflanzung geerbt haben, teils in der Folge von der verderbten Gesellschaft ihrer Mitbürger mitgeteilt bekommen könnten. Körperliche Anlagen werden durch die Speisen und die äußerliche Pflegung unterhalten oder befördert. Unser zweites Gesetz muss also die Diät und die Lebensart unsrer Kinder bestimmen.« Demzufolge verordnete man, dass die Speisen der Kinder bis ins zwölfte Jahr höchst einfach sein und alles Fleisch der Tiere ihnen so sehr wie den Juden das Schweinefleisch verboten sein und selbst von den erlaubten Vegetabilien nur eine gewisse mäßige Quantität täglich gereicht werden sollte. Ihr Getränk sollte lauteres, zuweilen trübes, schmutziges Wasser sein und oft ganze Tage ohne Brot oder eine andere Nahrung von ihnen zugebracht werden. »Wenn sie hungert«, hieß es im Gesetz, »so sage man ihnen: Du sollst jetzt hungern! Wenn sie durstet: Durste bis morgen! Ihre Neigung und Empfindung soll nie ihr Wille sein und, wenn es ist, niedergedrückt werden. Ihr ganzer Körper muss die Witterungen jeder Jahreszeit tragen lernen: Man führe sie in Nässe und Kälte, in Hitze und Staub. Von ihren ersten Jahren an muss ihr Lebenslauf eine ununterbrochne Übung sein, den Beschwerlichkeiten der Natur und des Schicksals zu trotzen und Menschen zu werden, die es fühlen, von welchen Voreltern sie abstammen, bei denen die sinnlichen Triebe und Leidenschaften glimmende Funken und die erhabnen politischen und moralischen Tugenden lodernde Flammen sind.«

Denen dies Gesetz zu Gesicht kam oder die es der Mühe wert achteten, sich damit bekannt zu machen – denn auch unter den Moahi war es gebräuchlich, unter Gesetzen zu leben und sie nicht zu kennen –, diesen wenigen war eine solche Kinderdiät ungemein willkommen. Man erhielt dadurch den Vorteil, seine Kinder aufs Äußerste zu vernachlässigen und eben dadurch dem Gesetz Genüge zu tun, den Aufwand der Erziehung zu vermindern, die Kinder wild aufwachsen zu lassen und sich dadurch das Lob eines Gehorsams gegen das Gesetz zu verdienen; andere genossen die Bequemlichkeit, unter dem besten Vorwand Kinder tot hungern und frieren zu lassen, die ihnen zur Last waren; genug, einem jeden, der das Gesetz zuerst befolgte, riet ein Vorteil dazu, den er sich nach seinen Neigungen dabei versprach, und keinem die Ursache, warum die Gesetzgeber es befolgt wissen wollten. Durch eine sonderbare Fügung mussten diese ersten gerade Männer von Ansehen sein, und im Kurzen brachte es ihr Beispiel dahin, dass es bei dem air de qualité ein wesentliches Stück wurde, seine Kinder barbarisch zu behandeln. Alle, die auf dieses air nur den geringsten Anspruch machten, äfften die Vornehmeren nach, erfüllten das Gesetz, ohne *einen* Buchstaben davon gesehen zu haben; die Vornehmeren, um sich von den Geringeren zu unterscheiden, trieben es immer weiter, und endlich kam es dahin, dass viele Familien ihre Kinder nach Maß und Gewicht füttern und wie Maschinen behandeln ließen, die keinen eigenen Willen, sondern nur eine Bewegungskraft haben, die von dem Willen ihrer Aufseher wie von einer Schnur regiert wurde. Man sah die vornehmsten Kinder bleich, hungrig, oft beinahe barfuß, in der schlechtesten Kleidung im hässlichsten Wetter durch die Gassen führen. Einige ließen sie sogar zur Stärkung ihrer Zähne Leder kauen, und andre ersonnen ein Eisbad, in welches man sie nach einem gewissen Takt mit dem bloßen Hintern tauchte und mit einem Bade von siedendem Wasser abwechselte. Durch diese Kur wurden die sämtlichen Hinterteile des ganzen Staats so abgehärtet, wie sie es kaum in Sparta und Kreta gewesen sein können. Andre ließen ihre Nachkommenschaft ohne Unterschied des Geschlechts auf den Köpfen stehen, auf Händen und Füßen kriechen, um ihre Körper an jede Lage zu gewöhnen, ohne dass dadurch der Umlauf des Geblüts gehindert würde. Ein Künstler erfand eine Maschine, die er die schöne Tortur nannte, wo den Kindern, wenn sie eine Feder berührten, sich ein ganzer Teller mit den lockendsten Konfitüren darbot und, wenn sie etwas davon nehmen wollten, ein Prügel hervorfuhr, der sie empfindlich auf die Hände schlug, und da kein einziges Lust zeigte, zum zweiten Male dieses Spiel zu versuchen, so wurde es den Ammen, Aufsehern und Aufseherinnen als ein Teil ihrer Pflicht anbefohlen, täglich eine halbe Stunde diese Übung mit ihnen vorzunehmen. Ein andrer lieferte ein außerordentlich schönes Mädchen, das er die Wollust nannte, welches die Knaben umarmen mussten, wofür sie mitten in der Umarmung aus allen Öffnungen ihres Leibes mit Wasser über und über bespritzt wurden. Der gesamte Menschenverstand der Nation arbeitete, die Erfüllung des Gesetzes zu erleichtern, dass, wenn man die Absicht gehabt hätte, eine Nation Taschenspieler zu erziehen, keine besseren Anstalten hätten vorgekehrt werden können. Einige sonst ziemlich verständige Leute folgten der Gewohnheit wegen der Neuheit der Sache, andere aus einfältiger, guter Meinung und machten es in der besten Absicht wie die Leute, die in Erwartung eines schleunigeren Effektes ein ganzes Glas Arznei auf einmal verschlucken, wovon ihnen ihr Arzt nur stundenweise etliche Tropfen verordnet hat.

Wenn die beiden Gesetzgeber über einen solchen Erfolg ihrer Verordnungen sich nicht hätten herzlich freuen sollen, so hätten sie nicht die Urheber davon sein müssen. Zwar sahen sie wohl die Übertreibungen und die lächerlichen Ungereimtheiten, zu welchen ihre gutgemeinten Vorschläge Anlass gegeben hatten, mit Missfallen, allein in ihren Augen waren dies Missbräuche, die von dem größeren gestifteten Nutzen weit überwogen wurden.

Je weniger sie einen so unbegrenzten Gehorsam von ihren Mitbürgern erwartet hatten, desto mehr wurden sie jetzt aufgemuntert. Für die *Körper* der Nachkommenschaft und also auch für den *Charakter,* insofern jener auf diesen Einfluss hat, war gesorgt; die nächste Sorge gehörte dem *Verstande.* Sa-mar-ka, ein ungemein gütiger, leutseliger, sanfter Mann, der von dem lebhaften und beinahe heftigen Amur-see befürchtete, dass er, seine Nachkommen verständig zu machen, ebenso harte Maßregeln anordnen würde, als er gewählt hatte, sie tugendhaft zu machen, schlug sich sogleich auf eine freundliche Art ins Mittel und behielt *sich* die Abfassung dieses Gesetzes vor, so wie er bei dem vorhergehenden seinem Freunde freie Hand gelassen hatte. Amur-see war es zufrieden und billigte die Verordnung seines Gehilfen, obgleich er ebenso fest überzeugt war, dass er vieles besser gemacht haben würde, wie Samar-ka es bei den vorigen gewesen war.

Man befahl diesmal, »dass man aus der Erlernung der jugendlichen Wissenschaften keine Arbeit, sondern ein Spiel, einen Zeitvertreib machen sollte. Die Kinder und jungen Leute sollten Vernunft und Wissenschaft erlangen, ohne es selbst zu wissen. Alle Härte sei vom Unterricht entfernt, und der beste Lehrer sei derjenige, der seinen Schüler Kenntnisse ohne ein einziges schmerzendes Wort beigebracht hat.«

Dieses Gesetz blieb in einer großen Dunkelheit. Die meisten Eltern wussten sich gar nichts daraus zu nehmen; denn alles, was darin geboten wurde, musste in der Stube geschehen, ohne dass *eine* Seele öffentlich ein Wort davon gesprochen hätte. Sonach überließen sie die Beobachtung desselben dem Gutdünken der Lehrer. Einige unter diesen, die unter Prügeln und Schmähungen das hatten werden *müssen,* was sie waren, und ein mitleidiges, gutes Gemüt besaßen, richteten sich gern darnach, weil sie auch ohne Gesetz ihren Untergebenen die Schmerzen würden erspart haben, die ihnen selbst so empfindlich gewesen waren; andere, von einem ungestümen und rachsüchtigen Charakter, gaben, des Gesetzes ungeachtet, ihren Lehrlingen die Schläge und Empfindlichkeiten mit Wucher wieder, die sie ehemals genossen hatten.

Endlich wurde einer der Stadtregenten, der bisher die meisten Bälle und Gastereien gegeben und darum das größte Ansehen hatte, durch eine nächtliche Erkältung krank. Weil in solchem Zustand nichts Besseres für ihn zu tun war, durchblätterte er die Gesetze, die er während der alleinigen Staatsverwaltung der beiden Philosophen samt und sonders gebilligt und unterschrieben, aber noch nicht hatte lesen können. Er fand diese letzte Verordnung über die Erziehung, sie gefiel ihm, besonders der Einfall, dass der Unterricht ein *Spiel* sein sollte. Ein Einfall brachte den andern in seinem Kopfe hervor, und er beschloss, ein solches Spiel zu ersinnen, das allen mündlichen Unterricht unnötig machte. Als er das erste Gastmahl wieder gab und noch so gute Diät halten musste, dass er sich nur von sechs Schüsseln zu essen traute, war seine Erfindung und sein Werk schon fertig. Seine beiden sechs- und siebenjährigen Knaben bekamen es den Tag darauf zum Geschenk und setzten es unter den Tisch. Der Erfinder unterließ nicht, seines Werks bei jedem Gastgebote zu gedenken, es jedermann vorzuzeigen, und jedermann, der nicht zum letzten Male bei ihm wollte gegessen haben, erhob Erfinder und Arbeit per omnes gradus comparationis. Einige trieben die Schmeichelei so weit, dass sie das Werk auf der Stelle abzeichnen und nachmachen ließen. Die weniger Vornehmen hätten eine solche Maschine, als sie allgemein wurde, um das schönste Gastgebot nicht entbehrt. Dadurch wurde die Gewinnsucht und der Erfindungsgeist der Künstler angefacht, und im Kurzen waren Maschinen zu Erlernung der Wissenschaften der wichtigste Handel der Stadt und umliegenden Gegend.

Etliche unter diesen Erfindungen waren sehr sinnreich, andre ganz brauchbar und die meisten abgeschmackt. Man ersann Kästen, wo vermittelst der Umdrehung eines Rades alle Handwerkszeuge und Instrumente, vom Amboss bis zum Korkenzieher, alle Kleidungsstücke, Pantoffeln und Haarnadeln mit eingeschlossen, alle Essen und Getränke, das stinkende Wasser nicht ausgenommen, in Modellen und Abbildungen hinter einem Glase vorbeimarschierten, während sich in einem Kasten darunter ein angenehmes Orgelwerk hören ließ. Man verfertigte auch, die Erlernung der Sprache zu erleichtern, Sprachmaschinen, in Form der Trompeten, die dazu dienen sollten, die verschiedene Artikulierung der Töne in fremden Sprachen desto bequemer und schneller herauszubringen. Ein Marktschreier verkaufte sogar einen Schnupftabak, dessen öfterer Gebrauch die Wörter einer Sprache durch die Nase in das Gehirn führen sollte, indem jedes Korn so zubereitet war, dass es durch die Berührung der Nasennerven ebendieselbe Schwingung in den Gehirnnerven hervorbringen musste, die erforderlich ist, das Wort zu denken, welches ins Gehirn transportiert werden sollte, durch welches herrliche Mittel einhundertunddrei Söhne und Töchter ihr liebes bisschen Menschenverstand aus dem Kopfe weggenießt und keine Silbe von einer Sprache dafür hineinbekommen haben.

»Die menschlichen Kenntnisse«, lautete das vierte Gesetz, »sind einander untergeordnet wie die menschlichen Begebenheiten: Eine jede entsteht aus einer andern und bringt eine andre hervor. Die erste Rücksicht der Lehrer soll es also sein, die *ersten* Kenntnisse zuerst und die folgenden, wie jede aus der hervorgehenden herfließt, zu lehren.« – Quandoque bonus dormitat Homerus. Der ehrliche Sa-mar-ka mochte dieses Gesetz zum Schluss einer Sitzung, wo jeder Magen nach dem Tische eilte, abgefasst und die Einwilligung der Übrigen verlangt haben. Auch machte es wegen seiner Zweideutigkeit nachdenkenden Leuten große Kopfschmerzen.

Im ganzen gefiel jene Vorstellung der Kenntnisse; sie stellt eine Sache, die sich selten jemand sinnlich denkt, sinnlich vor und erweckt zugleich eine Menge dunkle, unentwickelte Ideen – eine Art von Vorstellung, die *anfangs* allezeit gefällt. Als der erste Schwindel vorüber war, fingen einige Grillenfänger an sich zu fragen: Welches sind denn die *ersten* Kenntnisse? In welcher Rangordnung müssen sie aufeinander folgen? – Einer antwortete: »Die einfachsten Begriffe sind die ersten, aus denen sich die übrigen, wie die Blätter aus einer Rosenknospe, nach und nach entfalten.« Diese fingen also an, ihren Schülern *Wesen, Substanz, Form, Figur* etc. etc. zu erklären und daraus alle übrigen Ideen herzuleiten, die aber alle ihren Weg neben den Ohren des Lernenden vorbei nahmen. – »Nein«, sagte ein anderer, »die ersten sind diejenigen, die bloß die Sinne affizieren.« Sie lehrten also ihre Lehrlinge nach der strengsten Ordnung riechen, schmecken, sehen, hören, fühlen, lehrten alsdann die Einbildungskraft, das Gedächtnis und endlich den Verstand; das heißt, sie sagten die Regeln her, nach welchen das Auge sieht, das Ohr hört etc., die Einbildungskraft ihre Bilder zusammensetzt, der Verstand urteilt und schließt. Auch bei dieser Methode nahm der Unterricht den nämlichen Weg wie bei der vorigen. – »Ja«, sagte ein dritter, »sinnliche Ideen sind wohl die ersten, nur muss man dem Schüler nicht die Theorie davon erklären, sondern sie ihm durch einen fleißigen Umgang mit den Gegenständen derselben beibringen.« Die Stuben derjenigen, die so dachten, wurden Behältnisse von Milcheimern, Hufeisen, Ofengabeln, Hämmern, Zangen und anderen ähnlichen sinnlichen Gegenständen, worunter ein jeder mit einem wohlausgesonnenen moralischen Denkspruch bekleistert war. Diese Methode hatte die Wirkung, dass es in den Köpfen der Schüler wie in ihren Stuben aussah. – – – »Weg mit alldem«, rief ein vierter, »die ersten Kenntnisse sind diejenigen, die *ich* dazu mache.« – Er schrieb ein großes Buch darüber, ließ reichlich pränumerieren und reichlich drucken. – »Ihr guten Leute«, sprach endlich einer, »macht es doch mit euerm Kopf wie mit euerm Magen! In diesen stopft ihr alles hinein, was er nur bearbeiten kann, ohne eine Rangordnung unter den Speisen zu machen: nach der Muttermilch und in jungen Jahren wenig und allmählich immer mehr, und dabei sorgt ihr nicht, ob sich das Genossene gehörigerweise in Blut, in Fließwasser, in Drüsensaft nach und nach verwandle, sondern das überlasst ihr dem Magen. Ist dieser gut, so gehen all' diese Verrichtungen von selbst vonstatten, taugt er nichts – was wollt *ihr* denn dabei tun? – Höchstens könnt ihr sorgen, dass er nicht schlechter wird, solange es geht. Pfropft in den Kopf hinein, was er nur in jedem Alter verdauen kann, und was er zuerst verdaut, das *sind* die ersten Kenntnisse, die erste Masse zu seinen künftigen. Der ganze Gang der denkenden Kräfte ist so: Wir sammeln ein, und in dem guten Kopf stellt sich alles von selbst in Ordnung, und je mehr der eingesammelte Vorrat zunimmt, desto mehr nimmt das Vermögen, ihn zu bearbeiten, zu. Sorgt nicht sowohl dafür, dass die Köpfe eurer Schüler vollgestopft werden, das ist für Kopf und Magen keine gute Diät, sondern über ihre Kräfte; denn Gelehrte können in geringer Anzahl, aber gute, gesunde, geübte Köpfe müssen in Menge dasein, wenn dem Staat geholfen werden soll.« – Mich deucht, der Mann hatte nicht ganz unrecht. – Es wurden noch verschiedene andere Verordnungen, besonders in Ansehung der fremden Sprachen, und alle auf den nämlichen Schlag gemacht; alle hatten die Absicht zum Grunde, der Jugend den Unterricht angenehm zu machen und sie, wie man sich schmeichelte, durch diese Mittel dafür einzunehmen.

Endlich besann sich Samar-ka oder wurde vielmehr gewahr, dass der größte Teil der bisherigen Lehrer von dem Auswurf des Volks aus ökonomischen Gründen hergenommen wurde, dass diese Beschäftigung dadurch in eine große Verächtlichkeit geraten war und darum kein Mensch von Talenten und Geschicklichkeiten sich dazu hergab, der nicht durch widrige Umstände gleichsam darein verstoßen wurde. Die besten Gesetze, sagte er sich, müssen daher ohne Frucht sein, weil dieser elende Haufe teils zu träge, teils zu ungeschickt ist, sie mit Vernunft und Überlegung ins Werk zu setzen. Man muss dem Staat eine hinlängliche Anzahl guter Lehrer bilden und durch Ehre und Belohnungen Genies anlocken, sich dazu bilden zu lassen. Es ist eine Sache, die den Vorteil des ganzen Staats betrifft! Der Staat muss also die Unkosten der Anstalten tragen.

Der Winter war inzwischen unter vielen Freuden verstrichen. Eine Schauspielergesellschaft, worunter etliche nicht zu verachtende Gesichter und des Abends lauter Schönheiten waren, war in dieser Republik etwas so Neues, und die galanten Sächelchen, die man sie auf dem Theater täglich sagen hörte, hatten der Einbildungskraft aller Einwohner einen solchen Schwung gegeben, dass jedermann vom Wirbel bis auf die Fußzehe ganz Liebe, Gefühl und Galanterie war. Diese Theatergrazien hatten sich, wie man vorgab, durch die ungesunde Luft der Stadt und besonders durch einen starken Windzug des Komödienhauses, welches die Schuld des Baumeisters war, viele Unpässlichkeiten, besonders starke Beklemmungen, zugezogen, die sie nötigten, zu Anfang des Frühlings das Bad zu gebrauchen. Die Herren, die am Ruder der Stadt saßen, fühlten sich gleichfalls mit Husten, Engbrüstigkeit, Mattigkeit in allen Gliedern, Schwindel, Entkräftungen und tausend anderen Übeln befallen, dass sie unvermeidlicherweise das Ruder ganz und gar aus den Händen legen und sich in die nämliche Kur begeben mussten. Ehe die Abreise geschah, hielt es Samar-ka nebst seinen Freunde für nötig, in der letzten vollzähligen Versammlung nach kollegialischem fleißigem Erwägen den Entschluss zu einer Pflanzschule für gute Lehrer fassen zu lassen, wozu sie beide schon einen Plan entworfen hatten, der nicht mehr als fünfzigtausend *Liwar* zu seiner Ausführung erforderte. Sie hatten das Zutrauen nicht, dass ihre Kollegen aus Einsicht und Billigung zustimmen würden, sondern verließen sich ganz auf die bisherige Faulheit, aus welcher sie alle ihre Gesetze genehmigt hatten. Wie sahen sie einander verwundert an, als alle mit *einer* Stimme riefen, dass man sich in dergleichen weitaussehende Unternehmungen dieses Jahr gar nicht einlassen könne, weil sich ein Bau gefunden hätte, der die äußerste Beschleunigung verlangte. – »Und welcher Bau kann wichtiger sein?« fragte Samar-ka. – »Unser Komödienhaus muss von Grund auf gebaut, erweitert werden, es sind neue Dekorationen nötig, neue Ermunterungen für die Unternehmer der Redouten; all' dieses muss diesen Sommer fertig werden, und zwar sobald die Gesellschaft aus dem Bade zurückkömmt. Das kostet Geld! Wie kann man da auf den Einfall kommen, unnütze Geldverschwendungen anzufangen!« –

»O unglückliche Moahi!« rief Amur-see und wollte sein Amt niederlegen, welchem Beispiele sein Freund folgte.

»Also sind kleine Summen, die auf die Erziehung der Nachkommenschaft ver-wendet werden, Verschwendungen und ungleich größere, die ihr dem Vergnügen aufopfert, nützliche Ausgaben?« rief Amur-see noch einmal, fasste seinen Freund bei der Hand und wollte den Saal mit ihm verlassen.

Was sollte man also tun? – Die Reise ins Bad war äußerst dringlich, und der gan-ze Plan der Sommerlustbarkeiten wäre verrückt worden, wenn man diese beiden Männer von ihrem hartnäckigen Eigensinn nicht hätte zurückbringen können. Man lief ihnen nach, man bat sie, man beschwor sie bei der Wohlfahrt des Staates, ihren Entschluss aufzugeben und die Verwaltung des Regiments wenigstens den Sommer hindurch noch zu übernehmen; alsdann sollten sie derselben entledigt werden, um ihre Tage in einer rühmlichen Ruhe zu beschließen. Man kitzelte ihre Eigenliebe so lange, bis sich die Rechtschaffenheit von ihr bereden ließ, etwas von ihren strengen Rechten zum Besten des Staats nachzulassen. Sie wurden unter einem allgemeinen Zurufe zu ihren Sitzen zurückgeführt und erhielten das Versprechen, dass man, so-bald nach der Rückkunft derer, die jetzt zu verreisen gedächten, eine Versammlung in pleno gehalten würde, es als die angelegenste Sache behandeln wolle, einen Fonds zu Bestreitung der 50 000 Liwar auszumachen, dass man unterdessen Anstal-ten machen könne, die Materialien anzuführen, damit, sobald der Fonds entdeckt wäre, ungesäumt zum Baue des vorgeschlagenen Lehrerseminariums geschritten werden möchte.

Die beiden ehrlichen Patrioten waren so gütig, sich damit abspeisen zu lassen. Die Badekur ging glücklich vonstatten; jedermann kam wohlgestärkt und in freu-diger Hoffnung zurück, ein Schauspielhaus zu finden, das den verloschenen Glanz ihres Vaterlandes in eine lichterlohe Flamme bringen würde; aber – welches Erstau-nen! – statt eines Komödienhauses fand man ein Lehrerseminarium, auf das Beste eingerichtet, und die Summe, die von dem zum Komödienhaus bestimmten Gelde überschüssig gewesen war, zu Besoldungen der Unterweisenden und Belohnungen der Lernenden verwendet. Diese Täuschung einer so großen Hoffnung brachte bei allen Zurückkommenden das Blut in die heftigste Wallung, und nicht viel fehlte, so hätte die ganze Badekur dadurch vernichtet werden können.

Es half nichts, man musste sich in Geduld fassen und sich bei der nächsten Gele-genheit rächen. Diese gab die gegenwärtige Sache selbst an die Hand. Man klagte den Amur-see und seinen Gefährten an, dass sie die Grundgesetze des Reichs um-gestoßen und etwas eigenmächtig getan hätten, wozu sie die Einwilligung des gan-zen Senats abwarten mussten. Das Volk hörte, dass die Beklagten schuld daran wä-ren, dass sie den ganzen Winter ohne Komödie leben müssten, und man drang auf ihre Bestrafung, die nicht allzu lange darauf erfolgte: Sie wurden beide auf immer aus der Republik verwiesen.

Sie gingen beide großmütig fort und freuten sich, ihrem Vaterlande die Wirkun-gen ihres Patriotismus zu Beschämung seines Undankes zurückzulassen.

Zweites Bändchen

Obgleich der Titel auf die in diesem Bändchen enthaltenen Stücke wenig oder gar nicht passt, so hat man ihn doch um der Käufer willen nicht verändern wollen, und der Verfasser wird es seinen Lesern gern vergeben, dass sie sich mit seinem Titel entzweien, wenn sie nur mit ihm und seinem Buche in guter Freundschaft bleiben.

W...l

Die unglückliche Schwäche

Eine Geschichte

Bei einem Mittagsessen in dem Hause der Gräfin D. sah der Herr *Leclerc,* der für diese Dame verschiedene Wechselgeschäfte besorgte und darum oft bei ihr speiste, die älteste Tochter des H. von F..., eines armen Edelmanns, der in dem letzten französischen Kriege geblieben war und seinen Töchtern nichts als den für sie lästigen Vorzug der Geburt hinterlassen hatte; sie sehen und sich verlieben war eins; Herr Leclerc hielt um sie an, und nach einigen Schwierigkeiten war sie ein Vierteljahr darauf mit ihm getraut. Dem Manne schien nunmehr nichts weiter zu fehlen, um so glücklich wie beneidenswert zu sein. Seine Handlung war in dem herrlichsten Stande, weitläufig, von dem besten Ruf, und die mannigfaltigen Verbindungen, worin er anderen mit seinem Geld oder Kredit nützen konnte, verschafften ihm ein gewisses Ansehen, das ihn in die Gesellschaft der vornehmsten Häuser brachte, wo sich jedermann befleißigte, ihm mit der größten Achtung zu begegnen, weil jedermann sein Schuldner war. Jetzt kam zu diesen günstigen Umständen eine Gattin hinzu, die, wenn er auch ihre Geburt von seinem Vermögen aufwiegen lassen wollte, ihm doch einen Schatz von persönlichen Vortrefflichkeiten mitbrachte, wofür sie kein Äquivalent von ihm erhielt; er besaß alles, womit ein jeder zu seinem Glücke vorliebnehmen würde, und doch fehlte ihm alles: Der Mann hatte eine *zu weite* Seele. Sie war ein wirklicher Abgrund, in welchen das Schicksal alle seine Herrlichkeit werfen konnte, ohne ihn jemals zu erfüllen; es blieb beständig ein leerer Raum übrig, und da unglücklicherweise seine Begierden unaufhörlich arbeiteten, die Lücke vollzumachen, und doch, wenn sie voll schien, sich sogleich wieder eine neue öffnete, so bestand sein ganzer Lebenslauf in der immerwährenden Bemühung, ein Herz wie das Sieb der Danaiden auszufüllen. Sein Kopf war daher gleichsam eine Niederlage von Entwürfen und Projekten zu seiner Vergrößerung, die oft so weit hinaussahen, dass ihre Ausführung nach aller Wahrscheinlichkeit zeitlebens verschoben bleiben musste.

Bei seiner Bewerbung um das Fräulein F... machten es ihre Anverwandten, weil sie seinem Vermögen nicht widerstehen konnten, zur vorzüglichsten Bedingung, dass er sich adeln lassen sollte. – Sein übermäßiger Stolz nahm die Bedingung mit Freuden an, allein – wer sollte das vermuten? – das Fräulein setzte sich dawider, und zwar aus einem *raffinierten* Stolze: Sie wollte sich vermutlich dadurch einen Schein von *Vernünftigkeit* geben, dass sie einen solchen Vorzug ebenso leicht wegwerfen konnte, als ihn andere gierig zu erhaschen suchten; vielleicht wollte sie auch die Welt dadurch belehren, dass sie sich mit ihrem persönlichen Werte genug zu glänzen getraute, ohne einen fremden zu borgen; genug, auf ihr dringendes Bitten unterließ der Herr Leclerc, sich den Adel zu erkaufen, ob er gleich mit schwerem Herzen darein willigte.

Diese Unterlassung war für ihn die Ursache einer immerwährenden Beunruhigung: Er konnte sich nicht anders als wie einen Schuldner betrachten, dem seine Gemahlin die Ehre angetan habe, ihn zu heiraten, ohne etwas anderes dafür zu bekommen als einen Mann ohne Stand, und er wollte doch gern, dass sie *ihm* schuldig sein sollte. Aus dieser Kränkung seines Stolzes entstand unmittelbar nach seiner Vermählung eine gewisse zurückhaltende komplimentenreiche Kälte, die sich natürlicherweise gar bald auch seiner Gemahlin mitteilen musste. Wenigstens konnte ihre Liebe, wenn sie auch noch so groß gewesen wäre, sich an seiner steifen Höflichkeit nicht hinlänglich erwärmen, um in Flammen auszubrechen. Sonach verstanden beide einander unrecht: Sie hielt seinen Kaltsinn für Bürgerstolz und er den ihrigen für Ahnenstolz, und diese Voraussetzung äußerte sich auf seiner Seite zuerst durch lautes offenbares Missvergnügen, wodurch es nach einigen kleinen Verdrießlichkeiten dahin kam, dass beide ganz abgesondert aßen, tranken und schliefen und sich nicht anders sahen, als wenn sie sich im Hause unvermeidlich begegneten, welches noch sehr selten geschah.

So ruhig während dieser Zeit die Frau Leclerc ihre Stunden mit Lesen und weiblichen Arbeiten zubrachte, so unruhig war jeder Augenblick für ihren Mann. Er liebte sie wahrhaftig, und wenn nicht der Stolz seine Zärtlichkeit niedergedrückt hätte, so würde er nie den misslichen Schritt getan haben, sie seine Unzufriedenheit so deutlich fühlen zu lassen. Allein der Stolz hatte den Schaden angerichtet; er musste ihn also wiedergutmachen. Seine Zärtlichkeit arbeitete sich während jener Absonderung wieder empor; er wünschte wieder mit ihr zu leben, und da dieses nicht geschehen konnte, wenn er sich nicht die Grille aus dem Kopfe schaffte, dass sein Stand ihn in ihren Augen verächtlich mache, so beschloss er ohne ihr Vorwissen sich den gräflichen Titel zu kaufen, um damit ihren vermeintlichen Stolz auf ihren Adel gleichsam zu überbieten und zum Stillschweigen zu bringen.

Zur Ausführung seines Projektes bediente er sich eines Abenteurers, der sich während jener Uneinigkeit unter dem Namen eines Grafen von Z. in sein Haus eingeschlichen hatte. Ein Mann war es, der mit allen Großen und Vornehmen in der Welt die genaueste Verbindung zu haben vorgab und, wo er sie nicht hatte, sie doch durch seine Dreistigkeit und Zudringlichkeit sehr leicht erlangte. Durch keine anderen Mittel hatte er sich in die Bekanntschaft des Herrn Leclerc gebracht, dem er sogleich, seine Dienstleistungen bei allen Potentaten unter der Sonne anbot, und der leichtgläubige Mann, der seinen Eigendünkel durch diese Freundschaft mit den herrlichsten Aussichten geschmeichelt sah, ließ sich alles von ihm einreden und würde ihm Glauben beigemessen haben, wenn er ihm gleich einen Platz auf dem chinesischen Throne versprochen hätte. Indessen er so den Mann mit goldenen Vorstellungen von künftiger Größe hinterging und keinen geringen Vorteil aus seiner freigebigen Leichtgläubigkeit zog, machte er unter der Hand Anstalt, einen heimlichen Roman mit der Frau anzufangen, welches die einzige Absicht war, wa-

130

rum er sich in das Haus einzuführen gesucht hatte. Obgleich die Natur für gut befunden hatte, ihn mit einer Gestalt zu begaben, die auch die schwachherzigsten Frauenzimmer vor dem Unglück, sich in ihn zu verlieben, bewahren konnte, so trug er doch zu der Stärke seines Witzes und seinen rednerischen Talenten das feste Vertrauen, dass sie ihn bei allen möglichen Liebesoperationen hinlänglich unterstützen und zum Sieger machen würden, und da ihm etliche Mal, ich weiß nicht welches günstige Ungefähr, seine Absichten hatte gelingen lassen – was er nicht seinem guten Glück, sondern seiner großen Geschicklichkeit zuschrieb –, hoffte er dreist, dass sie ihm nie fehlschlagen könnten, und unternahm deswegen die größten Wagestücke in der Liebe, woran sich auch ein Mann mit allen Vorteilen der Figur nicht anders als behutsam gewagt hätte. Ein solches Wagestück war auch der vorhabende Versuch bei der Frau Leclerc, und er durfte sich nicht wundern, dass er nur sehr langsam darin fortschreiten konnte.

Die Frau Leclerc – um bei dieser Gelegenheit den vornehmsten Zug ihres Porträts zu geben – war im Grunde weder untüchtig noch ungeneigt zu solchen verliebten Unternehmungen, denn *lieben* musste sie; ihr Herz war von Natur zur beständigen Empfindung gestimmt, und sie befand sich also gegenwärtig, da sie ihren Mann nicht lieben konnte, in einem wirklichen Bedürfnis nach einem Gegenstande, dem sie ihr vakantes Herz zuwenden konnte. Aber weit gefehlt, dass ihre Liebe von einer Stärke des Gefühls, einer zu hoch gespannten Empfindungskraft herrührte! Nein, es war vielmehr eine übertriebene Weichheit des Herzens, das keinem einzigen Eindrucke widerstehen konnte und jederzeit dahin gerissen wurde, wohin es der *gegenwärtige* Stoß trieb, und ebenso leicht sich den Augenblick darauf wieder auf die entgegengesetzte Seite hinziehen ließ. Diese unglückliche Schwäche allein machte die vielen und großen Vergehungen möglich, die sie bei aller Güte des Charakters in der Folge beging, und versprach auch jetzt dem Grafen Z. einen glücklichen Erfolg und würde ihm doppelten Mut gegeben haben, wenn ihn seine Liebe etwas mehr gelehrt hätte, als dass die Frau Leclerc anbetungswürdig war.

Kaum hatte der Liebesritter in Erfahrung gebracht, dass ihr Mann entschlossen sei, sich und seine liebe Ehefrau mit einem höhern Stande zu beschenken, als er vor Freuden die Hände zusammenschlug, dass ihm eine so günstige Gelegenheit zur Ausführung seines Plans aufstieß, und der Gang seiner vorhabenden Unternehmung war ihm von den Umständen selbst gleichsam vorgeschrieben. Er musste dem ehrgeizigen Manne in seinem Verlangen nach der Standeserhöhung behilflich sein, um sich auf immer in seiner Gunst zu befestigen und zu gleicher Zeit allen künftigen eifersüchtigen Argwohn dadurch unkräftig zu machen; alsdann, wenn der Wille des Mannes befriedigt war, musste der glimmende Unwille der Frau angefacht, zur Flamme gebracht und alle Rückkehr zur Versöhnung mit dem Manne unmöglich gemacht werden; da man ihr Herz durch jeden Eindruck leicht formen konnte, wie man beliebte, so musste er es zum Voraus wider das Geschenk eines höheren Standes einnehmen, wodurch sie ihr Mann wiedergewinnen wollte, ihr die Handlung ihres Mannes als eine Torheit und wohl gar als eine Beleidigung vorstellen, dass er zu ihrer *Vernünftigkeit,* worauf sie sich ungemein viel zugute tat, nicht Zutrauen genug habe, um ihre Liebe zu erwarten, ohne seine Zuflucht zu einem so elenden Hilfsmittel zu nehmen; ihr Mann musste ihr durch eine solche Vorstellung wirklich verächtlich und womöglich verhasst werden – ein guter Grund, worauf sich leicht weiter bauen ließ! Und um seine öfteren Besuche desto ungehinderter und ohne Verdacht fortzusetzen, musste er sich bei dem Manne das Ansehen einer Mittelsperson zu ihrer Aussöhnung geben. – So musste er natürlicherweise verfahren, und kaum hatte er dies Ganze bei sich überdacht, als er ohne Verzug Hand an das Werk legte.

Der erste Schritt, den er tat, ging dahin, dass er die Frau Leclerc von dem Vorsatz ihres Mannes unterrichtete und ihn in dem widrigsten Lichte vorstellte. – »Madame«, sprach er eines Abends, als er bei ihr auf dem Sofa saß, »Sie werden in wenigen Wochen eine Gräfin sein. Ihr Mann glaubt Ihren Stolz beleidigt zu haben, dass er Ihnen statt eines Namens, den so viele edle Vorfahren führten, nur einen kahlen bürgerlichen gab; er will ihren Verlust ersetzen und ist jetzt im Begriff, sich selbst einen Titel zu verschaffen, der Sie zu seiner Schuldnerin machen soll. Sie opferten ihm Ihren Adel auf, und er will Ihnen nicht allein diesen, sondern auch noch einen Überschuss hinzugeben, um mehr gegeben als empfangen zu haben. Ihnen, die Sie aus Vernunft und Überlegung einen Rang aufgaben, den Sie mit leichter Mühe erhalten konnten, muss nach Ihrer bekannten Delikatesse in dem Punkte der Ehre ein so toller Ersatz höchst verächtlich scheinen, zumal er aus einer für Sie so entehrenden Voraussetzung herfließt, die sich nicht mit der mindesten guten Meinung von ihrer persönlichen Vortrefflichkeit verträgt. Was für einen niedrigen Begriff muss man von Ihrer Vernunft und Ihrer Ehrliebe haben, wenn man Ihnen Liebe und Versöhnung um einen so elenden Preis abkaufen will? Mir würde ein solches Verfahren entweder ein Versuch scheinen, meine Grundsätze der Ehre, meine Vernunft auf die Probe zu stellen, oder ein Scheinvergleich, den man mir nur anböte, um ihn angeboten zu haben und mir alle Gelegenheit zur Rechtfertigung zu benehmen und mich in den Ohren der Welt als eine Eigensinnige, Hartnäckige zu verschreien, die die Urheberin der Uneinigkeit sein muss, weil sie alle Vermittlung von sich weist. – Kurz, dieser vorgebliche Ersatz Ihres Verlustes ist ein listiger Anschlag, Sie in Ihren Augen, in den Augen Ihres Mannes und der ganzen Welt zu erniedrigen unter dem Scheine, Sie zu erhöhen.« –

Die Rede, die er unter verschiedenen ähnlichen Wendungen noch länger ausdehnte, tat ihre gewünschte Wirkung; je gewisser Herr Leclerc das Mittel ausgefunden zu haben glaubte, sich mit sich selbst und mit seiner Gemahlin wieder einig zu machen, je gewisser war es nunmehr nach jener falschen Eingebung, dass er das Mittel gewählt hatte, alle Einigkeit auf immer aus ihrer Ehe auszuschließen.

Der Graf Z. trat unmittelbar darauf seine Reise an, die verlangte Standeserhöhung zu bewerkstelligen. – Herr Leclerc wurde baronisiert, und nicht lange darauf sah er sich durch die Vermittlung seines Freundes und ansehnliche Aufopferungen von einem gewissen Hofe zum Grafen erhoben. Kaum hatte er das Diplom erhalten, als er zu seiner Gemahlin flog, die der Graf Z. schon für diesem Auftritt vorbereitet hatte, und es ihr mit Ehrerbietung überreichte, und zwar mit dem Zusatz, dass er ihr hier einen Titel schenke, um ihm durch die persönlichen Vortrefflichkeiten seiner künftigen Besitzerin einen Wert mitteilen zu lassen. »Wir wollen wieder ganz Mann und Frau sein«, fügte er hinzu; »Sie sollen der Unrecht leidende Teil sein, und ich will

Sie beleidigt haben, ich will es Ihnen abbitten, und Sie sollen mir vergeben. Mag doch unser Missverständnis entstanden sein, woher es will, es soll auf immer vergessen sein, und nie möge ein neues unsere Einigkeit trennen! Ohne Sie zu lieben, hätte ich einen solchen Schritt zur Aussöhnung nicht getan, und ich beschwöre Sie bei dem Reste Ihrer Liebe, dass Sie den Titel, den dieses Papier auch Ihnen erteilt, bloß als ein Denkmal unserer Versöhnung annehmen; der Anfang unseres gräflichen Standes soll mir das Datum sein, mit welchem die glückselige Periode unsrer erneuerten Liebe anfängt, und nur der Tod soll das Datum sein, wo sie schließt.« – Mit diesen Worten verband er eine feurige Umarmung, die die verwirrte Ehefrau aus aller Fassung brachte; ihr weiches Herz vermochte einer so sichtbaren Zärtlichkeit nicht zu widerstehen, seine Liebkosungen überwältigten sie, sie erwiderte seine Umarmung und setzte, um ihm nicht in der Großmut zu weichen, hinzu: »*Ich* will unrecht haben, *ich* will Beleidigerin heißen, und unsere Versöhnung soll mit diesen Worten unterzeichnet sein, ob ich gleich tausend Ursachen hätte, Sie wegen eines Geschenkes zu hassen, das ich verachten gelernt habe.« – Er beschwor sie; seine Umarmung wurde feuriger, seine Zärtlichkeit aufwallender und der ganze Mann ein so lebhaftes Bild der Reue und verliebter Demütigung, dass ein minder weiches Herz hätte augenblicklich gewonnen werden müssen; umso viel mehr musste ein solcher Anblick seine Gemahlin überwältigen; sie fiel ihm um den Hals und weinte – eine Szene, wobei der Graf nichts tun konnte als vor Ärger an den Fingern nagen, die Lippen einbeißen und mit höchst alberner Miene zur Wiederversöhnung Glück wünschen!

Der Plan des Grafen war nicht vereitelt, sondern nur weiter hinausgeschoben; sosehr sich auch die beiden Eheleute zu lieben schienen, weil der beruhigte Stolz des Herrn Leclerc ihn jetzt den gefälligsten, zufriedensten Mann sein ließ, so versprach doch seine Veränderlichkeit und die üble Laune seiner unersättlichen, immer höher strebenden Begierden dem lauschenden Hinterlistigen tausend Gelegenheiten, wo es leicht werden konnte, die anscheinende Stille in lauten Sturm zu verwandeln; er betrog sich nicht.

Der Ehrgeiz des neuen Grafen empfand bald, dass die gehofften Glückseligkeiten seines angenommenen Standes in dem Genusse minder groß waren als in der Erwartung; seine Mitbürger verachteten aus Neid einen Mann, der sich seiner Gleichheit mit ihnen geschämt hatte, und versagten ihm desto mehr die Ehrerbietung, welche er verlangte, je mehr er zu erkennen gab, dass er sie vermisste; auch war es wirklich unmöglich, sie ihm in einem noch so großen Maße zu geben und nicht immer nach *seiner* Rechnung ihm ebenso viel schuldig zu bleiben. Was war natürlicher, als dass die Ehrsucht des Mannes, der in seiner stolzen Hoffnung so außerordentlich betrogen wurde, die ganze Stadt mit allen ihren Einwohnern hassen musste, wo jedermann zu dumm oder zu plump, ungeschliffen und ohne alle Lebensart war, um das erkaufte Verdienst seiner neuen Größe gehörig zu ehren. Eine so hintergangene Erwartung konnte nichts anderes als Unzufriedenheit, Verdrießlichkeit, Unwillen erzeugen, und bei ihm war sie hinreichend, seinen ganzen Mut niederzuschlagen, ihm das Leben zu verfinstern, keine Freude fühlen zu lassen und ihn selbst gegen diejenigen, die er liebte, gegen Gemahlin, Kinder und Freunde unleidlich, mürrisch und unverträglich zu machen, oder vielmehr der Unwille und Verdruss bemeisterte sich seiner so sehr, dass er gar nichts mehr lieben konnte. Seine Freude war jederzeit nur ein starker, aber schnell vorübergehender Sonnenblick, den ihm eine Befriedigung seines Stolzes ablockte, den die Unterbrechung solcher Befriedigungen schon verdunkelte, und jetzt, da sein Ehrgeiz eine so heftige Drangseligkeit ausstehen musste, wurde der ganze Horizont seiner Seele völlig in schwarze Donnerwolken eingehüllt; er wurde wieder der nämliche harte, ungefällige Ehemann, der er vor der Erlangung des Grafenstandes gewesen war.

Welch' günstige Umstände für den Grafen Z.! – Hurtig! Der Gräfin dies wunderliche Betragen von der schwarzen Seite vorgestellt! Für sie angreifende Ursachen dazu erdichtet! – Ursachen, die sie aufbringen, die sie überreden müssen, dass sie gekränkt wird, dass sie Unrecht leidet! und die Sache ist zur Hälfte getan, die Uneinigkeit wiederhergestellt. – So machte es der Graf Z., und so gelang's ihm.

Die beständig nagende Unruhe, Verdruss, Unzufriedenheit wurden dem Grafen von *Longueville* – diesen Namen hatte der Herr Leclerc angenommen – endlich so lästig und sein Verlangen nach Ruhe, das heißt bei *ihm,* nach Nahrung für den Stolz, so überwältigend heftig, dass er beschloss, seinen Aufenthalt zu verändern und sich mit seinem Vermögen an einen Ort zu wenden, wo man ihn nur als Grafen und nicht als geadelten Kaufmann kannte und ihm darum ohne Neid, ohne Missgunst die gebührende Ehre in dem Grade, wie er sie wünschte, erzeigen würde. Der Entschluss war gefasst, und ohne seiner Gemahlin oder dem Grafen Z. seine Absicht zu entdecken, reiste er ab, einen solchen Ort zu suchen.

Dieser Mangel an Zutrauen war für den letztern schon ein hinlänglicher Beweggrund, ihn wider den Grafen von Longueville zu reizen, besonders da er vorher der unumschränkteste Vertraute desselben gewesen war und also jetzt bei einer so plötzlichen Änderung der Freundschaft besorgen musste, dass sein Freund auf die Spur seines Anschlages auf die Gräfin gekommen sei, welches ihm das Bewusstsein seiner Absichten höchstwahrscheinlich machte. Er musste eilen, die Abreise des Grafen auf alle Weise zu nützen, seine Verschwiegenheit gegen seine Gemahlin als die hässlichste Treulosigkeit auszumalen, den ganzen Rest von Liebe in ihr niederzustürzen und sich in ihrem Herz festzusetzen. Das Spiel wurde also sehr ernsthaft: Es war nicht mehr eine verliebte Komödie, ein Roman, sondern das hitzigste Schauspiel, worin Rache, Eigennutz, List auf Seiten des Grafen die obersten Rollen hatten; er wollte durch alle Künste die Gräfin zu einer Untreue gegen die Gesetze des Ehestandes bewegen, zwingen oder, wie es sonst tunlich wäre, nicht aus Wollüstigkeit sie zu genießen, sondern aus List sie durch eine solche Handlung fest an sich zu knüpfen und ihre beiderseitige Sache zu einer und derselben wider ihren Gemahl zu machen, den er nunmehr hasste. Allein dieser Hass war nicht bloß die Folge von dem Unwillen über das Misstrauen des Grafen gegen ihn, sondern eine Gärung, die der *Eigennutz* schon lange in ihm unterhalten hatte. Der Graf von Longueville war in seiner unmutigen Laune weniger freigebig, schlug seinem Freunde jede Bitte und oft mit Härte ab, begegnete ihm mit stolzer Kälte und ließ es ihn überhaupt fühlen, dass er ihm Verbindlichkeiten auferlegt zu haben glaubte. So lag der Hass als Embryo seit langer Zeit im Herz des Grafen Z. und brach jetzt als eine reife Geburt hervor, und wie der Gräfin eigener Bericht an eine ihrer Freundinnen beweist, so erlag ihre Tugend in dieser Periode unter den Nachstellungen des listigen Mannes. *Wie* es geschah, soll uns ihre eigene Aussage lehren, die sie als Matrone in einem Brief an jene Freundin tat. Hier ist er:

»Wenn ich sagte, dass ich meine Tugend als ein unschuldiges, reines Mädchen in ein Alter von fünfzig Jahren mitgebracht habe, so wäre ich Ihrer Offenherzigkeit nicht wert, und Zunge und Feder würden sich widersetzen, eine solche Unwahrheit auszubreiten. Sie ist nur *einmal* gefallen, gefallen unter den Händen des listigsten Nachstellers, aber zu meinem Unglück war dies *einmal* genug. Dies Vergehen war von einer Kette, die bis zu meinen gegenwärtigen Tagen der Ruhe reicht, das erste Glied, das der Verbrecher ergriff, um mich durch unzählbare Martern, neue Vergehen und neue Unglückseligkeiten hindurchzuschleppen, und wenn ich überlege, wie ihm dies gelang – Gott! denke ich alsdann, welch ein verächtliches, elendes Ding ist menschliche, besonders weibliche Tugend! Eine Feder, die von tausend Winden nach tausend Richtungen hingetrieben wird, von jeder Luft einen Stoß empfängt und durch ein kleines Windchen niedergeblasen wird! Bei dem Nachdenken über meinen Fall schäme ich mich vor mir selbst, dass so nichtsbedeutende Ursachen ihn bewirken konnten, so nichtsbedeutende, dass sie mir oft ganz verschwinden und ich gefallen zu sein scheine, ohne sagen zu können, wodurch. Der Mann hatte nicht das mindeste Einnehmende, das mich entschuldigen könnte und das oft unser Herz schon weggerissen hat, ehe die Vernunft mit ihrem Rate dazwischentreten kann; er war ungestaltet – Sie haben ihn ja gesehen, den Grafen Z., und das ist mehr als mein Gemälde; aber der Schlaue hatte eine Gabe, ein feines, einschleichendes Talent, die Augen gegen alle seine Hässlichkeiten zu blenden, sich mit seiner Zunge, seiner Dienstfertigkeit und seiner unermüdlichen Aufmerksamkeit auf alle meine Verlangen, ja auf die kleinsten Wünsche in das Herz hineinzuschwatzen und dann trotzig mich herauszufordern: Vertreibe mich! Ich vergaß allmählich, dass der Mann nicht schön war, meine Sinne verschlossen sich vor allen widrigen Eindrücken, und ich würde gezürnt haben, wenn ihn jemand hässlich genannt hätte, ob ich ihn gleich nicht widerlegen konnte. Bei dieser Verfassung meiner selbst verreiste mein Gemahl, ohne mir die Ursache seiner Reise zu entdecken. Ich war schon wider ihn aufgebracht, und er hatte sich mir durch die Ungleichheit seiner Laune, durch seine bald übertrieben freundliche, bald ebenso kaltsinnige Begegnung beschwerlich und vielleicht gar verächtlich gemacht; ich setzte wenigstens keinen Wert mehr in seine Hochachtung, bestrebte mich nicht darnach, weil ich wusste, dass seine Güte und seine Unfreundlichkeit nicht aus seinem Herzen flossen, sondern vielleicht eine Wirkung von Wind und Wetter war.[5] Der Graf unterhielt und stärkte von Zeit zu Zeit meinen Widerwillen, gab jeder bösen Laune meines Mannes durch Übertreibungen und Vergrößerungen ein auffallendes Licht, schob ihr beleidigende Beweggründe unter, machte mir seine Liebe verdächtig, welches nicht schwerfiel, drehte mir jede, auch die gleichgültigste seiner Handlungen auf der schlimmen Seite zu

---

[5] Hier irrt sich die Gräfin: Seine bösen Launen waren allem Anschein nach allemal Wirkungen eines innerlichen Sturms, den der Stolz in ihm erregt hatte.

und machte besonders die Heimlichkeit, womit er seine Reise unter so großen Zurüstungen veranstaltete, zu einem Hauptverbrechen, das mich nicht bloß abgeneigt gegen ihn – das ihn mir verhasst machen musste. Mein Herz war lange leer gewesen – und ein leeres Herz, welch ein elender Zustand für ein Frauenzimmer! In unserem Herze muss Liebe sein! Ohne sie leiden wir wie bei einem ausgefasteten Magen. Gleichwohl hatte ich diesen traurigen, öden Zustand lange ertragen müssen; für meinen Mann schlug keine Fiber am ganzen Leibe mehr von Liebe; ich fühlte ein Bedürfnis in mir, das kein Gegenstand in der Nähe befriedigen wollte, der Graf hatte schon längst meine Sympathie erregt, er bot sich mir jetzt an und – beste Freundin, soll ich ausreden? – Aber die Geschichte des grausamen Augenblicks selbst will ich Ihnen nicht vorenthalten. Wir saßen eines Vormittags nebeneinander und tranken Schokolade; ich zeichnete mit Rötel nach verschiedenen Kupferstichen, die vor mir ausgebreitet lagen; der Listige machte selbst von Zeit zu Zeit einige Züge, zog endlich sein Taschenbuch hervor und zeigte mir eine Zeichnung nach einem Tizianischen Gemälde – eine Leda, welcher Jupiter als Schwan in der wollüstigsten Stellung der Liebe auf dem Schoße sitzt, die – ich kann es Ihnen nicht ausdrücken, welche Empfindungen der erste Anblick des verhassten Gemäldes in mir sogleich aufwiegelte; mein Herz klopfte wie von einer geheimen Ahnung; ich gebot ihm errötend, es wegzutun, allein der Bösewicht trotzte meinem Geheiß, er ließ es vor meinen Augen, er sprach – aber was? – Worte, wovon jedes eine vergiftete Spitze in mein Herz drückte! Er merkte meine wachsende Verwirrung, ich glühte, ich stritt, ich kämpfte, meine Sinne waren benebelt und – der Verbrecher! wehe ihm und wehe dem Maler, der ihm so gefährliche Waffen verfertigte! Wehe mir und der Natur, die weibliche Herzen aus so geschmeidigem, nachgebendem Tone bildete!

Seitdem hat mich der Unwürdige so fest an sich gefesselt, dass *sein* Interesse mit dem meinigen zusammenschmolz; ich war die Marionette, die er an dem Drahte der Liebe nach Willkür regierte: Jede seiner Handlungen musste ich billigen, und der mindeste Tadel wider ihn schien mir ein Verbrechen und ein Wort, wider ihn gesprochen – eine Missetat. Er geriet um meinetwillen in eine Lebensgefahr, die das Band unserer gegenseitigen Liebe unzertrennlich zusammenknüpfte. – Allein der Mann war ein Niederträchtiger: Nicht die heilige Flamme der Liebe, nein, der schändlichste Eigennutz hatte seine Wollust entzündet. Doch – etc. etc.«

Die Folgsamkeit gegen den Grafen, deren sie zu Ende des Briefs gedenkt, äußerte sich mehr als zu sehr, da ihr Gemahl zurückkam und ihr ankündigte, dass er sich mit seinem ganzen Vermögen nach G. wenden werde, wo er schon einige Besitzungen angekauft habe, und nunmehr erwarte, die Vorteile und die Annehmlichkeiten derselben mit ihr zu genießen; er bat sie zugleich sehr gütig, sich zur Abreise so hurtig als möglich in Bereitschaft zu setzen, deren eigentlichen Zeitpunkt er übrigens ihrer eigenen Bestimmung überlasse. Der Graf Z. hatte dies Geheimnis gleich bei seiner Ankunft aus ihm zu locken gewusst und die Gräfin auf die Bitte ihres Gemahls vorbereitet, die sie auf seine Eingebung geradezu abschlagen musste. Vielleicht war es nur ein eigensinniger Widerwille, der den Grafen Z. zu diesem Widerstande antrieb – denn sichtbaren Nutzen hatte er nicht davon – und vielleicht auch Begierde, seine Gewalt über die Gräfin zu gebrauchen und ihren Gehorsam auf die

Probe zu stellen – genug, sie versicherte ihn mit einem etwas pikanten Tone, dass sie sich an Ort und Stelle recht wohl befinde und nicht unruhiges Blut genug besitze, ihren Aufenthalt so oft zu verändern. Ihr Gemahl setzte in sie, tat ihr Vorstellungen, ersuchte den Grafen Z., sie von ihrer Hartnäckigkeit zurückzubringen; er versprach's und tat gerade das Gegenteil. Der Graf von Longueville war in der schrecklichsten Unruhe; solange sein Stolz nicht in ihm stürmte, stürmte die Liebe; er war alsdann, wie bereits angemerkt worden ist, so feurig verliebt, dass ihm das geringste Missfallen seiner Gemahlin Pein verursachte. Der Termin seiner Abreise war seiner Anordnung gemäß so nahe als möglich, die Gräfin war unerbittlich, er musste nach G., wenn er nicht einen beträchtlichen Teil seines Vermögens einbüßen wollte, er konnte nicht fort ohne seine Gemahlin, weil es seinem Stolz weh tat, so viele Herrlichkeiten für sie angeschafft zu haben und die Verbindlichkeit ihr nicht auferlegen zu können, die er ihr dadurch auferlegen wollte – weil er ohne Verlust sie nicht zurücklassen, weil er sein Haus nicht verkaufen konnte, das sie schlechterdings bewohnen wollte, weil er sich schämte, das Missvergnügen seiner Ehe durch eine solche Trennung allgemein bekannt werden zu lassen – alles hielt ihn zurück, und alles zwang ihn zu reisen; was konnte er tun? – Er reiste ohne seine Gemahlin und glaubte, sie durch schriftliche Bitten dahin zu vermögen, dass sie ihm nachfolgte. An Bitten ließ es nicht mangeln, aber die Gräfin desto mehr an Gehorsam; er besuchte sie, so weit auch die Reise war, aber sie empfing ihn kaltsinnig und ließ ihn ebenso wieder von sich. Kurz darauf änderte sich die ganze Lage der Umstände; der Vorteil des Grafen Z. verlangte, dass er bei dem Gemahl der Gräfin in G. war; er wollte, dass die Gräfin zu ihm reisen sollte, und sie reiste.

Der Graf von Longueville war abermals unglücklich; er war wohl an dem Orte, den er nach langer Überlegung zu seinem Aufenthalt ausgesucht hatte, der Reichste, der Vornehmste, er hatte die schönsten Möbeln und gab der kleinstädtischen Neugierde ungemein viel Beschäftigung, wenn er ausfuhr, und reichen Stoff zum Gespräch, allein die Leute waren ihm alle zu ungleich, sie hatten vielen Respekt vor seinem Geld und seinem Stand, aber sie gingen ihm aus dem Weg; an die vornehme abgemessne Lebensart war niemand gewöhnt, der gute Ton seines Hauses war für alle Zwang; niemand erschien auf seine Einladungen, und wer erschien, aß und trank verdrossen, stumm und voll ängstlichen Zwanges und eilte, aus dem vermeinten Joch wieder herauszukommen. Sonach saß er einsam, unbewundert, ungeehrt da, weil ihn jedermann *zu sehr* ehrte; sein Aufenthalt wurde ihm lästig, er sann auf eine Veränderung. Die Ankunft seiner Gemahlin gab ihm noch eine vorübergehende Aufheiterung: Er hatte doch jemanden, vor dem er prangen und sich selbst bewundern konnte, ob die Gräfin gleich alle Geschenke ziemlich kalt annahm und alle Schönheiten seines Hauses und seiner Landsitze bloß *ansah.*

Er hatte dem Grafen Z. gemeldet, dass er eine Veränderung seines Aufenthaltes wünschte, und ihn, seinen alten dienstfertigen Freund, der durch seine wichtigen Bekanntschaften ungemein viel für ihn vermögen würde, ersucht, einen Plan zustande zu bringen, dessen Ausführung ihn nach seiner Einbildung überglücklich machen sollte. Seiner Größe fehlte noch ein ansehnlicher Titel an einem ansehnlichen Hofe; er hatte diesen Mangel kaum gefühlt, als er ihn zu beheben wünschte;

sein Wunsch wurde durch die Unannehmlichkeiten seines gegenwärtigen Aufenthaltes dringender gemacht; er bat also den Grafen inständigst, unter Versprechung wichtiger Belohnungen, für ihn einen solchen Titel auszuwirken und Güter in S. anzukaufen, um sich dadurch die Erlangung des Titels zu erleichtern. Der Graf Z. sah ein weites Feld für seinen Vorteil vor sich, eilte deswegen, wie bereits gesagt worden ist, nach G., und die Gräfin musste mit ihm, ohne dass er ihr die Veranlassung seiner Reise entdeckte.

Er erhielt also von dem Grafen von Longueville seinen vollständigen Auftrag, wurde mit Wechseln und Geld versehen und reiste auf sein Geschäft aus. Da er aber die Schwäche der Gräfin kannte und sie nicht gern auf die Seite ihres Gemahls in seiner Abwesenheit ziehen lassen wollte, welches doch bei *ihr* möglich gewesen wäre, sosehr sie auch jetzt von ihm abgeneigt schien, so beredete er sie, dass sie unterdessen an den vorigen Ort ihres Aufenthalts zurückgehn musste, und er begleitete sie selbst dahin.

Er war in seiner Verrichtung überaus glücklich; er hatte seinen Mann gefunden, dessen Privatvorteil er mit der Erlangung seines Gesuchs so zu verflechten wusste, dass er unermüdlich am Hofe selbst arbeitete und seine Freunde dazu aufbot, als zu einer Sache, die die Wohlfahrt des Landes so sehr beförderte, dass es dadurch, ich weiß nicht, um wie große Summen reicher würde. In Kurzem war der Wunsch des Grafen von Longueville gewährt, und sein Bevollmächtigter eilte mit der Hoffnung zu ihm zurück, die reichlichsten Belohnungen für die geleisteten Dienste einzuernten. – Warum werde ich so frostig mit einer so wichtigen Zeitung aufgenommen? – dachte der Graf Z. verwundert, als er seinem Freund zum ersten Male wieder in die Arme eilte und die freudigste Bewillkommnung erwartete. Der Graf von Longueville dankte ihm zwar auf das Verbindlichste mit angenommener Freundlichkeit, aber der Schleier war zu dünn, um nicht ein geheimes Missvergnügen durchscheinen zu lassen; da der Graf Z. alle Ursache hatte, nicht viel Gutes für sich aus solchen Aspekten zu argwöhnen, so argwöhnte er eine Entdeckung seiner Angelegenheiten mit der Gräfin, worin er sich nicht im Mindesten betrog. Der Graf von Longueville hatte in seiner Abwesenheit einen Brief von ihm an die Gräfin gefunden, der zwar schon alt und auf einer Reise geschrieben war, die er ebenfalls in seinen Geschäften hatte unternehmen müssen – einen Brief, voll der anzüglichsten Spöttereien wider den Grafen von Longueville, mit einer Schilderung von ihm, worin ihn jeder Zug zum Narren und zum Dummkopfe machte, mit etlichen Anspielungen, die der Eifersucht eines Mannes Materie genug zum Nachdenken geben konnten. Ein Mann von so brennendem Blute wie der Graf würde in der ersten Aufwallung alles zu seiner Rache gewagt haben, wenn der Verfasser dieses so beißenden Briefs zugegen gewesen wäre, doch jetzt hatte ihn die Zeit ziemlich abgekühlt, um auf *listige* Rache zu sinnen. Eine Frau, schloss er zu gleicher Zeit sehr richtig, der man ein solches Gemälde von ihrem Manne vorlegen *darf,* muss selbst keine bessere Idee von ihm haben und auch geneigt sein, ein gleiches zu machen; seine Eifersucht brauste auf, und alles an seiner Gemahlin und an dem Grafen Z. wurde ihm verdächtig, widrig, verhasst. Bei solchen innerlichen Empfindungen fiel es ihm ungemein schwer, die Belohnung seines Bevollmächtigten so groß zu machen, als er ohnedies getan haben würde. Dieser war einmal argwöhnisch und wider seinen Freund eingenommen, sah also sein Geschenk nicht für halb so beträchtlich an, als es wirklich war, die Besorgnis einer Entdeckung hetzte ihn auf, er dachte deswegen an Rache, ehe er die Beleidigung gewiss kannte, weil für ihn, nach der Lage der Umstände, Rache und Verwahrungsmittel eins war: Er reiste zur Gräfin.

Der Graf von Longueville befahl in seiner eifersüchtigen Laune seiner Gemahlin etwas auffallend gebieterisch, an einem bestimmten Tag abzureisen und an einem bestimmten Tag bei ihm einzutreffen, um mit ihm auf seine neu angekauften Güter nach S. zu gehen; der Termin verfloss, und weder Antwort noch die Gräfin erschien. Er brannte vor Zorn, er reiste zu ihr, erlangte aber nichts als einen heftigen Wortwechsel und einen heftigen Ärger, der ihn so stark überwältigte, dass er in eine hitzige Krankheit verfiel. Den Grafen Z. traf er bei der Gräfin an und ließ etliche Sticheleien auf ihn fliegen, die jenem die Ursache seines Grolls völlig aufklärten; er nahm sich der Gräfin bei dem darauffolgenden Zank an, misshandelte ihren Gemahl und wollte sogar den Degen für sie gegen ihn ziehen, allein ihre Bitte verhütete das Duell, doch grub diese Handlung ihre gute Meinung von dem Grafen Z. noch einmal so tief in ihr Herz: Sie machte nunmehr völlig offenbare Partie mit ihm wider ihren Gemahl.

Das hastige Verfahren des Grafen von Longueville schien seiner Gemahlin auf einmal alle ihre guten Eigenschaften genommen zu haben; sowenig sie ihn bisher geliebt hatte, so war doch ihr Missvergnügen beständig in einen bald dünneren, bald stärkeren Schleier von Politesse und Anständigkeit gehüllt, und selbst ihre Widersetzlichkeit bei etlichen Gelegenheiten hatte sozusagen noch den guten Ton der Widersetzlichkeit, war mit einer gewissen Schonung verbunden; doch jetzt! – jetzt warf ihr Unwille und die Anstiftung ihres Liebhabers auch die leichteste Bedeckung ab; sie misshandelten beide den kranken Mann auf die unbarmherzigste Weise. Sie hielten sich fast immer in der Stube auf, wo er lag, weil er in seinen Paroxysmen oft nach seiner Gemahlin und ihrer Wartung verlangte, doch wurde ihm nicht gewillfahrt, damit man seine Schmerzen linderte, sondern damit man sie angreifender und nagender machte. Die beiden Liebenden saßen auf dem Kanapee seinem Bette gegenüber, schäkerten, lachten, liebkosten sich – bloß um ihn zu ärgern –, spotteten über ihn, wenn er etwas dawider sagte, ahmten seine Seufzer komisch nach, verdrehten seine Klagen über Schmerz und gaben ihnen einen lächerlichen Zusatz; wenn er Wasser forderte, reichte man ihm scharfen Essig und lachte, wenn er in der Hastigkeit einen großen Teil davon verschluckte und dann das Gesicht in bittere Mienen verzerrte, wenn ihn die herbe Empfindung den Betrug lehrte. – »Aber warum quälen Sie mich so, Madame?« sprach er mit ärgerlicher, halb erschöpfter Stimme. »Warum tun Sie Dinge vor meinen Augen, die einer rechtschaffenen Ehefrau im Mindesten nicht anstehen?« – »Damit Sie nicht gelogen haben, mein Herr, als Sie mich eine untreue Ehefrau nannten.« –

»O der empfindlichen Reden! So quälen Sie mich doch, wenn ich wieder gesund bin –«

»Dieser Zeitpunkt möchte vielleicht nie kommen«, fiel ihm der Graf Z. mit ausbrechendem Lachen ins Wort. »Man muss die Gelegenheit nützen.« –

139

»O Gott! Ich werde sterben und –«

»Sterben Sie, sterben Sie!« rief der Graf hastig; »nur bitte ich, das im Stillen zu tun.« –

»Soll ich in meinem eigenen Hause nicht einmal klagen dürfen?« – »Tun Sie das! Nur nicht, wenn wir sprechen.« –

»Himmel! ich zerspringe! – Ungeheuer, dass dich die Erde verschlinge!« – »So schnell geht das nicht zu. Sehn Sie? Ihre Befehle gelten gar nichts mehr. Nun ist es wohl aus mit Ihnen, glückliche Reise!« –

Der Kranke schäumte, geriet in Raserei, sprach von würgen, ermorden, Gift, Dolch und Pistolen. Der Graf forderte ihn höhnend auf, Wort zu halten, und stellte sich in Bereitschaft, mit ihm zu fechten; dem Kranken gab Wut und Raserei Kräfte, er sprang bei dieser Höhnerei auf und fasste den Spötter so rasch bei der Kehle, dass er ihn gewiss erwürgt hätte, wenn man auf das Geschrei der Gräfin nicht zu Hilfe gekommen wäre. Seit dieser gefährlichen Szene wagten sie sich wenig wieder in das Zimmer des Kranken und ersparten ihm durch ihre Abwesenheit einen Schmerz, der alle Empfindungen der Krankheit weit überwog. Dafür schmiedete der Graf indessen den völligen Entwurf, wie er nach dem Tod des Grafen von Longueville mit seinem Vermögen verfahren wollte, und passte Einnahme und Ausgabe schon so genau zusammen, als wenn er der wirkliche Besitzer davon wäre; denn den Tod des Grafen setzte er als eine ausgemachte Wahrheit voraus, und als nicht weniger ausgemacht sah er es an, dass seine hinterlassne Witwe *ihn* heiraten würde, und nach diesen Voraussetzungen war es gar nichts Ungereimtes, dass er schon Einrichtungen mit seinem künftigen Vermögen machte. Allein der Erfolg widersprach seinen Voraussetzungen, und so stürzten seine ganzen schönen Entwürfe in nichts zusammen. Der Graf von Longueville wurde wieder gesund und der Graf Z. unsichtbar.

Eine wunderbare Revolution, die alle Leute überaus befremdete, welche nicht wussten, dass der Graf Z. aus zu großem Vertrauen auf die Zuverlässigkeit seiner Voraussetzungen sich schon als wirklichen Besitzer von dem Vermögen des sterben sollenden Kranken betragen, seine eigenen Schulden davon bezahlt, seine Garderobe erweitert und verschiedene andre große Ausgaben gemacht hatte, die aller Wahrscheinlichkeit nach der wieder aufgelebte Eigentümer nicht für gültig erklären wollte. Er hielt es also für das Sicherste, mit seinen Effekten zu entfliehen, bis die Gräfin und die Umstände seine Rückkunft wieder bewerkstelligen würden.

Man könnte vermuten, dass der Graf nach seiner Genesung sich für die Kränkungen rächen würde, die er hatte erdulden müssen; allein er tat es nicht, sondern war zufrieden, dass sich der Friedensstörer seines Hauses entfernt hatte, und hoffte nunmehr, seine Gemahlin wiederzugewinnen, wozu er auch Versuche machte. Die Arbeit war schwer, doch machte er durch seine wiederholten Bitten und rührenden Vorstellungen einen so tiefen Eindruck auf ihr Gemüt, der desto freier auch in ihren einsamen Stunden fortwirken konnte, weil ihn der Graf Z. durch keinen entgegengesetzten verdrängte. Ihre große Empfindlichkeit und die Gewohnheit, jederzeit dem *gegenwärtigen* Zuge zu folgen und sich von der Überredung gleichsam herumtreiben zu lassen, begünstigten die Mühe ihres Gemahls so sehr, dass sie sich ergab und ihm versprach, mit ihm auf seine neu gekauften Güter zu ziehen und dort die erlangte Ehre mit ihm zu genießen; sie bezeugte sogar über die geschehenen Beleidigungen Reue, entschuldigte sich mit ihrer Schwäche, die der Graf Z. zu missbrauchen gewusst hätte, und versicherte, dass sie ihn jetzt verabscheue. – Das war viel! Und doch war es ihre wirkliche Empfindung, weil sie die Flucht des Grafen als die Flucht eines Räubers betrachtete, nachdem sie überzeugt worden war, dass er außer einigen wichtigen Verschwendungen auch eine beträchtliche Summe bares Geld entwendet hatte; er hätte jedes größere Verbrechen begehen können, und er würde sie weniger aufgebracht haben, doch dieser Streich war *niederträchtig*, und *Niederträchtigkeit* und ihre Seele standen in natürlicher Antipathie – wenn ihre Empfindung nicht durch fremde Überredungen verdunkelt wurde. Doch bewegte sie ihren Gemahl, keinen gerichtlichen Regress beim Grafen zu nehmen, sondern ihn seiner Schande zu überlassen, welches er heilig versprach.

Der Graf von Longueville war nunmehr das glücklichste Geschöpf unter der Sonne; die erquickendste Aussicht auf Ehre und Würde, auf eine ruhige und zufriedene Ehe – ein Glück, das ihm wegen seiner langen Unterbrechung doppelt süß schmecken musste! –, seine Gemahlin wieder zurückgebracht, sein Feind und Friedensstörer verbannt, der Nebenbuhler vertrieben – was konnte er mehr brauchen, um in unaufhörlicher Heiterkeit und Zufriedenheit so vielen Vorteilen entgegenzugehn? – Auch war er jetzt ganz neugeschaffen, liebreich, gefällig und an Dienstbeflissenheiten, an Achtsamkeiten gegen seine Gemahlin und an kleinen Erfindungen, sie zu belustigen, unerschöpflich; sie staunte über die Veränderung und schien von nun an nie wieder aufhören zu wollen, seine Gemahlin zu sein.

Er reiste auf seine neuen Güter und beging einen Fehler – einen unverzeihlichen Fehler! – Er reiste *allein*. Freilich war es übertriebene Liebe, alles auf seinen Gütern erst so einrichten zu wollen, dass zu dem Empfange seiner Gemahlin nichts fehle und der erste Anblick sie sogleich für den Aufenthalt einnehme. Der Fehler war unverzeihlich, weil er seinem Nebenbuhler volle Muße verschaffte, das ganze mühsam aufgeführte Gebäude wieder einzureißen und die Schwäche der Gräfin so zu seinem Vorteil anzuwenden, dass sie ihren Gemahl ebenso sehr hasste, als er vor seiner Abreise von ihr geliebt zu werden glaubte. Welche Kunst gehörte dazu, den widrigen Eindruck, den seine Flucht auf sie gemacht hatte, erst auszulöschen und einen neuen an seine Stelle zu setzen, der kräftig genug war, alle *diejenigen* zu verdrängen, die ihr Gemahl in ihr zurückgelassen hatte! – So schwer es war, so brachte er es doch zustande. Kaum war ihr Gemahl fort, als sich der Graf Z. bei ihr einfand. Lange bestürmte er ihre Eigenliebe durch eine Hingeworfenheit, die *ihm* nur möglich war, dadurch, dass er die ganze Last ihrer Vorwürfe auf sich nahm, dann wusste er ihr Mitleid durch die rührende Vorstellung seiner unglücklichen Situation so für sich in Bewegung zu setzen, dass von Verzeihung nur noch *ein* Schritt zur Liebe war. – »Madame«, sprach er eines Tages, als sie ihn etwas mit harten Vorwürfen überhäufte – »Madame, hier an diesem Ort habe ich Ihnen die feierliche Zusage getan, Ihr Verfechter wider alle Ungerechtigkeiten Ihres Mannes zu sein. Ich wurde es, und zu meinem Schaden. Um Ihretwillen wäre ich alles geworden – ein Bösewicht und ein Verbrecher. Bedenken Sie! Wohin würde es mit Ihnen gekommen sein, wenn ich Sie den Misshandlungen Ihres Barbaren nach seiner Rückkunft von G. überlassen hätte, als er Sie wie die niedrigste Dirne von sich stieß, als er Sie eine Ehebrecherin nannte, als er Ihnen mit der äußersten Niederträchtigkeit das elende Glück vorwarf, Sie zur Frau eines Mannes gemacht zu haben, der sich durch etliche Tonnen Goldes berechtigt glaubt, eine Gemahlin zu quälen, die ihm mehr als all' dieses mitbrachte – Vortrefflichkeit und Liebe? Hat er einen Augenblick nur mit einer Miene Ihnen für die Aufopferung Ihres Standes – was will ich sagen? –, für Ihre Liebe gedankt? Seine Gefälligkeiten waren allzeit Kunstgriffe, Ihre Einwilligung in eine von seinen stolzen Grillen zu erschleichen. Alles, was ich bei solchen Gelegenheiten für Sie tat, soll nichts sein; aber das nenne ich etwas, dass ich um Ihretwillen den Namen eines niederträchtigen, heimlich entflohenen Räubers auf mich nahm. Was war nach dem Wiederaufkommen Ihres Barbaren von seinem Jähzorn zu vermuten, als dass er die empfindlichste Rache für die Drangsale, womit wir ihn während seiner Krankheit gerecht bestraften, an Ihnen nahm, ohne dass mein Schutz etwas dawider vermochte? Mit ebender Gewissenlosigkeit, womit er mir in seiner Krankheit die Kehle zudrücken wollte, mit der nämlichen Grausamkeit würde er mich ermordet haben, und es war aller Grund zur Furcht da; ich musste, um mein Leben zu retten, entfliehen. Nach meiner Flucht, schloss ich weiter: Wie will da die unschuldig Leidende seinen Gewalttätigkeiten widerstehen, womit er sie langsam zu Tode quälen wird? – Sie muss fliehen, hilflos fliehen, und um Ihre Flucht nicht hilflos sein zu lassen, darum, darum wurde ich zum Räuber, darum entwendete ich Ihrem Peiniger einen Teil seines Vermögens, lud die ganze Schande der Tat auf mich und hielt meine Arme offen, Sie zu empfangen. Diese einzige Tat, die, solange Sie diese Erklärung nicht machen konnten, Ihren gerechten Unwillen erregen musste, ist mein Verdienst, soll mein einziges Verdienst um Sie sein. Wollen Sie es auch für keine Wichtigkeit gelten lassen, seine *Ehre* Ihrem Besten aufopfern? – Mehr kann ich nicht tun; Sie müssten denn von mir gefordert haben, zu erwarten, bis Ihr wilder Gemahl mir das Messer in die Brust gestoßen hätte; aber auch das kann ich, mein Leben kann ich so gut für Sie wagen wie meine Ehre. Vergönnen Sie mir nur unterdessen eine Schutzstätte an Ihrer Seite und in Ihrer Gesellschaft, um mir die Unglückseligkeiten zu erleichtern, denen ich um Ihretwillen entgegenlief. Ich begleite Sie bis an die Güter Ihres Gemahls und dann –«

Dieses Verstummen wurde mit einem Blick und einer Träne begleitet, die ein Herz wie der Gräfin ihres von Grund aufwiegeln musste: Sie ging verwirrt hinweg. – So ließ er täglich durch seine listige Beredsamkeit alle Federn ihrer Empfindlichkeit spielen: Mitleid, Eigenliebe, Dankbarkeit – alles musste für ihn arbeiten, selbst die Untreue der Gräfin musste sie fester an ihn binden als an ihren Mann, den sie wegen des Bewusstseins ihrer Beleidigung immer noch fürchten musste; und dann ließ er nicht selten einen kleinen Wink entwischen, dass die versöhnliche Güte ihres Gemahls wider seinen Charakter und also eine List sei, sie endlich desto ungehinderter und auf immer seinen Groll empfinden zu lassen. Diese Warnung erteilte er ihr mit einer so bedenklichen Miene, dass man notwendig ein Geheimnis dahinter vermuten musste, und wenn sie in ihn setzte, so warf er sie unter dem Schein der Gewissenhaftigkeit, als wenn er ihrem Gemahl nicht ein Verbrechen als gewiss auflegen wollte, wovon er selbst nur einige Spuren gefunden hätte, durch ein »mit der Zeit sollen Sie mehr erfahren« in noch tödlichere Unruhen; allein die Erfindung, womit er sie hintergehen wollte, lag schon völlig ausgesonnen in seinem Kopfe und wartete nur auf den günstigen Augenblick der Geburt.

Sie unternahm die Reise mit dem Grafen Z. auf die neu angekauften Güter ihres Gemahls, aber ohne sein Vorwissen. Auf diesem Weg war es, wo zwei Vorbereitungen zu der schrecklichsten Katastrophe geschahen; beide waren ein veranstaltetes Werk des Grafen Z. – Auf das ernstliche Zudringen in sein Geheimnis entdeckte ihr der Falsche, dass ihr Mann den Plan gemacht habe, sie durch Freundlichkeit auf seine Güter zu locken und sie alsdann zeitlebens in ein Kloster einzuschließen. Er gebrauchte einen Brief zum Beweise, den der Graf Longueville vor langer Zeit in dem ersten Anfall der Eifersucht an ihn geschrieben und worin allerdings eine Zweideutigkeit so erklärt werden konnte; wenn er auch weiter nichts ausrichtete, so befeuchtete er wenigstens den Keim ihrer angefangenen Abneigung gegen ihren Gemahl, dass sie, wenn sie es auch nicht glaubte, doch misstrauisch gegen ihn wurde.

Der zweite Schritt war eine von ihm veranstaltete Komödie, deren Falschheit sie niemals entdeckt haben muss, wie man aus einer Stelle des vorhin angeführten Briefes schließen kann. Sie trafen unterwegs einen Mann in anständigen Kleidern an, der sich mit dem fürchterlichsten Ausdrucke der Verzweiflung an die Stirn schlug, auf die Erde warf, wütete und raste; die Gräfin erblickte ihn, zitterte vor Schrecken und bat den Grafen auszusteigen, um dem Elenden zu helfen oder zu hören, wie ihm geholfen werden könnte. Der Graf tat es und kam mit der Nachricht zurück, dass es ein unglücklicher Jüngling sei, den eine Partie Spieler in ihr Netz gezogen und gänzlich zugrunde gerichtet hätten. »Er hat einen Wechsel ausgestellt«, sagte er, »dessen Verfallszeit nahe ist; er hat kein Geld. Seine Gläubiger verfolgen ihn, und er kämpft mit dem grausamen Entschluss, sich selbst umzubringen.«

»Sich selbst umzubringen!« rief die Gräfin bebend. »Wie viel ist er schuldig?« – »Eine Summe von viertausend Dukaten«, sagte der Graf. »O hätte ich sie! – Aber«, fuhr sie nachsinnend fort, »vielleicht können wir doch seine Flucht begünstigen: Wir wollen ihn zu uns nehmen.« – Der Graf stellte ihr vor, wie gefährlich dies sei, machte kalte Zweifel und Einwendungen, dass die Gräfin in ihrem Vorsatz immer wärmer und beharrlicher wurde; man verstattete ihm einen Platz in der Kutsche, und der Graf, weil es die Gräfin als ihre eigene Angelegenheit betrieb, erbot sich, eine Vermittlung zwischen ihm und seinen Gläubigern zu versuchen, wenn sie ihn auf seiner Flucht ausspähen und bei ihnen antreffen sollten. Der Fremde beruhigte sich mit vielen Zeichen der Dankbarkeit, bekam aber noch so viele Rückfälle von Verzweiflung, als nötig waren, das Mitleid der Gräfin beständig wirksam zu halten. Er erzählte ihnen seine Geschichte und war nach seiner Aussage von dem ansehnlichsten Herkommen, aber jetzt dem Bettlerstand nahe, wo nicht schon darin.

Sie reisten unter diesen wechselnden Empfindungen und Bemühungen zusammen bis in ein Wirtshaus, wo sie übernachteten. Des Morgens langten zwei Bewaffnete mit großem Tumult an und verlangten ungestüm zu wissen, ob ein junger Mensch, den sie genau beschrieben, hier angelangt sei. Der Wirt, ein feiger Mann, den eine Pistole und ein Degen aus aller Fassung herausschrecken konnten, erinnerte sich mit Zittern, dass er in der Gesellschaft der Gräfin jemanden habe ankommen sehen, der mit der Beschreibung nicht uneben übereinkam; er meldete ihnen dieses. Sogleich rannten die beiden Angekommenen in die Stube der Gräfin, die eben aufgestanden war und drum nicht wenig über einen so unvermuteten Besuch erschrak. Sie taten mit dem nämlichen Ungestüm die nämliche Frage, die sie an den Wirt vorhin getan hatten, wiederholten ihre Beschreibung und verlangten den Menschen in ihre Gewalt, der dieser Beschreibung gliche. Die Gräfin war vor Entsetzen verstummt und hatte kaum Kräfte genug übrig, ihr Kammermädchen zu rufen, das mit einem lauten Schrei die Blässe in dem Gesicht ihrer Gebieterin und die beiden Bewaffneten erblickte. Ihr Rufen brachte den Grafen herbei, der den Fremden ihre Unhöflichkeit nachdrücklich verwies und, ohne ihr Vorbringen anhören zu wollen, ihnen abzutreten befahl. Sie versicherten, dass sie Kavaliere wären und also eine andere Behandlung erwarteten, worauf er ihnen keine Antwort gab und die Tür zuschloss. Indessen beratschlagte man, und die Gräfin war außerordentlich dafür, den Menschen, den sie in ihren Schutz genommen hatten, sorgfältig zu verbergen oder ihm lieber heimlich fortzuhelfen. Der Graf ging selbst, sich mit den Fremden zu unterreden, und brachte die bestätigte Nachricht zurück, dass man denjenigen verlange, dessen sie sich angenommen hatten, und zwar um sich mit ihm zu schlagen. Der Graf redete mit dem Unglücklichen, allein er hatte weder Stärke noch Mut, zwei so ausgelernte Gegner auszuhalten; es blieb also bei der Entschließung, ihm – was er selbst verlangte – zu seiner Flucht beförderlich zu sein, mit Unterhandlungen die Fremden so lange aufzuhalten, bis er weit genug entfernt sein könnte, und dann zu sehen, ob man mit einer mäßigen Summe sein Leben auch auf die Zukunft in Sicherheit stellen könne. Wenn der Akkord zustande käme, wollte man sich eine Quittung für ihn geben lassen und riet ihm deswegen, auf die Güter des Grafen von Longueville sich zu retten, gab ihm eine Adresse, ein Pferd und Geld. Der Plan war gemacht und den nämlichen Abend ausgeführt; er entwischte glücklich. Indessen suchte man die Fremden durch alle Arten von Höflichkeit zu gewinnen, ohne jemals zu bestimmen, ob man den jungen Mann, den sie suchten, bei sich habe oder nicht. Endlich erdichtete man, dass er ein Anverwandter der Gräfin sei, die deswegen einen Akkord mit ihnen einzugehen gedenke. Die Fremden wollten unter der Hälfte durchaus nicht einwilligen, auch die Anweisung der Gräfin gegen die Rückgabe des Wechsels nicht annehmen, sondern verlangten schlechterdings bares Geld, und zwar ohne alle Einschränkung; gleichwohl hatte die Gräfin nichts mehr als das nötige Reisegeld, war in einem unbekannten Land, ohne Freunde und ohne Kredit. Aller dieser Vorstellungen ungeachtet, beharrten die Fremden mit dem größten Ungestüm darauf; was sollte man tun? – »Ei«, sprach der Graf, »ich schlage mich für Sie und Ihre Anverwandten; mein Leben ist mir weniger als Ihre Ehre und Ruhe.« – Mit diesen Worten ging er, ohne sich von der Gräfin zurückhalten zu lassen, die Fremden herauszufordern, führte das Duell aus und kam mit einigen leichten Verwundungen zurück. Die Gegner lieferten den Wechsel aus und gingen ihren Weg.

Dieses abgekartete Spiel, die entschlossene Tapferkeit des Grafen, sein lebhaftes Interesse für die Ehre der Gräfin, die Geringschätzung seines Lebens für ihre Ruhe, seine tätige Geschäftigkeit, der glückliche Erfolg seiner Unternehmungen, die Größe seiner Gefahr, der Anblick des herablaufenden Blutes – so eine Menge Umstände, die mit einem Male auf ihre Empfindung zudrängten, mussten gerade das Gefühl hervorbringen, das er zu seinem Endzwecke verlangte – eine aus Mitleid und Bewunderung erzeugte Hochachtung, die bald in Liebe zu verwandeln war – mit *einem* Wort, der Graf Z. sah sich nunmehr in ihrem Herze befestigt, und nichts war zu seiner Rache übrig, als dass er ihren Gemahl vollends herauswarf.

Auch dieses war leicht. Er wiederholte ihr oft den grausamen Vorsatz ihres Gemahls, sie einzusperren, erhöhte die Wahrscheinlichkeit desselben und ihr Misstrauen bis zur Furcht. Mit dieser Furcht kam sie an. Ihre Ankunft, weil sie unvermutet und die nötigen Vorbereitungen noch nicht alle zustande waren, gab dem Grafen üble Laune: Sein Stolz fand sich doppelt beleidigt, dass man seine Befehle nicht erwartet hatte und dass er die Bewunderungen nicht alle einsammeln konnte, die er sich von ihr bei Erblickung seiner Veranstaltungen versprach. Seine üble Laune ging in sein Betragen über, er ließ sogar einige unwillige Worte über ihre Überraschung fliegen, die ihr der Graf Z. so auslegte, als ob sie Wirkungen des Unwillens über einen vereitelten Plan wären; noch unwilliger wurde er, als er den Grafen Z. mit ihr kommen sah, denn auf ihre dringende Bitte hatte er sich, als er sich an der Grenze von ihr scheiden wollte, bereden lassen, sie zu begleiten und sich auf ihre Vermittlung zur Aussöhnung mit ihrem Gemahl zu verlassen. Ihre Vermittlung wollte nichts fruchten; der Graf von Longueville forderte schlechterdings, dass dieser ehrlose Räuber, wie er ihn nannte, aus dem Haus sollte, und gab zu erkennen, dass er im Falle der Weigerung Gewalt brauchen werde, ihn zu entfernen; die Gräfin war über seine wilde Hitze aufgebracht, noch mehr, dass ihr gegebenes Wort umsonst gegeben sein sollte, sie arbeitete mit vereinten Kräften, es gültig zu machen, empfing darüber etliche höchst empfindliche Sticheleien, die sie zu sehr schmerzten, um den Mann nicht zu hassen, der sie ihr gab, und ihn doppelt zu hassen, weil es sie ärgern musste, sich bisher durch verstellte Liebe hintergangen zu sehen; der Graf Z. erhöhte ihre Empfindlichkeit darüber, machte es ihr zu einer Pflicht ihrer Ehre, ihn zu schützen, sprach von Wut und versicherte sie, dass sie – nicht um seinetwillen, sondern um ihrer selbst willen – ihn im Hause halten müsste, wäre es auch nur, der hartnäckigen Bosheit ihres Gemahls zu trotzen. In wenig Tagen war also das Haus wieder auf dem alten Fuße, in zwei Parteien geteilt, die unaufhörlich widereinander arbeiteten, und dahin gebracht, wohin es der Graf Z. schon längst zu bringen wünschte. Sein Zorn wider den Grafen Longueville war aufs Äußerste gestiegen; er suchte einen Zank mit ihm, wozu die Gelegenheit sich sehr bald anbot; doch suchte er es so einzuleiten, dass die Gräfin die Hauptperson dabei sein musste, für deren Ehre er unternommen wurde. Er wurde bis zum Degenziehen getrieben, und der Graf Z. bekam eine leichte Verwundung. So lebten sie in ewigem Streit; der Herr des Hauses musste nachgeben, weil er der schwächere Teil war, denn alles im ganzen Haus war wider ihn aufgewiegelt und auf der Seite der Gräfin, die ebenso freigebig wie er knickerig war, wenn es auf Geschenke ankam. Man plagte, man verspottete ihn, man suchte ihn mit der ehemaligen Liebe wieder zu kränken, und er musste geduldig sehen und hören, wenn die beiden Liebenden sich Süßigkeiten sagten und Liebkosungen erwiesen. Sein Zorn, wenn er ausbrach, erweckte Gelächter, und man gab sich gar nicht mehr die Mühe, ihm mit Gewalt zu widerstehen.

Mitten unter diesen Unruhen erhielt der Graf von Longueville verschiedene Wechsel zu bezahlen, die auf seinen Namen ausgestellt waren, ohne dass er sie ausgestellt hatte. Er hatte einige Gründe des Verdachtes wider den Grafen Z., allein anstatt ihn reif werden zu lassen und alsdann sicher gerichtliche Hilfe wider ihn zu suchen, ließ er sich von seinem Groll verleiten, ihm zu zeitig eine hitzige Vorhaltung darüber zu tun und die ganze Last der Beschuldigung aufzulegen, ohne etwas anderes als Vermutungen zum Beweise zu haben. Der Graf, der seinen Vorteil kannte, tobte, wütete und drohte so fürchterlich, sich wider einen so ehrenrührigen Verdacht Genugtuung zu verschaffen, dass sein Gegner, der seine eigene Übereilung merkte, abermals zum Nachgeben seine Zuflucht nehmen musste; dadurch wurde die Gegenpartei desto mutiger.

Indessen fand doch der Graf Z. für nötig, sich wider ähnliche Fälle, wo sein Feind mit weniger Übereilung und mit reiferen Gründen zu Werke gehen könnte, zu verwahren; denn er war sich bewusst, dass er eine Menge solcher Wechsel im Namen des Grafen ausgestellt hatte, die ihn endlich nötigen könnten, zu fliehen oder mit dem Leibe dafür zu haften; er sann auf Mittel und fand nur eins, das ihm sein Hass wider den Grafen als das einzig Beste vorstellte, und zu Erreichung seines Zwecks wurde er wieder verliebt, um sich des Herzens der Gräfin zu bemächtigen. Wie er sein ganzes hässliches Kunststück ausführte, davon erteilen einige Unterredungen Nachricht, die er mit der Gräfin zu verschiedenen Zeiten hielt, nachdem sie Liebe und gemeinschaftliches Interesse wider den Grafen Longueville ganz in seine Gewalt gebracht hatten.

Mit verwilderter entsetzter Miene trat er eines Abends zu ihr ins Zimmer, schlug sich mit geballter Faust an die Stirn und rief: »Dass der Donner den Bösewicht zerschmettre!« – Die Gräfin staunte. – Nach einer kleinen Pause lief er auf sie zu; »Madame«, sagte er, »retten wir uns nicht, so sind wir beide Opfer unseres Tyrannen; aber eher soll mein Haupt kein Kopfkissen berühren, bis ich Sie und mich befreit, gerächt und den Verbrecher gezüchtigt, ganz vernichtet habe.«

»Um des Himmels willen«, rief die Gräfin erschrocken, »was haben Sie? Sie wüten ja.« – Graf: »Kein Wunder, wenn ich raste! – So weit ist es doch gebracht, dass ich entweder *mit* Ihnen oder *für* Sie umkommen muss! – Aber wohlan! das letzte tue ich mutig, wenn ich nur das erste verhüten kann.« – Gräfin: »So reden, reden Sie doch! – Warum erschrecken Sie mich, ohne mir zu sagen, was ich zu fürchten habe? – Graf!« –

Er schwieg; sie setzte noch einmal in ihn. – »Aber, ich Tor!« fuhr er endlich auf, »warum entdecke ich Ihnen erst die Gefahr, da ich sie, ohne dass Sie es gewahr wurden, vertreiben und Ihnen den Schrecken ersparen konnte. Vergeben Sie meiner ersten Aufwallung, Madame; in *einem* Wink ist das getan, und dann bin ich entweder Ihr Befreier oder Ihr Märtyrer. Nur ein paar Minuten Geduld!« – Er wollte gehen, die Gräfin sprang hinter ihm drein, fasste ihn bei dem Kleide und hielt ihn auf. – »Was wollen Sie, Graf? Nicht von dem Platze lass ich Sie, bis Sie mir Ihre ganze

Absicht entdeckt haben. Was wollen Sie mir jetzt für Schrecken ersparen, nachdem Sie mich durch Ihre abgebrochene Zurückhaltung schon tief genug hineingestürzt haben. Kommen Sie! Erzählen Sie! Oder der wichtigste Dienst wird mir ohne Offenherzigkeit und Zutrauen zum Missfallen.«

Graf: »Ja, freilich wollte ich Ihnen den wichtigsten tun; ich kann dies ohne Ruhmredigkeit sagen, denn was wäre dem Menschen wichtiger als sein Leben.«

Gräfin: »Als sein Leben! – Und wer will –«

Graf: »Was würden Sie tun, Madame, wenn ein Räuber Sie auf einem engen Weg überfiele, wo Sie auf keiner Seite ausweichen könnten, Ihren Hals fasste und das Messer auf die Brust setzte; was würden Sie tun?«

Gräfin: »Unerklärliche Frage! – Was –«

Graf: »Was würden Sie tun, wenn der Mörder noch drei Schritte von Ihnen entfernt wäre und Ihnen alles seine blutdürstige Absicht ankündigte, wenn es noch in Ihrer Gewalt stünde, durch *einen* mutigen Stoß in seine verruchte Brust Ihr Leben zu erhalten? Würden Sie den Stoß wagen?«

Gräfin: »Warum nicht, Graf, wenn –«

»Wohlan!« rief er, fasste ihre Hand und sprang auf – »wohlan! so wollen wir ihn wagen!«

Gräfin: »Graf, ich erstaune über Ihre Wut!«

Graf: »Kommen Sie! Stoßen Sie den Mörder nieder, oder er stößt zu.«

Gräfin. »Phantasieren Sie? – Welchen Mörder?«

Graf: »Ihren Mann – oder vielmehr den Unwürdigen, der sich so nennt! Hurtig! oder –«

Die Gräfin verstummte, voller Entsetzen über die wutvolle Miene des Grafen; sie schwieg lange mit ängstlicher Verwirrung, bis der Graf hastig herausfuhr. – »Zaudern Sie? So geh ich an Ihrer Stelle«, sprach er und wollte gehen. – »Aber wohin?« schrie die Gräfin. »Mein Gemahl ein Mörder! – Wen will er töten?«

Graf: »Sie! – Hier lesen Sie! Und denn lassen Sie mich!«

Er gab ihr einen Brief, den der Graf von Longueville, als er eine geheime Verbindung zwischen seiner Gemahlin und dem Grafen Z. argwöhnte, in der ersten Hitze der Eifersucht und des Unwillens an diesen schrieb, worin er sagte: »Wollte der Himmel, dass ich von meinem häuslichen Elend erlöst wäre, sollte es auch durch den Tod meiner unwürdigen Gemahlin geschehen! Und könnte ich ohne Verbrechen etwas dazu beitragen, so tät ich's in diesem Augenblick; aber meine Rache gegen sie und ihren schändlichen Verführer soll nur aufgeschoben sein.« –

Die Gräfin ließ den Brief zitternd sinken; in der Gemütsverfassung und so vorbereitet, wie sie ihn las, musste ihr jedes Wort eine ausdrückliche Androhung des Todes scheinen. Sie zweifelte nicht, dass ihr Gemahl einen so grausamen Plan gemacht haben könne; ihr Widerwille gegen ihn erhöhte die Wahrscheinlichkeit eines solchen Anschlags und die Stärke des Beweises dafür; alles tumultuierte in ihr, jede Idee zog sie auf eine andre Seite, und ihre Mienen waren der völlige Ausdruck ihres innerlichen Kampfs. Kaum hatte der Graf ihre Unruhe bemerkt, als er sie bei der Hand ergriff. »Wohl, so sehen Sie noch einen Beweis!« sprach er. Sie ließ sich in der Verwirrung fast ohne ihr Bewusstsein von ihm führen und wurde erst mit Er-

147

schrecken inne, wohin er sie führte, als sie in das Zimmer ihres Gemahls trat. Sie fuhr zurück, allein der Graf riss sie mit sich fort zu dem Schreibschrank des Grafen von Longueville, den er in der Abwesenheit desselben – denn er war spazierengegangen, seinen Unmut zu zerstreuen – geöffnet hatte. »Sehen Sie! und dann glauben oder zweifeln Sie!« – Mit diesen Worten holte er zwei Pakete Arsenikum heraus, deren Aufschrift mit großen Buchstaben keinen Zweifel übrigließen, dass es Arsenikum war. Die Worte in dem Brief des Grafen und in seinem Schreibschrank gefundenes Gift waren zwei Dinge, die ein von Furcht eingenommenes Gemüt, wie der Gräfin ihres gegenwärtig war, nicht anders erklären konnte, als wie sie der Graf Z. erklärt wissen wollte. Nach einiger Überlegung beschloss man das Gift in Verwahrung zu nehmen und genaue Acht auf den Grafen Longueville zu haben, dass er nicht andere Mittel gebrauchen könne, zu seinem schrecklichen Zwecke zu gelangen. Die Überredung, dass dies Gift zu dem Tode der Gräfin habe angewendet werden sollen, nahm bei ihr durch Hilfe des Grafen Z. immer mehr zu und war schon unzweifelhaft, als sie wieder in ihr Zimmer kam. Ihr bisheriger Schrecken verwandelte sich in Zorn; sie verfluchte ihren Gemahl, sie wütete wider ihn, sie wollte – sie wusste selbst nicht was. Der Graf nützte den Augenblick, fachte ihren Zorn vollends an und riet in unversteckten Worten, das gefundene Gift wider den Grafen Longueville anzuwenden, und in dem Zorn ließ sie sich den unbedachtsamen Ausdruck entfahren: »Möchte er es schon zu seinem Verderben verschlungen haben, das Ungeheuer!« – Sogleich flog der Graf Z. mit einem Paket davon, bemächtigte sich heimlich der Kaffeekanne, die auf die Zurückkunft des Grafen aus dem Garten wartete, und streute eine ansehnliche Dosis hinein. Sodann kehrte er zur Gräfin mit einem freudigen »Es ist geschehen!« – zurück. – »Was?« rief die Dame zitternd, »was ist geschehen?« – »Wir sind gerächt, von unserm Mörder befreit und – ganz unser!« Mit diesen Worten umarmte er sie. Die Gräfin stieß ihn zurück, schmähte ihn, raste, wütete mit allen Ausrufungen des weiblichen Zorns. »Gott!« rief sie endlich, als ihr Zorn ein wenig verdampft war, nachdenkend: »Sie haben einen Mord begangen!« – »Auf *Ihren* Befehl!« war des Grafen kaltblütige Antwort. Ihre Wut verdoppelte sich, aber er hielt sie gelassen aus; sie sprach vom Entfliehen, aber der Graf widersetzte sich, weil die Flucht den völligen Verdacht auf sie bringen würde, Himmel und Erde waren für die Gräfin zu eng.

Die eigentliche nächste Ursache, die den Grafen Z. zu einer solchen Untat bewog, war ein heftiger Zank zwischen ihm und dem Grafen Longueville, worin ihm dieser Galgen und Rad prophezeite und deutlich zu erkennen gab, dass es ihm nicht unbekannt sei, wie viele Wechsel von ihm in seinem Namen ausgestellt waren, ohne sich dabei der beleidigendsten Schimpfwörter zu enthalten, die ein solcher Mann verdient, aber nur nicht gern hört. Die Annehmlichkeit, mit vielem Geld nach Willkür umgehen zu können, war ihm seit der Krankheit des Grafen, wo er sein ganzes Vermögen in seiner Gewalt hatte, beständig in zu süßem Andenken geblieben, um sie sich nicht wieder zu wünschen; solange der Graf von Longueville lebte, war er in unaufhörlicher Gefahr, dass seine Betrügereien entdeckt und er dafür bestraft werden möchte, was ihn die Drohungen seines Feindes in dem letzten Zanke sehr bald befürchten ließen; die Gräfin war liebenswürdig und er dem völligen rechtmäßigen Besitz derselben schon einmal so nahe gewesen, dass er nicht ein kleines Verlangen trug, in diese glückliche Lage wieder versetzt zu werden – alles Gründe, die den Tod des Grafen von Longueville für ihn höchst wünschenswürdig machten! Zorn und Rachsucht, die der letzte Zank bis zur Flamme entzündete, teilten jenen Gründen ihr Feuer mit, und der schreckliche Entschluss, seinen Gegner zu töten, entstand in ihm und wurde ausgeführt. Zu leugnen ist es nicht, dass der Graf Z. aus vielen Anzeigen Anstalten wider sein Leben von Seiten seines Feindes argwöhnen konnte, doch konnten es auch nur Anstalten zu seiner Wegschaffung sein sollen.

Der Graf von Longueville trank nach seiner Rückkunft seinen Kaffee; kaum hatte er ihn fünf Minuten hinunter, als er klingelte, laut rief: »Ich brenne! Hilfe! Ich verbrenne!« – und sich zu Bette bringen ließ. Das Brennen auf der Brust nahm zu, und des Nachts war er tot. Er hatte einigen Verdacht, dass man ihm Gift beigebracht haben möchte, und starb mit der völligen Wut eines Mannes, der ungern stirbt, ohne sich gerächt zu haben; das letzte Wort war noch eine Verwünschung seiner Feinde.

Die Gräfin rang indessen mit einer wirklichen Todesangst, und als sie seinen Tod vernahm, so sprang sie wie rasend im Bett auf und auf den Grafen zu, der bei ihr wachte; er hielt den Sturm aus und ließ sie toben, ohne sie beruhigen zu wollen, nur dass er ihr die Bedachtsamkeit empfahl, dass sie nicht mit ihm in Gefahr der Untersuchung geriet. Sie verdammte seine Bedachtsamkeit und hieß ihn gehen. Zwei Tage lang blieb sie, als dieser verwilderte Zustand vorüber war, in der tiefsten Melancholie, ohne zu essen und zu trinken, mit kurzem unterbrochenen Schlummer, und der ganze Laut ihrer Stimme war ein Seufzer.

Öffentlich wurde die Vergiftung des Grafen als seine eigene Tat ausgegeben, und man fand so viele Beweise, die es glaublich machten, dass man sich wundern muss, wie eine falsche Sache mit so vieler Wahrscheinlichkeit bewiesen werden kann.

Nunmehr spannte der triumphierende Graf Z. alle Kräfte seiner kriechenden Dienstfertigkeit an, die Gräfin zu gewinnen; ihr schwaches Herz konnte nicht widerstehen, und er wurde ihr Gemahl; allein ihre Ehe war die unglücklichste unter der Sonne. Der Graf, als er sich im Besitz aller seiner Wünsche sah, warf die gefällige Maske ab und tyrannisierte in dem Maße, wie er vorher sklavisch gekrochen hatte. Sie schieden sich mit beiderseitiger Einwilligung. – Der Graf schleppte sein Leben in Unruhe und Angst hin; er fiel nach einer schweren Krankheit in eine Schwermut, die ihn Tag und Nacht folterte, dass er zuletzt mit dem nämlichen Gifte sich selbst das Leben raubte, wovon er dem Grafen gegeben hatte.

Die Gräfin lebte in der tiefsten Einsamkeit, und ob sie gleich ihr Gewissen von aller wirklichen Schuld an dem Tode ihres Mannes freisprach, so hörte sie doch nicht auf, sich Vorwürfe über ihre vielfältigen Vergehen und besonders über ihre Verheiratung mit dem Grafen Z. zu machen. Das Herz des Menschen ist schwach, aber am schwächsten das weibliche – war das Resultat ihrer Erfahrungen, das sie in dem Briefwechsel mit ihren Freundinnen fast immer wiederholte und zur Regel der Aufmerksamkeit empfahl.

Einige Gedanken und Grundsätze meines Lehrers,
des großen Euphrosinopatorius

»Die Leute, die immer an der Welt flicken«, sagte mein verstorbener Lehrer, der große Euphrosinopatorius, eines Abends, als er hungern musste, weil die schwarze Katze sein philosophisches Abendessen verzehrt hatte,»– die Leute, die immer an der Welt flicken, kommen mir vor wie jener Landmann, der höchst unzufrieden war, dass der liebe Himmel nicht besser für Leute mit kleinen Gütern gesorgt hatte und auf etlichen Ackern Landes nicht alles Mögliche wachsen ließ, was zum menschlichen Unterhalt und Vergnügen dienen könnte. Um diesen Fehltritt der Natur zu verbessern, sollte das wenige Feld, das er besaß und das gerade zureichte, sich und seine Familie zu ernähren, ein Lustgarten, ein Obstgarten, ein Weinberg, ein Küchengarten, ein Getreidefeld zugleich werden. Er bestellte also seinen Acker mit Korn, pflanzte zur gehörigen Zeit Obstbäume, Küchenkräuter, Blumen darein, und um die Bäume sollten sich ungarische Weinreben schlingen. Die Anschaffung dessen, was er zu dieser Pflanzung brauchte, kostete ihn die Hälfte seines Einkommens; ›aber‹, sagte er, ›wenn ich gleich jetzt ein wenig darben muss, so soll mir das alles reichlich wieder ersetzt werden.‹

Das Getreide schoss an manchen Orten in die Höhe und erstickte Blumen und die übrigen Gartensachen, an andern stand es mit einzelnen Halmen und magern Ähren und ließ den Gartensachen Platz. Diese kamen zum Teil gar nicht fort, weil der Boden nicht für sie dienlich war, und was darunter fortkam, war mager und klein wie der größte Teil des Getreides, weil die Kräfte der Erde sich zu sehr hatten teilen müssen. Er musste sein Brot die meiste Zeit des Jahres kaufen und gewann kaum den Samen, sein Feld das künftige Jahr auf die nämliche Art zu bestellen. – ›Alles das‹, sagte er, ›wird mir wieder ersetzt werden, wenn meine Obstbäume tragen. Aber gescheiter will ich's diesmal anfangen‹

Er teilte sein Feld, bestellte das in den Gründen mit Getreide, das auf den Höhen bepflanzte er mit Blumen und Küchensachen, wozu er großenteils die Pflanzen kaufen musste, weil sein Samen nicht aufgegangen war. Es kamen starke Regengüsse, Überschwemmungen, und die Nässe verdarb sein Getreide in den Gründen; die Pflanzung auf dem Berge hatte dieses Jahr wenig Sonne gehabt, um dessentwillen allein er sie doch da angelegt hatte, war wegen der Höhe den schädlichen Winden ausgesetzt und verwelkte, erstarb, oder was sich erhielt, wurde höchst elend. Genug, er hatte dieses Jahr weder Brot noch Küchensachen.

Wie konnte ich nur so einfältig verfahren? dachte er das dritte Jahr. Der Blumengarten und das Küchenland muss in die Tiefe und das Getreide auf die Höhe. Gerät in jenem nichts, so habe ich doch wenigstens hier mein Brot. Er tat es. Eine unglückliche Dürre vernichtete sein Getreide; der Boden im Grunde war durch die Nässe zu seiner diesjährigen Verrichtung untüchtig geworden und überhaupt sehr entkräftet.

Auch dieses Jahr gab kein Brot und keine Küchensachen.

Das vierte Jahr blieb der Küchengarten ganz weg. Die Ränder der Getreidefelder wurden nur mit Blumen eingefasst Er befand sich besser dabei.

Das fünfte Jahr fielen auch die Blumen weg, weil er keine von denen zu kaufen bekam, die er stecken wollte, und er befand sich noch besser, denn er sparte das Geld dafür.

Die Obstbäume waren unterdessen herangewachsen. Er fand, dass in dem Schatten unter ihnen alles schlechter wurde; er riss sie heraus – und bestellte im siebenten Jahre sein Feld wie vor sieben Jahren, bestellte es bis an seinen Tod so und litt niemals halb so viel Not als während seiner vorhabenden Verbesserung der Natur. –

So geht es euch«, setzte er mit vielem Feuer hinzu und graulte mit der rechten Hand unter der Schlafmütze seinen eisgrauen Kopf, »so geht es euch, die ihr unaufhörlich mit der Welt und allem, was darin geschieht, unzufrieden seid, die ihr zu *einer* Zeit, unter jeden Umständen, in *einem* Menschenalter, unter jedem Himmelsstrich, unter jedem Regiment, bei jeden Einrichtungen *alle* Tugenden auf einmal verlangt, wider die Natur und die Menschen eifert, dass bei *eurem* Leben noch Laster in der Welt sind, Irrungen und Fehltritte vorgehen, und genau und sorgfältig Pläne entwerft, nach welchem Takt und in welcher Richtung die Begebenheiten und Handlungen der Menschen ihren Marsch nehmen *sollten,* während die alte Welt ihren alten Gang fortgeht und euch zu Gefallen nicht einen Finger breit aus dem Gleis weicht, in das sie geraten ist. – Was hilft euch eure Bemühung?« – hier warf er voller Eifer die Schlafmütze auf den Tisch –, »wenn ihr sieben Jahre geflickt und gebessert und Versuche gemacht habt, alle Tugenden auf *einmal* in *einen* Boden zu pflanzen, und nichts fortgekommen ist, so legt ihr endlich das Grabscheit nieder und macht es am Ende gerade wie jener Landmann.«

»Die Welt«, lehrte er mich zu einer andern Zeit, »ist ein System von Handlungen und Begebenheiten, wovon die eine wie ein Kammrad in die andre greift; das Wasser, das diese Räder treibt, ist die *Gewohnheit,* die bald so unaufhaltsam strömt, dass die Räder mit unglaublicher Geschwindigkeit herumlaufen, bald so langsam fließt, dass diese sich kaum zu bewegen scheinen. Der Strom ändert oft seinen Lauf, lässt in seinem alten Bett wenig und endlich gar kein Wasser zurück, und wenn er sich an einem neuen Ort durchgearbeitet hat, so wird seine Flut allemal natürlicherweise schneller, und die Räder, die es eben trifft, laufen so hurtig! – Dieser jedesmalige neue Strom ist die *Mode,* der *Zufall* oder wie man es in verschiedener Rücksicht noch anders nennen könnte. – Die Bewegung teilt ein Rad dem anderen so genau mit, dass oft eins sich *darum* so und nicht anders umdreht, weil ein durch einen weiten Raum davon entferntes sich so und nicht anders umgedreht hat.

Was muss daraus folgen? – Dass alle Räder eine doppelte Bewegung haben müssen: erstlich, die sie durch die Räder mitgeteilt empfangen, welche von dem Strome früher als sie in Gang gesetzt wurden; dann eine andere, die sie erhalten, wenn die Reihe sie trifft, von dem Strome getrieben zu werden; und nun kommt es außerdem noch darauf an, wie jedes gebaut ist, von schwerem oder leichtem Holz, ob es mehr oder weniger Kraft braucht, um herumgetrieben zu werden.« –

Von diesem ganzen Gebäude hatte er mir unter der wörtlichen Beschreibung, durch Züge mit den Fingern auf dem Tische, einen Abriss gemacht und setzte darauf hinzu: »Siehst du nun wohl, was du bei einem solchen Rädersystem tun könntest, wenn es nicht nach deinem Kopfe ginge?« –

»Wenn ich Gewalt und Vermögen dazu hätte, so machte ich dem Strome zu jeder Zeit ein solches Bett, wie er nach meinen Einsichten haben müsste, um jedem Rade jedes Mal den gehörigen, wohlgeordneten, regelmäßigen Umtrieb zu geben, den die bestmögliche Bewegung des Ganzen erforderte, und machte sorgfältige Anstalt, dass er aus diesem Ufer nicht herauswiche, noch den Boden veränderte, dem ich die wohlabgemessne Erhöhung geben würde, die ich zu dem nötigen Antrieb des Wassers für dienlich erachtete; ich würde alle Räder in den bestmöglichen Stand setzen –« – »Und mit vieler Mühe ein sehr einförmiges, langweiliges Werk zustande bringen«, unterbrach er mich mit einem gähnenden Akzent.

»Aber ein desto vollkommneres«, erwiderte ich.

»Ich denke nicht«, war seine Antwort. »Wenn man deiner ewig so taktmäßig fortlaufenden Welt eine Viertelstunde zugesehen hätte, so schliefe man ein und verlangte sie weiter nicht zu sehen, denn wie alles in der ersten Minute ging, so wird es in der letzten gehen. – Gut, dass du unseren Planeten nicht nach einem so ausstudierten Plan, einem so *regularly cold, so* regelmäßig kaltem Plan, gebaut hast! Ich hätte das süßeste Vergnügen in meinem Leben entbehren müssen, die vergangenen Zeiten zu überschauen und, soviel sich es mit einem menschlichen Gehirn tun ließ, aus den bunten, possierlichen, traurigen, lächerlichen, blutigen, einfältigen, abgeschmackten, rührenden, angenehmen, schrecklichen Auftritten ein Ganzes zusammenzusetzen, das alle Komödien und Trauerspiele, alle Staats- und Liebesaktionen an Feuer, Stärke und Hinreißen zur Empfindung übertrifft. – Nein, dich lass ich nimmermehr eine Welt bauen! – Dein Räderwerk wird gewiss auch sehr langsam, sehr bedächtig gehen sollen?

– ut Attica virgo –
Cum sacris Cereris!⁶«

»Wenigstens müsste mir der Strom so laufen, dass keine Überschwemmung jemals entstünde oder durch ein zu schnelles Umdrehen Räder zerbrächen.« –

»Ja, ja! – Du bist zu meisterlichen Kunstgriffen nicht gemacht! – Wenn dein Werk einen Schaden nimmt und ins Stecken geraten will, was doch beides unvermeidlich ist, so setztest du dich wie ein elender Flicker hin und bessertest den Schaden schülermäßig wieder aus. – Eine Überschwemmung her! Die reißt die schadhaften Stücke und was dadurch das ganze Werk hätte zum Stocken bringen können ohne Umstände weg und treibt einen noch unmangelhaften Teil herum. – Das wäre ein *coup de maître*.«

»Das Ausbessern wäre aber doch ökonomischer.«

»Und eben darum klein! – Was ist bei einem, so weitläufigen Werke wie eine Welt Ökonomie nötig? – Ein Stück Materie enthält viele tausend Elemente, die sich in viele tausend Formen zusammensetzen und verändern können. Ist es kein Mensch, so ist es ein Tier, eine Pflanze, oder es schwimmt in den Vorratskammern

---

⁶ »Wie eine attische Jungfrau, die die heiligen Körbe der Ceres trägt« – und nicht gern wider den jungfräulichen Anstand etwas verschütten möchte.

der Natur herum und wartet, bis es durch Zusammenstoßen, Gärung oder eine andre Ursache ein Teil von etwas für Menschen Sichtbarem wird. Der ewige Zirkel der materiellen Natur ist – Element; das Element wird zu subtiler Materie, dann zu gröberer, wird zur Pflanze, durch den Genuss der Pflanze zum Tier, zum vernünftigen und unvernünftigen, und, wenn dieses zerstört wird – zum Element; und nun fängt der Kreislauf von neuem an. – Was ist bei einem solchen Überfluss, der wegen der beständigen Verwandlung ein *unendlicher* Überfluss wird, Ökonomie nötig? Wie wollte ich einen Sparsamen belachen, der einen großen Kasten Metall besäße, das sich auf seinen Willen und durch eine eigene Bewegung immerfort bald in Dukaten, bald in Kupfermünze, bald in Silbergeld verwandelte! Wäre in einem solchen Falle Ökonomie nicht der Fehler und Verschwendung die Tugend?«

»Aber wenn nun diese Verschwendung mit Menschen begangen wird? Wenn Hunger, Krieg, Pest, die Leidenschaften Menschen aufreiben, so ist dies eine Verschwendung mit Seelen und nicht mit bloßen Stücken Materie.«

»Glaubst du denn, dass, weil der Vorrat an Körpermaterie so überflüssig da ist, es die Seelenmaterie weniger sein werde? – Entweder wandern die Seelen einen ähnlichen Zirkel der Veränderung durch, wie ihn die Teile des Körpers durchwandern müssen – oder ist und bleibt eine jede für sich in Ewigkeit, was sie ist, und leidet bloß Veränderung in ihren Kräften und Verrichtungen, welches ich nicht ausmachen will – in beiden Fällen, glaube mir, wird für hinlänglichen Vorrat gesorgt sein. – Auch diese müssten dir immer *denselben* abgemessenen Gang gehen, immer auf dem geraden Steige der kalten Vernunft, ohne ein einziges Mal in die Schlangenwege der Leidenschaft auszuweichen? Nicht wahr?«

»Gewiss!«

»Ich sehe, du gehörst unter die Klasse Menschen, deren es eine Menge auf unserem Erdenrund gibt, die aus dem erhabenen großen Schauspiel der Welt ein einschläferndes eiskaltes Drama machen wollen, wo niemand weint noch lacht, das nach allen Regeln der französischen Theaterpraxis abgezirkelt ist, wo alle Schauspieler mit so spruchweiser Weisheit sprechen und mit so spanischer Majestät handeln wie Corneilles Helden. – Sobald ich auf dem Theater der Welt nicht weinen oder lachen sehe und selbst nicht mitweinen und mitlachen kann, trete ich ab und mag weder Mitspieler noch Zuschauer sein. – Das Beste ist, dass du in dem großen Maschinenwerk der Welt, von dem wir vorhin sprachen, selbst ein Rad bist, das von dem Triebwerk der vergangenen Zeiten und dem Strome der gegenwärtigen herumgejagt wird, so kannst du uns doch unsere Welt nicht verderben. – Inzwischen wäre es doch eine Frage wert – und das wollte ich eigentlich wissen, als ich dich vorhin fragte –, wenn du als ein Rad in der großen Weltmaschine wahrnähmst, dass deine Nachbarn rund um dich herum schneller, als es dir und dem Ganzen zuträglich wäre, und unordentlich herumgetrieben würden, sich und andre zerstießen oder andre zersplitterten, um selbst bessern Raum zu haben usw., was du alsdann tun *würdest* und tun zu *können* glaubst, um dir solch' beschwerliche Nachbarn wegzuschaffen und sie zu hindern, dass sie dir, sich und anderen keinen Schaden zufügten. – Den Strom der Gewohnheit, der Mode, des Schicksals kannst *du*, ein schwaches Werkzeug, das selbst unvermeidlich von ihm umgedreht wird, nicht verdämmen, in einen sanftern Fluss bringen oder gar ableiten; *du* musst selber der Bewegung folgen, die dir die drei vorhin genannten Ströme geben, und kannst sie wenig ändern, auch die Bewegung deiner Nachbarn nicht verbessern, was sie selbst wenig oder gar nicht können; was bleibt dir übrig?«

»Nichts, als was ich vor etlichen Tagen aus dem Munde meines Lehrers gehört habe – sorgen, dass *ich,* so sehr und auf was für Weise es nur möglich ist, keinen Schaden von einem so unruhigen Nebengeschöpfe leide und dann ruhig zusehe und, wie es die Umstände geben, lache oder weine.«

»Du bist ein gescheiter Mann, denn du denkst wie ich – sagte einmal ein Papst, den ich um dieses einzigen Einfalles willen für keinen unrechten Papst halte. – Ja, du hast meine völlige Meinung! – Ich will dich auch unterrichten, *wie* ich darauf gekommen und *warum* ich sie für wahr halte.

Ich fand, dass der Mensch bei seinen Handlungen nichts tut als die augenblickliche Ausführung, *dass* die Handlung geschieht und dass sie *auf diese Art* geschieht, dies hängt von seinen Ideen ab.«

»Aber wovon hängen denn diese Ideen ab?« fragte ich weiter.

»Eine reichhaltige Frage! – Ich setzte sie auseinander. – Die Hervorbringung, Erweckung, Belebung meiner Ideen ist eine Wirkung derjenigen, die unmittelbar vorhergingen, eine Wirkung von dem zufälligen Spiel meines Gehirns, eine Wirkung von dem augenblicklichen Zustand meines Körpers, eine Wirkung der äußerlichen gegenwärtigen Dinge. Die Idee selbst oder vielmehr die Fähigkeit, sie zu haben, ist eine Folge meiner natürlichen Anlage, der Gewohnheit, des Schicksals. Daher habe ich meine Denkungsart, das heißt, die Ideen, nach welchen ich unbewusst handle, und die Art, wie sie mich affizieren, lediglich diesen dreien Stücken zu verdanken, unter welchen man so ziemlich alle die Ursachen zusammenfassen kann, die bei der Hervorbringung menschlicher Grundsätze mitwirken.«

»Himmel!« rief ich hier aus und fuhr erschrocken zusammen, »– wo bleibt, wenn dieses wahr ist, die so berühmte Freiheit des Willens? Wenn meine vorhergehenden Beobachtungen dem Menschen *diese* absprechen, so können sie nicht richtig sein!« – »Sie sind es gewiss. – Wie kann man aber so wenig Gewalt über seine Ideen, die wirkenden Ursachen seiner Handlungen, haben und doch Herr über seine Handlungen sein?« –

»Ich fühle es unwiderstehlich, dass ich sehr oft den Lauf meiner Gedanken unterbreche, ihn anderswohin lenke, ihn vorsätzlich auf etwas richte. – Das mag also wohl die Freiheit sein?« –

»Ach, was Freiheit! – Freiheit ist ein Wort, das die Sache ausdrücken will, *wie sie ist,* und der Mensch soll und kann doch das nur ausdrücken, *was* er in dem Augenblicke *denkt!«* –

»Ja, die Welt und alle Sachen in der Welt und also auch die menschliche Seele sind Würfel mit einer unendlichen Menge Seiten, worunter auf einer jeden eine andre Vorstellung der Sache abgemalt ist. Die Vorsicht, das Schicksal, oder wie es ein jeder nach seinen Begriffen sonst nennen will, wirft für einen jeden Menschen insbesondre diese Würfel, und von diesem Wurf hängt es ab, welche Seite er sehn und folglich auch welche Vorstellung der Sache er haben soll. Bei einigen Menschen geschieht dieser Wurf nur einmal, und sie sehen ewig die nämliche Seite davon; bei einigen wird er oft wiederholt, und teils lernen sie verschiedene Seiten auf diese Art kennen, teils sehen sie oft eine andere. Der Weise, das heißt, der Mann von Genie und lebhaften geübten Seelenkräften, hat allein die Vergünstigung, sich diese Würfel oft selbst zu werfen oder verschiedene Seiten auf einmal zu überschauen; aber dieses Vorrecht ist einer großen Einschränkung unterworfen. –

Hieraus folgt natürlich, dass so, wie alle anderen Dinge, auch die menschliche Seele ein Würfel ist, von dem, nach der Verschiedenheit des Wurfs, verschiedenen Menschen verschiedene Seiten sich zukehren, und von Stund an will ich mir die härteste Buße auferlegen, wenn ich mich wieder unterstehe, bestimmend zu sagen, *dass* die Seele frei oder nicht frei ist und *auf was für eine Art* sie es ist. Wenn ich das Wort Freiheit brauchte, so möchte ich gern etwas dabei denken; ein andrer würde etwas andres dabei denken, ein dritter noch etwas andres, und so könnten wir uns vielleicht darum zanken wie jene Seefahrer – weißt du das Geschichtchen?« fragte er mich, »– die zugleich miteinander ausfuhren und beide an einen Ort gleichen Namens wollten. Unterwegs wurden sie über den Weg uneinig: Der eine behauptete, dass man nach Süden, und der andere, dass man nach Osten sich wenden müsste. Nach langem Gezänk und vielen Bitterkeiten kam endlich der eine auf den Einfall: So wollen wir es dann versuchen! Ein jeder fahre, wohin er *denkt,* und am Ende der Reise werden wir sehn, wer dahin gekommen ist, wohin wir *wollen.* Es geschah. Sie kamen nach der Reise in ihrem Vaterlande wieder zusammen, und ein jeder sagte: ›Nu? Habe ich nicht recht gehabt? Bin ich nicht da gewesen, wohin ich wollte?‹ – Ja, sie hatten beide recht: denn sie hatten beide an zwei verschiedene Orte gewollt, die *einen* Namen führten. –

Also«, wandte er sich zu mir und klopfte mir auf die Schulter, »merk' dir das! Du musst von der Seele und dem ganzen Menschen nichts mehr sehen wollen als die Seite oder die etlichen Seiten, die sie dir zufälligerweise zukehrt und die du dir selbst zukehren kannst, und deinen lieben Nebenchristen erzählen, was du gesehen hast, in der Hoffnung, dass sie diese Gefälligkeit dienstfertigst erwidern werden. – Auf diese Weise fuhr ich damals in der Betrachtung fort, die ich vorhin dir zu erzählen angefangen habe, auf diese Weise muss *ich* mir den Menschen so vorstellen[7] – ein anderer stelle sich ihn vor, wie er kann oder muss! – *ich* stelle mir seinen Kopf als ein Gefäß vor, in das Vorsehung, Schicksal, Zufall eine größere oder kleinere Menge Ideen hineingeworfen hat und noch hineinwirft. Unter diesem Kessel, dieser Pfanne oder was man sonst sich darunter denken will, ist ein Feuer, das bald schwach glimmt, bald hell lodert – dies ist das Blut und die Lebensgeister. Die Ingredienzien des Kessels sind in einer beständigen Bewegung, teils von sich selbst – wie die Teilchen, die in der Luft schwimmen und sich immerfort aneinander reiben, zusammenhängen, trennen, woraus dann verschiedene Folgen entstehen –, teils durch die Wirkung des Feuers und die Zusätze, die täglich noch von außenher hineinfliegen. Hierzu kömmt noch eine dritte Bewegung, die die Seele verursacht; die-

---

[7] So sonderbar auch die Vorstellung des unsterblichen Euphrosinopatorius ist, so ist sie, deucht mich, doch sehr passend, wenn ich nicht aus Vorurteil für ihn so denke.

se steht wie eine Zauberin vor dem angefüllten Gefäß und gibt der ganzen Masse von Zeit zu Zeit eine neue Wendung: Wenn ihr die Dünste, die daraus aufsteigen, missfallen, so berührt sie mit ihrem Stab die Teile, von welchen sie ausdünsteten, und zuweilen langsamer, zuweilen schneller, macht eine solche Berührung in diesen Teilen eine solche Veränderung, dass sie entweder von anderen ganz unterdrückt werden oder eine ganz verschiedene Gärung und Bewegung entsteht, ungefähr wie in einer Zusammensetzung von starken geistigen Materien, wenn ein neuer Spiritus hinzugegossen wird. Inzwischen kann diese zauberische Berührung nicht eher ihre Kraft ausüben, als wenn das Feuer, das die Masse in dem Gefäß erhitzt, den gehörigen Grad der Wärme hat; sobald dieses mit seinen Flammen darüber zusammenschlägt und also in dem Ideengefäß alles übereinander hergeht, kocht und sprudelt, dann – gute Nacht, Zauberkraft! – Die Seele kann ihren Stab nicht einmal nähern, so stößt die entgegenschlagende Flamme sie zurück, und die aus dieser kochenden Mixtur häufig auffliegenden Dünste versetzen die Seele in eine so unvermeidliche, unwidertreibliche Empfindung und bringen so unwidertreibliche Entschlüsse in ihr hervor, als die Teile der Atmosphäre um den Körper eine unwidertreibliche Empfindung in den Nerven erwecken; denn jene Ausdünstungen aus der Ideenmasse sind es, die die Seele zwingen, ein saures oder ein freundliches Gesicht zu machen, zu lachen oder zu weinen, melancholisch oder wütend zu sein und also auch unfreundliche oder freundliche, lustige oder traurige, melancholische oder grausame Handlungen zu verrichten.

Also ist nach dieser Allegorie die Seele frei und nicht frei, das heißt, sie ist es zu gewissen Zeiten und ist es zu anderen nicht; in manchen Fällen erscheint sie uns als eine Königin, die nur ihren Zepter neigen darf, um ihr Verlangen vom Körper ausgerichtet zu sehen, als eine Selbstherrscherin, deren Wille Gesetz ist, in anderen als eine dürftige, blödsinnige Sklavin, die von der Gnade des Körpers lebt, oder gar wie eine Drahtpuppe, die von *ihm* regiert wird. –

Was kann bei dieser Bewandtnis getan werden, Menschen zu *bessern,* die einen großen Teil ihrer Torheiten, Laster, Irrungen, Versehen aus *unvermeidlichen* und ebendaher *schwer zu hintertreibenden* Ursachen begehen? – Gewöhnlicherweise kann keine Wirkung aufgehoben werden, wenn die Ursache nicht weggeschafft wird! – Diese Ursachen können Menschen weder von sich noch von anderen entfernen; man müsste dem Fresser eine weniger reizbare Zunge, einen weniger verdauenden Magen, ein ganz anderes sinnliches System und dabei andere Schicksale, andere Lebensumstände, genug, alles Innerliche und Äußerliche geben, was uns nüchternen, mäßigen Menschenkindern allmählich zu dieser Beschaffenheit verholfen hat. Dass dies unmöglich ist, wird ohne Beweis geglaubt; gleichwohl *müssen* doch Menschen sich bessern und gebessert werden können. – Was denkst du, dass man tun müsse oder könne, um sie zu bessern?« fragte er mich.

»Um sie zu bessern? – Gar nichts!«

»Das wäre schlimm! – Etwas lässt sich doch tun.«

»Man müsste in die Ideenmasse, welcher wir vorhin gedachten, ein Ingredienz hineinwerfen, das wenigstens die gegenwärtige Gärung unterdrückte und bessere Ausdünstungen in den Luftkreis der Seele brächte; aber wer kann das?«

»Das tun die Gesetzgeber und *sollten* die Moralisten tun. Jene werfen die Furcht hinein: ein stark wirkendes Spezifikum! Da sie bloß die äußerlichen Effekte der Handlungen ordnen wollen und bloß die äußerliche Ruhe zum Zwecke haben, so müssen sie ohne Ausnahme alle und jede Handlung als eine *ganz* willkürliche Handlung ansehen und auf die entfernteren unwillkürlichen Ursachen, die sie allmählich vorbereiteten, gar keine und auf die näheren nur selten und bei Fällen, deren Verbindung mit der äußerlichen Ruhe weniger stark ist, Rücksicht nehmen. – Diese bessern also wie ein Arzneimittel, das zwar keine gesünderen Säfte gibt, aber doch den Ausbruch der bösen *manchmal* und *unter anderen günstigen Umständen* verhindert.

Die Moralisten haben eine verzweifelte Rolle, und daher muss man es den guten Leuten unter ihnen vergeben, die sie in der besten Absicht schlecht gespielt haben. Das Beste dabei ist: Der schlechteste Spieler hat doch immer das Verdienst, dass er sie wenigstens auf eine für *etliche* Menschen nützliche Art gespielt hat, und einer für alle! Das ist überhaupt nicht zu verlangen.

Ein solches Spezifikum wie die Gesetzgeber haben sie nicht –«

»Sie müssen also«, unterbrach ich ihn, »immer heimlich ein schwächeres, das in ihrer Gewalt ist, in die Ideenmasse hineinwerfen, das eine *augenblickliche* Veränderung verursacht; dies oft wiederholt, wird die Veränderung allmählich größer und merklicher –«

»Der Vorschlag ist nicht übel. – *Im Großen* können sie also nach deiner Meinung gar nichts tun?«

»Nicht das Geringste! – Sie müssen sich begnügen, bloß im Kleinen zu arbeiten.«

»Ich bin deiner Meinung. – Eigentlich können sie zweierlei tun. Sie müssen erstlich dafür sorgen, dass aus dem Vorrat von Kenntnissen, den ihnen ihr Nachdenken und ihre Erfahrung geliefert hat, allmählich bessere, richtigere und für das gemeine und besondere Beste nützlichere Begriffe in die Nationalphilosophie abfließen, die ganz aus solchen Begriffen, Meinungen und Urteilen besteht, welche ohne Unterricht durch den Umgang aus einem Kopfe in den andern übergehen. Ein großer Teil der Menschen und vielleicht der größte, selbst in der vornehmen Welt, lernt seine Begriffe und Urteile mehr durch die Gesellschaft als durch den Unterricht und durch eignes Lesen. Ihre Philosophie ist einzig die Territorialphilosophie, und solange die beste philosophische Meinung nicht die große Reise aus der Studierstube in die philosophischen Bücher, aus diesen nach einer sorgfältigen Reinigung in solche Bücher, die ohne scharfes Nachdenken gelesen werden, von da in die Köpfe des lesenden Teiles der Nation und aus diesen endlich vermittelst des Umgangs in die Köpfe des nichtlesenden Haufens getan hat, so lange ist ihr Nutzen eine schlafende Kraft, die nicht zur Äußerung kömmt. Eine solche Reise ist völlig wie die Reise der Israeliten ins Gelobte Land; Der größte Teil dieser Meinungen und Grundsätze kommt unterwegs um, und die ja noch anlangen, brauchen eben so viel und noch mehr Zeit als Josua und Kaleb; sie haben sogar diese Unbequemlichkeit mehr, dass sie meistens sehr verunstaltet, voller Kot und Unflat ankommen, und besonders müssen sie auf der letzten Station aus den Köpfen der Lesenden in die Köpfe der Nichtlesenden und dann bei einer jedesmaligen Wanderung das größte Ungemach ausstehen. Gegenwärtig, da die Anzahl der Leser sich vermehrt, wird diese Reise allmählich verkürzt werden, aber noch immer lang genug bleiben, dass die Reisenden unterwegs verunglücken können.

Du wirst dir leicht vorstellen können«, redete er mich an, »was für Kenntnisse ich verstehe, die eine solche Wanderung vornehmen sollen! – Kenntnisse von der menschlichen Natur, von dem, was sie tun *kann* und was sie also auch tun *soll* – nicht *was* sie *ist,* sondern *wie* sie uns *erscheint* – nicht auf *einer* Seite, wo sie entweder verderbt oder schlecht oder vortrefflich scheinen könnte, sondern auf *allen,* wo sie sich als keins von beiden allein, nicht völlig gut und nicht völlig böse, sondern besser und schlimmer vorstellt.

Die Philosophen sollten zu dem Endzweck nichts tun als Tagebücher ihrer Erfahrungen liefern, ihrer Erfahrungen von sich selbst, die doch bei jedem Menschen am leidlichsten richtig *sind* und sein *können,* bei den meisten nur die *einzigen* sind, so wie die Erfahrungen an anderen großenteils nichts als Anwendungen desjenigen, was wir an uns selbst bemerkt haben, sein müssen; und bei dieser Mitteilung ihrer *eigenen* Erfahrungen sollten sie sich nicht schämen oder an gewisse wunderliche Leute kehren, die lachen oder es gar für einen Stolz auslegen, wenn jemand von sich, seinen Schwachheiten und seinem Guten spricht. Da aber die Philosophen einmal Liebhaber vom Bauen sind, so mögen sie immer Systeme daraus bauen, nur müssen sie ihr Gebäude für nichts weiter als eine Sammlung *individueller* Erfahrungen halten, von denen folglich andere *individuelle* Erfahrungen verschieden und ebenso richtig sein können – du weißt schon, was ich bei anderen Gelegenheiten hierüber gesagt habe.

Nun muss der Verfasser *angenehmer* Schriften sich die Mühe nicht verdrießen lassen, in diese Bergwerke hinunterzukriechen, das Erz herauszuholen, alles einzusammeln, was sich nur darbietet und von einigem Gehalt zu sein scheint, dann zu säubern und zu scheiden, so lange bis nichts als gutes, reines Gold übrigbleibt, und dieses feine geläuterte Metall ist es, was er seinen Lesern zuschlagen muss. Hätte die Natur dem lieben Manne selbst ein paar philosophische Adern mehr als gewöhnlich in den Kopf gegeben, dass er wohl selbst kein übler *nachdenkender* Philosoph geworden wäre, wenn er nicht den Beruf gefühlt hätte, ein *lehrender* Philosoph zu werden, so wäre dadurch nicht das Geringste verdorben – und nun wünsche du mit mir dem Heiligen Römischen Reiche Deutscher Nation noch einen erforderlichen Zuwachs von Philosophen, wie es ihrer schon viele hat – wie viele es sein sollen, wollen wir nicht vorschreiben –, und dann einen ganzen Schwarm solcher Genies, witziger Köpfe, schöner Geister und wie dergleichen Männerchen weiter heißen, die gerade so sind, wie ich sie vor einigen Augenblicken haben wollte, etwas mehr – das könnte nicht schaden! –, nur nicht ein Haarbreit weniger! – solcher Genies, wie wir ihrer schon etliche wenige haben – und dann so viele Leser, als es Leute gibt, die aus vielerlei Ursachen keine Schriftsteller sein können und so glücklich sind, dass ihnen Erholungsstunden von den Geschäften des Lebens und der bürgerlichen Gesellschaft übriggelassen werden – Leser, die nicht bloß lesen, weil sie gerade nichts anderes zu tun wissen, sondern um sich nützlich zu vergnügen, nicht um die Stunden wegzulachen, sondern um zu lachen und zu lernen – Leser von Ge-

158

schmack und was man weiter noch von einem Leser verlangen könnte – und dann alles voll von lebhaften, munteren Gesellschaftern, die nicht nötig haben, erlernte Komplimente einander vorzustammeln und sich alsdann einander wechselweise zu bewundern, wie gescheit man ist, oder kleinstädtisch zu verleumden, um sich nicht die Kinnbacken lahm zu gähnen; die nicht nötig haben, die ganze Gravität ihres Standes zusammenzunehmen, um einen geringen Klügeren in den Schranken seiner Wenigkeit zu erhalten und sich es nicht fühlen zu lassen, dass *jener* doch im Grunde besser ist; die nicht nötig haben, alle Zeitvertreibe der Welt sogleich aufzubieten oder über einen Narren zu lachen, um nicht die Kränkung zu erleben und sich an die Dürftigkeit ihres Kopfes notwendig erinnern zu müssen – Gesellschafter, denen man es ohne Mühe anmerkt, dass sie Geist, Leben, Witz, Laune, Kenntnisse besitzen und Zeitvertreibe nur zu Hilfe rufen, wenn die Zunge ermüdet oder um den Körper etwas von dem Vergnügen zugute kommen zu lassen – das wünsche Deutschland mit mir! Und wenn unser Wunsch allmählich in Erfüllung geht, so mag die deutsche Nation mit der Zeit eine vortreffliche Nation sein[8] –«

»Ich dächte«, unterbrach ich ihn, »das wäre sie schon und wir hätten nicht nötig, noch viele Schritte zu diesem Ziel der Vollkommenheit zu tun –«

»Das zweite«, fuhr er, ohne mir zu antworten, fort, »das zweite, was Moralisten tun können, ist, dass sie, wie der Gesetzgeber die Furcht zu der Ideenmasse hinzusetzt, da sie keinen ähnlichen Zusatz haben, in der ganzen Masse einen Aufruhr machen, die Scham auf den Stolz, den Stolz wider den Geiz und so immerfort eine Leidenschaft wider die andere loshetzen; so machen sie ihre Mitbrüder zwar nicht zu weisen und tugendhaften – was gewiss niemand durch einen Moralisten werden wird –, aber doch in einem oder dem anderen Stück zu besseren Menschen, als sie vorher waren, wäre es auch nur auf *eine* Woche. –

Wer also Beruf fühlt, zu diesem Grade der Besserung, so klein er ist, etwas beizutragen, der spreche frei, wie ich gesprochen hätte, wenn ...«, hier schwieg er. – »Die moralische Welt ist eine Republik, wo jedes Mitglied das Recht hat, sich über geringste Unordnung und Verletzung der Gesetze zu beschweren, jedes das Recht hat, Vorschläge zur Besserung zu tun; aber weil die Bürger dieser Republik, über die große Beschwerden geführt werden könnten, zuweilen in der politischen Einfluss in die Schicksale eines *ehrlichen* Mannes haben können und sich lieber nach dem Platze behandelt sehen wollen, den sie in dieser einnehmen, so lässt ein *weiser* Mann einen Teil jenes republikanischen Rechts fahren und haut auf die Torheit und das Laster im Allgemeinen los, und wen der Schlag trifft – wohl bekomme er ihm!

So weit war ich eines Abends in meiner Selbstbetrachtung gekommen, als meine Frau ins Zimmer trat und mein ganzes Gedankengewebe zerriss. Meine Lebensgeister führen aus dem Kopf ins Herz und spannen da ein neues Gewebe von Empfindungen. Ich umarmte sie und – ›Ist es schon spät?‹ fragte ich. – ›Sehr spät!‹ sagte sie zärtlich und – Ich dachte mit keinem Worte an meine Selbstbetrachtung mehr.«

»Sie hatte sich gewiss um eine Stunde verzählt«, setzte ich hinzu. »Wenn sie wenigstens gewartet hätte –«

---

[8] Dies sagte er im Jahr 1766.

»Bis meine Betrachtung alle gewesen wäre? – Nein, sie machte es recht. Wenn Empfindung das Nachdenken nicht zuweilen ablöst, so sammelt sich um unsere Gedanken so ein trüber Zirkel wie der Hof um den Mond, der ihre Strahlen auffängt oder ihnen eine ganz falsche Farbe gibt, so wie der Mond oft bloß deswegen blutrot aussieht, weil die vortretenden Dünste seine Strahlen rot färben. Ich bin also den Einladungen zur Empfindung allzeit ohne Anstand gefolgt, und wenn mir auch mein schönstes philosophisches Luftschloss darüber hätte sollen zugrunde gehen. Steine, Kalk und andre Materialien sind ja angeführt, wenn auch ein oder das andre Gebäude einstürzt, weil man von der Empfindung mitten in der Arbeit abgerufen wird – man fängt ein andermal wieder von vorn an.«

»Geschah dies auch in dem vorhabenden Falle?« fragte ich besorgt.

»Allerdings! – und gleich den folgenden Abend darauf.«

»Da wurde aber doch etwas frühzeitiger angefangen?« –

»Damit ich fertig werden konnte, ehe es wieder sehr spät wurde? –Ja, frühzeitiger fing ich an. Schlag sieben saß ich schon in meinem Lehnstuhl und fing meinen Gedankenbau an. – Ich rekapitulierte meine gestrigen Betrachtungen bei mir. – Wenn also, sagte ich, allgemeine Denkungsart, allgemeine Grundsätze und Sitten die unverhinderlichen Folgen der vorhergehenden Zeiten, der Schicksale, der natürlichen Anlagen eines Volkes sind; wenn Gewohnheit und Mode, die beide ihren Antrieb vom Zufall bekommen, die zwei Angeln sind, in welchen sich die Menschen herumdrehen; wenn alle Begebenheiten in dem Laufe der Welt so aneinander anschließen, dass eine den Samen um sich wirft, woraus die Gewohnheiten und Sitten der künftigen Jahrhunderte aufwachsen – wobei mir die Kreuzzüge einfielen –, dass jede Gewohnheit, jede Mode von der vorhergehenden erzeugt wird und bei ihrem Absterben allemal eine schon erwachsene Nachkommenschaft und ungekeimten Samen für die entfernteren Zeiten zurücklässt; wenn die besonderen Grundsätze und Denkungsarten der Menschen aus diesem allgemeinen Meer der jedesmaligen Gewohnheit und Mode abfließen und diejenigen, die einem insbesondere eigen sind, von den Anlagen des Körpers und des Geistes, von den Schicksalen seiner ersten und nachfolgenden Jahre, von der allmählichen Gärung und Wirkung der Ideen und Empfindungen aufeinander abhängen; wenn die einzelnen Handlungen eines jeden unter der Gewalt seiner Ideen stehen und diese meistenteils in der Gewalt des Körpers, der äußerlichen Gegenstände und Empfindungen, der Leidenschaften und Gewohnheiten sind, sodass die Seele nichts tun kann als diesen schnellwirkenden Ursachen zuweilen eine andere Richtung zu geben; wenn also Menschen an ihrer Besserung so wenig selbst[9] und andere für sie tun können: was bleibt also bei so vielen *wenn* für einen Menschen übrig, der durch günstige Umstände der Natur und des Schicksals dahin gekommen ist, dass er über Gewohnheit und Mode wegsehen und,

---

[9] Manche sagen: Sie *können* wohl, aber sie *wollen* nicht. – Ebendieses Unvermögen zu wollen ist die vorzüglichste Ursache, warum sie nicht können. Wenn Neigung und Leidenschaft mit einer solchen Stärke wirken, dass die Seele nicht anders wollen kann, als sie muss – welches jedem Menschen mit seiner Lieblingsleidenschaft widerfährt –, so geschieht dies wider sein Wissen und Willen; er muss also wollen, wie er soll, und *kann* nicht wollen, wie er will.

indem er ihnen folgen *muss,* sehr wohl empfinden kann, dass er eine Torheit begeht? – kurz, der klug genug ist, um einzusehen, dass vieles in ihm und um ihn nicht zugeht, wie es soll? – was bleibt *dem* in einem System, wo so viel Notwendigkeit und so wenig Freiheit regiert, übrig? –

Etliche Minuten standen meine Gedanken ganz still. – Endlich sprang plötzlich einer in mir auf: Er muss sich vor allen Dingen an allen vier Seiten seines Leibes Sicherheit machen oder, wenn *die* nicht zu haben ist, einen guten Harnisch über Leib und Seele anschaffen, teils damit die Pfeile, die andere auf ihn losschießen, nicht durchgehen, teils damit er doch, wenn Selbstverteidigung nötig ist, sich seines Lebens und guten Namens wehren kann[10], und nach diesen Anstalten – seh' er sich das Possenspiel der Welt ruhig in seinem Panzer mit an! Lache, wenn es etwas zu lachen gibt! Weine, wenn es nicht anders sein kann! –«

»Großer Euphrosinopatorius!« rief ich unwillig aus, »mache, dass wir aus einer solchen Welt kommen!«–

»Gleich den Augenblick! – Narzisse!« rief er zweimal. –

Narzisse erschien, und ich erschrak. Ich hatte sie noch nie gesehn, wenigstens nie mit Aufmerksamkeit gesehen, und bemerkte daher jetzt zum ersten Male, dass sie schön war.

»Narzisse«, sagte mein Lehrer zu ihr, »dieser ehrliche Mann will mit aller Gewalt aus der Welt; berede ihn doch, dass er uns noch länger die Ehre gönnt dazubleiben!«

Mit diesen Worten ging er zur Tür hinaus und ließ mich mit Narzissen allein. Ich tat, als er ging, eine dreifache Anrufung an die Göttin Keuschheit, mir in diesem kritischen Augenblicke aus allen Kräften beizustehn. Sie näherte sich mir, sie redete mich an, ich glühte und –

In einer halben Stunde kam der Vater wieder und überraschte uns, als wir eben im Begriff waren, einander zu sagen, dass wir hübsch wären. Mein Kompliment war im Geschmack der Lindnerischen Rhetorik abgefasst, die damals meine Regel und Richtschnur sein sollte, und erstarb in seiner Geburt, denn ich hatte kaum die ersten Worte ausgesprochen, als Euphrosinopatorius beim Hereintreten mich fragte: »Nu, willst du noch aus der Welt?« –

»Nein«, sagte ich verschämt, »solange es noch Narzissen darin gibt, will ich es mit ansehen.«

---

[10] Man darf wohl nicht daran erinnern, dass dies alles bloß im metaphorischen Verstande gesagt ist.

Johannes Düc, der Lustige,
oder
Schicksale eines Mannes von guter Laune

Alle Weisheit, mit welcher uns Lehrer und Bücher als einer Universalmedizin versorgen wollen, alle sogenannte Grundsätze, die das Herz wider Kummer und Schmerz waffnen sollen, alle Ingredienzien der Glückseligkeit, die uns moralische Rezeptmacher verschreiben, tun oft – und vielleicht meistens – nicht zur Hälfte die Wirkung, die eine einzige Pflanze der Natur hervorbringt – *die gute fröhliche Laune.* Wer aus Vorurteil, Melancholie, Milzsucht oder einer anderen Krankheit des Körpers und des Geistes dies nicht glauben will, der lese aufmerksam die Geschichte eines Mannes, der es durch sein Beispiel bewies – und Trotz sei ihm geboten, wenn er noch eine Minute zweifelt!

Mein Mann hieß eigentlich *Jean le Duc,* war der Enkel französischer Vorfahren, die bei ihrem Aufenthalt in Deutschland sich und ihren Familiennamen allmählich nationalisiert hatten, und nannte und schrieb sich daher geradewegs *Johann Düc.* Schon seine ersten Jahre waren eine Reihe von unglücklichen Zufällen, die jeden anderen niedergeworfen hätten und nur *ihn* nicht überwältigen konnten. Seine Eltern hielten ihn in einer Zucht, die mehr als Strenge, beinahe Grausamkeit heißen konnte; demungeachtet war er beständig der Lustigste in seiner kleinen Gesellschaft; kaum war ihm die Rute vom Rücken, so waren auch seine Tränen schon vertrocknet, und er lachte und scherzte so munter wie der verzärteltste Prinz. Der Tod seines Vaters, der ihn der Dürftigkeit nahe brachte und in einem Alter erfolgte, wo er Unterscheidung genug besaß, die Größe seines Verlustes einzusehen, den er auch wirklich in seinem ganzen Umfange einsah, setzte ihn nur in eine kurze Betrübnis, ohne dass man ihm deswegen einen eigentlichen Leichtsinn beimessen darf, der nicht fühlt, weil er nicht fühlen *kann.* Die erste Stunde schlug ihn ganz nieder; seine Traurigkeit war fast der Schwermut nahe; die folgenden konnte er schon ohne Unruhe, mit gelassener Überlegung von dem zugestoßenen Unglücke und den Folgen desselben sprechen, und den Tag darauf heiterte er diejenigen, die ihn trösten wollten, durch launige Beschreibungen der komischen Szenen auf, die jede, auch die ernsthafteste Begebenheit insgemein begleiten und nur einen komischen Blick bei dem Zuschauer erfordern, um bemerkt zu werden, und diesen hatte ihm die Natur in einem reichlichen Maße mitgeteilt. Er machte Schilderungen von dem Aufzug, in welchem er, sein ganzes Vermögen auf dem Rücken, das väterliche Haus verlassen würde, verglich sich mit den berühmten Armen, die er aus der Geschichte oder anderswoher kannte, und fand an sich eine Menge seltsamer Vorzüge vor ihnen – kurz, seine Armut wurde der Wetzstein seines Witzes, und er ertrug sie desto leichter, je weniger er sie empfand und empfinden wollte.

Das Vermögen, welches ihm sein Vater hinterließ, war wohl hinreichend, seine Mutter mittelmäßig zu erhalten, aber mit ihm hätte sie schlechterdings ohne Hungerleiden nicht davon leben können; ohne viele Überlegung, aus eigener Bewegung überließ er ihr alles und wanderte aus, seinen Unterhalt zu suchen, wo er ihn finden würde. Sie ließ ihn mit Tränen von sich, allein seine Laune brachte sie so gänzlich von ihrer Betrübnis zurück, dass ihr Weinen sich zuletzt in ein Lachen verwandelte. Mit einem sehr mäßigen Zehrgeld, ohne Aussichten, ohne Bekanntschaften, als ein verlassener Pilgrim, trat er seine Wanderschaft an, und doch hätte kein General, mit der völligsten Gewissheit des Sieges, seinen Marsch fröhlicher, zufriedner anfangen können.

Hier war er nun in die große, weite Welt hingeworfen! Ein verlassener Abenteurer, der sich durch die Dornen und Hecken dieses Jammertals selbst Wege öffnen, selbst Hindernisse, Riegel und Mauern durchbrechen, übersteigen musste, die sich einem armen Sterblichen in zahlloser Menge entgegenstellen, der aus der Dunkelheit, ohne die Empfehlung des Reichtums oder der Gunst, unter die Menschen auswanderte! – Obendrein hatten sich Glück und Unglück fest vorgenommen, an ihm zu beweisen, wie viel sie über ein menschliches Leben vermöchten; er hielt ihren kurzweiligen Wetteifer geduldig aus, und wie sich ihr Spiel mit ihm verdoppelte, so verdoppelte sich auch in dem nämlichen Maße seine Fröhlichkeit.

Nicht lange hatte er seine Reise angetreten, als er schon in die Bekanntschaft einer Dame geriet – ein glücklicher Anfang! Er hatte eine starke Neigung zu dem schönen Geschlecht; doch gingen seine Ansprüche nie weiter als auf einen Kuss, eine leichtfertige Schäkerei, höchstens eine zärtliche Umarmung, und oft konnte eine Schöne seine ganzen Wünsche erfüllen, wenn sie ihm ihre Hand überließ, um sich von ihm führen zu lassen. Eines Tages, als sein bewegliches und unbewegliches Vermögen schon in nichts mehr als ein paar Hemden, der Kleidung, die er auf dem Leibe trug, und etlichen Groschen Geldes bestand, ging er auf dem Fußsteig, der zu einem Dorf führte, pfeifend über eine Wiese hin, mit der festen Entschließung, sich in die Dienste des Schulmeisters in dem Dorf zu begeben und ihm so lange in einer von den Verrichtungen seines Amtes beizustehen, wenn es auch das Buchstabieren sein sollte, bis ihm das Schicksal eine günstigere Laufbahn eröffnen oder ihm sein Zustand lästig sein würde. Mitten unter der Beschäftigung mit diesen Gedanken, wobei er seine Beratschlagung nach seiner Gewohnheit mit einem laut tönenden Pfeifen begleitete, wurde er in der Ferne ein Mädchen gewahr, das ihm mehr als eine Bauerdirne zu sein schien. – Anlockung genug für ihn, dem Ort zuzugehn! Noch mehr wurde er angespornt, als er bei seiner Annäherung deutlich merkte, dass sie ängstlich etwas suchte; diese Wahrnehmung wirkte so stark auf seine Füße, dass er in halbem Galoppe bei ihr ankam, als er sie grüßte und sie um die Ursache ihrer Ängstlichkeit befragte. Sie erzählte ihm mit weinerlichem Ton, dass der geliebte *Brillant,* der schöne, niedliche, buntgefleckte, zottige Hund ihrer gnädigen Frau, entwischt sei und nach aller Wahrscheinlichkeit – ach! auf ewig entwischt sei; dass sie ihn ihrer Gebieterin in das Birkenbüschchen auf das Rasenkanapee habe nachtragen sollen, wo sie sehnsuchtsvoll und schmachtend auf ihn warten – ach! vergebens auf ihn warten würde; dass sie ihn nur zwei Minuten vom Arme auf die Erde gesetzt habe, um ihrem Strumpfband ein wenig mehr Festigkeit zu geben, und dass über dieser Operation das naseweise Tier sich entfernt und – ach! ganz aus ihren Augen verloren habe. Das Mitleid wuchs bei dem guten Düc sehr stark an, da er wahrnahm, dass das Mädchen zwei volle rote Backen auf weißem Grund und unter den schwarzen gewölbten Augenbrauen zwei funkelnde verliebte Augen hatte, aus welchen gerade ein paar Tränen über den unglücklichen Zufall abwandern wollten. So vielen Ansprüchen auf Mitleid und Beistand hätte ein minder empfindliches Herz nicht widerstehn können, am wenigsten war dies in Dücs Gewalt; er erbot sich sogleich zur tätigsten Hilfe, ließ sich den Namen des Hundes sagen, pfiff, rief, guckte, suchte und – fand. Mit Entzücken sah die Zofe den vermissten Brillant im hohen Gras wollüstig daliegen und mit leichtfertiger Verwunderung das Näschen emporziehn, als sie ihn ausschalt, dass er ihr, seiner sorgfältigsten Versorgerin, so tödliche Unruhe verursacht hatte. Sie nahm ihn triumphierend auf die Arme und glaubte mit einem zierlichen Knicks und einem gehorsamsten Dank bei ihrem irren-den Ritter für den geleisteten Dienst loszukommen; allein das Mädchen war zu schön in seinen Augen, um mit kalter Höflichkeit vorliebzunehmen. – Er forderte schlechterdings einen Kuss; sie schlug verschämt die Augen nieder, verzog die Lip-pen mit einem sittsamen Ach! in ein sanftes Lächeln und – hielt den Backen hin. Er machte sich mit Überschusse bezahlt, und da Düc ein hübscher, frischer junger Mensch war, besonders eine sehr einnehmende Physiognomie hatte, so lud sie ihn zu sich auf das herrschaftliche Schloss ein, wenn sie ihm ferner irgendwomit in al-ler Zucht und Ehren dienen könnte. Eine solche Einladung war nach seinem Urteil wohl wert, dass er sie annahm, besonders da sie ihm einen guten Erfolg seiner Ab-sichten versprach; er ging ihrer Anweisung gemäß in das Schloss der gnädigen Herrschaft von dem Dorfe, erfragte die Stube des Kammermädchens und erwartete daselbst unter dem Titel eines weitläufigen Anverwandten ihre Rückkunft.

Um der Wahrheit willen und die Keuschheit eines so hübschen Mädchens in gu-tem Kredit zu erhalten, muss ich jedermann höchlich versichern, dass ihre Meinung bei diesem Anerbieten ihrer freundlichen Dienste auf nichts als höchstens eine Mahlzeit gerichtet war, die ihr für einen solchen herumschwärmenden Gesellen ein passendes Geschenk zu sein schien, nach deren Genusse er sich höflichst wieder empfehlen sollte; allein Dücs Absichten erstreckten sich etwas weiter: Denn als er an ihrer Seite sehr vergnügt sich gesättigt hatte und seine Schöne sich in Bereit-schaft setzte, das Abschiedskompliment von ihm anzunehmen, auch ihm von Zeit zu Zeit erzählte, dass ihre Gegenwart nunmehr bei dem Ausziehen ihrer gebieten-den Frau unentbehrlich nötig sei, merkte er so wenig auf alle diese bedeutungsvol-len Winke, dass er sich sogar ganz freimütig nach der Lagerstätte erkundigte, wo er übernachten sollte. Das arme Mädchen wurde bis in ihr Innerstes bewegt, als sie aus dieser Anfrage schließen konnte, mit was für einem dreisten, unverschämten, be-gehrlichen Menschen sie zu tun hatte. Sie zitterte für ihren guten Ruf, den sie sich bisher mit saurer Mühe erhalten hatte; sie fühlte bei sich ein gewisses Etwas, so ein Etwas, das dem Wunsch, ihn in dem Hause zu beherbergen, nicht unähnlich war; es schien ihr sogar, dass sie es aus christlicher und menschlicher Pflicht tun müsse; aber der gute Ruf! – der warf gleich ihre Liebe und Barmherzigkeit zu Boden. Ihre Verlegenheit war aufs Äußerste gestiegen, sie überlegte mit tiefdenkender Miene und niedergeschlagenen Augen, als sie mit einem ungefähren Blicke, den sie seuf-zend um sich warf, innewurde, dass Düc bereits sehr merkliche Anstalten zu seiner Entkleidung gemacht hatte. Ah! fuhr sie mit einem lauten Schrei bei diesem Anblick zusammen, die Schamhaftigkeit setzte ihr den Sporn in die Seite, und mit *einem* Sprung war sie zur Tür hinaus.

Ihr keusches Geschrei, das durch alle Winkel des Hauses bis in das Zimmer ihrer Dame gedrungen war und das gleich jedermann für einen Notruf erkannte, brachte alles in Aufruhr. Die gnädige Dame stopfte dem Mädchen alles, was nur roch und gleich bei der Hand war, in die Nase und brachte sie mit einem äußerst stark duftenden Brief, den sie eben von ihrem Bruder, dem Kammerjunker, empfangen hatte, glücklich wieder zum Leben. Darauf ging das Verhör an, worin das Mädchen mit natürlicher Offenherzigkeit den ganzen Vorfall berichtete, und kaum hatte ihre Gebieterin Dücs große Verdienste um ihren Brillant und seine originale Unverschämtheit vernommen, als sie augenblicklich Befehl gab, ihm an einem schicklichen und wohlverwahrten Orte eine Schlafstelle einzuräumen.

Des Morgens darauf musste er sich vor seine Gönnerin stellen, die ihn bald um seiner Munterkeit und seines heiteren Charakters willen mehr als hochschätzte – beinahe liebte, und da sie eine Witwe war und folglich einen zeitverkürzenden Gesellschafter sehr wohl zu brauchen wusste, so nötigte sie ihn, in ihrem Hause so lange zu bleiben, als es ihm gefallen oder die Umstände zulassen würden. So vielen Vorteil ihm diese Gunst verschaffte, wurde er doch durch den Vorzug, den ihn die Dame auf eine vielleicht *zu* merkliche Weise genießen ließ, in eine Menge Verdrießlichkeiten mit ihren Anverwandten, besonders mit einem hastigen, plumpen Offizier verwickelt, der viele Ansprüche auf sie machte und nichts weniger als günstige Hoffnung erhielt. Um diesen lächerlichen Prätendenten zu kränken und ihn womöglich gar wegzuscheuchen, gab sie ihrem Düc ungemessnen Auftrag, die ganze Artillerie seines Witzes an ihm zu versuchen. Eine solche Aufforderung von einer schönen Dame an einen witzigen Kopf! – das musste Mut machen! – Er unternahm bei dem nächsten Besuch den Angriff, und die günstigen Umstände, unter welchen er ihn wagte, machten seinen Sieg unfehlbar; der ganze lachende Teil der Gesellschaft war auf seiner Seite und lachte ihm Beifall zu, um ihn aufzumuntern, um desto mehr lachen zu können. Sein überwundener Gegner verließ zwar verspottet, beschämt, verachtet den Kampfplatz, allein er nahm Ärger und folglich auch einen Groll mit sich hinweg, der ihn notwendig zur Rache antreiben musste. Düc wurde mit Lorbeeren von seiner Dame gekrönt und war durch diese Heldentat zu dem höchsten Gipfel ihrer Gunst gestiegen; aber die Höhe war zu hoch, um sich lange darauf zu halten.

Sein Feind war nicht imstande, auf eine feinere Rache zu verfallen, als die der Zorn einem jeden Korporal eingegeben hätte; er ließ ihn von zwei Grenadieren abpassen, die ihn mit vereinten Fäusten und Knütteln so tapfer durchprügelten, dass die Hirnschale verletzt wurde, dass ihm Ströme Blut aus der Nase hervorquollen, dass ihm der linke Arm zerbrach und fast kein Glied ohne Wunde blieb. Seine Gönnerin hatte in der ersten Hitze das zärtlichste Mitleid mit ihm, sie weinte, sie besorgte selbst seine Verpflegung, machte selbst Anstalten zu seiner Verbindung und war so geschäftig, dass sie als Mutter oder Gemahlin ihre Sorgfalt nicht hätte verstärken können. Während seine Wunden heilten, konnte er tausend lustige Einfälle über seinen Zustand ausschütten und Materie zum Lachen finden, wo andre geweint hätten; deswegen verließ seine Dame ihn fast keine Stunde diese ganze Zeit über und zog die Unterhaltung des Patienten der Gesellschaft aller Gesunden vor, weil sie in keiner so viel zu lachen fand. Kaum war sein Körper wieder ausgebessert, als sich, um ihn ganz zugrunde zu richten, ein hitziges Fieber bei ihm einfand; das böse Fieber warf seine Kräfte völlig danieder, zehrte seinen Körper aus, und nun – gute Nacht, Witz und Laune! Er konnte nicht mehr lachen, ebenso wenig andre lachen machen; sein Verdienst war erloschen und folglich auch – seine Achtung, Liebe, Freundschaft oder wie man es sonst nennen will; die höchste lodernde Flamme der Liebe war jetzt ein elendes, schwaches Nachtlämpchen, das nur zuweilen aufblinkt, um bald ganz zu sterben. So eigennützig ist oft die Liebe der Schönen, dass sie nichts gibt, ohne zu empfangen, kein Konto duldet und zuweilen bei der ersten bösen Bezahlung den Handel gar schließt! Der herabgesetzte Düc wurde zwar im Hause gelitten, aber als ein Emeritus, den man nicht aus Dankbarkeit, sondern aus Wohltätigkeit unterhielt! Und wehe dem Manne, der in einem *solchen* Verhältnisse glücklich sein will! – Auch war es Düc nicht im Mindesten.

Endlich wurde zwar mit seinen Kräften auch seine Munterkeit wiederhergestellt, doch er war einmal bei seiner Gönnerin gesunken; sie hatte ihn zu lange als einen verdienstlosen Sterblichen und sich als seine Wohltäterin betrachtet, als dass seinen Einfällen nicht die Hälfte ihrer Wirkung benommen sein sollte; sie lächelte kaum, wo sie sonst lachte, und vieles, was sie sonst bewundert hätte, schien ihr jetzt kaum mittelmäßig. – O ihr Sterblichen, was für Macht doch eine einzige Idee, ein gewisses Licht, in welchem ihr *lange* etwas gesehen habt, über euern Kopf und euer Herz hat! Euer Gefallen und Missfallen ändert seine ganze Richtung oft auf den Zug *eines* Gedankenblickes, und wenn euch einmal zwei Wochen lang eine Sache schief erschienen ist, so schwört ihr gewiss ein ganzes Jahr darauf, dass sie nie gerade gewesen und nie gerade sein könne. – Diese Beobachtung konnte Düc ohne sonderliche Anstrengung machen; er machte sie und wünschte sehnlich eine Veränderung seiner Umstände – ein Wunsch, den er nur zu verstehen geben durfte, um ihn erfüllt zu sehen!

Auf die Empfehlung seiner gewesenen Gönnerin und etlicher anderer, deren Freundschaft ihm sein Witz bei seinem Aufenthalt in ihrem Hause erworben hatte, wurde er der Sekretär eines Mannes von angesehenem Stand und vorzüglicher Würde, mit welchem er kurz nach seinem Eintritte in seine Dienste an einen Hof abging. Auch in dieser Stelle gewann ihm seine Munterkeit bald die Gunst desjenigen, unter dem er stand; doch unglücklicherweise war er bei seinem vorigen Aufenthalt mit einem Bedürfnis bekannt geworden, ohne das ihn viele widrige Zufälle verschont hätten. Wer riete hier nicht gleich auf die – Liebe? Vormals war sie bei ihm zärtliches Naturgefühl des Herzens, das sich nur furchtsam höchstens bis zu einer verliebten Schäkerei hervorwagte; doch jetzt hatte der Genuss ihn Süßigkeiten kennen gelehrt, die ihm unentbehrlicher wurden, je länger er sie entbehren musste; ohne sie fühlte er eine langweilige Leere in allen seinen Ergötzlichkeiten, er empfand ein gewisses unbestimmtes Verlangen nach einem Etwas, das er sich selbst nicht nennen wollte noch konnte, seine Beschäftigungen, so gering sie waren, wurden ihm lästig, seine

Gedanken liefen so unordentlich durcheinander wie seine Empfindungen; er war das Spiel der tödlichsten Unruhe.

Nichts kann auf unserm Planeten leichter befriedigt werden als das Verlangen zu lieben; tausend artige und hässliche Geschöpfchen hat die Natur auf ihm hingesetzt, die nur darauf zu warten scheinen, dass jemand ein solches Verlangen empfinden möge. Auch lag wirklich wenig Wochen nach seiner Ankunft an dem Hofe sein armes Herz schon fest in Ketten und Banden: Er war der Günstling einer von den Mätressen des Fürsten.

Zwischen diesem Hofe und dem Hofe des Ministers, bei welchem er war, wurden damals Traktate gepflogen, die ohne Intrigen auf keiner Seite zustande kommen konnten. Dem armen Düc widerfuhr ohne sein Wissen und Willen die Ehre, dass er zum Werkzeug gewählt wurde, das jene Sirene nach ihrem listigen Plan regierte, und er folgte blindlings ihrem Zuge, wohin sie ihn nur lenkte. Er liebte sie so eifrig, so zärtlich, so feurig wie ein Schäfer, in dessen Busen die ersten keuschen Flammen für eine Chloe auflodern; sie schien vollends ganz *eine* helle große Feuersbrunst zu sein, dass er selbst mitleidig besorgte, sie möchte mit Leib und Seele verzehrt werden; aber du armer, betrogner Knabe! – Es war nur ein Blendfeuer, ihre ganze Liebe – List, Verstellung, Täuschung.

Sie schien sich an seiner Aufgeräumtheit ungemein zu ergötzen, und jedes Mal, wenn der Fluss seines Witzes am stärksten strömte und seine Vorsichtigkeit am wenigsten auf der Hut sein konnte, setzte sie an, ihm durch versteckte Wendungen das Geheimnis seines Herrn abzulocken; allein sie erfuhr nichts, weil er nichts davon wusste. Der Minister, sosehr er ihn um seiner guten Laune willen liebte, setzte eben um ihretwillen ein Misstrauen in seine Behutsamkeit und verhehlte ihm die wichtigsten Angelegenheiten sorgfältig, um ihn nicht der Gefahr einer Verschwiegenheit auszusetzen, die ihm in vielen Fällen, besonders bei dem Frauenzimmer, hätte schwer werden können. Doch seine Göttin, die sich diese äußerste Vorsichtigkeit von Seiten des Ministers nicht vorstellen konnte, erklärte seine anscheinende Zurückhaltung für Verstellung und fand sich doppelt durch sie beleidigt; er musste nach ihrer Voraussetzung ihre Liebe, mit welcher sie ihm zuvorgekommen war, zu wenig schätzen und sie weniger lieben, als sie nach ihrer Meinung verdiente. Was für mächtige Ursachen zum Zorne! Ihre Ehre war auf allen Seiten gekränkt; sie musste aufgebracht sein, dass sie ihre Herablassung an einen Unerkenntlichen verschwendet hatte; sie musste aufgebracht sein, dass ihr das ganze wohlausgesonnene Strategem vereitelt wurde, dass sie ihr Wort, ihn zu hintergehn, umsonst gegeben hatte; der Ruhm ihres Verstandes, ihrer Feinheit, ihrer List, der Ruhm der weiblichen Gewalt über das männliche Geschlecht geriet in Gefahr; sie schien sich selbst ein betrogenes, verachtetes, blödsinniges, überlistetes Weib – ein Weib, von einem Manne überlistet! Himmel! Das sind ja Aufforderungen, um vor Wut zu rasen!

So viele Beleidigungen forderten schlechterdings Rache: Ihr Ehrgeiz trat mit der Liebe in ein Bündnis – und beide brüteten ein gar herrliches Projektchen zu Dücs Untergang aus. Er wurde wegen einer anderen Sache, um welche er notwendig wissen musste, noch einmal von ihr auf die Folter gebracht, und in dem vollen Laufe seiner Lustigkeit ließ sich der gute Narr fangen; er wurde offenherzig, und zwar so sehr, dass er sich einige seiner eigenen Urteile und zuletzt sogar bittere Spöttereien darüber entwischen ließ, die eine schwache Seite des Hofs empfindlich angreifen mussten. Kaum hatte sie ihn im Netze, als sie triumphierend forteilte, seine Übereilung zu seinem Schaden zu nützen; sie entdeckte alles – versteht sich, mit wohlangebrachten Zusätzen und Verschönerungen! –, und in wenig Tagen war der ehrliche Johannes Düc von seiner Geliebten, von dem Minister verabschiedet und obendrein im Gefängnis.

Viel auf einmal! Aber doch nicht genug, seine gewöhnliche Gleichmütigkeit zu überwältigen! – Seine Situation selbst gab ihm in den ersten Tagen seiner Gefangenschaft Stoff zum Lachen; der Kerkermeister, die andern Gefangnen kamen, sich von ihm belustigen zu lassen, und da dieser Zeitvertreib erschöpft war, verliebte er sich in die Tochter des Kerkermeisters.

Sie war oft mit ihrem Vater und der übrigen werten Familie seine Zuhörerin gewesen und wünschte bald, es öfter ohne eine so ansehnliche Begleitung sein zu können. Die Gelegenheit zeigte sich, wo sie ihm ganz allein einen Besuch abstatten konnte, und bei diesem ersten Besuch kam es schon so weit, dass sie ihn schlechterdings wiederholen *musste,* wenn sich auch ihre ganze Anverwandtschaft vom ersten Urgroßvater an in corpore dawidergesetzt hätte. Er scherzte, tändelte, schäkerte, küsste die Zeit mit ihr hinweg, bis sich endlich die väterliche Autorität wegen verschiedener Bedenklichkeiten ins Mittel schlug, das Mädchen aus dem Hause zu einer alten Muhme tat und also den Knoten des Romans mitten entzweischnitt. Wirklich war auch der rechte Punkt getroffen, denn noch *eine* Zusammenkunft! – und die Liebe hätte ihnen einen Streich gespielt, den Düc gewiss hinterdrein bei gesunder Überlegung sich gern verbeten haben würde.

Sein Herz war also wieder müßig; wo sollte es sich nun hinwenden? – Sein Witz half ihm. Er verfertigte sich aus der Wäsche, die man ihm mitgegeben hatte, eine Puppe, ein Ungeheuer, das kaum einem Wesen in der ganzen Schöpfung und noch viel weniger einem Mädchen ähnlich sah. Die Puppe wurde seine Geliebte, er küsste, er wiegte sie auf dem Schoße, er sagte ihr die schmeichelndsten Süßigkeiten – kurz, tat wie alle Sterblichen, wenn sie nichts zu tun haben – spielte mit der Puppe.

Seine Sache war indessen entschieden, und er sollte wieder auf freien Fuß gesetzt werden; doch um zu sehen, wie weit seine Erfindung steigen würde, ließ man ihn noch einige Zeit im Gefängnis und befahl, ihm seine Puppe heimlich wegzunehmen. Sie hatte wahrhaftig durch die Gewohnheit, sie als seine Geliebte zu betrachten, unschuldigerweise Anteil an seinem Herz bekommen, und ihr Verlust war ihm fast so schmerzlich wie der Verlust einer Geliebten mit fleischernen Rosenwangen und fleischernen Lilienhänden. Er machte Elegien auf ihre Trennung, ließ sich eine alte Zither bringen und sang seine Trauerlieder mit einem karikaturmäßigen Schmerz darein. Auch dieser Zeitvertreib war bald abgenutzt. Endlich kam er auf den Einfall, seinen Aufseher im Tanzen zu unterrichten; der steife Alte musste jede Stunde, die er missen konnte, seine ungelenken Füße zu Dücs Vergnügen hergeben. Das Lernen ging sehr langsam vonstatten, und die Ungeschicklichkeit des Lehrlings, der mit aller Mühe nicht ein rechtschaffnes Pas herausbrachte und die seltsamsten Bocksprünge machte, diente dem Meister zum beständigen Gegenstande des Lachens, und selbst in den Stunden, wo seine Unterweisung nicht stattfand, unterhielt ihn das Andenken daran.

Endlich wurde er befreit, und seine Gefangenschaft hatte ihm wenigstens dazu genützt, dass ihn seine Aufführung während derselben verschiedenen Personen von Stande merkwürdig gemacht hatte, worunter ihm einige ihr Haus anboten.

Allen andern Anerbietungen zog er das Haus einer Dame vor, einer reichen Witwe, vielleicht mehr aus Phantasie als aus überlegten Gründen, wenigstens hätte er sich in seiner Wahl außerordentlich betrogen, wenn er mit Überlegung zu Werke gegangen wäre. Sie war nichts weniger als geschickt, einen Mann gehörig zu behandeln, den das Schicksal einige Stufen unter sie und die Natur ungleich mehrere über sie gesetzt hatte. Sie war zwar beständig in der großen Welt gewesen und kannte sie, allein sie war ein deutlicher Beweis, dass es ein mächtiger Unterschied ist, die *Zeremonien* der großen Welt und die *Sitten* der großen Welt gelernt zu haben. In jenen war sie ein Muster; aber diese, die sanfte nachgebende Politesse, hinter welcher sich die Größe gleichsam, wie hinter einem Schleier verbirgt, um nicht durch ihren Glanz zurückzuschrecken, um andre ihre Niedrigkeit weniger fühlen zu lassen und die Ehrerbietigkeit weniger schwer zu machen – diese Fertigkeit *wirklich* großer Personen kannte sie ganz und gar nicht, sie hatte vielmehr das völlige Steife und auffallende Stolze einer Dorfmonarchin, die sich nicht größer dünkt, als wenn sie andere empfinden lässt, wie hoch sie sich selbst schätzt.

Armer Düc! Nun wird's um deine Laune geschehen sein! – sollte man denken, aber nein! auch diesen Sturz hielt sie glücklich aus; nichts litt sie dabei, als dass sein Witz, statt munter zu sein wie vorher, jetzt allmählich beißend wurde. Das demütigende, niederschlagende Betragen seiner Gebieterin mischte eine Bitterkeit darunter, die ihn aus dem aufheiternden, lebhaften Gesellschafter zum pikanten Satiriker machte. Diese einzige Schadloshaltung verstatteten ihm seine Umstände, dass er sich aus der Tiefe, in welche er von dem Stolze jener Übermütigen niedergedrückt wurde, gleichsam zu seiner natürlichen Höhe wieder erhob, wenn er bei sich in der Einsamkeit oder unter Freunden ihn mit der unbarmherzigsten Satire durchzog; er lachte mit ihnen über seine komischen Beschreibungen davon und konnte in Abwesenheit seiner Dame so froh sein, als wenn er nicht das schwerste Joch trüge – das Joch des Stolzes. Mit der Zeit nahm aber doch die Bitterkeit seiner Empfindung zu und verwandelte sich allmählich mehr und mehr in Ärger; sein Stolz bekam mehr die Miene des Unwillens, und da zwei Stolze unmöglich nebeneinander Platz haben, ohne sich die Köpfe zu zerstoßen, so nahm er, weil er kein Liebhaber von Kopfstößen war, die klügste Entschließung und wich.

Freilich war er nach Verlassen dieses Hauses in nicht viel bessern Umständen, als wie ihn die Kindmutter auf die Welt setzte; aber Freiheit! –. Diese süße Idee und noch süßere Empfindung gab ihm einen genugsamen Teil seiner guten Laune wieder, um bei dem Mangel glücklicher zu sein als bei dem verlassenen Überfluss, den ihn Zwang und Überdruss nur halb genießen ließ. Er wanderte in der festen Entschließung aus, seinen guten Mut auf die Probe zu stellen, ob er auf dem Meer so gut aushalten könne, als er bisher auf dem festen Land getan hatte. Er fand zu seinem Glück auf dieser Pilgrimschaft einen alten Freund, der ihn mit einem Zehrgeld versorgte, ohne das er nicht anders als durch Betteln nach Amsterdam hätte kommen können, wo er eine Stelle auf einem Schiff suchen wollte. Eines Abends, als er singend und pfeifend seinen Weg daherging, um in dem nächsten Dorf zu übernachten, wurde er mitten in seiner Lustigkeit von Räubern überfallen. Er warnte sie mit aufgeräumtem Tone, als sie ihm eine Pistole auf die Brust hielten, ihr Pulver nicht an sein Leben zu verschwenden, weil es ihnen die bei ihm zu hoffende Beute unmöglich wieder ersetzen würde. – »Ich will euch Ökonomie lehren«, setzte er hinzu. »Ohne zu schießen, ohne Zorn, Zank und Hader wollen wir in Ruhe und Frieden miteinander teilen. Hier ist mein ganzes Vermögen« – wobei er seinen Geldbeutel in den Hut ausschüttete –, »ihr bleibt vermutlich hier auf dem Flecke und lauert auf jemanden, der euch eure Mühe reichlicher bezahlen kann, aber *ich* muss noch bis nach Amsterdam. Wenn ihr's nicht sonderlich nötig habt – wir wollen zur Hälfte teilen.« – Die Diebe lachten und willigten in den Vertrag; allein sie betrogen ihn, denn gleich darauf fielen sie ihn noch zu verschiedenen Malen an und teilten so oft mit ihm, bis ihm nichts mehr zu teilen übrigblieb. – »Nu gut!« sagte er bei der letzten Teilung, »wenigstens wollen wir diesen Rest im nächsten Wirtshaus zusammen vertrinken, damit ich doch *etwas* von meinem Gelde genieße, nicht wahr, so gutherzig seid ihr?« – Sie gingen miteinander, führten seinen Vorschlag aus, und die Räuber waren von seinem guten Mut und seiner fröhlichen Laune so bezaubert, dass sie ihm das Geraubte bis auf den Pfennig wiedergaben. Er dankte ihnen freundlich und setzte seinen Weg glücklich bis Amsterdam fort.

Er tat eine Reise nach Ostindien; alle traurigen Zufälle der Schifffahrt vereinigten sich auf dieser ersten Seereise, und doch war er beständig der Heiterste, der Fröhlichste und musste oft den Tadel des Kapitäns darüber erdulden, dessen Ernsthaftigkeit sich mit seiner Aufgeräumtheit nicht vertragen wollte. Er spottete über die Wellen, scherzte mit ihnen, forderte sie heraus, lachte des Sturms, wenn andere auf ihn fluchten oder über ihn winselten.

Obgleich Dücs Geschichte buchstäblich wahr ist, so wird er doch, so gut wie in dem besten Roman, auf einer so kurzen Fahrt verschlagen, und zwar auf eine Insel, die damals mit den Holländern noch in keiner Verbindung stand. Die Einwohner forderten sie mit den lächerlichsten Zeremonien durch einen Gesandten, der vom Kopf bis auf die Füße mit bunten Federn geschmückt war und tanzend die Kriegserklärung absang, förmlich zum Treffen auf. Der Kapitän, ein, jähzorniger Mann, war gleich bereit, den Gesandten und die kleine Armee, die sich von fern blicken ließ, niederzuschießen; doch Düc rettete sie durch seine Fürbitten, erbot sich zum Abgeordneten an sie und besänftigte durch sein friedliches Betragen ihren Zorn.

Bald darauf kamen sie zu einer anderen Insel, die leer von Bewohnern zu sein schien und wo sie Wasser aufnahmen. Düc ging mit denen, die das Wasser holten, ans Land; sie mussten tief in die Insel hineinwandern, um einen Quell zu finden, und unterdessen riss eine schnell einbrechende Flut ihr Boot los, trieb es ins Meer zurück, und das Schiff, das sie schon längst aus dem Gesicht verloren hatten, wurde von dem nämlichen Strom, ohne dass sie es wussten, weit von ihnen entfernt. Einige von ihnen folgten trostlos den Krümmungen des Flusses, auf welchem sie hereingefahren waren, um so vielleicht zum Meeresufer ohne Verirrung zu gelangen und dem Schiffe zuzurufen, das sie nichts weniger als so weit von ihnen weggetrieben glaubten. Sie kamen wohl nach unendlichen Beschwerlichkeiten, durch Sümpfe und über Felsen dahin, aber – da war kein Schiff! Sogar ihr letzter Trost war nun erschöpft; sie vermuteten die Ursache vom Verschwinden des Schiffes und gaben sich, dieser aus Verzweiflung, jener aus mutloser Gelassenheit, willig darein, auf diesem öden Fleck Erdreich zu verhungern. Schrecklich war es allerdings, sich auf ein Stück Fels mitten in unermesslichen Wassern hingesetzt zu sehen, auf einem Platze, den wahrscheinlicherweise niemand befuhr, wenn ihn nicht der Sturm oder ein anderer Unfall hinschleuderte, ohne Anschein von Rettung, in der gewissen Erwartung eines quälenden Todes; denn der Boden brachte kaum etliche Halmen Gras hervor und schien essbare Früchte gar nicht zu kennen; die Wasserfässer und ihre Kleider waren alles, was sie besaßen, ihre Bequemlichkeiten und ihre Reichtümer. Sie beratschlagten lange, ob sie auf der Stelle sterben oder den höchst mühsamen Weg noch einmal daran wagen sollten, um ihren zurückgelassenen Gefährten die Nachricht von der Gewissheit eines Schicksals zu überbringen, das sie bald fühlen mussten; Düc, der unter diesen Abgeordneten war und dessen Hoffnung nur mit seinem Atem ausging, riet zu dem letztern und riss seine Kameraden mit einer Art von freundschaftlicher Gewalttätigkeit fort. Die Zusammenkunft war, wie leicht zu erachten, höchst traurig, und Düc wurde sehr gehasst, dass er das Traurige davon weniger empfand und die anderen weniger empfinden lassen wollte. Der Hunger nahm mit jedem Tag zu, und die Vermutung, ihn zu stillen, nahm mit jedem Tag ab; denn bei fernerer Untersuchung fanden sie auf ihrem Wohnort mehr Felsen und weniger Boden und außer einigen sparsamen Kräutern, die am Rand eines Baches wuchsen, nicht das mindeste Gewächs, keinen Baum, kein Tier, außer einigen kurzen Gesträuchen, die zerstreut an der einen Meerseite standen, die sie am schicklichsten für ihre Wohnung fanden. Dücs Gefährten, sonst mutige Flucher, verzweifelten und fassten den schrecklichen Entschluss, sich ins Meer zu stürzen, um einen unvermeidlichen Tod zu beschleunigen. – »Narren«, rief Düc bei einer solchen Beratschlagung, »was soll ich allein hier anfangen? Die Zeit wird mir lang. Wir wollen das Gras der ganzen Insel erst einernten, und wenn unsre ganze Ernte aufgezehrt ist, denn steht es uns ja immer frei, ob wir eines nassen oder trockenen Todes sterben wollen.« – Er stellte ihnen seine Abneigung, sich selbst den Fischen und Ungeheuern des Meeres zu servieren, und seine Furcht, von ihnen verschlungen zu werden, so komisch vor, malte ihnen den kleinen, armseligen Rest von Hoffnung und die Art ihrer Erhaltung und künftigen Lebensart so lebhaft, so munter aus, dass er sie, bis auf einen, von ihrer Verzweiflung zurückbrachte, der unter allen der Mutloseste war und in dem Taumel der Verzagtheit sich geradezu in die Wellen warf, ohne ein Wort hören zu wollen.

Die Übrigen sammelten auf Dücs Rat und unter seiner Anführung jeden lebendigen Halm ein, dessen sie nur habhaft werden konnten, und machten eine Höhle zum Magazin, wo sie den getrockneten Vorrat sicher vor Regen und anderen Zufällen aufbewahrten. So unangenehm auch der Geschmack dieser Nahrung und so kümmerlich überhaupt dieser Unterhalt war, so erhielt sie doch Dücs Heiterkeit unbeschädigt und teilte sich auch seinen Gefährten so weit mit, dass sie wenigstens nicht über ihr Schicksal murrten, wenn sie sich gleich nicht darüber erheben konnten. Das Bedürfnis machte sie so sinnreich, dass sie mit den zerschlagenen Dauben eines Wasserfasses, die sie an einem Ende mit Messern, ihrem einzigen Handwerkszeug, zuspitzten, Fische ungemein fertig aufspießten, wenn sie sich am Rande des Wassers blicken ließen. Im Kurzen erhöhte die Übung ihre Fertigkeit zu einem Grade von Unfehlbarkeit, die ihnen fast niemals ihre Beute entwischen ließ; doch was nützte ihnen eine Speise, die sogleich von der Fäulnis verdorben wurde und die sie gleichwohl aus Mangel des Feuers und Brennholzes nicht zum Genusse zubereiten konnten? – Der Zufall kam ihnen zu Hilfe: Sie entdeckten eine salzige Quelle, in welcher sie die getöteten Fische einlegten, um sie, wenn sich nach ihrer Meinung Salz genug hineingezogen hatte, von den Winden, die bisweilen sehr heftig und scharf bliesen, trocknen zu lassen.

Dücs wohlgenährter, ausgestopfter Körper, den er auf die Insel in dem blühendsten Zustand mitbrachte, litt durch diese nicht sonderlich nahrhafte Kost keine merkliche Veränderung, seine Gesundheit ebenso wenig und folglich auch seine Laune nicht, die mit jener bekanntermaßen immer in gleichem Schritte geht. Desto schlimmer waren seine Gefährten daran; einer starb, die anderen waren insgesamt krank und rückten täglich dem Tode näher; die Munterkeit ihres Kameraden vermochte über ihre abgemergelten Gerippe und vertrockneten Nerven nichts, sie wurde ihnen gar zur Last. Sie bedauerten es insgesamt sehr vielfältig und machten ihrem Ratgeber bittere Vorwürfe darüber, dass er sie von ihrem Vorsatz, sich ins Meer zu stürzen, zurückgebracht hatte, und ob es gleich noch immer in ihrem Belieben stand, ihn auszuführen, so hatten sie doch weder Kräfte, Feuer noch Mut genug, ihn nur zu fassen, und konnten nichts als weichmütig klagen. Düc wies ihre Beschwerden mit einem lustigen Einfall ab und ermahnte sie, seinem Beispiel zu folgen, ihre Betrübnis, die sie sonst im Branntwein ersäuft hätten, jetzt im Wasser ertrinken zu lassen, wobei er ihnen aus dem Bach auf die Gesundheit seines dicken Bauchs zutrank. Er versicherte, dass er bei Gras und halbverfaulten Fischen mit seinem Bauch der holländischen Nation mehr Ehre mache als der Statthalter zu Batavia, der dem Gerücht nach so mager wie eine vertrocknete Sardelle sei, ob er gleich in einer Mahlzeit mehr zu sich nähme, als sein Magen auf dieser Insel wahrscheinlicherweise niemals zu sehen bekommen würde, und wenn er ein ganzes Jahrhundert hier zubrächte! »Dafür hat er nicht, was ich habe«, setzte er hinzu, »– fröhlichen Mut! Er soll so sauertöpfisch und mürrisch sein wie ein indianischer Affe.« – In einer solchen Laune schwatzte er die Zeit, Kummer und Hunger hinweg; doch seine Aufgeräumtheit tat bei seinen Gefährten eine widrige Wirkung; wie allen Menschenkindern diejenigen unter ihren Brüdern zur Last sind, zu deren Fröhlichkeit sie sich nicht erheben können, wurde er ihnen unleidlich und endlich gar verhasst; sie hießen ihn schweigen, sie jagten ihn unwillig von sich.

Noch mehr! Als er einst schlief, fassten sie gar den grausamen Entschluss, sich mit seinem noch ziemlich fleischigen Körper bessere Nahrung und bessere Kräfte zu verschaffen: Sie wollten ihn umbringen, und einer, der jederzeit das menschenfeindlichste, mürrischste Tier des Erdbodens gewesen war, zog schon sein Messer hervor. Die Verzweiflung hatte alle Federn seiner Seele angespannt, um diesen Vorsatz hervorzubringen; doch da er zu abgemergelt war und sein träges, faulendes Blut seine Grausamkeit nicht unterstützte, so entsank ihm Mut und Messer, und er unterließ eine schreckliche Handlung, die er bei mehr körperlicher Stärke zu Anfang dieses traurigen Aufenthaltes gewiss begangen hätte, wenn ihm Düc schon damals so verhasst gewesen wäre wie jetzt. Inzwischen waren sie einmal auf den blutdürstigen Gedanken gekommen, ihren Hunger mit dem Fleisch ihres Kameraden zu stillen, und einer unter ihnen tat den Vorschlag, ökonomisch dabei zu verfahren und sich indessen mit den Waden zu begnügen; man billigte seinen Rat und rüstete sich zur Ausführung. Sie fielen insgesamt plötzlich über ihn her, hielten ihn fest, und einer schritt zur Operation. Kaum hatten sie ihn angegriffen, als er auffuhr. – »Was soll das?« fragte er verwundert. – »Halt still, oder du kommst um dein Leben!« war die Antwort, wobei ihm der Exekutor, um ihn zu schrecken, das Messer an die Kehle setzte. – »Liebe Kinder!« sagte Düc, der seine Fassung nur auf einige Augenblicke verloren hatte, »habt ihr auf einmal so viele Lust zum Spaßen bekommen?« – So wand er sich los, was ihm bei so schwachen Gegnern ungemein leicht wurde, und stellte sich mit seinem eigenen Messer unter possierlichen Gebärden zur Gegenwehr. Seine Feinde hungerte im Ernst, weswegen sie am Spaßen keinen Geschmack fanden, sondern ihn überwältigten, dass ihm also nichts übrigblieb als – kapitulieren.

»Sagt mir nur«, fing er an, »warum? was? wie?« und dergleichen mehr! »Erstlich, was wollt ihr!« – »Deine Waden!« schrie man, setzte sogleich das *Warum* und statt des Schlusses eine abermalige Drohung mit Lebensgefahr hinzu. – »Meine Waden! Wenn's weiter nichts ist! – Warum habt ihr nun nicht das Vertrauen zu euerm Kameraden und sagt so etwas geradeheraus? Lieber hättet ihr den dummen Streich begangen, mir beide Waden abgesäbelt und mich auf Lebenszeit gelähmt; ich will euch einen viel vernünftigern Rat geben. Meine Hinterbacken sind ein viel größrer und herrlicherer Bissen, von dem ihr euch lange ohne meinen Schaden nähren könnt; nur *das* bedinge ich mir aus, dass ich den Vorgriff habe; denn eigentlich ist es doch mein Eigentum. Wohlan! Ich will euch bewirten, so kostbar als kein König traktiert. Schneid' zu, Mann!« –

In dem Augenblick wollte er sich in die zur Operation bequeme Lage setzen, der Vorschneider machte sein Instrument zum Schnitte fertig – pump! gab ihm Düc einen fühlbaren Stoß mit dem Fuße ins Gesicht, dass er rücklings niederstürzte, schrie aus vollem Halse: »Schiffe! Schiffe!« – Die ihm den Oberleib hielten, sahen sich nach einer Sache, die sie so sehnlich wünschten, begierig um, ließen darüber ihre Hände erschlaffen, er sprang auf, rannte dem Ufer zu, gerade ins Wasser hinein, so tief er konnte, und entwischte glücklich in eine nahe Felsenkluft an der linken Seite der Insel, wo er sich vor der Wut seiner Gefährten verbarg.

Was hatte er aber nun gewonnen? – Sein Zustand war jetzt unendlich trostloser; den Tag über schlief er, und des Nachts schlich er herum, die Magazine seiner Gefährten zu plündern und die Salzquelle zu berauben. – O Himmel! Wenn doch nur vier oder fünf Menschen auf *einem* Flecke dieser Erdkugel *zusammen* leben könnten, ohne zu streiten und zu kriegen! Hier sitzt ein Trupp von sechs Personen auf einem öden Stück Fels in der dürftigsten Verfassung, ohne all' die gewöhnlichen Reize der Leidenschaft und der Habsucht, und doch ist schon innerlicher Krieg! Da sie nicht um Geld und Länder kämpfen können, so kämpfen sie um ihre – Waden; schon vertreibt eins das andre, schon will eins das andre verhungern lassen! – Und der Krieg war gewiss äußerst ernsthaft; denn nicht viel fehlte, so rieb er beide Parteien auf; auch starb wirklich einer von Dücs Feinden in wenig Tagen. Wer sollte es vermuten? Das Schiff, das von seiner Bahn unendlich weit weggetrieben worden war und sie so lange ihrem traurigen Schicksal hatte überlassen müssen, kam auf seinem Rückweg – in der Absicht, die Zurückgelassenen aufzusuchen, oder durch einen günstigen Zufall – wieder zu dieser Insel. Ohne dass man erwarten konnte, noch jemanden lebendig anzutreffen, schickte man ein Boot dahin ab, welches außer unserem Düc nur noch einen am Leben fand; diese beiden wurden jetzt, da sich einer so gut wie der andre füttern konnte und keiner etwas zum Voraus hatte, wieder herzensgute Freunde und Düc, dessen Munterkeit in der letzten einsamen Periode einen großen Stoß erlitten hatte, wieder der vorige Düc, sobald sein Bauch und seine Waden wieder rekrutiert waren. Er tat die Reise nach Ostindien noch zu verschiedenen Malen, gelangte zu einigem Vermögen, fing einen eigenen Handel an und handelte sich reich.

Da er Reichtum bekam, so war für einen Menschen von Dücs Zusammensetzung nichts natürlicher als der Gedanke, ihn mit einem Mitgeschöpf zu teilen, das ihm durch ihre Gemeinschaft den Genuss desselben erhöhte, das heißt in gewöhnlichem Deutsch – sich eine Frau zu suchen, und da der Geruch des Reichtums sehr bald Mitesser herbeilockt, sobald man nur die mindeste Miene macht, dergleichen zu verlangen, war er ohne Schwierigkeit verlobt, verheiratet und in der gehörigen Ordnung Mann und Vater; allein die Prüfungen seiner guten Laune waren noch nicht vorüber; denn der Himmel gab ihm eine *weise* Frau – eine Frau, die mit tausend guten Eigenschaften geschmückt war, die jeden anderen Mann überglücklich hätten machen können und unter welchen eine einzige und die vorzüglichste Dücs Unglück war: Sie hatte gerade so viel Verstand wie ihr Mann Witz und beinahe so viel Ernsthaftigkeit wie ihr Mann Aufgeräumtheit. Durch welche Bezauberung der gute Knabe dazu kam, dass er gerade eine Frau wählte, die dem ersten Anschein nach für ihn gar nichts Anziehendes hätte haben sollen, die so völlig sein Antipode war, dass noch nie zwei so ungleichartige Dinge zusammen gepaart worden sind – und wie er bei völliger Freiheit, ohne gezwungene Rücksicht auf Geld, ohne Verblendung von Schönheit eine solch' misshellige Wahl tun konnte, das weiß allein der Himmel, der Herzen und Hände auf dieser Erde miteinander vereinigt; ich meines Orts kann nach meinem schriftstellerischen Gewissen weiter nichts mit Gewissheit berichten, als dass er auf das Kommando des Pfarrers den Ring mit ihr wechselte und dass sie ihm zu gehöriger Zeit einen Sohn lieferte, der Andreas getauft wurde und eine so verkehrte, wunderseltsame Kreatur war, als man von einer Zusammensetzung aus so widerstreitenden Elementen erwarten konnte.

Düc hatte im Grunde nicht mehr Verstand, als man braucht, um Witz haben zu können; er war daher häufigen Übereilungen im Urteilen ausgesetzt, und seine Schlüsse waren oft so unzusammenhängend, dass jeder, der auch niemals nach bar-

bara celarent [Syllogismus; Anm. d. Hg.] geschlossen hatte, ihre Unrichtigkeit sehr deutlich fühlte; da der Gang seiner Ideen überhaupt nur sprungweise geschah, oft mit so weiten, meilenlangen Schritten, dass Leute, deren Kopf höchstens nur in einem stillen, sittsamen Trabe fortschritt, den armen Düc mit seinen weiten Gedankensprüngen bona fide für verrückt hielten, so war nichts leichter, als ihn mitten in seinem Hüpfen und Herumtummeln aus dem Sattel zu heben, wenn man mit gesetztem, kaltem Verstand auf ihn losging; ohne dass er bei einem solchen Sturze eigentlich aus der Fassung geriet, trieb ihn seine Lebhaftigkeit meistenteils so hastig wieder fort, dass er oft schon von neuem stürzte, wenn er kaum aufgestanden war. Dabei hatte er das Unglück, dass er nie zürnen konnte; seine gute Laune und seine natürliche Gutherzigkeit ließen ihn gar nichts Schmerzhaftes dabei empfinden, unrecht zu behalten, und sein Gegner genoss seinen Triumph, ohne dass Düc es merkte, dass man über ihn triumphierte; kurz, er war vortrefflich zum Angriffe, aber ungemein schlecht zur Verteidigung. Eine so friedfertige Eigenliebe, so vielfältige Übereilungen, Bocksprünge und so wenige Verteidigungskunst – welche Einladungen für eine Frau, die Verstand hat, ihren Verstand fühlt, dabei Eitelkeit genug besitzt, ihn andere fühlen zu lassen, und zu viel Stolz, um es nicht mit Schwert und Feuer zu ahnden, wenn jemand mehr Verstand haben will als sie! Welche Anlockungen, ihren guten Mann mit ihrem Verstande so wacker zu quälen, dass er um sein eigenes bisschen darüber kommen möchte! – Sie mochte wohl mehrenteils die Sachen besser einsehen, reiflicher überlegen, richtiger beurteilen und also wohl in den meisten Fällen Recht haben; aber es ist doch eine wahre Grausamkeit, immer Recht zu behalten und dem anderen gar niemals das süße Vergnügen zu gewähren, dass er die Wahrheit gefunden hat. Von einer solchen Verfeinerung war ihre Menschenliebe weit entfernt; ohne ihrem Manne unhöflich oder hitzig zu begegnen, schwatzte sie ihn mit der besten Art so danieder, dass er allemal das Unrecht auf seiner Seite hatte, ohne dass ihm Unrecht geschehen zu sein schien. Was musste erfolgen? – Er fühlte auf die Dauer eine starke Unbehaglichkeit in ihrer Gegenwart und besonders bei ihrem Gespräch; er konnte sie nicht hassen – denn sie beleidigte ihn nie durch Grobheit oder Ungestüm –, aber er konnte sie auch nicht lieben, er hätte denn gar kein Fünkchen Eigenliebe haben müssen; die Neigung, sich zu belustigen, war bei ihm die herrschende, bei seiner Frau wurde sie nicht sonderlich befriedigt; die natürliche Folge war also, dass er Orte und Gesellschaften suchte, wo sie besser befriedigt werden konnte.

Gleichwohl riss ihn diese Partie, ob es schon die einzige und natürlichste war, die er fassen konnte, in einen Wirbel von Zerstreuungen, Lustbarkeiten und Ergötzlichkeiten, die ihn allmählich von der Aufmerksamkeit auf seine Geschäfte ganz abzogen, die seinen Aufwand vergrößerten, indem sie die Quellen seiner Einnahmen verringerten, ihn unfähig machten, neue aufzusuchen, und die alten denen preisgaben, denen er seine Angelegenheiten zu besorgen überließ. Sein Leben war eine Reihe von Lustreisen, von Picknicks und anderen gesellschaftlichen Partien; keine Koterie, kein Kränzchen, kein Klub, wo er nicht Mitglied war! Er wusste sich das harte Schicksal, eine Frau mit *zu vielem* Verstande zu haben, so leicht, so erträglich zu machen, dass er sie zuletzt Monate lang nicht zu sehen bekam, und ließ ihr unge-

175

stört die Freude, das Ansehen ihrer Einsichten unter ihren Domestiken zu behaupten und das ganze Jahr hindurch im ganzen Hause Recht zu haben. Beide Teile waren zufrieden und vergnügt, die Glückseligkeit ihrer Ehe nahm mit jedem Tag zu, nachdem sie hinter das Geheimnis gekommen waren, sich so trefflich ineinander zu schicken, und das Glück dauerte ungehindert fort – bis die verdammten Freudenstörer, die Gläubiger, auf den unseligen Einfall gerieten, ihm ihr Verlangen nach Befriedigung gerichtlich melden zu lassen. Der Streich traf ihn unvorbereitet, der Bankrott ließ ihm nicht mehr übrig, als nötig war, um mit der äußersten Sparsamkeit und einer noch größeren Genügsamkeit hinzuleben. Die Widerwärtigkeit war ihm zwar jetzt empfindlicher als jemals eine, allein sein Schmerz setzte sich bald wieder, und er fühlte nichts so stark, als dass er den ganzen Tag zu Hause bleiben und mit seiner Frau in *einer* Stube Tag und Nacht leben musste, die ihn dann mit ihrem Verstande und besonders mit vernünftigen Vorstellungen, wie er's hätte machen müssen, wenn er nicht hätte bankrott werden wollen, so unbarmherzig quälte, dass er es sehr oft beklagte, dass seine Frau nicht auch zum Konkurse gezogen worden war. – Ich werde noch einmal bankrott machen und mit meiner Frau bezahlen; sie ist so verständig, dass sie alle meine Gläubiger mit ihrem Verstand ums Leben bringen kann – auf diesen Schlag waren die Einfälle, womit er sich für seine Martern an ihr rächte.

Not und Mangel sind zwei so harte und so mächtige Gegner, dass die gute Laune und ihre Sekundantin, die Philosophie, selten den Kampf mit ihr aushalten und noch niemals Meister vom Schlachtfelde geworden sind; jene beiden Feinde der menschlichen Zufriedenheit besitzen eine besondere Kunst, diese letzten so allmählich und unbemerkt von unserer Partie abzuziehen, dass wir uns von ihrer Hilfe verlassen sehen, ohne zu wissen, wo sie hingekommen sind. Bei dem armen Düc wurden die lustigen Einfälle täglich seltener; das Gefühl seiner mehr als eingeschränkten Glücksumstände, die Eingezogenheit, zu welcher sie ihn zwangen, die Einförmigkeit seiner Lebensart und der ernste Ton des Umgangs mit seiner Frau, die traurige Langeweile, die bei einem so lebhaften Charakter unausbleiblich sein musste, da seine innere und äußere Geschäftigkeit auf einmal in die stärkste Ebbe geriet, der unbefriedigte Hang zum Vergnügen und zu Zerstreuungen, der gänzliche Mangel an Erwartung einer günstigeren Verfassung und – was noch schlimmer als alles war – die gänzliche Unfähigkeit, neue Wege zu neuen Erwartungen sich zu öffnen, in welche ihn die bisherige Bequemlichkeit und die gehäuften Ergötzlichkeiten eingewiegt hatten – alle diese schweren Lasten drückten auf die Nerven seines Kopfs und seiner Leidenschaften so stark, dass sie ganz erschlafften: Er war ein toter Mann, weil seine Leidenschaften tot waren. Es ist unstreitig die schrecklichste, obgleich vielleicht von wenigen nur bemerkte Lage, in welche das Schicksal einen Menschen hinabstoßen kann, wenn seine äußere Verfassung sich mit seinem Gemütszustande vereinigt, eine völlige Anarchie unter seinen Leidenschaften hervorzubringen, wenn unsere Begierden und Wünsche so ganz am Ende ihrer Wirksamkeit sind, dass wir auf der *einen* Seite uns scheuen, einen herrschend werden zu lassen, weil uns wahrscheinlicherweise alle Mittel genommen sind, *einen* zu erreichen, und auf der anderen uns fürchten, einen Plan zu machen, weil wir uns zu bequem, kraftlos und untätig fühlen, Hindernisse und Schwierigkeiten zu übersteigen; gern kehren wir alsdann den Blick von allem Glücke weg, das durch Aussinnung und Ausführung eines Plans möglich wäre, um nur nicht zugleich an Hindernisse und Bemühungen erinnert zu werden, wovon uns der Gedanke schon erschreckt. Wir werden gute, ehrliche, vegetierende Wesen, die den gewöhnlichen Zirkel der körperlichen Bedürfnisse durchlaufen, ohne mit *einem* Gedanken oder *einer* Handlung zu verraten, dass wir mehr können als essen, trinken, schlafen. Ein solcher Seelentod ist nur im äußersten Glück und im äußersten Unglück möglich und am empfindlichsten, wenn wir zu ihm übergehen; in der Folge macht uns zwar die Gewohnheit verträglich mit ihm, allein für ein Geschöpf von Dücs Lebhaftigkeit bleibt ungleich länger eine gewisse Unbehaglichkeit dabei übrig. Der Fall seiner Leidenschaften zog notwendig den Fall seines Witzes nach sich, der von jenen lebte, und das Schlimmste dabei war, dass der Verstand seiner Frau wuchs, wie sein Witz abnahm. Die eingeschränkte Lebensart, die sie gegenwärtig führten, war für *sie* nichts Neues, weil sie beständig die ihrige gewesen war; sie vermisste keine Ergötzlichkeiten, kein Vergnügen, weil sie nie eins genossen hatte, und fühlte die Beschwerlichkeit der Sparsamkeit und des verminderten Aufwandes weniger hart als ihr Mann, weil sie auch im Glücke beinahe geizig, wenigstens äußerst haushälterisch gewesen war; sie hatte also im Grunde keinen sonderlichen Zusatz von Unglück, sondern sogar eine Vermehrung ihrer Glückseligkeit erhalten – denn ihrem Ehrgeiz und ihrem Verstand ward nun erst die Laufbahn recht geöffnet, da Düc beständig zu Hause bei ihr bleiben und das Ziel abgeben musste, nach welchem ihr Verstand schoss, und mit jedem Gewinst, den er erlangte, ihrem Ehrgeiz schmeichelte, und das Gewinnen wurde ihr um so viel weniger schwer, weil der arme Düc, wie schon gesagt worden ist, ein herumschleichendes, niedergedrücktes Ding ohne Witz und Laune und folglich ohne Widerstehungskraft, zum Tun ungeschickt und nur zum Leiden und zur Geduld fähig war.

In dieser rühmlichen Tugend der Gelassenheit und Geduld brachte er es so ärgerlich weit, dass er sich von seiner Frau wie ein Kind gebieten, verweisen, strafen und lehren ließ; sein Herz war eine Wand, wo das bisschen Tünche von Witz und Leidenschaft heruntergewaschen war und der Grund, seine natürliche Gutherzigkeit, bloß und frei dalag, welche bekanntermaßen wider fremde Gewalttätigkeit ein schlechter Schutz ist. Zum Glück geriet seine Frau auf den Einfall, aufs Land zu ziehen und mit Hilfe eines aufgenommnen kleinen Kapitals eine förmliche Bauerwirtschaft anzufangen, die ihr anfangs nicht übel vonstatten ging; sie musste sich auf diese Weise in die Sorgen der Ökonomie zerstreuen, ohne dass ihr viel Zeit übrigblieb, ihren Mann mit ihrem Verstande zu quälen; Düc, so sauer es ihm fiel, musste seinerseits ein Gleiches tun, und seine Wohnung ward allmählich der wahrhafte Aufenthalt eines unabhängigen Philosophen, der die möglich wenigsten Bedürfnisse und fast gar keine Wünsche hat als fruchtbares Wetter und Gesundheit, der nicht zufrieden – weil sich dies vermutlich auf unserem Planeten nie völlig sein lässt –, aber auch nicht unzufrieden ist, ohne starke angenehme oder unangenehme Empfindungen in einem gemäßigten Mittelzustand dahinwandelt, nüchtern lebt, ohne zu fühlen, dass es Notwendigkeit ist, wenig isst, gut verdaut, gut schläft – kurz, so sehr Tier ist, als es der Mensch sein kann, das heißt, sich sein Futter verschafft, es genießt und sich um kein Haarbreit Gegenwärtiges oder Zukünftiges weiter bekümmert als um den Fleck, wo er eins von beiden tut, und an keinen Menschen denkt als an sich, seine Frau und Kinder.

So leidlich und fast behaglich ihm auch dieses stille dörfliche Leben durch die Länge der Zeit wurde, so fand sich doch auf die Dauer seine Frau, obgleich die Wahl desselben ihr eigener Einfall gewesen war, ungleich schwerer in die damit verknüpften Beschwerlichkeiten der Wirtschaft, wovon sie freilich einen größeren Teil zu tragen bekam als der Mann, und wurde völlig überzeugt, dass das Landleben nur im Theokrit und Geßner beneidenswürdig und bei einem reichlichen Einkommen reizend ist und dass auf niemandem so sehr der Fluch des Mannes liegt als auf dem armen Landmann; ihre Verdrossenheit nahm also beinahe in dem Maße zu, wie ihres Mannes Philosophie, Gelassenheit, Unempfindlichkeit, Erstorbenheit des Herzens – oder wie man es nennen will – mit jedem Tage wuchs. Er hatte es glücklicherweise ohne sein Verschulden zu einer solchen Windstille unter seinen Leidenschaften gebracht, dass ein alter Überrock, den er täglich trug, aller seiner Gebrechen, Risse und ausgebesserten Löcher ungeachtet, beinahe das einzige Gut der Erde war, das seine Neigung fesselte, das er wirklich liebte, wovon folgende Anekdote einen Beweis gibt.

Er bekam plötzlich Nachricht, dass ein reicher Vetter von ihm in Holland gestorben sei, der ihn zum Universalerben eingesetzt habe; die Nachricht war gerichtlich und so bestätigt und zuverlässig, als sie es sein konnte. Wir sind nun einmal insgesamt solche Thermometer des Glücks, dass es uns viele Affektation oder Mühe kostet, wenn wir nur scheinen wollen, es nicht zu sein, und da Düc keinen Beruf oder Ursache fand, diese Mühe anzuwenden, so gestand er ganz ungeheuchelt in Reden und Betragen, dass ihm dieser Zufall willkommen war, wiewohl er seinerseits nicht halb so viel Freude darüber empfand wie seine Frau, die in der Minute nach Holland in eigener Person geflogen wäre, wenn ihr der Himmel sogleich hätte Federn wollen wachsen lassen; mit Mühe ließ sie sich bereden, die vorläufigen Umstände bis zur Auszahlung durch einen sicheren Bevollmächtigten berichtigen zu lassen, wozu ihr ein Prediger seinen Bruder vorschlug, der in Amsterdam in Diensten der Admiralität stand. Indessen konnte sie vor Ungeduld den Anfang ihres veränderten Glücks nicht erwarten; ihr Verstand, der sonst bei den gemeinsten Vorfällen sich hervorzutun pflegte, erlag unter dieser günstigen Aussicht, da sie hingegen auf ihren Mann keine andere Wirkung tat, als dass sie seinen Witz wieder ein wenig aufweckte und ihm täglich ein paar muntere Einfälle mehr eingab. Sie lag ihm unaufhörlich an, Geld auf eine nach allem Anschein unstreitige Erbschaft aufzunehmen, in die Stadt zu ziehen, eine bequeme Wohnung zu mieten, für sich und ihre Familie gute Kleider, gute Möbel anzuschaffen – mit *einem* Worte, alles auf einen Fuß zu setzen, wie es nach dem zu erwartenden Vermögen eingerichtet werden konnte. Er widerstand ihr aus allen Kräften und mit vielen sehr vernünftigen Gründen; doch sie wusste beständig ungleich vernünftigere für ihre Meinung aufzutreiben, bis endlich die Stärke ihrer Vorstellungen oder vielmehr die Indolenz des Mannes und ihre Macht über ihn alle möglichen Widersprüche besiegten; sie fanden

Kredit, und der Plan der Frau wurde ausgeführt, so gut es Kredit und Borgen erlaubten; Düc schenkte seinen geliebten Überrock einem armen Nachbar und trennte sich mit so vieler Wehmut von ihm wie von seinem getreusten Freund.

Alles war in Ordnung und erwartete ihre Ankunft in der Stadt – welch ein Donnerschlag! Plötzlich erwies sich's, dass die Erbschaft nicht diesem Düc, sondern seinem jüngeren Bruder zugehörte und dass dieser schon persönlich an Ort und Stelle war, die Hinterlassenschaft seines Vetters zu heben. Seine Frau war, trotz all' ihres Verstandes, untröstlich über ihre betrogene Erwartung; sie schrie laut bei der ersten Nachricht davon und ging ohne Essen und Trinken wie eine Blödsinnige tagelang herum. – »Siehst du?« sprach ihr Mann mit gelassenem Tone, »ich habe dir's wohl gesagt, dass du mich um meinen alten Überrock bringen würdest.«

Wirklich war seine Lage jetzt ungleich trauriger als jemals: eine Menge Schulden, die er nicht bezahlen konnte, eine vernachlässigte Wirtschaft auf seinem Bauerngütchen, das zum großen Glück keinen Käufer noch gefunden hatte, der Spott des Publikums, vielleicht auch die Schadenfreude einiger Neidischen – wahrhaftig eine Menge Widrigkeiten, den standhaftesten Mut niederzudrücken! Allein Düc war mit dem Unglück vertraut und wurde von seinen Pfeilen nur gestreift, wenn sich seine Frau beinahe verblutete; er meldete seinem Bruder, von dem er seit seiner Auswanderung aus seiner Mutter Hause nichts gehört hatte, seine Umstände und überließ es seiner eigenen Güte und Liebe, was er tun wollte, sie zu verbessern. Der Bruder übernahm die Schulden, die Dücs Frau wegen ihrer besseren Einrichtung gemacht hatte, und bezog bei seiner Rückkunft aus Holland das Quartier, das sie hatte bewohnen wollen, gab eine kleine Summe her, ihre Wirtschaft auf besseren Fuß wieder zu setzen, und versprach, Dücs Kindern beizustehen, so viel sein Vermögen erlaubte, und den unerwachsenen männlichen Teil etwas lernen zu lassen oder den weiblichen auszustatten. »Bruder«, sprach Düc, »wenn du noch etwas für mich tun willst, so kaufe dem Manne, dem ich meinen Überrock geschenkt habe, ein neues Kleid und schaffe mir meinen Überrock wieder!«

Ruhig lebte er noch einige Zeit auf seinem Bauerngütchen und starb, ehe er seinen Überrock ganz zerrissen hatte.

Buchanzeige

Joerg K. Sommermeyer (Hg.)
Joseph Conrads Heart of Darkness
Herz der Finsternis
Englisch und Deutsch
Deutsch nach der Übersetzung von Ernst Wolfgang Freißler,
revidiert und neu bearbeitet von Georg J. Feurig-Sorgenfrei
Herausgegeben und mit einem Nachwort versehen von Joerg K. Sommermeyer
Kollektion Abenteuer- & Reiseerzählungen / KAR 5
Orlando Syrg Taschenbuch, 1. Aufl., OrSyTa 182018, Berlin 2018

Joerg K. Sommermeyer (Hg.)
Münchhausen und Lukian
Bürgers Münchhausen und Lukians Bericht
phantastischer Begebenheiten
Durchgesehen, revidiert, neu bearbeitet
(Lukian basierend auf der Übersetzung von August Friedrich Pauly),
herausgegeben und mit einem Nachwort versehen,
von Joerg K. Sommermeyer
Kollektion Abenteuer- & Reiseerzählungen / KAR 6
Orlando Syrg Taschenbuch, 1. Aufl., OrSyTa 192018, Berlin 2018

Joerg K. Sommermeyer (Hg.)
August Klingemanns Nachtwachen
von Bonaventura
Durchgesehen, revidiert und herausgegeben
von Joerg K. Sommermeyer
Reihe alte Tradition Azurcelesteblueoscuro / RAT ACBO 18
Orlando Syrg Taschenbuch, 1. Aufl., OrSyTa 52019, Berlin 2019

Joerg K. Sommermeyer (Hg.)
Gustav Sacks Romane
Ein verbummelter Student, Paralyse, Ein Namenloser
Durchgesehen, revidiert und mit einem Nachwort
herausgegeben von Joerg K. Sommermeyer
Reihe alte Tradition Azurcelesteblueoscuro / RAT ACBO 19
Orlando Syrg Taschenbuch, 1. Aufl., OrSyTa 62019, Berlin 2019